鳥の心臓の夏

All the Little Bird-Hearts

Viktoria Lloyd-Barlow

ヴィクトリア・ロイド＝バーロウ
上杉隼人 訳

朝日新聞出版

夫、SLBに

ALL THE LITTLE BIRD-HEARTS

by Viktoria Lloyd-Barlow

First published in Great Britain in 2023 by Tinder Press and imprint of Headline Books
Japanese translation rights arranged with Lutyens and Rubinstein LLP
through Japan UNI Agency, Inc.

鳥の心臓の夏

火は光と見紛《みまが》う

湖水地方

初めてヴィータに会ってからまだほんの三年しかたっていない。その日もいつものように思春期に入ってますますわたしを避けるようになった娘を起こすことからはじまった。あの子を起こしてシャワーを浴びて着替えたけど、案の定、下に降りる前にもう一度起こさなくちゃならなかった。その夏は長年の「白い食べ物しか摂らない」習慣にしたがっていたから、朝食はトースト、シリアル、パンケーキなどのお決まりの品目で構成されていた。乾燥食以外のものを食べてよい日は、スクランブルエッグやオムレツも「白い食べ物」とみなされる。卵がその日「白い食べ物」に該当するかどうかは、卵を手にしてみるまで決められない。でも、大人になってからは誰かに説明する必要もなく、その日は卵は「白い食べ物」だから食べられるってひとりで決められるから、ささやかだけど、とってもうれしい。「白い食べ物」しか食べずにいるのは、目立ちたいからよ、と誰かに言われることはもうないんだ。あなたはヒステリックで人の目を引こうとしているだけよ、と言われることもなければ、はっきり色がついたものを口にするまで無視されることももうない。

時々、そしてドリーの前だけだけど、自分が食べられるリストにない食べ物をあえて食べることもあった。

なんでも普通に食べればいいの。わたしたちと同じように何の問題もなくなんでも食べられる。

母はよくそんなふうに言った。あの人が生きていた時はそれに対して何も言わなかったし、亡くなった後も何も言わない。

後で大変なことになっちゃうの、お母さん。そんなことすると決まってひどいことになる。

わたしは色がついたものを言われた通りに飲み込むと喉と体が焼けるように痛くなるのだ。近所の人にあいさつされて軽く手を触れられると、そのあたりがかゆくなる。昔からこうしたことで痛みを覚え、感覚が麻痺してしまう。

でも、娘のために普通でいようとすれば、それほど大変なことにならなかった。あの子のことをすごく愛していたから、自分が決めたこと以外のことができたのだ。その頃、あの子とわたしとの間にあるものを恐れていた。それはバクバクと何でも食べて見る見る大きくなる生き物のようで、日々わたしとあの子を引き離してしまうように思えたのだ。お母さんはあたしとは違うんだとドリーに思われないように、常に正常であると装おうとした。あの子の前ではわたしにとっては自然なことをできる限り抑えた。「白い食べ物しか摂らない」時は、リンゴの皮を剝いて刻んでみたり、薄みどりのブドウを入れたり、ポーチドサーモンや鶏肉などを添えたり、明らかにほんのり色がついていて、完全な白ではないものも食卓に加えた。果物とピンクのヨーグルトだけしか食べられない時は、テレビの前であの子と食べるチーズとビスケットのプレートを作りながら、乾いたパン粉が喉の中で指のようになって広がるのを感じて思わず身震いしてしまうこともあった。

ヴィータが来る前の年に、一匹の猫がうちの庭を気に入ってやって来るようになった。体が引き締まった灰色の猫で、近づいていくと決まって遠くをじっと見つめた。まるで小さな政治家のようで、体に触れられることは心地よく思わないが、礼儀正しく見せようとする様子はうかがえた。わたしたちには興味などないと感じさせつつ、この雄猫はしばらくイエネズミと野ネズミの小さな死骸を運んで定期的にやってきた。獲物を大切そうに足元に置くと、体をこわばらせて、小さな顔を背けながら、人間たちの脇に渋々と腰を下ろした。初めてなでようとした時は動くことはなかったが、手を触れられると激しく身震いし、構わないでくれとばかりに不機嫌そうな態度を示した。

あの子のために白いもの以外の食べ物を口に入れる時は、あの猫のように体をこわばらせてしまったし、わたしがしていることに対して言葉にはされなくてもいいし、もちろん騒ぎ立てられる必要なんてないけど、やっぱり感謝されたらいいなあ、と願わずにいられなかった。ドリーはわたしが「白い食べ物」以外のものを食べようとすることについてどう思っているのか、一切何も言わなかった。ドリーは思春期で人のことにはあまり関心がなかったのかもしれないけど、わたしはいつものようにそれはあの子のわたしに対する配慮と受け取った。だからわたしも、ドリーの好きないろんな食べ物の鮮やかな色や食感にどれほどわたしが不安を覚えるか、一切口にしなかった。今になってわかったけど、わたしたちはふたりともすごくやさしいと思ってたけど、それはわたしがひとりで勝手に思ってただけだ。何も言わないこと、何も言わずに受け入れることをわたしは愛のように感じていた。でも、あの子は何も言われないことに安らぎを見出すことはなかったし、そこにわたしのように愛を感じることはなかった。今はわたしとドリーはいろんなことが異なるし、別の人間だってわかってる。あの子があの猫をどれほど早く嫌いになったか、気づかなくちゃいけなかった。

ドリーを二度目に起こしに行くとすぐに玄関のドアがバタンと閉まり、ああ、あの子は学校に行ったんだ、今はこの家にわたししかいないんだ、とわかった。でも、二階から声がして、廊下にいるわたしにずっと話しかけてきた。またドリーがテレビをつけっぱなしにしたんだ。まるでどこかのお年寄りがこの家にやってきて、わけもわからず空っぽの部屋に向かって話しかけてるみたいだった。ドリーの部屋のそのテレビはあの子の父から最近もらったものだけど、まるで飾り気のない黒い箱型のテレビだから、あの子の女の子らしい部屋の中では完全に浮いていた。ドリーの部屋の家具や装飾は何年も前にあの子の祖母が買い与えたもので、ローラアシュレイのフリルはドリーがもっとおしゃれなものを好むようになってから合わなくなってしまっていた。ドリーがティーンエイジャーになった頃、十六歳の誕生日までに部屋の装いを変える計画を立てて、壁の色はどうしようか、壁紙はどうしようか、カーテンはどれにしたらいいかしら、とわたしたちは何度も話し合った。でも、その計画は一九八八年がまだ遠い未来だった頃に立てたものだし、その頃はあの小さな女の子が若い女性になるなんて現実とは思えなかった。そしてあの夏、ヴィータがわたしたちの生活に入ってきた時は、ドリーはすでに十六歳になっていて、二、三年もするとギャップイヤー（大学進学前にとる一年の休み）を取るとか、大学進学で家を離れるとかいったことを盛んに口に出すようになっていて、それまで部屋をどんなふうに模様替えしようかとあれだけふたりで話していたのに、わたしはいつのまにか何も言えなくなってしまっていた。

あたしさ、ほんと、どれくらいこの家に戻ってくるのかな？

ドリーはそんなことをわたしにたずねるようになった。そんなことを、微笑みながら片手をフォレスター家特有のとがった顎にあてて口にした。

実際どれくらい戻ってくるかな？　だって、旅行もしたいし……新しい友達もできるだろうし……それから、キャリアを積まないとね。

「キャリア」という言葉を発する時、ドリーは少し息を吸い込んで、生物の授業で恥ずかしい言葉を言わされた子どものように、くすくす笑った。

ドリーの言葉には時々文法的な誤りが見られたし、主語や構文がはっきりしないこともあったけど、さまざまな意味が込められていた。自分の将来について断片的な言葉で話す口ぶりがとりわけ軽やかで愛らしかった。あの子の話はまるで美しい歌のようで、わたしもその歌声を楽しんでいたけど、言っていることは必ずしも楽しいものではなかった。その夏、ドリーがわたしに話してくれたことは、ほとんどそうだった。ドリーと話をするのは楽しいひとときだったけど、だからこそあの子がいなくなる喪失感は大きかった。ドリーは家を出ていくと楽しそうに話したけど、その話し方によって、ああ、あの子はここを出ていくんだなと思い知らされて、たまらなくつらくなった。

その朝テレビを消そうと思ってドリーの部屋に入ったのに、放映されていた議論に引き込まれてしまった。ある年配の教授が、明るい色のドレスを着た元気な女性にインタビューされていた。まるでテレビの画面が乱れているかのように、女性のドレスの模様が揺れたりちらついたりしている。インタビューを受けている教授はヴィクトリア朝文化の専門家で、どうやら夏はクルーズ船で講義を行い、サイン本も販売しているようだった。その一冊を手にし、時折カメラに向かって示している。

スタジオの司会者は明るく、自分は何も知らないので教えてくださいと言わんばかりの態度で熱心に番組を進行していたが、教授とインタビュアーの女性はそれぞれ違う場所から話していたので、会話がうまく嚙みあっていなかった。ふたりをつなぐ通信状況が良好でないことに何の言及も説明もなかったので、まるでインタビューを受けている教授が質問に答えたくないかのように思えた。〝イギリス人が初めてクリスマスに木を飾り始めたのはいつですか、なぜディケンズの小説はこんなに長いのですか〟といった質問が出されても、教授はカメラをじっと見つめたまま、表情を変えずにいる。質問がようやく耳に届くと、教授の表情が一変し、明らかに生き生きと話し出す。でも、教授の最初に動きが止まってしまったあの表情と、質問に時間を置いて答える様子は、わたしの日常のやり取りを痛々しく思い出させた。学校のブレザーを着たわたしの背中を両親がはずかしそうに肘でつついている。わたしは頭の中で完璧な文章を作り出したのに、それを外に出すことができなかったのだ。泳ぎがすごく達者な人が、水中に閉じ込められてしまったかのようだ。わたしを知っている人も知らない人も、わたしが適切な時間内に返答できないと、よく質問を繰り返す。あの人たちの目がわたしの顔に固定されて、あの人たちのきびしい視線がわたしから音声にならない言葉を無理やり引き出そうとする。

ようやく届けられた教授の返答は細部まで綿密に練り込まれていた。この長く間延びした会話であれば、わたしも問題なく受け入れられるかもしれない。この時間がかかる返答とそれがもたらす不快感はわたしが何度も人に与えてきたものだから、この番組は消してしまおうとテレビに手を伸ばした。どこまでも広がる海の中で、自分に言葉が届くのを静かに待ちながら、ひとり無表情にこちらを見つめる教授の顔を映したまま、画面は消えていった。

ドリーの寝室を片付けだし、家に戻った静けさを楽しんだ。カーテンを開けると突き刺すように朝の光が差し込んできて、家の上方に広がる野原がまぶしく見えた。この町はくぼんだ谷間にある（整然とした道路の片側には畑が、反対側に湖が広がる。湖の灰色の水が町の端から端まで広がり、わたしたちを取り囲む）。家の裏の通りの向こうにはすぐに農地が広がり、町から離れるほど傾斜がきびしくなる。ここにずっと住んでいるから知ってるけど、夏の終わりにこの傾斜のついた畑に炎が上がる。毎年収穫が終わる頃、農場の人が子どもの背丈ほどの小さな炎を燃え上がらせて、不毛な土地を焼き払うのを見るのは楽しかった。煙が畑の下に立つ民家の庭になだれ込むと、腐ったような匂いがするが、どこかで嗅いだような甘さも味わえる。そして毎年のことだけど、〝ブルッチャ・ラ・テッラ、ブルッチャ・ラ・テッラ……〟と心の中で繰り返す。シチリア人が土地を耕す情熱を表現するイタリア語で、〝地を焼け〟という意味だ。この言葉をささやき、火が善きものに、清らかなものに見えるように願う。収穫後の焼畑から、火は光と見紛うことがあり、光と同じように人を引きつけることもできると学んだのだ。

陽の光に目が慣れてくると、隣の家の芝生に小柄な黒髪の女性が横たわっているのに気づいた。その家はトムとトムの奥さんの別荘で、ふたりは毎年夏に、あるいは金曜日か月曜日が祝日の週末に時々やって来ていた。地元の人たちは最近増えている「夏の人たち」には大体好意的じゃなかったけど、トムは愛想がいいので、そんな「夏の人たち」の仲間とは思われなかった。トムには子どもが三人いて、その子たちはほとんど年が離れていないから、何年かは今年も同じ赤ん坊を連れてきたのかしら、後ろをよちよちと歩いているちょっとだけ大きくなった子が新しく家族になった子かしら、と思ったりした。トムの奥さんは髪が金色で、子どもみたいに体はふっくらしていて愛らしい顔をしていた。でも、庭にいた女性はその誰とも違っていた。

その女の人はわたしの視線にまったく気づいていないようで、たちまち心を惹かれた。高いところから落ちたのか、あるいは意識のない状態で誰かにそこに放り出されたのか、いずれにしろ女の人は仰向けに横たわり、腕と脚を不自然なほど広げていた。わたしは曖昧に目を交わさずに相手を観察することが許されたし、もちろんそれは悪い面もあるけれど、何を約束されたのか何を拒絶されたのか知らずにすんだ。前に赤ん坊だったドリーがスキャン検査のスクリーンにふわふわと仰向けに浮かんでいるのも、同じように観察した。

あなたを誰より長く愛してる。

感傷的になると、ドリーにそう言って、あの子が参加する気のない競争で親としての立場を強調した。

あなたを最初に知ったのはわたし。

そう何度も何度も口にした。

あなたがわたしを見る前からわたしはあなたを見て、あなたを愛していた。

最初は用心深くこちらを見つめる赤ん坊の顔に語り掛け、のちに成熟した女性の顔に同じやさしさと見当違いの所有感を持って話しかけた。成長してもあの子の目には変わらず疑念と警戒心が浮かんでいた。

わたしにとってかけがえのない存在になるヴィータが、陽光の中、トムの別荘の庭の緑の縞模様の芝生の上で周りの果樹に埋もれるようにして静かに横たわっていた。去年の夏は暖かい春と穏やかな秋に挟まれたこともあって、ひどく長く暑く感じられた。暑さのピーク時は灼熱の中で風がまったく吹かず、いつも怒ってばかりいる父親に室内に閉じ込められてしまったかのようだった。だが、ヴィータが現れた年は太陽の見本市として始まり、現実の暑さを伴わない視覚的な夏のショーとして幕を開けた。その年の初夏の日々は記憶に残るほど明るかったし、靄《もや》がかかったような陽の光はこれから暖かさをもたらすと思わせたが、実際はそうはならなかった。今思えば、その年の初夏の日々は、次の年に訪れる酷暑の予告編だったかもしれない。靄がかかったようなこの町を、灼熱の暑さが突然爆発して腕を広げ、うすら笑いを浮かべながら行ったり来たりする予告編だった。

ヴィータは腕を水平に広げて、手のひらを上に向けて、まるで贈り物を受け取ろうとしているかのようだった。美しくまとめられた髪と、インクで染めたような濃い色合いのきちんとした服にまず警戒した。そんなきっちりした外見が、意図せずに崩壊や暴力的なものを映し出していると思えたのだ。階下に駆け下りて庭に出てフレンチドアを大きな音を立てて閉めてから、物置の扉をぎしぎしと開けてあの人の反応をうかがった。女の人はこっちに顔を向けて、目を開き、その瞬間、わたしたちは低い木柵を挟んで見つめあう形になった。あの人が目を覚ました瞬間に目があったことで、ふたりのあいだに親密さのようなものが生まれた。でも女の人は美しい顔を崩すことなく、まるで自分はひとりでわたしなんか目にしなかったかのように、何も意識していない様子で立ち上がり、自分の家に入っていった。

それから玄関のチャイムが鳴った。あの女の人がそこにいた。玄関で眠そうに瞬《まばた》きしながら、両腕を組んで体の後ろで伸ばしている。明るく輝いているが、まだ冷たさの残る陽の光を浴びながら、背中の後ろで指を絡ませている。

「んー……」と女の人はかすかに鼻歌を歌いながら、わたしを見て笑い声を上げた。「まだ、《アイ・アム・》目が覚めてないの《ノット・イエット・クワイテ・アウェイク》！」

クワイテ。アウェイク！　わたしは心の中で静かに繰り返した。クワイテ、アウェイク！

わたしはよく人の発音をまねして、できるだけ自分の内にとどめるようにしている。人の発音を聞いて音節を区切り、リズムを取りながら強調音ややわらかな響きをまねるのが好きなのだ。ヴィータは母音をはっきり発音した。これは完璧なアクセントを身につける教育を受けた外国人の発音だ。わたしは会話にじっと耳を傾ける。子どもの頃からのことで、これによって相手の目を見ずにあいさつや会話を交わせた。わたしは普通、相手の表情から言われている以上のことを読み取れない。話し方によって、つまりトーンや、何かためらっている感じや、強調されることによって、わたしの対話は成り立つ。

「こんにちは！　あたし、ヴィータです」とわたしの家の玄関で香水の香りを漂わせる小柄な女性が言った。

ダダ！　ドゥー、ディーディー。

心の中で静かにまねをしながら、この人の発音のパターンから出身地や社会的地位を推測した。人の言葉を聞く時は指揮者のように指を動かしたいが、これをすると相手を混乱させたり不安にさせたりする。初対面だとあくまでまずはあいさつが大事で、名前はあとから付け足されるのが普通だけど、ヴィータは「あたし」と意図的に表現したことで、まるで待ち望まれた有名人が出てきたような印象を生み出した。「あのヴィータがついにお出ましです！」とでも言うかのように。

夫だった人のお父さんは地元で少し有名な役者さんと長年の親交があり、そのことが時々話に出る。お父さんの家でその役者さんに何度か会ったことがあるが、その方はいつもわたしに初めて会うかのように決まったあいさつをした。頭を少し下げてから控えめに顔を上げて、どこか歪んだ笑みを浮かべて自分の名前を告げるのだ。それは形式的なあいさつで、みんな僕のことを知っているから、名前など告げる必要はない、と言わんばかりだった。でも、ヴィータはそんなふうに自分に酔いしれているわけではなかった。興奮して自己紹介したのは、わたしとのあいだに何か共通するものを見出したからのようにも感じられた。あの人の「あたし」

（I）のアクセントは、このわたしも含んでいるように響いた。まるでわたしがヴィータが来るのを予想していたか、少なくともわたしはヴィータのことを知っていて、ふたりが親しみのようなものを共有しているとでも伝えているかのようだった。

すでにそこで生活している者は、常に新参者に友好的に接するべきである。一方で新参者はそこで生活している隣人からの招待がない限り、通りすがりのやり取りにおいてはあくまで形式的な礼節を遵守し、個人的な情報を求めたり、自らそれを提供したりするようなことがあってはならない。

この問題に関しては、十代の頃に入手した、よく参照される本を参考にした。一九五九年に刊行されたイーディス・オギルヴィの『淑女の礼儀作法　社会活動のガイド』は、まさにわたしが日々直面していた社会的な問題に解決をもたらすために書かれたような本だった。著者のオギルヴィは高齢になってもロマンス小説を精力的に執筆した人で、昼間からダイヤモンドとサクランボ色のシフォンを身に着けていたことでも知られる。イーディスは社会的な礼節は重んじたが、社会に受け入れられる奇抜さも持ち合わせていた。この微妙なバランスを今もわたしは目指している。レディ・オギルヴィはすでに他界しているが、二度結婚し、どちらの夫からも貴族の称号と華やかな生活を与えられた。この幸運な境遇は書き残した文章や添えられた写真によってうかがい知ることができる。そのような恵まれた状況にあったから、イーディス・オギルヴィの関心事は、使用人の管理や来訪する要人に対する適切な対応など、おのずと上品な話題に限定されることになった。でも、イーディスの社会生活におけるアドバイスは概して有益だった。『淑女の礼儀作法　社会活動のガイド』は、近隣住民や新しい知り合いとの付き合い方について一章を割いて論じている。だがその本にも、見知らぬ人の寝顔を見つめたところ、その人が招待もなく玄関に現れた時にはどうしたらよいかを助言する文章は見られなかった。

「あなたを見かけて居ても立ってもいられず、自己紹介しに来てしまいました。どうしてもお会いしたかったの。あたしがあまりにせっかちに友達を作ろうとするから、夫には、きみは僕らが誰かに招待してもらう前にみんなと知り合いになってる、と言われるの！」とヴィータは声を上げて笑いながら言った。この人は大きな声で遠慮なく笑い声を上げた。ほかの人がするように手で口を覆ったり、笑いを抑えたりせず、口を大きく開けて小さくて光る歯を見せて笑った。

落ち着いて、落ち着きなさい。静かに、静かに、静かにしなさい。

子どもの頃に少しでも騒ぐといつも注意された。

もっと大きな声で話しなさい。繰り返しなさい。もう一度言いなさい。

思春期に入ると、いつもそう言われた。でも、ここでヴィータは礼節よりも熱意を優先すると認めてくれたようなものだから、「あいさつ」「名前を名乗る」の順ではなく「名前を名乗る」「あいさつ」の〝順番がひっくりかえった自己紹介〟についてわたしが責められることはないとわかり、安心した。ヴィータのアクセントには、テニスのレッスン、家庭教師、海外で夏を過ごすといった裕福な生活によってもたらされる洗練された精密さが感じ取れた。トーンは自信に満ちていて、落ち着いていた。経験の浅いバーテンダーに飲み物を注文する上客のようだ。ヴィータの英語は外国人離れしていて、わたしが今まで耳にしたいちばんイギリスらしい英語のアクセントと遜色なかった。発音は非常に歯切れがよく、完璧で、発音のミスや誤りを見つけるのを習慣としているわたしにも、たとえ誤りらしきものがあったとしても、この人は意図的に慎重に綿密に計算してそうしているんだ、あえてパロディを演じているんだ、と最初は思えた。ところが、あの人にはそんな計算などなく、美しく、自然に声がその口から発せられた。

「どうしてトムの家にいるの？　トムのお友達？」とわたしはたずねた。

ヴィータはほっそりと上品な体つきをしていたから遠くから見ると若く見えたけど、近くで見るとわたしよりかなり年上であるとわかった。顔にゆるやかに刻まれた皺からすると、年齢はおそらく50代の半ばから後半と思われたし、目つきは鋭くて、定期的に陽の光を浴びているが、日焼け止めを塗って十分に注意しなければ維持できない肌をしていた。

この町では八月を過ぎればその色を保つことはできないわ。それにここではみんな大体コートやスカーフを着てるから、日焼けを見せびらかす機会はあんまりないと思う。

わたしは自分の母の声で自分に言い聞かせたけど、そうやってヴィータを静かに叱りながらも、この人は一年中日焼けしているし、日焼けした肌が引き立つ服を着る機会もたくさんあるんだ、と思った。ヴィータの体にはほかの人の体には見たことがないまぶしいきらめきがあった。こんな人、見たことない。この人は人間の形をした宝石で、発掘されて、引き上げられて、わたしたちみたいな小石の中に混ぜられて、そのキラキラした容貌でわたしたちがどれだけ凡庸であるかを思い知らせてくれるんだ。わたしは青白くて中身は何にもないけど、この人は黒く日焼けしていて、外見は完璧に整えられていて、大理石みたいにリアルで、触れると冷たい。わたしは吃音で、不安定で今にも消えてしまいそうで、夏の日差しでぼやけてしまった空気のようなもの。

「トム？　ああ、そう、トムよ！　あの人、あたしと主人のよい友達なの。やさしい、ほんとにやさしい人よね？　すっごくやさしい。それで、あなたのお名前は？」

あの日、この人が突然玄関に現れたことに戸惑い、初めて人と会うのはどんな感じか頭の中で思い出そうとした。ヴィータはわたしをじっと見つめていたけど、こっちが何も話さずにいると、ほかの人のように無理やり何か言わせようとするようなことはなかった。好奇心も関心もまるで持ち合わせていないようだった。何の期待も示すことなく、穏やかな目でじっとわたしを見つめていた。経験したことのないこの感覚が、わたしを落ち着かせてくれた。わたしはついに自己紹介しようと決心し、この人の最初のあいさつの仕方をまねしようとした。**ダダ！　ドウー、ディーディー。**

「こんにちは！　わたし、サンデー」自分の名前を告げながら、わたしは一歩下がり、あの人の間に距離を置いた。こんなふうに、わたしは常に人々から後退している。この世界全体は回転する部屋の集合体で、その一室一室にわたしはいつも誤って入ってしまっている。その場でどうすべきか、落ち着いて考える時間は与えられず、すぐに別の部屋に呼び込まれ、そこで今まで経験したことのない行動を求められる。時には知り合いから逃れるために壁に背を押しつけて、ぎこちなくカニ歩きすることもある。

はじめまして、と言うのがよい。お会いできてうれしいです、と決して言ってはならない。

イーディスが見えないところから指示を出してくれた。

「はじめまして」ヴィータが返答した。「あなた、サンデーっていうの？　まあ、すてきなお名前！　すばらしいわ。こちらこそ、はじめまして」

ヴィータはサンデーというわたしの名前を完全に受け入れてくれた。まるでわたしたちふたりはおたがいに架空の名前を作り出すことにして、その上でわたしが考え出した名前を喜んでくれているかのようだった。

ヴィータに、どうしてわたしの名前を受け入れてくれたの、とたずねるようなことはしなかった。ずっと前、わたしは人々に明確に説明することを求める衝動を抑え込んだ。でも、それは人々の混乱を受け入れることであり、それによってウサギの穴の奥でひとりで暮らさなければならなくなる。そこで確認できる現実や事実に、つまり真実が読み取れるアクセントや声のパターンにしがみつかなければならない。漫画のような人生で、あり得ないことや非科学的なことに遭遇し、それがどんなに奇妙に見えても、決して問いただしてはいけない。地元の郵便局の局長はほかの訪問客に対しては明るく「こんにちは」とあいさつするけれど、わたしにはその言い方をしない。曇りの日にその郵便局を訪れれば、「太陽に何をしましたか?」とたずねられる。局長はまるでわたしがこの人の正当な所有物をどこかに隠しているとでも言うかのように、ユーモアを交えず、まっすぐに問いただす。ほかには、どうして雨や雪や風を持ってきたのですか、とあいさつ代わりに問われることもある。どれも季節の変化ではなく、すべてわたしが引き起こしたと考えているのだ。局長が好んで返答に使うのは、同じく意味不明な「明日は夏を連れてきてくださいね、わかりましたか?」という言い方で、これが別れのあいさつになる。その日の天気がよければ、釣り銭を渡された時のように、お決まりのていねいな口調で、よい天気をもたらしてくれてありがとう、とわたしに謝意を示す。

わたしはこんな話し方をする人たちに、〝はっ!〟と息を吐くような音を完璧に出せるようにしている。これによって、わたしはあなたの言いたいことを理解しています、楽しんでいます、と問題なく示せるのだ。この音を出すことで、「それは面白いですね」というほかの選択肢を口にすることでは解決できないすべての社会の謎に答えを示すことができるのだ。人々は「それは面白いですね」という言い方も好むが、その表現も先ほどの〝はっ!〟も人々が話を止めて口を閉じているあいだに発しなければならず、たとえ向こうが同じことを繰り返しているとしても、話をつづけているあいだは決して口にしてはならないし、どれほど事実と異なっていようと訂正しようとしてはならない。人々は目を見て話すことを好むが、あまりじっと見つめてしまってもいけない。自分が置かれた多くの社会状況と同じように、「人の目を見て話すこと」に対してもわたしはひとつの方式を構築している。相手の視線を五秒間見つめ、それから六秒間目を逸らし、ふたたび五秒間見つめるのだ。五秒間見つめるのがむずかしければ、三秒を目指し、その後目を逸らす。

人々は目の前であなたがそわそわしたり、指で何かを叩いたり、少しでも体を動かしたりするのを好まない。あなたが静止しているのを好むし、笑顔を浮かべていてほしい。イーディス・オギルヴィは書いている。

笑顔はどんな地味な顔も魅力的に見せる。美人になれないなら、親切で幸せそうに見せる努力をしなければならない。笑顔は社会的成功をもたらすし、どんなにかわいくても不機嫌な表情を浮かべていては、友人や新しい知り合いを作ることはできない。

でも、相手が話している間、わたしはその話が早く終わって解放されたいとだけ思っているし、そのことだけを考えているから相手に向かって眉をひそめてしまうことがある。あまりに多くの規則や注意事項があり、わたしは相手の言うことがほとんど頭に入らない。

玄関でヴィータはわたしが離れていく動きをわたしの招待と受け取り、家の中に入ってきて、おたがいの家がどれだけ似ているかわかると、感嘆の声を上げた。脇を通りすぎる際に体がわたしの手首に軽く触れた際に、そのスーツの濃紺の生地が驚くほど柔らかく感じられた。ヴィータの確信を込めた発言はまるで香水みたいで、わたしは深く吸い込んだ。わたしの家は白い壁で統一されていて、ヴィータはそれについて好意的に言及してくれたけど、まるでそれは通りすがりの風景やちらっと目にした工芸品など、まず手に入らない、手に入れようとも思わないものを称賛するような言い方だった。それに対してヴィータの家は言うまでもなくどの場所もあらゆる色で満たされているだろうし、訪問客や絵画や雑多なものであふれかえり、騒音が鳴りやまないだろう。イーディス・オギルヴィは部屋のインテリアは自然で気取らないものであると同時に、快適さが保たれるべきだ、ときびしく指摘している。

好ましい趣向を表現するために、明らかに新しいまたは斬新な物品や、社会的なつながりを誇示する写真など、これ見よがしの展示物を置くのは避けること。

「社会的なつながりを誇示する写真」の展示を避けること、という指示に関しては、わたしは少なくとも実践できている。

わたしの家とトムの家は静かな通りに双子のように並んでいる。どちらも初期ヴィクトリア朝様式の家で、二十世紀半ばに大量に作り出された二戸建て住宅が立ち並ぶ中に、寄り添うように建っている（イギリスでは第二次世界大戦後の住宅不足に対応するために二戸建て住宅が大量に建設され、多くは現在も住居として利用されている）。トムの家は最初に建てられた上に袋小路の一番奥にあるから、いちばん人目につきにくい。わたしたちの家を建てた建築業者は、同じように精巧なポーチを備えた、同じように頑丈な赤レンガの家を通りに沿って数軒建てる計画を立てたけど、実現する前に倒産してしまった。そのため四角く威厳を感じさせるラインを持つわたしとトムの二軒のヴィクトリア朝様式の家は周りのこぢんまりとした漆喰外壁の家々とは相容れないから、後から来た隣人たちはわたしとトムの家が持つこの「共通の違い」の中に両家のある種の「連帯性」を読み取る。

わたしは自分の家に対して苦い感情がある。自分の身分には不相応な男性に配偶者として迎えられた女性の感情に似ていて、愛しているのに見捨てられてしまうかもしれないという冷たい恐怖が時に入り混じるのだ。わたしは自分で家を手に入れることなどできなかったから、非難を突きつけられるような施設に収容されるか、ホームレスとなって汚い格好で町をさまよい、自分も世間の人たちも怖がらせるか、いずれにしろ今とは違う「もうひとつの生活」を余儀なくされていたと思う。両親は勤勉で質素な生活を送り、結婚十周年を迎える数年前に住宅ローンを完済した。わたしの乏しい収入を考えれば、驚くべきことだ。

ヴィータとともにキッチンに入った。わたしが子どもの頃に父が取り付けた明るい青緑色の戸棚がまだ残っていて、そこには琥珀色のひび割れ模様のガラスが嵌まっていた。

「なんて美しい色なの！」ヴィータはそう言って、ためらうことなく戸棚とガラスをなでまわした。わたしも昔、よくそんなふうになでていたかもしれない。

でも、すでに言おうと予定していたことを変えるには遅すぎた。誰かと初めて社交的な場で顔を合わせる場合、普通は、相手はどこに住んでいるか、仕事は何をしているかをおたがいにたずねあうことはわかっている。ヴィータはすでにわたしの住んでいる場所は知っていたから、次は仕事について聞かれると予測し、農場で仕事していると答えようとしていたのだ。このように会話が逸脱してインテリアの話題になるとはまったく予想していなかった。わたしの場合、会話や話の焦点を調整するには時間もかかるし、かなりの労力が必要となる。ほかの人たちみたいにこうしたことを簡単に調整できたらいいなとは思わない。むしろそれができると不安になる。それができる人たちは、自分たちは捕らえられた魚だ、ぴかぴか光を放ちながら、もがき苦しみ、意味もなくぐるぐるその場を回転しているだけだ、と感じているんじゃないだろうか。一方でわたしのような人は、流れの変化に影響されず、泳ぎ続ける。

「農場で働いています。温室で」思わずその言葉が口をついて出た。計画していたことを発話してしまえば、この人の会話の流れに沿って話を続けられる。でも、ここでこの情報を伝えるのは奇妙に思われるとわかっていたので、意図的に静かに、ほとんど独り言のように口にした。それからもう一度、もっと大きな声で話した。

「父があの戸棚を作ったんです。わたしが子どもの頃からずっと置いてあります」

その色鮮やかな戸棚の一台は、わたしの真っ白な家の中で異彩を放っている。母はインテリアにまるで興味がなかった。外で静かに揺れる水面を愛したのだ。この水面はひとつ先の通りにあり、母の寝室の窓から見えた。父が部屋の壁を何色で染めるかたずねると、母はいつも白を選んだ。

それでいいのかい、と父が念を押すと、「ウォルター、あなたの好きな色にしてちょうだい」と言って黙り込んだ。

父は母の沈黙に耐えられなかった。だから父は母の最初の指示にしたがって装飾し、家具や備品もすべて父が選んで設置した白い家にわたしたちは住むことになった。父がキッチンにあの明るい青緑色の戸棚を黙々と設置するのを、わたしは当時八歳だった一歳だけ年上の姉と何時間も観察していた。わたしたちは古代の奇妙な儀式を研究する人類学者のように、声を落としてかしこまって父の動きをたがいに報告した。

壁に鉛筆で線を引いていますよ。ハンマーを持っています、お気をつけて。あ、こっちを見た!

ヴィータは父の室内装飾はすばらしいとばかりにうなずいた。そしておたがいの家がどれだけ似ているか、共通点をひとつずつ熱心に挙げていった。両方の家を担当した設計者も建築家も装飾にはこだわりがあったようで、ああ、アーチも暖炉もトムの家のものと一緒ね、と両方の家に共通する装飾をヴィータは一つひとつ指摘した。あの人は自分の仮住まいがここに再現されていることに失望するどころか、むしろ喜んでいる様子だった。周りを見回しながら、まるで親しい友人にするように軽くわたしの腕をたたきながらそんなふうに話した。ヴィータに小さなテーブルに着くように勧めたが、飲み物は出さなかった。

『淑女の礼儀作法』に、注意が施されていた。初めての客を迎えるにあたり、それまで試みたことのない作法で対応するのは好ましくない。迎え入れる者は訪問者に普段の習慣を示すべきで、もったいぶった態度で対応しようとして支障をきたすことがあってはならない。

イーディス・オギルヴィ女史はマナーの悪さよりも、どこか気取った態度に嫌悪感を示した。わたしの想像の中で、イーディスの薄いピンクのフリルがそのやわらかい体の周りでふわっと舞い上がり（オギルヴィ女史はやわらかい体をしているが、社交活動、例えばテニスやクロッケーを除いて、淑女が体を動かすのは概して好ましくない）、もったいぶった態度をとることの危険性を説き、何よりそうなってはならない、と注意をうながす。またイーディス・オギルヴィは新たな隣人とどんな会話をかわすべきか、厳密に指示した。

地元の地域や店、家などについて話すことを勧める。ほかの隣人たちの私的な特徴、行動、習慣について言及するのは控えるべきである。

ヴィータに、わたしたちのよく似たふたつの家を建てた業者さんは、楽観主義がたたって破産してしまったの、と話した。そのちょび髭《ひげ》をはやした業者さんは仕事熱心だけど、いつも地域の住民に家を売ろうとして必ず失敗してしまうような人だろう、とわたしはいつも想像していた。ヴィータはドリーがよくするように口を閉じたまま、ふっと息を漏らした。わたしの話は予想通り大しておかしくなかったから笑う気にもなれなかったのだろう。

「でも、とっても悲しいことだと思う。そう思いません？」とわたしは言った。

ヴィータは即座に答えた。「悲しい？　違うわ！　その建築業者さん、あたしみたいにおバカさんだったのよ！　あたしも毎日新しい方法で大金を稼ごうとしてる。でも運がいいことにね、あたしの偉大なる計画の欠陥をみんなうちの旦那が指摘してくれるの」

ヴィータは「うちの旦那」を「メイハシッバンド」と「マイ」は「メイ」と発音し、「ハズバンド」は「ズ」ではなく、「シッ」と音をやわらかく伸ばして「ハシッバンド」のように発音した。

メイハシッバンド。わたしは心の中で言ってみた。**運がいいことにね……うちの旦那が……。ラッキレー、メイハシッバンド……。**ヴィータが話しているあいだ、心の中でつぶやいた
「その建築業者さんがうちのロールズと手を組んでいれば、まず破産しなかったでしょうね。そしてこの通りにはあたしたちの家とまったく同じ家が何軒も並ぶことになったはずよ。でもそうならなかったから、あたしたちは特別な存在でいられるわけね。そのほうがよかったんじゃないかな、ねえ、そう思わない、サンデー？」

「サンデー」と名前で呼ばれ、ヴィータの「特別な存在」のひとりに入れてもらったことで、この家を建ててくれて、そのあいだに何もかも失ってしまったあのちょび髭の楽観的な男性に対する同情心はすべてどこかに消えてしまった。あの建築業者さんが何もかも失ってしまったことで、わたしたちは特別な贈り物を手にしたのだ。

「旦那のロールズはね、住宅を扱ってるの。それが仕事なの。ロールズはその方面ではかなりやり手よ。あまりにもやり手だから、あたしたちの家は売りに出したその日に売れてしまったの。そう、外国人の買い手が付いたのよ」

ヴィータは最後のセリフを聞こえよがしの傍白《せりふ》としてつぶやき、歯を見せて笑った。

ヴィータから目を逸らしつつ、この聞き慣れない新しい言い方を静かに再現した。**そう、外国人の買い手が付いたのよ。**ヴィータと同じように、この言い方そのものが不快であるかのように、口を少しゆがめて話した。**そう、外国人の買い手が付いたのよ。**

「そしてロールズが扱っている未完成の物件もすべて予約済み。でも、素敵なトムが旦那とわたしが完全にホームレスになる前に助けてくれたのよ。トムはとってもやさしいのよ。トムの奥さん、また赤ちゃんができるのよ。またよ！　今回は安静にしてないといけないの。**合併症があるから**」ヴィータはこの言葉を、先ほど外国人の買い手が付いたと言った時と同じように、内緒話をするように、口をゆがめて発した。

「だから、トムのご家族はこの夏はここに来ないの」ヴィータはまるで芝居でもするかのように、感情を込めてひどく悲しそうに口を大きく〝への字〟に曲げて、情報を伝えた。

ほら、トムの奥さんはベッドで安静にしていなければならないから、この別荘には来られず、あたし、心を痛めているの。わかるでしょ？

そのあとヴィータはまたすぐに笑顔を浮かべた。「だからトムがこの家を貸してくれたのよ」

わたしたちのあいだに沈黙が訪れた。

「お子さんはいらっしゃるの？」ヴィータはしばらくしてたずねた。

何か子どもの存在を示すものを探しているかのように、その視線が部屋の中をちらちらと動いた。ヴィータの瞳は黄色く、高価な人形によく見られる中心が黒く光りかがやく丸いガラスの板に思えた。そんな丸い目が瞬きもせず、倉庫の棚にいくつも整然と並んでいる様子が、容易に思い浮かんだ。

「娘がひとり。十六歳」わたしがそう言うと、ヴィータの人形のような目が変化した。柔らかくなったようにも思えるし、鋭くなったようにも思えるが、明らかに変化したことが読み取れた。初めて会う人の顔は特に理解するのがむずかしく、混乱してしまう。表情から読み取れることはほとんど役に立たず、外国語を話す人の国籍はわかっても、言葉そのものが理解できないようなものだ。

「もう大人なのね。助かったわ《サンクファックフォザット》！」ヴィータは母音を短く切って発音したので、この下品な言い方が少しやわらげられた。ファック（fuck）の「ア」は少し「エ」と「ア」が混じったような音で発声した。その頃は誰かが汚い言葉を使うのを聞くと気持ちが落ち着かなくなった。わたしが知っている限りでも、そんな言い方から口論や喧嘩が始まった。でもヴィータが汚い言葉を使っても、音の感じがその語の意味を連想させないから何となく距離感というか、聴覚的な安心感のようなものが生まれた。粗野な言葉を自然に口にして、捨てられたたばこのように足元に積もっても、自分に触れることは決してないのだ。

「あたしたちの街の家の周りには子どもたちがたくさんいるの！　そして友達がいつも子どもを作っていた。いちばん仲良しの夫婦も……」ヴィータはそこで言葉を濁し、初めて完全に動きを止めて、目を閉じた。それからふたたび目を開けると、それはやっぱりヴィータだった。輝く笑顔はほとんど変わらないけど、ほんの少しだけ影が差していた。「ここが大人だけの世界にふたたびなるのよ、サンデー。ついにそうなるの！」

「お子さんは……？」と問いかけたが、それは個人的な問題だと気づいて口を閉じた。イーディス・オギルヴィは初対面の人にいきなりそんなことをたずねるべきでない、初めて顔を合わせる人との会話は一般的な話題に留めるべきだ、と指示するだろう。母親であることはどういうことか、それはこれまでいちばん知りたいと思ってきたすべてのことに並列する、「決してたずねてはならない」長い質問リストに入っている。

身長はどれくらいですか？　これは町ですれ違う知らない人全員に聞いてみたい。**車の運転はできますか？　イタリア統一が南部に与えた影響について考えたことがありますか？　バスに乗るのは好きですか？　この本はどうですか？　この本は好きですか？**　どれも口に出すことはなく、毎日飲み込んでいる。こんな言葉がわたしの中で蟻のように這い回り、くすぐられ、噛みつかれ、消えずにいる。何も言わずにいるのは奇妙に思われるかもしれないが、わたしにそんなことをたずねられるよりいいだろう。人はどれだけ質問していいのか、その数の定理を見出せていない。わたしは質問がいつも多すぎるってわかっている。とはいっても、ひとつの質問では聞くほうも答えるほうも満足できない。

「……いないの?」とヴィータがわたしの質問を言い終えた。「いいえ、いらないわ。すっごく疲れちゃいそうだから!」

すっごく《ブラッディ》。わたしは心の中で言ってから笑みを浮かべた。〝すっごく〟だけど、〝**血まみれの**《ブラッド》**日**《ディ》〟の意味も示す。面白い表現だけど、さっきの「エ」と「ア」が混じったような弱い「ア」で発音される〝**ファック**〟がいちばん好き。

「でも、結婚してるでしょ」この人が旦那さんのことを話していなくてもわかっただろう。話すたびに、キラキラと輝く指輪をはめた手が、言葉を急いで繰り出さなければとばかりにせわしなく舞い踊っていたからだ。ヴィータのようなエネルギッシュな人の前であれば、わたしも指で言葉を指揮できるかもしれない。

「ええ。あなたは?《アンデュー》」とこの人は「アンド」と「ユー」をひとつにまとめて最後を伸ばして「アンデュー?」のように発音した。ヴィータが発する言葉に合わせて人差し指、中指、薬指の三本の指でリズムを取って腿《もも》を軽くたたき、最後に軽い上昇音をイメージした。わたしの手には、この上昇音は従うべき強制ではなく、ささやかに示された興味のように感じ取れた。

「いいえ、もうしてません《ノッタニモア》」とわたしは言った。語をつなげて発音するヴィータの言い方が気に入ったので、「ノットエニィモア」ではなく、「ノッタニモア」と発音したのだ。でも、わたしの発音は硬直して子音が「ラタタ」という音を立ててしまい、ヴィータのフランス語のような魅力的な響きが再現されなかった。だが、ヴィータはわたしのその発音を耳にすると表情を明らかにやわらげ、わたしに対する興味を控えたように思えた。結婚している女性はわたしの離婚に興味を示し、そのことを根掘り葉掘り聞こうとする。まるでわたしの失敗のひとつを暴き出し、わたしのようにはなりたくないと思っているかのようだ。でも、ヴィータは社交的に上品な人のようで、無理にわたしからゴシップを聞き出そうとしなかった。

「ロールズが子どもをほしがらなかったの」とヴィータは続けて、わたしの過去の結婚からうまく話をそらしてくれた。まるで見えないカメラマンの要請に応えるかのように、この人は窓の方を見て、きらめく笑顔を一瞬浮かべた。

「あの人、かなり若い頃からそう言ってた。あたしを子どもと分けあうなんてできないって、いつも言ってた。センチメンタルな人なのよね。でも、今はそこまで思ってないみたい」

ヴィータは婚約指輪に視線を落としてじっと見つめ、大きな石を上にまわすと、それが感情もなくきらりと輝いた。旦那さんの考え方が変わったことで、旦那さんは子どもはほしくないと思ったのか、それともヴィータに対する思いが変わったのか、ヴィータは一切明かさなかった。

ヴィータはふたたびわたしをじっと見つめ、わたしはこの人の言葉を口の中で繰り返すのを控えることにした。わたしが言いたかったのは、子どもがいなくても充実した人生を送れるとわたしには想像できるということだった。ヴィータは椅子《いす》に身を沈め、小さな無害な虫を追い払うように少し肩をすくめた。喉元にゆるく結ばれたリボンが見えたが、それはスーツジャケットの下にわずかに見える薄手のブラウスの一部だった。ヴィータはそのリボンの垂れた端を片手でなでるようにして整えた。

ヴィータの指は小さく、まるで子どものような手をしていたけど、何度も身振りを繰り返したから、その度にワインレッドのネイルがちらちらと暗い光を放った。普段は人に触るのが好きじゃないけど、その時はヴィータの小さな手を包み込んで、胸元で踊り続けるその小さな指を静かにおさえてあげたかった。そして実際にそれをしてみると、思った通りあの人の肌は冷たかった。普通の人たちがおたがいのことがわかりあうのと同じように、わたしはヴィータのことを本能的に理解した。ヴィータを理解することは自然の力を超えたもののように思ったけど、土や植物に触れなくてもその感触がよくわかるのと変わりなかった。ヴィータについて正確に認識できたことは、結局どれも大事なものではなかった。それでもあの人について知ったことが、恋にでも落ちたようにすっと頭に入った。

「旦那は街で働いてるの。今もそこにいる」ヴィータは何かのくじが予想もせずに当たったけど、そんなのまるで興味がない、というような人の口調で、夫がいつもいないのはすごく幸運なことだけど、わざとそうしてもらってるわけじゃないのよ、と言おうとしているように思えた。「昔はもっと一緒に働いていたけど、あたしは年を取っちゃって、向こうは取らなかった。

男の人って年を取らないわよね？」

いえ、男の人だって年を取る、と心の中で反感を覚えた。そんなわけない。

この時ばかりはわたしが混乱していることが顔に出てしまったのだろう、ヴィータはまるでそのことを説明するように言葉を付け足した。「男の人のほうがあたしたち女性より長く選べるってこと、ただそれだけよ。ロールズはまだ家に子どもをいっぱい迎えられるから」幽霊のような、まだ存在しない子どもたちに囲まれているかのように、ヴィータはふわりと両腕を広げた。「でもあたしには無理なの」ヴィータはこの話はもうやめましょうとばかりに手を合わせて、明るく微笑んだ。「娘さんのお名前は？」

「ドリー」わたしは今も昔もあの子の名前を口にすると、笑みを浮かべてしまう。

「まあ、すてきなお名前」とヴィータはうっとりとした表情を浮かべて言った。「とってもかわいいわ！　あたしの名前なんて、まるですごい年寄りのおばあさん《オールドナンーマ》の名前みたい……」

ヴィータは「おばあさん」を「ナンーマ」と伸ばして発音し、最後に語尾を上げたけど、わざとそうしていたんだ。普段は「グランドマザー」という言葉の各音節を、水泳選手が呼吸をするように強くはっきりと発音するはずだ。どうしてそんなことが言えるかと言えば、わたしも話し方は人の影響を受けやすく、人のアクセントをまねしてしまうことがよくあるからだ。わたしと言葉の間にあるものも、わたしと他人との間にあるものも、薄っぺらく、常に変化している。ヴィータはおそらくわたしとの違いをはっきりさせたくなくて、母音をやさしく伸ばして発音してくれたのだ。わたしはヴィータの偽らない声が好きだった。あの人はミットフォード姉妹（二十世紀前半のイギリス上流階級のアイコン的存在の六人姉妹）のひとりが、白黒映画の背景に小さく映っている白い手袋をした社交界にデビューしたばかりの女の人のような話し方をした。この日の夕方、仕事から帰ってドリーに新しく隣に住むことになった人のことを話している自分を想像した。「ヴィータは話さない、さえずる。本当にさえずるの。小鳥みたいに」

ヴィータはさらに続けた。「……もし自分で名前を選べるなら、あたし、その名前をつけたい。ドリーって名前がいい」そう言って庭を見つめるヴィータは、本気でその名前をもうひとつの自分の名前にしようと考えているように思えた。

ドォーレエイ。わたしはヴィータが娘の名前を言うのを聞くのが大好きだった。**ドールズ**と呼んだ時もそうだし、最後にあの子を呼んでくれた時もそうだ。今だってあの人が娘の名前を呼んでくれるのを聞きたい。

「実はドリーは省略形。本名はドロレスで、姉にちなんで名づけた。姉はドロレス」姉の名前を繰り返しながら、ヴィータにあの子の名前も口にしてほしかった。

ドリーが伯母にちなんで名付けられたように、わたしの母も亡き祖母マリーナにちなんで名付けられた。七人兄弟姉妹の長女で、弟たちも妹たちも全員が母を二番目の親のように見ていて、母のフルネームは発音するが大変だったから、いつもただ「マー」と呼ばれていた。そのことはヴィータには言わなかった。ヴィータに母の名前を口にしてほしくなかったから。

「お姉さん？　それはすてきね。お嬢さんはそのお姉さんときっととても仲がいいのでしょうね。お姉さん、近くに住んでるの？」とヴィータがたずねた。

「……もういない。姉はもう……ここには……。父も母ももういない……。だから今はドリーとふたりだけ……」

また言葉を止めてしまった。そんな話をしたことを後悔したし、それについてたずねられたり、おかわいそうにと言われたくなかったし、なぐさめられたりしたらもっと嫌だった。

「歴史的に」と、まるで教室で生徒の質問に答える教師のように言った。「南イタリアではどの家族も魂の再生を信じていたから、赤ん坊には最近亡くなった近親者や兄弟姉妹の名前が自然と付けられた。だから親は別の子どもにも同じ名前をつけることがあったし、亡くなったばかりの子どもの名前が何度も付けられることになった。こうして生き残った子どもたちは、多くの子の魂を持っていると言われ、ほかのすべての子どもたちの分まで愛されなければならないから、かわいがられる」

ヴィータはじっとわたしの話を聞いていた。ようやくわたしが口を閉じると、最後の言葉を繰り返した。「……ほかのすべての子どもたちの分まで愛されなければならない？　そうよ、そのとおりよ」

あの人はわたしに向かって身を乗り出し、ためらうことなくまっすぐにわたしの顔を見つめた。わたしは越えてはいけない見えない社会の境界線を越えてしまったのかもしれない。道を外れて進入禁止区間に踏みこんでしまったのかもしれない。ヴィータから目をそらし、庭を見つめた。でも、ふたたび発せられたあの人の声が、よろける子どもをしっかりと抱きしめる母親のように、巧みにわたしを包み込んでくれた。

「ええ、娘さんにご家族の名前をつけるなんて、すてきなことよ。すごくいいことをしたし、あなたがドリーちゃんをお姉さんの分まで愛していることがよくわかるわ」

この確信に満ちた言葉で、あの人はわたしにそれまでまったく知らなかった自信を与えてくれた。それは期待していた包み込まれる安堵感をもたらすものではなく、わたしの内に眠っていた何かにそっとささやきかけてくれた。ずっと長いあいだ眠り続けていたものに、そっと。

輝く魚

初めて会った翌朝、ドリーが学校に行ったすぐあと、ヴィータはふたたび玄関の前に現れた。今度はパジャマを着ていた。あの人はもう一度自己紹介をすることもなければ、早朝の訪問を謝罪することもなかった。わたしの家にやってくるのはわたしたちのあいだで日常的なことであったかのように、何のためらいもなく、わたしの家の廊下を優雅に通り抜け、キッチンに入った。何の前置きも説明もなく、すでにわたしと何か議論していたかのように話した。わたしはそれまでずっと、誰かと親密になることは望まなかったし、そんなふうになれるとも思わなかった。でも、その時は違った。そうなりたかったし、その願いがわたしの中で興奮した小さな生き物のようにうごめいているのを感じた。そんな願いがすごく小さな心臓のように速く、リズミカルに鼓動していたのだ。

「牛乳ある？　うちの冷蔵庫にはワインのほかに、なにもなーい。あたし、サイテーの主婦。

ロールズは友達がいなくてレストランがなけりゃ、この町じゃ飢え死にしちゃうよっていつも言ってる」

〝友達がいなくてレストランがなけりゃ、この町じゃ飢え死にしちゃうよ〟とあの人は言いながら、両目の脇を覆うように手をあてて、下を向いてゆっくりと頭を振った。まるで遠くの観客に向かって恥じらいの演技を見せているようだった。あの人は何もかも異常なほど劇的に表現したし、その時はあの人のそんなところがありがたかった。あの人は輝くような笑顔を崩さず、大きな目を半分覆ったまま、愛嬌のある表情でわたしを見上げた。「うちの人はここでどうすればいいのかしら？」

「町にはカフェがある。それに中華料理店も。テイクアウトできる中華料理店があるの。それ、気に入ると思う」と言って、ドリーにするのと同じようにヴィータを安心させようとした。

心の中でヴィータの言い回しを繰り返した。〝冷蔵庫にはなにもなーい。あたし、サイテーの主婦。飢え死にしちゃう〟

あの人がそんなふうに特定の語を強調することで話の内容にどんなものをもたらすのか、その時はまだよくわからなかった。わたしはたいがい単調な話し方をするから、そんなわたしの話し方をドリーは時々ロボットみたいな話し方でまねしてみせてくれて、ふたりでよく笑った。「お・は・よ・う、ママ」とあの子は腕と脚をまるで金属でできているかのようにぎこちなく動かしながら、わたしの平坦な朝のあいさつに応えた。

冷蔵庫が空っぽ、主婦の役割を果たしていない、とヴィータは言ったけど、自分を卑下する様子はなく、喜んでいるように思えた。満面の笑みを顔に浮かべていたから、あの人は自分がこのあたりのほかの女性たちのように主婦の仕事をしていないことに、喜びを感じていたのだ。表情がすべてを語っていた。その顔は美しくバランスよく整っていたが、人を喜ばせることにはまるで興味がないことがうかがえた。このふたつの要素が完璧に組み合わさっていたから、あの人の顔は子どもの顔のように容易に読み取れた。あの人の自然さがもたらす外見は実は作り物だったけど、それが美しいことに変わりはなかった。あの人の話も魅力的で、あの人とわたしの主婦としての無能さが祝福されることになるとはその時は思ってもいなかった。イーディス・オギルヴィは、〝妻であることが女性の最高最大に尊敬されるべき特権〟と信じていたけど、わたしにとってはそうではなかった。ヴィータはキッチンテーブルに着いて、まるで何年も前からこうしてこの家を訪れていたかのように、遠慮することなく、椅子にもたれかかった。

当時のわたしは隣の人に何かをもらいに行こうなんて思わなかったし、緊急になくてはならなくなったものではなくて、ちゃんと用意しておかなかったから必要になったものをもらいに行こうなんて、まず考えなかった。もちろんイーディス・オギルヴィの本は人に物をもらいに行くことに関する注意事項など、一言も触れていなかった。ヴィータは大きなあくびをしながら、前の年のクリスマスにドリーのおじいさんにもらった大きな白い冷蔵庫をわたしが開けるのを見ていた。ドリーのおじいさんは自分の店に展示していたその古い型の冷蔵庫を、銀色の金属で縁取られ、全面がガラス張りの四角い冷蔵庫に買い替えたのだ。わたしはそんな高い買い物はできなかったから、この古い型の冷蔵庫がもらえてうれしかった。口座にまだかなり貯金はあるけど、自分ではそんな大金を稼げない。その夏、わたしの両親の遺産は最初の半分になっていたし、もっと贅沢したらいつお金がなくなるかわからない。今もあの頃も、なんとかやっていけるくらいの気持ちでわたしは生活している。でも、ドリーに対してはそんなふうに節約しようとは思わなかった。

　冷えた牛乳のボトルを手渡すと、あの人はそれを両手に包み込んで、まるで温かいお茶を渡されたようにすごく喜んで、それを手放したくないというような様子を示した。自分の家には帰ろうとしなかった。求めていたものは手に入れたのに、そこを動かず、話し続けた。わたしは両親の結婚生活の多くの遺物のひとつである合成樹脂のテーブルの向かいに腰を下ろした。わたしはお茶もコーヒーも飲まない。ドリーは幼い頃からお茶やコーヒーは自分で淹《い》れてきた。ヴィータがお茶かコーヒーを飲みたいなら、自分の家で飲まなければならない。あの人は頭に幅広のカラーバンドをして、片胸に〝RJB〟とネイビーのイニシャルがきれいに刺繍された青いストライプのパジャマを着ていた。パジャマは夏用の薄手の布地で編まれていたから下が透けて見えた。話すたびに薄い生地越しに胸が上下して、小ぶりの乳房がふわふわと揺れた。

　これまでナイトウェア姿の訪問者を迎えたことがなかったし、客がパジャマを着ていることはイーディス・オギルヴィの「話してはいけないリスト」にあるかどうかわからなかったから、それについては慎重に触れないことにした。でも、自分の乱れた姿をわたしの地味で実用的な仕事着とそれとなく見比べているヴィータを目にしたら、わたしが慎重に触れないでいることは、実はわたしがついたり隠したりしている嘘や秘密にほかならないと思えてしまい、あの人じゃなく、わたしが赤面してしまった。ヴィータの手には魚の鱗を思わせる銀色とピンクがあわさったような傷跡がびっしりと広がっていて、指がボトルをなぞるたびに光をとらえた。

両親が生きていた頃、このキッチンが魚でいっぱいになったことをよく思い出す。医師を完全に信頼して体を開かれた患者のように、いたるところに魚たちが捌かれて寝かされていた。観光シーズンになると、父は毎朝早くに観光客を船に乗せて出かけ、その日獲った魚を母に持ち帰り、母はその魚を観光客の妻のほか、その人たちが滞在する宿の女将に調理の下ごしらえをして渡した。母は寝室の窓から父の船を見守り、父の船が早く戻ってくることがあれば、観光客はすでに満足しているとわかって安堵した。

わたしたちの小さな家には湖のにおいのほか、父と母の手の中で毎日震えていた光る魚たちのにおいが常に充満していた。母は独学だったけど、地元の女性たちが編み物や裁縫をするのと同じくらい巧みに魚を捌いて皮を剥いだ。地元の女性たちが針を器用に扱うように、ナイフを手先で操ることを覚えたのだ。何かおそろしい事件が最近起こったことを示すかのように、乳歯に似た白い繊細な骨がよくこの台所に散らばっていた。

「父も母も魚を獲っていたの」とわたしはヴィータに言った。「父はここで漁師をしていた」

「うちの父も釣りをしてたのよ！」釣りをするのが珍しく、驚くべきことで、自分たちの父が特別な趣味を共有していたかのように、ヴィータは興奮して言った。「でも、父は射撃が一番好きだった。あなたのお父さんは？」

「いえ、父は魚を獲っていただけ」とわたしは答えた。でも、あの人はすでに自分が射撃がどれだけうまいか話し出していた。

ヴィータの話を聞きながら、あの人の手の甲にできた真珠のようなピンクの傷跡を見つめた。それを見ると、あの人は弱くて壊れやすい存在に思えた。わたしの心は電流のように勝手に流れ出す。わたしの中では何もかもがほかの非常に多くのものにつながっていて、こうした一つひとつが交わる点を通じてしか、世界を適切に理解することができない。もうわかっていたけど、ヴィータがこの家にやってきたことをドリーに説明しようとして、あの人の手に奇妙に輝く傷跡があの子の今はいないドリーのおじいちゃんとおばあちゃんが獲っていた魚とどうつながっているかとか、そのピンクを証拠にして、隣に新しく越してきた人がどれだけ弱く、明らかにわたしたちを必要としているかといったことを言ったりすれば、あの子はきっと嫌な思いをすることになる。ドリーは現実主義者で、そんな話を受け入れなかった。ママはありえないことをいちいち細かく話しているだけだよ、と注意されることもよくあった。ドリーは作り話ではなく事実を求めたから、わたしは事実だけを毎晩家に持ち帰ろうとした。でも、あの子がどんな答えを受け入れて、何を聞くとため息をついて部屋に行ってしまうのか、わたしはとうとうわからなかった。

どうでもよいと思われる細かいことにこだわるわたしにドリーは困っていたし、そんな話は一切受けつけないことで、あの子はそれをわたしにやめさせようとしたのかもしれない。妻が二杯目のお酒を手にしたり、シチリアの儀式について話し出したりすると、夫が顔をしかめてテーブルの下で妻の足を蹴るようなものだったのかもしれない。わたしの元夫もそんな男性のひとりだった。そしてあの人はいつもハンサムな笑顔を浮かべていて、それは足を蹴られるよりずっとこわかったし、何倍も効果があってわたしをたちまち黙らせた。あの美しく翳《かげ》りのない笑顔を見てしまうと、わたしは口を閉ざすしかなかった。

ヴィータはどこか不可解な存在に見えたけど、何かがその手の甲にそんな傷をつけたはずだから、どうしてそんなことになったのか、理解しなければならなかった。あの人が壊れるなんて思えなかったし、いったいどんな強力な力があの人の肌を破壊してそんな傷跡をつけたのか、想像もつかなかった。今ヴィータのことを考えると、まず頭をよぎるのはあのピンクの傷跡だ。あの人を作り上げていたほかのどの部分よりも先にそれが思い浮かぶ。ひとりの人のことがはっきりわかるのはこうした不均衡によってであり、ドリーが考えるように、すべて調和の取れたものからは引き出せない。ヴィータのあの傷ははっきりとしたアクセントや自信やきれいな顔立ち以上に、あの人のことを多く語っていた。そしてわたしはドリーとは違って、ほかの人を理解する手がかりを収集しなければならない。周囲の人たちから得た手掛かりをひとりで何時間も静かに考えあわせなければならない。あの一文は何を意味していたのか？　あの男性はなぜ早口にまくし立てたのか？　怒りを感じたからか、それとも急いでいたからか？

こうした探求が実際に何か具体的なものに結びつくことはほとんどないけど、それでも解読されるべき普遍の規範があるし、理解されるべき型が存在すると確かに思う。ドリーやヴィータは簡単な意思疎通を楽しめるけど、それはどんな感じだろうと思ったりする。わあ、そんなに簡単に言葉が交わせるんだ、とわたしは驚くだろう。わかる！　目の前の人たちが何を言いたいのか、何を望んでいるのか、よくわかる。苦労して言葉を置き換えることなどしなくても生きていける、聞いたことをすぐに理解できれば、どれだけすばらしいことか。

ヴィータが着けていたのはヘッドバンドだと思っていたけど、実は緑色のシルクの睡眠用アイマスクで、それがあの人の黒髪を押し上げていた。ヴィータの髪は巻かずになめらかに美しくS字型を描いて肩まで垂れていたから、パジャマを着ているのにフォーマルな行事に出席しているように見えた。このアイマスクには薄いナイトウェアにない親密さを覚えた。おそらくこれはヴィータの旦那さんとわたししか見たことのない、非常に私的なものだ。ヴィータは牛乳のキャップを外して、しばらくボトルから直接飲み込んだ。静かに飲もうといった気はないようで、ごくごくと何度も音を立てて飲み込んだ。姉のドロレス以外に、女性がこんなに自然で無防備に振る舞うのを見たことがなかった。ドロレスもお腹がすいたり喉が渇いたりすれば、お腹がすいた、喉が渇いた、と口にしたし、体がかゆくなれば軽くうめきながらぼりぼりと掻いた。半分空にした牛乳のボトルをテーブルに戻したヴィータの上唇が白く縁取られているのを、興味深く見つめた。

〝慎重に、共感を持って、ほかの人に気づかれることなく、ある人に自身の汚れた外見に注意を向けさせるのは、正しい行いである〟とイーディス・オギルヴィも指摘していた。

「ええと……その……」と言いながら、ヴィータの背後の壁を見つめて、わたしはわたしの口を囲むようにして指をぐるぐる回した。

「口ひげができてる?」とあの人は言った。「似合うかしら?」その顔をふたたび見つめると、目を見開いて笑みを浮かべ、映画スターのように顔の周りで両手を広げていた。意識的に激しく瞬きしたけど、口の周りの牛乳は拭き取ろうとしなかった。そのあと、自分が美しいのは事実ではなく、議論の余地があるかのように見せかけることに飽きてしまったのか、突然いつもの表情に戻った。ヴィータが美しいことはわかりきっていたし、あの人は自分の美しさにまるで関心がないように思えた。わたしはあの人の顔が大好きだった。かつて夫だった人の容姿を見ていた時と同じように、ヴィータの顔を見るとうれしくなった。

「あなたの髪、すてきねえ」とヴィータは言うと、わたしの目をまっすぐに見つめ返した。

「それ、染めてないの?」

わたしが答えようとすると、待ってとばかりに手を上げた。

「ちょっと待って、あたし、すぐにわかる」そう言って、わたしの顔をじっとのぞき込んだ。

「やっぱり染めてないでしょう？」

わたしはうなずいた。

ヴィータはテーブルの向こう側から身を乗り出し、肘をついてわたしの髪をひと房手に取ると、まるで値踏みするかのように顔を近づけて吟味した。

「まつ毛を見てすぐにわかった。**ほんとにきれい**《ウォーリー・プウェティ》」

ヴィータが「**ほんとにきれい**《ウォーリー・プウェティ》」と発話するのを耳にするのは心地よかった。柔らかいアール（r）の音にあわせて母音が強くはっきり発音されて、新しい外国の言葉のように思えたから、その言い方を口の中で繰り返した。**ウォーリー・プウェティ、ウォーリー・プウェティ、ウォーリー・プウェティ**。

「すてきねえ」とヴィータは続けた。「お嬢さんも同じ色？」

わたしはふたたびうなずいた。ブロンドの髪だけはママから受け継いでよかったよ、とドリーも言っていた。

ドリーとわたしの髪は色が抜けていてなんだかさえないとずっと思っていた。ブロンドというよりシルバーで、わたしの母の髪も冷たく青みがかった色をしていた。ドリーはわたしの家系のあまり見ないこの淡い色合いの髪をいつも誇らしく思っていた。ドリーが学校に通い出すと、シルバーの淡い色合いの髪はあの子の思いと異なり、誰もが美しいと思うわけではない、とわかるのではないかと不安に思った。でも、ドリーの髪はあの子が思ったとおりにクラスメートに明らかに好意的に受け止められたのだ。わたしが学校を出てからドリーが生まれるまでの数年間にどこかで大会が開かれ、わたしたちの髪の色合いが完全に世の中に受け入れられただけでなく、それは非常に美しい、地位と美の象徴である、と認められたのかもしれない。あの子はそういう人だ。あの子が信じることを周りの人たちもみんな信じるようになるし、なぜそんなふうにみんなの支持が得られるのか、あの子自身も含めて誰もわかっていない。あの子はいつも自分を偽ることはないし、だからこそ十分に人を引きつける。

「それでドリーはあなたに似てるの？」とヴィータが続けた。

思えば、あの子は父親に似て、人当たりがよくてつかみどころがなく、何を考えているかわからない表情をいつも浮かべていた。人を喜ばせるために作られた、定まらない表情だった。家にはドリーの写真がたくさんあって、（ほとんどいないけど）訪問客が写真のドリーを見て姉のドロレスと思ってしまうのがうれしかった。テーブルの上のハンドバッグの中にもドリーの写真はあったから、その中から最近撮った写真を選んでヴィータに渡した。その写真は今も同じハンドバッグの中に入れてある。ヴィータに渡したドリーの写真は二年前に撮ったもので、あの子は灰色の制服を着て髪をきつく後ろに結んでいたけど、頬はピンク色に輝いていた。横を向いていて、笑顔を浮かべているというより、自分を撮影したカメラの後ろにいる見えない何かや誰かに顔を向けて笑っているように思えた。見ている人にはわからないけど、あの子は誰かと密かに愉快な話を交わしていたのだ。

「いいえ」とわたしは答えた。ヴィータに、わたしの義理の父母がよく指摘するように、ドリーとあの子の母親であるわたしを一緒にしてほしくない、とはっきり言いたかったからだ。

「あの子はすごく頭がいいの。大学に進学するつもりなの。数学を学びたいみたい。ケンブリッジで」

あの子がケンブリッジに行くかもしれないという可能性についてはあの子のおじいちゃんとおばあちゃんにしか話していなかったのに、ヴィータについ話してしまった。そんな魔法のような考えが、あの人の前では突然現実味を帯びて感じられたのだ。ヴィータの世界に住む女の子は当然大学に行って、すその広がったワンピースを着てパーティに参加し、おしゃれなスーツケースを引いて旅行に出かけるだろうし、そういう女の子たちは皆、自分たちにはよいことしか起こらないと思っているだろう。

「まあ、すてき！　とってもかわいい。そして頭がいい《クレバー》のね」ヴィータは最後の〝頭がいい《クレバー》〟という言葉を風変わりで不適切な意味合いであるかのように、興奮した様子で声を落として発音した。

「頭のよさはあなたから受け継いだのかしら？」

「いいえ。わたしは試験の前に学校を辞めました。いつもひとりでいたし……ドリーほど頭がよくなかったというか、今もあの子みたいに頭の回転が速くない」

「あたし、ケンブリッジで学んだのよ。美術史なのよ、ダーリン」声が高く、か細くなり、つづいてあの人は乾いた小さな笑い声を漏らした。

ヴィータがケンブリッジで美術史を学んだことが本当に愉快な話題であるとわたしもとらえたとばかりに、あの人と一緒に（いつものように「ハッ!」と声を出して）儀礼的な笑いを漏らした。ヴィータは眉をひそめてわたしをまじまじと見つめると、すでにその口の周りで乾いて固まっていた牛乳の筋が薄くひび割れていた。わたしは笑いを止めた。もし自分に十分な学歴があってそれについて話せるとしても、それを笑い話になんかしたくない。ドリーが大学で何を学ぶのかあの子と話す時は、いつも敬意を込めて発言した。少なくともわたしはそうした。大体いつもわたしは教育を望んでいないようなふりをする。自分が学校に行けない理由を思い浮かべるのはむずかしくない。人々、騒音、日々の人間関係の構築、学術コミュニティ、そのすべてからいずれ排除されてしまう。でも、本や本の中にある可能性はそのどんなものよりも時に大きく、大事なことに思える。大学に対して感じたのは、ドリーの父キングに対して感じたのと同じ痛みだった。満たされない思いを抱き、自分にとっては意味のないものを手に入れたいと欲することに、怒りを覚えたのだ。そんなすばらしいものを切望せずにはいられないけど、わたしはそれによってもたらされるものに耐えられるようにはできていない。

「……でもね、ロールズも数学の学生だったのよ」とヴィータは続け、今は落ち着いた笑みを浮かべていた。「あたしたち、大学で出会ったの。あの人が十九歳で、あたしは二十八歳だった。あたし、年取った学生だったの」あの人はそれが自分の言葉ではないかのようにゆっくりと吐き出してから、〝年取った学生〟は明らかにおかしな言い方ねと笑った。

「どうして？」とわたしは言った。

ヴィータは笑みを浮かべた。「どうして？」

「どうしてあなたも十九歳じゃなかったの？」

ヴィータはため息をつき、しばらく口を開かなかった。

「ほんとはね、その前にある人と婚約していたの。でも、ずっと……それが成就することはなかった。あたし、ほんとに頭がおかしくなってしまった」

ヴィータは〝頭がおかしくなってしまった〟と最後に言った時だけ顔をしかめたけど、それは一瞬の痛みの表情ですぐに消えた。まるで見えない小さな手につねられたような痛みを一瞬感じただけだった。そして満面の笑みを浮かべて続けた。

「父に、ヨーロッパに行って休養したらいいって言われたの。フランスとオランダに親戚がいるの。でもケンブリッジにいとこがいて、そっちに行き着いた。そこでわたしは年取った学生になったというわけ」

ヴィータは「年取った学生」をまた違うイントネーションで発音した。

「ロールズはそうじゃなかった。全然違う。あの人、期末試験をすっぽかしてレースを観にいったこともあるの。あの人はそんなことしてないって言い張るでしょうけどね。ロールズにドリーに会ったら話をしてもらうように言うわ。あの人は数学が大好きで、放っておけばいつまでもその話をしている。わあ、ドリーちゃん、かわいそう！　あたし、あの子に何しようとしているのかしら」

まだ口に牛乳が付いていたけど、ヴィータは笑いを止めてまじめな顔をした。そして髪をなで上げた片手を胸にあてた。その手で何か失くしたものを探すかのようにパジャマの上を軽くたたいていると、自分がどんな格好をしているか思い出したのか、疲れ果てたように大きなため息を漏らした。それからまたパジャマを長い指で指して、もうどうにもならないわね、といったそぶりをやんわりと示した。

「実はね、まだ何も荷解きしてないのよ、サンデー。どうしてもやりたくないの。それをする気になれないの。洋服も出してない。今着られるのはここに来た時に着ていたスーツだけ。それもクリーニングしなくちゃいけない」ヴィータはここで口を閉じ、一体誰がスーツのクリーニングをしなくちゃいけないか考えているように思えた。「ロールズがトムのところに行こうって言ったの……南フランスに来たらっていうお話ももらったのよ。でも、結局ここに来たんだから、あんたが荷解きを全部やりなさいよってロールズに言ってやったの」

一瞬、ヴィータはわたしじゃなくてドリーに話しかけているようだった。ドリーはよく癇癪を起こしたけど、そのあとは大体落ち着いてくれた。

「あたしたち、洋服といくつかのお気に入りの品と、何枚かの絵画しか持ってきてない。あとはみんな倉庫に置いてきた。だから今トムの家のインテリアを見てる……。それでね、引っ越しの業者さんがとっても親切で、荷物を解いてあげますよって昨日言ってくれたの」

そうでしょうね、もちろんみんなこの人のそばにいたいでしょうね、と思った。助けてあげた見返りなんてもらわなくても、自然とこの人の近くにいたいと思うに違いない。

「でも、あたし、断ったの」とヴィータは声を落として打ち明けるように続けた。「ロールズに楽をさせたくないの。今日はお店に行って新しいものを買うわ。あの人が来て荷解きをするまで、ほしいものをどんどん買いつづけるつもり」

ヴィータは背筋を伸ばして手をすりあわせると、子どものようにわくわくしてわたしににっこりとほほ笑んだ。

「ご主人はいついらっしゃるの？」

「新しい服をいっぱい買うまで来なくていいんだけどね」ヴィータは笑っていなかったし、眉毛はまっすぐ暗い線のように伸びていて、ミルクの線がまだうっすらと上唇を縁取っていた。小さな赤い口は上顎が下顎よりも少し突き出していたから三角形に見えたし、この口を写真に写すと何かを暗示するように見えると思ったけど、実際そうだった。くちばしのように鋭角に曲がったその口元によって、あの人は鳥のように見えた。

ヴィータにまじまじと見られると、湖に戻されるような気がした。この町の名前がとられた、観光客がピクニックでカメラを持って訪れるあの冷たい湖に浸かる感覚を覚えた。そこで昔はよく泳いでいたし、いつしかその湖の水が目に見えない望んでいない形で家族の中に流れ込んできた。わたしはそこで泳ぐ者のみが知る形でその水を理解していた。最初は突然の温度の低下を受けて小さな衝撃が警告を発し、水の中で体が麻痺して寒いのか熱いのかわからなくなり、最後は状況に体が順応してモルヒネを思わせる温かい心地よい感覚が手足に戻ってくる。ある朝、朝早いけど、これから泳ごう、と姉とふたりで岸に立って準備していると、ひとりの男の人が近づいてきた。浜辺を横切る際に男の人は小石につまずいたけど、ある任務を負ってわたしたちのところに送られて来たかのように、姉とわたしから目を逸らすことはなかった。水が冷たいと感じるなら泳いではいけない、体が冷たさに慣れるまでつかっているだけにしなさい、とその人は言った。姉とわたしはうなずき、男の人はそれ以上何も言うことなく立ち去った。見知らぬ男の人はそんな調子で、まるで警官が運転手にブレーキランプが壊れていると注意するように、無作法で事務的だった。

そしてヴィータと一緒にいると、あの男の人が勧めてくれた〝静止すること〟が、冷たい衝撃を受け入れるあの感覚が、自然とわたしの中に生じた。わたしはヴィータに包み込まれた。かつて姉と一緒に冷たく暗い湖に浮かんでいた時と同じように、ヴィータのまなざしの中で、重力を感じずに支えられているように思えた。安全だと思われる感覚に包み込まれた。

でも、ヴィータは話しつづけた。「……一緒に行かない？　えーと、あなたはお仕事《ワーキ》しているの《ング》?」あの人は〝お仕事している《ワーキング》の〟と言ったけど、その語は発音に注意しないといけない外国語のように聞こえた。

「はい。でも、あなたと一緒に買い物に行くより、仕事がしたい」

視線はその時もわたしに固定されていたけど、あの人はしばらく沈黙していたし、わたしはあの人の話し方のパターンが崩れたことに気づいた。それまであの人は特に返事を求める時は短い間を置いていたけど、それ以外はまるで早打ち花火のような話し方をした。トゥトゥトゥトゥトゥトゥトゥトゥトゥ、沈黙、トゥトゥトゥトゥトゥトゥトゥトゥトゥ、沈黙。

これまでに、この魅力的な女性に、それはできないと拒否した人がほかにいただろうか。

ヴィータを笑みを浮かべ、無声映画に出てくる女優のように両手を合わせた。

「ああ、もう大好き。正直な人は大好きよ。思ったことを口にするのがずっと楽よね。でもここにはそんな人はあんまりいないよね。この小さな町の人たちはみんなすごく礼儀正しいから。自分の小さな家の中で、他人がどう思うかといったことばかり気にしてる」

ヴィータは目を大きく見開き、頬に両手をあてて、口を困惑したような〝O〟の形にした。

そして笑いながらわたしの脚をぽんと叩き、膝を包み込むように手のひらをかぶせた。

「でも、あたしたちはそうじゃないわよね、サンデー?」わたしの膝から手を離してミルクのボトルをふたたびつかみ、さっきよりも控えめに、秘密めいた笑みを浮かべた。「このあたりの人たち、あたしたちみたいじゃないよね」

イーディス・オギルヴィの本には隣人を批判するのは受け入れられない行為であると明確に記されていたから、ヴィータが返事を待つことがなかったのはわたしには幸運だったと言える。代わりにあの人はボトルの残りのミルクを飲み干し、空になったボトルをテーブルに置くと、パーティでショットを飲み干した人がするように、これで飲み終わりました、とばかりに両手を上に向けて広げた。

確かに、この近くに住む人たちはわたしやヴィータのような人たちじゃない、とわたしも思った。わたしたちみたいじゃない。あの人とわたしは周りの家の人たちとは違っていた。そしておたがい似ていた。わたしと似ていることを喜んだり、受け入れたりする人に今まであったことがなかった。ヴィータと出会うまで、自分は時代遅れの未完成な人間だと思っていた。でも、ヴィータがわたしたちふたりが変わっていることをすばらしいと思ってくれるなら、わたしはわたしたちが奇妙であることを大切に思えるような気もした。わたしみたいな人がわたしだけじゃないと知らされたように思えた。

ヴィータは立ち上がり、牛乳を口の周りにつけたまま、愛らしい笑みをふたたびわたしに向けた。あの人の脇に、これまで気づかなかった上品なハンドバッグが置かれていた。そのバッグはまるで愛されるペットのように、床ではなく椅子の上にそれだけ置かれていた。ヴィータはそのバッグをさっと胸に引き寄せると、やわらかそうな革を愛おしそうになでた。

「さて」とあの人は言った。「これから買い物に行くの。旦那が置いていったあのバカな車でね。あの車は嫌いだけど、あの人、この車をきみと同じくらい世界でいちばん愛しているんだ、なんて言うのよ。じゃあ、お仕事、頑張ってね」

最後の「お仕事」という言葉が、まるでわたしの仕事がふたりの間の社交辞令で使われる言葉というか、長い付き合いのある友人同士が何か不適切なものを指す時の暗黙の婉曲表現であるかのように、ある種の強調と含みを込めて発音された。

ヴィータを玄関先まで送り、そこからあの人がご主人の赤い車に向かい、トランクを開けるのを玄関から見つめていた。わたしもその赤いバカな車が大嫌いになっていた。ヴィータはトランクから底の平らな紐靴と薄いピンクのセーターを取り出すと、その場に座り込んでパジャマの上にセーターを着込んで靴を履いた。あの人はまるで幼児のように人の目を気にせず、ただそのために体を動かしていた。ドリーはたとえコートを羽織っても、ほんのちょっとした用事だけでも、寝間着で外出するなんて、とってもできない、といつも言っていた。でも、わたしはパジャマで外出するのは全然問題ないように思えたし、むしろとてもすてきだと思えた。ヴィータは立ち上がり、わたしがまだ玄関から見てくれているだろうときっと思いながら、明るく手を振った。ヴィータの乗った車が視界から消えるまで、わたしは玄関の外にいた。

ヴィータには興味があったけど、あの人もわたしがショッピングを楽しめるようにしてくれることはできないとわかっていた。衣料品店に行くとあまりに強い閉塞感を覚えてわたしは非常口を探してしまうけど、ほかの女性客はみんな飼いならされたペットのように従順にふるまっている。頭上のライトが女性客の目をまぶしく照らして商品棚に注意を向けさせる。どの棚にも商品が手に取りやすいように十分に計算されて配置されている。女性客はやわらかそうな小さな手で衣類をなでながら吟味するけど、その後どんな基準によって何を買って何を買わないのか、まったくわからない。あの人たちは買い上げた商品をレジで袋に入れてもらう時にこれはもうわたしのものよとばかりにうれしそうな表情を浮かべて、それぞれの購入品を大切な秘密のように抱きしめて店を出て行くけど、これも同じくまるでわからない。

十五歳の時、姉の葬儀に着る服を探していると、ほっそりとした黒髪の女性の買い物客に目が釘付けになった。女性客は無造作にすばやく商品をなでるようにして商品を選び、そのあと一歩引いて無表情でじっとそれを見つめた。商品棚の間を抜けて女性客のあとを追い、あの人が触れた商品に自分も手を触れて、そのあとあの人がしたみたいに一歩引いてじっと見つめた。やがてほっそりした黒髪の女性客は派手な柄のブラウスを選び、すぐにレジに向かった。女性客が選んだブラウスには、緑のしゃれた帽子をかぶった小さな鶏が、斜めに傾いたいくつかのマティーニグラスの隣で踊る姿が描かれていた。見るとどのマティーニグラスにも、芯の部分に詰め込まれた赤いピメントに串を刺されたオリーブが添えられていた。わたしは商品棚の同じブラウスに期待を込めて手を当てて、目を閉じた。だが、そのブラウスはわたしの手の中では平坦で生気が感じられなかったし、店内の容赦ない熱気で冷たく感じられた。それでもわたしはその醜いブラウスを買い、姉の葬儀に、翌年には両親の葬儀に着用した。これがわたしの四つの信念に基づく行為《アクト・オブ・フェイス》の始まりで、次はキングに出会い、母親になり、最後にヴィータを知ることになる。

冬の蜂

ヴィータがドリーの父親についてたずねたのは最初に会った時だけだったし、それはすばらしいことだと思う。ふたたびそのことに触れればわたしを苦しめるとわかっていたから、それ以上詮索しなかったのだ。あの人は話していて相手が何か言いたくないようなことがあると感じると、すぐにそれに対する興味を抑えたし、相手が言いたくないことは、実際に口に出される前に本能的に感じ取った。わたしは自分が独身でいることを近所の奥様たちからいつも心配そうにたずねられるから、ヴィータのこうした社交的繊細さはあの人の社会的階級からもたらされたものだと思う。ヴィータの慎重さは、「離婚という不幸な事態における上品な振る舞い」に関するイーディス・オギルヴィの詳細な指示に合致するものであったかもしれない。

そのことに感謝した。結婚生活の終焉について、わたしはかねてより無難な返答をいくつか用意していた。

「それは昔のことです」
「一人でいることに慣れています」
「とにかく、もう終わったことです」

そのことについて、それ以上誰にも話したことはない。ヴィータにもすべて話さなかった。特にあの人だけには離婚でわたしが受けた傷を知られたくなかった。十八歳の時、わたしはドリーの父親に恋をして、完全に心を奪われた。

わたしはあれからまだ立ち直れていない。あの男に出会った時にわたしがおかしな人じゃなくなっていて、わたしを気にかけてくれて、わたしがよくない状態にあることを心配してくれる人たちがいれば、きみはあの男に魔法をかけられたようなものだよと同情してもらえただろう。でも、あの男は魅力的でみんなに愛されている。わたしたちの恋愛を見守っていたのはあの男の近くにいる人たちだけだったから、わたしたちの結婚の物語は、わたしに欠陥があるから、キングのような男をもってしてもわたしを妻としてふさわしい存在に作り上げることができなかった、というものになった。

あの男が家族とこの小さな火の町に引っ越してきたすぐ後に、わたしたちは出会った。男の両親は町最大の農場を相続し、そこに自家栽培農産物を販売するショップを開いていた。魅力的な田舎風の店が大きな納屋に作られ、地元の人々や観光客でにぎわっていた。わたしはその店で初めて大学の夏休みで帰省していたあの男、アレックスと会った。アレックスの両親は、カウンターに置いた手書きの広告を見て応募してくれたのはあなただけよ、と言って、面接もなしに温室の仕事に就けてくれた。

わたしが農場で働き出して三年経った頃、アレックスが大学を卒業して農場に戻ってきた。夕方、仕事を終えると、温室でアレックスがかけてくれた美しい言葉を何度も思い返した。かつて南イタリアの伝統では、愛する女性を訪ねる男性は、女性から椅子を勧められることがない限り、腰を下ろすことが許されなかった。椅子を勧められるのは実は象徴的な申し出で、求婚者はこれを受けて将来の夫として考えていると伝えられたのだ。アレックスがわたしに会いに温室に来ると、頑丈な木製の作業台のひとつに腰を下ろした。わたしは普段は立って仕事をしていたけど、植物の苗はどれもゆっくりとていねいに扱わなければならないから、椅子に座って作業を進めた。湖で磨きぬかれた岩のように、椅子の木材は歳月を重ねてなめらかになった。アレックスが戻ってくると、その椅子を温室の奥の作業台の下の見えない場所に隠しておいた。わたしはその椅子をアレックスには勧めず、あの人も求めなかった。

植物を奥の部屋に運び込んで販売の値札をつけている時は、あの男がお客さんと交わす会話に耳を澄ませた。わたしは密かにあの男を〝キング〟と呼んだ。わたしはあの男を本名で呼ぶことができなかった。みんなあの男をアレックスと呼ぶから、その名前が嫌いになってしまったのだ。みんなあの男の注意を引いて、あの男を自分のものにしようとして、会話の中で〝アレックス、アレックス、アレックス、アレックス〟と男の名前を何度となく口にした。あの男に、わたしはあなたを〝キング〟と呼んでいるの、と明かすと、男はその呼び名を一瞬も否定せず、うれしそうに笑った。一緒に過ごすようになった最初の頃は、男は〝キング〟という名前を面白がって使った。仕事から帰ってくると、いつもと違うきびしい調子で、「キングが帰ったぞ！　家来たちはどこだ？」と大声を上げた。わたしと男の娘はその声を聞いただけできゃっきゃっと興奮した。この遊びがあの男とドリーがいちばん通じあえる方法だったことに意味がある。男は誰か別の人の声で話しかけ、ドリーはそんな芝居をする男にうれしそうに駆け寄った。その時はわたしも一緒に笑っていたけど、今はできない。

　キングはわたしが毎晩ひとりで見ていた映画そのものだった。あの男が大学を卒業した夏の終わりに、わたしはいくつか植物を農場のショップに持ち込んだ。男はそれをすべてテーブルに並べながら、目を上げずに話しかけてきた。

「旅行に出ることにした。来月出発する」

　キングは以前にした約束を取り消すかのように、何かを打ち明けて防御するような態度を取った。わたしは手を洗っていなかったので手のひらに温かい土の粒が残っていたから、その温かさに意識を集中しながら手を握りしめた。キングはまだ話し続けていたけど、わたしはあの男の言葉をもう処理できなかった。男はわざと感情を抑えた芝居を見せようとするかのように、わたしの肩に軽く手を触れた。キングはいい返事がもらえるとわたしを期待して見ていたけど、わたしは手のひらに土の温かさを感じながら答えた。

「いやよ」とわたしは答えたけど、キングと一緒に旅には出ないということだったのか、あの人に肩を軽く触れられるのを拒否したのか、自分でもわからなかった。

「いや?」

「いやよ」わたしはそう言って、皮膚に上質の土の感触を残したまま、ショップを出た。土はまだ完全に眠りから覚めていない様子で、わたしの手と頭に冬眠中の蜂のようなおだやかな脅威をもってささやきかけた。キングが後を追ってきた。キングはそれまで女の子を追いかけたことがなかった。女の子たちが自分のもとにやって来たからだ。女の子たちは歯医者の待合室にいる患者さんみたいに、痛くないかと不安で心が折れてしまいそうな様子でおとなしくしているけど、頬を痛み以外の何かで赤く染めてキングを待っていた。キングがわたしを追ってきたのは、わたしがあの男にとって初めて求めなければならない存在になったからだ。それまで何かを「ほしい」と思ったことなんてなかったのだ。

そしてキングは結局旅に出ることはなかった。今あの男が美しい二番目の奥さんと手をつないでご両親の農場を所有者のような顔をして歩き回るのを見るたびに、あの時のことを思い出す。旅には出ず、約一年後にわたしはわたしたちの娘を出産した。そして自分がなりたかった善きシチリア人のように、あの子にあの子が決して知ることのない伯母と同じ名前をつけた。陸で溺れた少女、愛するドロレスの名前を。

子どもの頃に近所に住んでいたお年寄りの夫婦が、ラーセン・トラップというカササギを捕らえる罠の檻を仕掛けていた。カササギを檻の中に閉じ込めておくと、ほかのカササギが入ってくるが、カササギは入ったら最後、逃げられない。このアーサーさんとフランさんの老夫婦はカササギが弱い鳥やその卵を食べてしまうことから、庭の害鳥と見なした。アーサーさんとフランさんはこの罠に仕掛けるおとりのカササギを何年も飼っていて、ロバートと名付けてペットのように大事にしていた。このロバートが毎日やってくる仲間を死に至らしめた。その生き生きとした歌声は、檻に入ってきた仲間のカササギに呼び掛けているというより、飼い主と共謀していると思わせた。ロバートの歌声にはそんなおそろしい意図が秘められていたが、美しさを失うことはなかった。でも、その青黒い胸の中の小さな心は冷酷だった。アーサーさんとフランさんは捕らえたカササギを毎週絞め殺し、小さな死体を積み上げて火をつけて燃やした。父と母もそんな夜に時々アーサーさんとフランさんの家に行って、四人でじっと動かず、火の粉が頭に飛んできても動じず、燃え上がる火をずっと見つめていた。

十四歳の時、アーサーさんが心臓発作で亡くなった。フランさんは葬儀の日にカササギのロバートを放した。父と母は黒いスーツを着て庭で静かにしていて、フランさんの様子を見に行ったほうがいいかどうか小声で話していた。後になって、父は声を落として、フランさんは泣きながらラーセントラップを揺さぶって、ロバートを飛び立たせようとしたけど、ロバートは飛ばずに檻の中に戻ろうとしたんだ、と姉とわたしに心配そうに話してくれた。アーサーさんがいなくなってから、フランさんは庭を野放しにして、父の芝生を刈ってあげますよという申し出もたまにしか受け入れることはなかった。父がフェンス越しに声をかけても、フランさんはプラスチックのガーデンチェアに座ったまま、感情は示さずに肩をすくめるだけだった。父を見ることなく「好きにして」とばかりに、父に恩恵を施すように、常に手にしたたばこであたりをわずかに指し示した。

空になったその檻はしっかりと閉じられて、一羽のカササギが細かい骨組みの屋根の上に、まるでどこかの廃れたバーにいる飲んだくれのように、暗く不機嫌そうによくうずくまっていた。このカササギがアーサーさんとフランさんの飼っていたロバートなのかどうか、フランさんにしかわからなかった。このカササギはいつも一羽でいて、ほかの鳥に攻撃を受けたようで頭や翼の一部が禿げ上がっていた。もしこのカササギがロバートなら、監視者として過ごしながら檻の中の生活に居心地の良さを見出し、鳥の習性を失ってしまったのかもしれない。

女の子たちがキングの美しい顔を愛おしそうに見つめる眼差しと、キングが女の子たちを難なく魅了する手練手管《てれんてくだ》の関係は、まさしくカササギの罠そのものだった。ラーセントラップに仕掛けられたカササギも、ほかの鳥が空から見れば輝いて見えたに違いない。でも、小さな檻の中でこのカササギと一緒に過ごして初めて、そのカササギのきらきらひかり輝くように見えていたものは、実は飛べない翼に固まりついた脂だった、と知ることになる。

大きな声で話して、普通に話して

ヴィータが突然牛乳を求めてやって来たことで、最初のバスに乗り遅れてしまい、めずらしく農場に到着するのが遅れてしまった。わたしはいつも決められた就業時間より長く働くようにしていた。温室はとても静かで、わたしのほかには誰もいないか、静かなデイビッドがいるだけだった。仕事をしていると、黒いなめらかな土によってこの手に重力のようなものが加わり、求めていた抱擁のように安心感をもたらす均等な重みで満たされる。わたしの手は決して休まない。通りを歩くたびに、表面がでこぼこしたレンガ、輝く植物、冷たい車のドアなどが、わたしに触れてほしいと訴えてくる。どこかの店の前に並べば、店内からかすかに聞こえる音楽が目の前の女性の黒いカールした髪にさえぎられて聞こえなくなり、女の人の厚手のウールのコートに生きているようにくねり落ちていくその髪を手でなぞりたくなる。公共の場では、手に触れることのできないすべてのものの静かな要求を退けるために、ほぼ拳を握り締めて過ごす。光や騒音に圧倒されると、こうした無言の要求を最大限強く感じる。生まれた時から光と音にさらされるのは耐えられなかったけど、その反動で物に触れたり、においをかいだりする強い渇望が備わった。植物とともに働くことで、わたしの感覚のバランスの悪さが一時的に和らげられる。

わたしのこの症状は温室の中にはついてこないが、入り口で待っている。ひとりでいる時や仕事をしている時は、外で暗い顔を前足にのせて眠っている。温室であんたは誰かに謎をかけられたり、おかしな目で見つめられたりすることはないから、何の困難も生じないじゃないか、とあいつは不満を漏らす。温室は社会の事情や負担の存在しない魔法の空間だ。でも、わたしが誰かほかの人と一緒にいると、あいつが動物のようにへばりついてくる。おれは仲間だとばかりに笑顔を浮かべて近づいてきて、愛情のように見せかけて鉄の手をわたしに肩にあてるけど、そうやってわたしは本当は誰なのか、常に思い出させる。このオオカミのようなわたしの伴侶が、針金を思わせる髭をわたしの顔にすり寄せて、耳元でささやく。

イタリアの話を続けろよ、相手の目を見るな、だめだ、あいつらはそれが好きじゃない、床を見ろ、壁を見ろ、日曜にあの音楽はうるさくないか？　あの明かりも明るすぎるんじゃないか……？

シチリアの民間伝承には、こんなオオカミみたいなやつがたくさん出てくる。女性はクリスマスイブなどの特定の夜には、最初のノックで夫を家に入れてはいけない、三回目のノックまで待つように、と注意がうながされる。ある女性が深夜に混乱して目を覚まし、夫の二回目のノックでドアを開けてしまったところ、夫に食べられてしまったという。夫は三回ノックをしていなかったので、まだ人間に戻っていなかったのだ。わたしはそんな明確な規則には問題なくしたがうことができるから、シチリアの妻として生き延びることができただろう。でも、わたしはイングランドのキングに嫁いだので、オオカミに自宅の玄関で食べられてしまった。

温室のドアを一枚一枚開けていると、デイビッドがやってきてわたしの朝の仕事に合流した。デイビッドはその日はお父さんとお母さんに連れられて昼食を食べにいくことになっていたから、半日だけ農場で働く予定だった。翌日がデイビッドの二十五歳の誕生日だったので、ご両親はイタリアへ二週間の旅行に出発する前にデイビッドをお祝いしたいと思っていたのだ。わたしはイタリアに強い憧れを抱いていたけど、実際に訪れたことがないから、ご両親がどこに滞在するのか、何を観る予定なのか知りたかったけど、デイビッドは何も教えてくれなかった。ご両親が戻ってくる頃には末っ子のデイビッドは実家を離れて、農場の若い労働者たちがキングのご両親から借り上げているコテージに入ることになる。デイビッドのお父さんとお母さんがこの農場を訪れるのは初めてで、黒い高級自家用車が午後一時ぴったりに温室の外に広がるコンクリートで舗装された庭に到着した。このあたりの田舎道で黒い車をきれいに保つのはむずかしいから、ご両親は相当きれいに乗っていると感心してしまった。

デイビッドは今も十分は遅れてやってくるし、普通ならわたしも気にするし、デイビッドじゃない人なら絶対気にする。でも、デイビッドの登場の仕方はすごくすてきだ。静かにやってきて、わたしが気づかなければ、何のあいさつもなく仕事を始める。キングやヴィータは家に派手に入ってきて、注意を引こうとする。手品師が明るく笑顔を浮かべて片手にウサギを手にし、「ジャジャジャーン！」と現れるような感じだ。キングと結婚していた時、あの人はわたし見るといつも驚いて言った。

「なんでいつもこそこそ歩く？ 普通の人みたいに部屋に入れないのか？」

母にもキングと同じようによく言われた。キングと同じ声で。最初の人の批判をもうひとりが後押しするかのように、毎日同じ人物の異なるバージョンに批判されるのだから、薄気味悪かった。

その朝、自分の植え付け作業から顔を上げて、デイビッドの背後に広がった完璧な緑の列と、それを作り出したデイビッドの熟練したていねいな手作業を感嘆のまなざしで見つめた。手を振ると、デイビッドは〝おはよう〟と親指を上げて胸の前で半円を描いた。まるであいさつが心の中の数多くの楽しいことのひとつであるかのように、いつものように手話で気兼ねなく楽しそうにあいさつしてくれた。

もしデイビッドの手話のように話すことができる人がいれば、その人のアクセントは軽やかで旋律的だと言われるだろう。農場のショップの常連客である五十代のウェールズ人、ロイドさんがまさにそうだ。ロイドさんが季節の野菜や予想降雨量の農作物への影響について穏やかな音楽を奏でるように話し出すと、まさに歌をうたっているようだ。気づけばロイドさんの話を目を閉じて聞いていて、もしかしたらこの人を好きになってしまうかもしれないと思うことがある。ロイドさんの美しい声色に聞き惚れてしまって、話の意図を聞き逃してしまうことがあるから、あの人はまた最初から話さなければならないこともよくある。もう一度繰り返してもらえませんかとお願いしてもロイドさんはとてもやさしく応えてくれるのだ。それだけじゃなく、ほかのお客さんの声が小さくてわたしには聞こえないんじゃないか、その言い方はわたしにはよくわからないんじゃないか、と思うと、ロイドさんはその人たちにていねいにそのように伝えてくれるのだ。

わたしの手話はわたしの話し方と同じでよそよそしく、人間味を感じさせない。デイビッドに直してちょうだいとお願いすると、あの子はやさしく微笑みながら、サンデーの手話はあまりにも堅苦しいよ、と指摘する。

〝それがわたしの話し方よ！　手話も話すのもおんなじ！〟ある日、わたしはとうとう怒りを爆発させてしまった。〝ドリーにいつも言われている。あなたにまで言われたくない！〟

デイビッドはまじまじとわたしを見つめた。

〝僕にはあなたの話し方がわかる。僕は……〟そこでデイビッドは二本の指を片目に当て、わたしに向けた。〝……見ている。あなたが見えるよ、サンデー。まだあなたが見える。〟

わたしは怒りが収まらず、拳を強く握りしめて、親指を額に向けた。

〝わかってる！〟わたしは作業中の植物に向き直った。

デイビッドが自分の作業台を突然たたいたので、わたしははっと顔を上げた。あの子はこれまで通りにわたしの気分に動じることはなく、あふれんばかりの笑みを浮かべていた。

〝よかったね、サンデーの手話はさ、話すよりずっといいよ〟デイビッドは遠くから聞こえてくる歌にあわせるように無意識に体を揺らし、手話で楽しそうに伝えた。デイビッドの動きはわたしの動きのように硬くなくて、軽やかでゆったりとしていた。

デイビッドは生後数年間は耳が聞こえたから、話し手の口の動きを見て言っていることはわかるし、自分でもはっきり言葉が発音できる、と前に一度話してくれた。デイビッドは五歳で髄膜炎を患い、病院で目覚めた時は人生が一変していた。すべてが以前と同じように思えたけど、音が完全に消えていたのだ。看護師や父と母が病室のドアを開けたり、部屋を動きまわったり、グラスに水を注いだりしても、まるで幽霊の仕業であるかのように、まったく何の音もしなかった。病院の人たちや家族がベッドに体を近づけて話しかけてきた時、デイビッドが覚えているより口が速く動くのを見て、この人たちの声も壊れてしまっている、だからこれは新しい無音世界の手品なんかじゃない、とあの子はやっと理解した。

「もっと大きな声で話してよ！」とデイビッドは言った。「普通に話して！」

そう言ったが、少なくとももう自分の声が耳に届かなくなっていることに気づいた。

ある朝、デイビッドは温室ですべて話してくれた。その日温室に来る前に、ご両親と言い争いになったようだ。ご両親はデイビッドに農場で働くのではなく、デイビッドのふたりのお兄さんのように大学に行ってほしいと思った。でも、デイビッドはご両親とご両親の考えをずっと疑っていて、ほかでもなくこの人たちがデイビッドに音の感覚を与えないのではないかと今も子どものように警戒している様子だった。

デイビッドのご両親は手話を学ばず、今もデイビッドに人の唇の動きを読み取って話をさせようとした。デイビッドがまだ幼く、覚えたての手話を熱心に使おうとしていた頃、それで会話ができないように、両手をお尻の下に挟んでおくようにご両親に命じられたことがあった。わたしも家で母に同じことをされて、手をはじいたり叩いたりできなくされた。おかげで公共の場では手をはじいたりたたいたりしなくなったし、少なくとも母の前では無意識に髪を引っ張ることはしなくなった。デイビッドは声がもう五歳の子どもの声じゃなくて、大人の男性の声になっているから、自分の声が認識できないし、声を出して話すよりも手話で話したいと思うのはよくわかる。広い温室の植物の列を挟んで静かに仕事しながら手話で話すのは、デイビッドにもわたしにも望ましい。

デイビッドは今も大体午前中は温室でわたしと作業し、午後は農場で働いている。収穫期は畑で作業しなければならないから、何週間も温室に来ないこともある。そのあいだ、デイビッドの静かな存在が恋しくなる。

その特別な日の午前、デイビッドのご両親が大きな声であいさつしながら温室に入ってきた。「やあ、こんにちは！　今着きました！」ご両親のすごく大きな声に縮み上がった。わたしはデイビッドが幼い頃に見ていたご両親を思い描いていた。おふたりは話すように口を動かすけど、ばかにするように声は出さなかっただろう。わたしはご両親の顔をじっと見つめた。デイビッドはお父さんとお母さんのそれぞれいちばん魅力的な特徴を受け継いだようだ。目はお父さんの青白くじっと一点を見つめるような視線ではなく、お母さんの丸く茶色い瞳に似ていた。一方でお母さんの非難するような小さな口と顎は見て取れず、お父さんと同じやさしく気さくな笑顔を浮かべていた。お父さんもお母さんもともに銀髪で、ネイビーとベージュの服に身を包んでいて、高級なホリデーの広告や民間療法の宣伝に出てくる幸せな退職者を思わせた。お母さんがしていたペンダントヘッドが鋭く尖ったネックレスが、忠実に主人を見守るペットのようにその鎖骨の上に広がっていた。お父さんとお母さんはともに両手を差し出してわたしに向かって歩いてきたけど、わたしは手が土で汚れていたから、汚れてしまいます、と手のひらを掲げて注意した。おふたりはそれに気づいてその場で足を止めて、少し離れたところから手を振った。

　デイビッドはすでに入り口脇の小さな流しで手を洗っていた。お父さんが近づいてきて、その背中を強く叩いた。流しはまるで子ども用のように壁の低い位置に取りつけられているから、デイビッドはそれを使うのに少し屈まなければならないのだ。デイビッドとわたしはその流しの位置について、昔は温室が小人たちによって運営されていたんじゃないかな、とありえないことをよく愉快に話す。でも、その日のデイビッドの丸まった肩と緩んだ膝は、体をその流しの低さに合わせようとしたというより、その低さに服従しているように思えた。

「休暇はどこに行くんですか？」とわたしは温室の向こう側に立つご両親に聞こえるように、大きな声でたずねた。デイビッドは見てなかったみたいだけど、わたしはわざと手話も交えてたずねた。

「イタリアです！　イタリアに行きます！」とふたりはともに笑顔で同時に答えた。

「わかってます。イタリアのどちらに行くんですか？」とわたしはたずねた。その時は話しながらいくつかの言葉だけ手話で伝えた。〝どこ、あなた、イタリア？〟

「……コモ湖に行きます！」とデイビッドのお父さんが言った。祝杯をあげるような言い方だった。お母さんは夫がまるですごく立派なことを言ったかのように、脇でじっと見つめていた。

わたしは肩をすくめた。「ああ、そうですか」もう手話は使わなかった。コモ湖は南イタリアじゃなかったけど（コモ湖は北イタリアのロンバルディア州にある。周辺はヨーロッパきっての高級リゾートとして有名）、ふたりともうれしそうだった。シチリアの歴史について少し話そうかとも考えた。でも、デイビッドのご両親の期待に満ちた顔を見上げて、植え付け作業に戻ることにした。

「とても楽しみにしているのよ」とお母さんが言った。

わたしは何も言わずに作業を続けた。イタリア北部の湖に行こうとして興奮していて、南には行かない人たちに、いったい何を言えばいい？　おふたりの間違いを残念に思ったけど、この人たちがあとで受け入れることだ。

「さあ、行こう、デイビッド」とすてきなご両親が大きな声で言った。「行きましょう」

でもご両親は動かず、ふたりはあらかじめ示し合わせたかのように、わたしのほうを向いて並んで立っていた。普通に話す人なら、ここでドアや車を自然に指し示すかもしれない。でも、デイビッドのご両親はなるべく話さず、意識的に腕や手も動かさずにいるように思えた。デイビッドはご両親の固まった背中の後ろにいたから、何と呼びかけられたのか、わからなかった。お父さんとお母さんはわたしを仲間に引き入れるように話しかけた。

「この子はいつも遅れるんですよね」

ふたりに期待を込めて見つめられたので、わたしは「はっ！」と声を出して植物の仕事に戻った。この人たちが好きじゃなかった。テレビに出てくるような服を着て、デイビッドを会話に参加させないのが嫌いだった。ようやくふたりはわたしから目を逸らし、デイビッドは車に向かうご両親についていきながらわたしに片手を伸ばした。わたしはデイビッドに明るく手を振り返した。

デイビッドはぎこちない笑みを浮かべて、胸の前で大きな円を描いた。〝ごめんね〟

デイビッドがとてもおしゃれな服を着ていたことに、そこで気づいた。ネイビーのチェック柄のシャツはしわひとつなく、デイビッドはアイロンをかけないから、新しく買ったものに違いなかった。ズボンも同じく濃い青系の色で、強い意志を感じさせるその暗い色合いは、普段の色あせた作業服とまるで違って見えた。デイビッドはこの日のためにこんなにがんばったのかとわかって、ご両親がますます嫌いになった。

わたしはデイビッドに微笑み、ちゃんと見てもらえるように大げさな手話で〝大丈夫よ〟と伝えて仕事に戻った。


その午後、家に戻ると、家の中は静かで、ドリーはいないとすぐにわかった。この家は夏になると骨組みがいちばんしっかりして、玄関の木のドアもスムーズに開く。冬は玄関のドアも窓も体に水を溜め込んだ人みたいというか、不思議の国で体が大きくなって小さくなった靴やきつくなった指輪をはめようとしているアリスみたいに、不機嫌そうに膨れ上がる。だから冬は力を入れないとドアが開かないし、ぴたりと合わない上げ下げ窓から冷たい空気が吹き込んでくる。玄関ポーチの暖かい煉瓦をなでて中に入り、ドリーが帰宅する前にシャワーを浴びようと二階に上がった。寝室の窓から、ヴィータの家の庭の芝生の上に、まさしく前の日にあの人が寝そべっていたあの場所で、じっと動かないふわふわした白い物体が見えた。最初は放り出されたおもちゃか何かと思ったが、突然跳び上がり、見えない追跡者から逃げるようにあの人の家の中に駆け込んでいった。それは尖った顔と驚くほど長い毛で包まれた小犬だった。

夕方も暖かく、フレンチドアを開けたまま夕食の準備をして、デイビッドの誕生日ケーキを焼いた。デイビッドの誕生日にケーキを焼いてプレゼントするのをずっと前から続けていて、あの子はどんなケーキを作ってもすごく喜んでくれた。ドリーの誕生日にはケーキを焼かなかった。あの子のおじいちゃんとおばあちゃんが毎年地元のベーカリーで注文する見事なケーキにはとてもかなわなかったからだ。六歳の誕生日に、ドリーはわたしが作ったケーキを見て、もう作らなくていいよ、と言った。今になって思えば、それでも作っていればよかったと思う。

デイビッドのケーキに入れるバタークリームを混ぜていると、ヴィータが庭で話しているのが聞こえた。最初は誰かと話しているように思えたから、旦那さんが家に来たのかと思った。でも、よく聞くと、汚れたラグの手入れの仕方とか、いたずらなペットのしつけ方について言っていたから、どうやら先ほどの小犬に話しているとすぐにわかった。ヴィータは赤ちゃんやペットに対するような言い方ではなく、真剣によどみなく話していたし、あの人ならではの言い方で質問も発し、自分で答えていた。

ドリーが家に入ってくる音が聞こえて、あの子ががらんとした廊下に向かって帰宅を告げてから、キッチンにいらっしゃいと声を掛けた。その夏、あの子はとてもかわいかった。よくあの日のあの子を思い浮かべる。学校の制服を着て、色の淡い髪を顔にかからないように緩く束ねていて、試験勉強の問題集が入ったバッグを手にしていた。あの子はほとんど化粧をせずに、友達よりも地味な格好をしていた。化粧をしていないから、さらに幼く見えた。ドリーが化粧もせず、地味な服装でいるのは、学校の勉強や復習や試験のためではなく、わたしが飾り気のない格好をしているからだとひとりで思い込んでいた。

「ドリー、遅かったね。今日はどうだった？」わたしはドリーに腕を回したが、あの子は体を硬くして、一瞬身を任せてくれたものの、抱擁に応えてくれることはなかった。

「うん、普通。特に何もない。試験だからね。もうご飯食べられる？　勉強しないと。そのケーキ、おやつに焼いたの？」ドリーはそう言って無意識に手をゆるく重ねて手話でケーキを表現した。

その頃は手話をあまり使わなくなっていたけど、そうやってあの子が〝抱っこ〟とか〝ママ〟とか〝ケーキ〟とか〝おやすみ〟とか〝愛してる〟とか、子どもの頃みたいに時々意識せずに手話を使ってくれるのはうれしかった。


ドリーがまだ小さくて、キングが仕事に行っていた頃、あの子とふたりでよく一緒に静かな時間を過ごした。図書館で借りた手話の本で学んだジェスチャーを使って会話を楽しんでいたから、手を動かすだけでこれから何をするか、お昼はどうするかを決めることができた。ドリーにコートを着せて手袋をはめてあげながら、新しいウェリントンブーツを買いに行くと言葉では伝えず、手話で伝えた。膝をついて、手で示すほうがわたしは好きだったのだ。

〝バスに乗る。ブーツを買いに行く〟さらに続けた。〝雨が降っても大丈夫。嵐が来ても大丈夫。水たまりがあっても大丈夫〟

そしてドリーも期待して手話で返した。〝アイスクリームも食べられる、ママ？　チョコレート味がいい！　あたし、アイスクリーム大好き！　ママも、アイスクリーム大好き！〟

何度も征服されたシチリア人は、かつて地元の人々だけが理解できる手話を使っていた。わたしが使っているこの手話は、明らかに異国の支配者の前で内密なやり取りをしなければならない歴史的な必要性から発展したのだ。キングはおたがいを静かに理解しあうことは許さなかったし、わたしとドリーが密かに何かを考えることも望まなかった。なのにあの男は、自分が望むことをわたしとドリーが考えていないと、すぐにわかった。

いつものわたしと同じように幼いドリーが言葉を発しなくなると、キングはドリーがいちばん大事にしていたものを取り上げて、あの子がそれを返してよと言葉を発するまで戻さなかった。ドリーもわたしも「言葉を話せ。ほしいならそう言え」とキングにいつもの調子で言われると、思わず身構えてしまった。もちろんあの男は娘にただ言葉を話してほしいわけではなく、自分のように話してほしかったのだ。何より大事なのは、幼い娘がわたしのように甘美な沈黙の中に迷い込むことがないようにしたかったのだ。キングはわたしが子どもの頃に周りの人たちにされたのと同じことをドリーにしようとした。ドリーは四歳の誕生日にもらったふわふわの白いウサギのぬいぐるみや、ミツバチの縞模様が入った手袋や、頭が大きくて、ドリーみたいにすごく透き通った大きな青い目をした人形を宝物のように大事にしていた。キングはそんなあの子から大切なものを取り上げて、あの子がわたしのように何も言わずにいることができなくしたのだ。

食卓はすでに準備してあったから、わたしはドリーの皿に料理を盛ってあの子の前に置いた。ドリーは女王様のように席について食事を待ち構えていた。夕食はドリーが帰ってくる一時間前にはすでに作り上げて、それからずっと温めていたから、まるで太陽の下に放置された海の生き物のようにすっかり乾いて縮み上がってしまっていた。

「デイビッドの誕生日ケーキだよ。明日家に少し持って帰るから……」と言いかけたけど、ドリーがまたしゃべり出していた。わたしはケーキを缶に入れて、ドリーの向かいに座った。

「すごい」とドリーは夕食を見下ろして言った。「白い食べ物。またですね。いただきます」

わたしもテーブルに着くと、夕食がすごく白い、あるいはクリーム色であることに気づいた。でもその日は木曜日で、ご飯と魚を食べる日だった。普段はサラダや野菜を添えるけど、忙しくなると、食事がどんどん白くなっていくのだ。いつのまにか真っ白になって、ドリーが嫌そうな顔をしてくれてようやく気づく。あなたの魚、グリルして茶色くしてあげようか、とわたしはドリーに言った。

「それでも白い食べ物に変わりないよ」とドリーは言った。「白い食べ物がただ焦げただけ」

そう言いながら、あの子は味に興味はなさそうだけど、とにかく手をつけてくれた。

「今朝またあの隣の人に会ったの」とわたしはあの子に言った。

ドリーは何の表情も浮かべず、諦めたように自分の皿を見つめていた。

「ほら、ヴィータよ」とわたしは続けた。

「誰?」

「ヴィータよ」とわたしはドリーに注意をうながすように、隣の家のほうに顔を向けてうなずいた。「覚えてる? あの人が引っ越してきたって言ったでしょう。まだ会ってない? 家の前にあの人たちの赤い車が停まってる」

「ううん、会ってない」と言ってドリーは立ち上がり、冷蔵庫からトマトケチャップのボトルを取り出した。

「そう、あの人が言ってたけど、あの人の旦那さんも数学を勉強してたんだって。だからその旦那さん、いつかあなたとその話がしたいって言ってた」

「ふうん、ママ、それはすごいね」抑揚のない言い方だったけど、ドリーはそう言ってわたしに微笑んでくれた。ドリーの表情や気分次第で気持ちがいつも揺れ動いたし、あの子が笑ってくれると幸せな気分になれた。あの子は今日の午後も試験を受けてきたし、何カ月も試験勉強をしていたから、きっとすごく疲れていたんだと思う。ドリーは自分の料理にケチャップをたっぷりとかけて、お皿に真っ赤な色が付いたのを見ると、小さくうれしそうに息を吐いた。

「やった、もう白くないよ」

でも、そのあとすぐにケチャップの赤が薄くなってピンクになってしまったから、その料理を食べるのをやめて冷凍庫を開けた。

「勉強しなくちゃ《リヴィジョン》！」と最後の〝ジョン〟の音をお別れの言葉のように強く発音して、バニラアイスクリームの箱を手に、部屋から出て行った。

「でも、そのアイスクリームも白いけどね」と少ししてわたしはあの子が聞こえるように大きな声で言った。「そして全部ひとりじゃ食べられないわよ」わたしはそう言ったけど、ドリーはすでに二階にいてわたしの言葉が聞こえなかったから、わたしはがらんとしたキッチンで独り言を言っているに過ぎなかった。


翌朝、職場でデイビッドに誕生日ケーキを渡そうとしてケーキを入れた缶を開けると、すでに大きな一切れが切り取られていた。

わたしは眉をひそめたし、デイビッドは眉を吊り上げて、見えない赤ん坊を腕の中で揺らすしぐさをして〝ドリーかな？〟と手話でたずねた。デイビッドは知ってるけど、わたしはそんなふうにあの子の名前を表現しない。

わたしはわが子の名前をはっきり指でつづった。〝そのとおりよ、DOLLY《ドリー》に違いない〟

デイビッドはケーキにていねいにほどこされたアイシングと、円形の大きく欠けた部分を見比べた。〝DOLLY《ドリー》はセンスがいいね。許してあげようよ〟

今度はデイビッドがドリーの名前を一文字一文字手話で表現して、ふたりで笑顔を交わした。

デイビッドの顔は読み取りやすい。ドリーの父親やおじいさんやおばあさんは表情が一瞬で変わるけど、デイビッドはそんなことはなく、いつも人に理解されたいと思っている。わたしたちはいつものように大きなジェスチャーで、ふたりで一緒に考えたダンスを踊るようにして、ふたりで完璧にシンクロして手話で何度も「ハッピーバースデー」を繰り返した。

デイビッドは休憩時間と昼食時にケーキを一切れずつ食べようと言った。わたしは厚い二層のバニラスポンジケーキを作り、白いフロスティングをたっぷりかけた。デイビッドが家に持ち帰る分はまだまだたくさん残っていた。ドリーが取った一切れは結局、ほとんど問題にならなかった。でも、わたしはドリーに家に持って帰るからと約束したけど、そうしなかった。

ドリーはお友達と一緒に勉強していて、帰りは夜遅くなると言ってたから、わたしはひとりでシリアルにミルクをかけて食べてから、あの子にコールドチキンサラダを作って冷蔵庫に入れておいた。サラダの残りを片付けていると、玄関のベルが鳴った。通りの突き当たりに住むアウトドア派の年配の女性フィリスが、何かわくわくするような表情で玄関に立っていた。わたしが父と母を亡くして十八歳になるまでの二年間、フィリスは自ら裁判所に希望してわたしの後見人になってくれた。フィリスが毎日欠かさず家に来て様子を見てくれたおかげで、わたしは養護施設に預けられることなく、父と母が残してくれたこの家に住みつづけることができた。

フィリスは実際、わたしにとってはわたしの実の母より望ましい人だった。フィリスはちょっと変わっていたし、小さな農場も所有していたから、わたしがちゃんとやれているかいつも見ていてくれるというわけじゃなかったけど、お医者さんを予約したり、請求書があれば支払ったりと、必要があれば事務的なことはいつでも手助けしてくれた。わたしの能力も評価してくれていて、裁判所に任命されたソーシャルワーカーなどの前では、この子はちゃんとできますよ、といつも言ってくれた。わたしがいろんなことがいつまでもうまくできなかったり、よく混乱してしまったりすることがあっても、フィリスは考えを変えなかったし、大丈夫よ、それはあたしたちの秘密にしましょう、ときっぱりと言ってくれた。その時もこの人がわたしのためにどれだけ大きな責任を引き受けてくれたか、思い知らされた。わたしが十八歳になって、このふたりだけの秘密から解放されて、あの人もわたしもほっとしたと思うけど、ねえフィリス、もうわたしの顔を見に来てくれたり、わたしに必要なことやわたしの健康状態を気にしてくれなくてもいいのよ、と何度も思い出させてあげないといけなかった。

最後に、わたしはフィリスが公式にこの義務から解放されることを知らせる手紙をすべて読み上げた。フィリスはうなずいた。あたしもその手紙を受け取っていたわ、と小さな声で言った。でも、わたしがその知らせを目の前で読み上げることで、わたしたちはおたがいに解放されたとふたりとも受け入れられたように思う。フィリスはそれから毎日来ることはなくなったし、来てももう家の中に入っていいかしらとたずねることはなくなり、玄関先ですべて用をすませようとした。

フィリスは毎週、自家栽培の野菜のほか、あの人の家の鶏が産んだパステルカラーの卵を近所に分けて配っていて、その日はわたしとドリーに届けてくれたのだ。あの人はニンジンとトマトのほか、卵を収めたケースを入れた薄いビニール袋を、にっこり笑って渡してくれた。そんなのを渡せば、わあ、これ、ほしかったのよ、すごくうれしい、とわたしが言うって向こうもわかっていたから、いつもそこには慎み深いひと言が添えられた。

ひとりじゃ食べ切れないの。でも、捨てられなくてね。

フィリスは自分が栽培した野菜や飼育している鶏の産んだ卵をそもそもひとりで全部食べきれなかった。あの人は少なくとも鶏を十五羽飼っていて、何年も前に旦那さんを亡くしてからひとりで暮らしていたのだ。

ドリーがまだ家にいた時は、ドリーの父親の両親のリチャードさんとバニーさんに、僕らが経営する農場のショップにあるものは、お金は取らないから、好きなだけ使っていいよ、と言ってもらっていたので、野菜や卵には困らなかった。わたしはこの家族の恩恵に頼りすぎないように注意していたし、ドリーにも同じことを心掛けるようにいつも言っていた。ドリーは時々そのお店に友達を連れて行って、手作りのビスケットやたっぷりフロスティングされたケーキや高価なチョコレートをスクールバッグに入れて帰ってきたし、それはわたしが毎週節約していろんなものを買いそろえている以上の額になることもあった。キングとわたしは離婚にあたって金銭的な和解をはかることもなかったし、ドリーの養育費をどうするかも話し合わなかった。家はわたしのものだったし、あの頃あの男は自分名義のお金はあんまり持ってなかった。キングの両親はわたしとドリーに寛大で、息子がすべきだった支援をしてくれた。でもドリーが大学進学のために家を離れれば、そんなふうに食材を自由にもらえることはないってわたしもわかっていた。ショップでキングのお父さんのリチャードさんと顔を合わせると、あの人ならではの婉曲的な言い方で、心構えはしておいたほうがいいよ、と暗に伝えてくれた。**ひとりになれば、あまり買い物はしないよね？　ドリーがいなくなったら、スーパーを使ったほうがいいんじゃないの。**

ドリーがわたしと一緒に住まなくなれば、あの子のおじいさんとおばあさんを頼りにできないって、あの時もわかっていたし、今もわかっている。

「ありがとう、フィリス」とわたしは言った。「いつもやさしくしてくれてありがとう」

必要な新鮮な農産物はみんな農場から分けてもらえるからと何度言ってもむだだった。それをフィリスに何度もわかってもらおうとしたけど、あの人はうちに卵を届けたいのだ。とにかくもういいからと拒むよりももらってしまったほうが楽なので、農産物の入った袋を受け取ってドアを閉めかけた。

「……に会ったの？」

フィリスがたずねたことの最後の部分だけ聞こえた。

「ごめん、何て言ったの？」とわたしは玄関のドアをまた開けた。

「新しく入った隣の人にもう会ったの？」とフィリスはヴィータの家を指して、今度はちゃんと伝わるようにたずねた。

キングの名前を口にすることで、おいしいものにありつこうとするショップの客と変わらない。チョコレートがほしい子どもと同じだ。わたしも同じように「ヴィータ」の名前を刺激的でなく、自然に思えるまで、あの人の一部だけでも自分のものにできるまで、繰り返し口にしていたかった。

「この子の口が話すのは、心の中にいっぱいになってるものだけ」と母はよくわたしたちに注意をうながした。これをあの人は家族の夕食の席でわたしが黙っている時に口にした。あの人にとって、わたしが静かなのはわたしの心が空っぽであるということだったし、よくしゃべる姉の胸の中では家族愛に満ちた心臓が鼓動していたということだった。そして母はわたしの空っぽの心について話しながら、そのわたしの空っぽの心の中に自分の居場所はないとたぶん一瞬で感じ取ったのだと思う。

母は知らなかった。わたしは小さな娘を持つし、その子は食事を取ってる時や、話したり遊んだりしている時に、突然倒れ込むようにして、わたしの胸の中でかわいらしく眠りに就く。プレゼントを開けながら眠ってしまうこともある。あの子の顔の横には破った包装紙が広がり、それが吐息で上下に揺れる。ドリーがそんなふうに突然眠りに落ちてしまうことで、わたしの中の何か硬いものが粉々になった。わたしの心に刻まれたこの傷を、わたしは決して治したくなかった。そうやって幼児が毎日寄せてくれる信頼が、母がわたしに突きつけた空っぽの心に水のように流れ込んだのだ。母だってわかってたはずだけど、あの人も本来愛があるべき場所に空っぽの部屋を抱えていたんだ。父も母の心に冷たい湖の水がさびしく流れているって知ってた。父の心臓もまた違った鳥の心臓で、愛に満ちていたけど、その愛はすべて妻に注がれていた。

玄関先で、フィリスはわたしの返事を待っていた。

「ええ、会ったよ」とわたしは言った。「ヴィータ。あの人は……」そこでふと言葉が止まった。ここ数日、ヴィータと誰よりもたくさん話していたのに、ほんとにあの人のことを何にも知らなかったからだ。ひとつ、思い出した。

「ケンブリッジで美術史を専攻したのよ」とわたしはまるで自慢を娘の持つ親みたいな言い方をした。

ドリーがフィリスの後ろに現れて、フィリスの体に軽く触れながら、わたしたちふたりの脇を抜けて家に入ってきた。

「フィリス！」ドリーの明るい声が廊下を通り抜けていった。「おいしい卵を持ってきてくれたんだね！」

フィリスはドリーに卵をそんなふうにほめられて、うれしそうに目をぱちくりした。「ドリーはいい子ね。サンデー、あなたとおんなじね。お父さんとは全然違うよ」フィリスはキングの魅力にまるで気づかない稀な人で、そのことを恐れずに口にする。

まるでこの話は人に聞かれてはいけない不吉なものであるかのように、フィリスはドリーが廊下の奥に消えていくのを見届けてから話を続けた。

「もちろん、あの隣の家には卵を持って何度も行ってるよ。でも、誰もいないの。何日も。スポーツカーが外に停めてあるのにね」どうしてあの家には誰もいないのかしらとばかりに、フィリスが目を大きく見開いて眉をひそめると、目鼻立ちのはっきりした小さな顔に刻まれた皺がさらに深まった。「あの家にフランとアーサーが住んでいたの、覚えてる？　すてきなカップルだったわ。でも、もちろん、今はすっかり変わってしまった。全然違う」

フィリスはどうにもならないわとばかりにふっと両方の手のひらを上に向けてから、腕をだらりと脇に下ろした。でも、このあたりはほんとは何も変わってなかった。多くの人たちはわたしが子どもの頃からずっとここに住んでいたし、父と母が結婚した頃に撮った写真に写っている木々も、手入れの行き届いた生垣も、この家の周りの私道も、全然変わってない。

「レイクサイドも売りに出されているって聞いたわ。あんなに子どもたちがたくさんいるのに！」

レイクサイドは地元の児童養護施設で、町の外れに建つ、質素だけど美しい建物だった。かつて母が望んだようになっていたら、のちにフィリスが支援を申し出てくれなかったら、わたしは幼少期にその施設に入れられていたかもしれない。フィリスの言い方は、建物と一緒に子ども売られてしまうように聞こえた。フィリスは昔から話をするのが好きだったから、そんなふうに言って会話を続けたいんだ、と思った。

「いえ、それは違うと思うよ、フィリス」とわたしは言って、ふたたびドアを閉めようとした。でも、フィリスの話は終わってなかった。「あたし、フローレンスを殺さなければならなかったの」まるで世間話をするようにそんなことを言った。

わたしは仕方なくドアを開けた。例の〝はっ！〟ではこの人の告白に対応できない。「ああ、そうなの」とわたしは答えた。

「フローレンスが卵を食べるようになっちゃって、止められなくなったの。するとメアリーも同じことをしだして、ほかの鶏たちもまねするようになった。辛子を水に溶かしたのを卵に注入したらメアリーは食べなくなったけど、フローレンスはその味が気に入ってしまったの。あの子は卵を食べつづけた」

「それでそのフローレンスを殺したの？」とわたしはたずねた。フィリスが鶏を殺したなんて信じられなかった。フィリスは前庭で鶏を何羽も自分の赤ん坊のように抱えて運んでいたし、通りかかる人が興味があるかどうかに関係なく、その人たちに一羽一羽の名前を紹介していた。

「そう、首を絞めたの。メアリーもまた卵を食べるようになったら同じようにする」フィリスは思い出したように、骨ばった指を握りしめた。するとフィリスの皮膚が張りつめて、薄紙のような手の甲に血管が浮き上がり、自分が飼育している大きな鶏たちの爪があの人にも生えたように思えた。そして自分がしたことをわたしに非難されるだろうと予想していたからか、いつもより険しい表情をしていた。わたしは目の前のフィリスとこの人の鶏の新しい殺害方法をどうとらえたらいいか、決めかねていた。

「ええ、そうよね。あなたはそうするよね」とわたしは天気のことをいつも口にするあの郵便局長のように意味のないことを言って、ようやく玄関のドアを閉めた。

コーラの缶とサラダを手にしたドリーが、ソファから声をかけた。「これ、ほんとにママが作ったの？　色がついてるじゃん！」あの子は、一緒にテレビを観よう、と言った。その時代物のドラマシリーズはひどいものだったけど、ふたりを笑わせてくれた。ふたりして笑えるドラマなんてめったになかったから、それを一緒に観ることにした。ドラマに出演している若い役者たちはどんどん人気者になって、もっと大きな仕事がもらえることになったから、このドラマでは突然死んでしまうことがよくあった。

「姉は海岸に住んでいて、牧師と結婚している……」と、それまで聞いたこともない人物の名前がある週のエピソードの誰かの会話に出てきて、次の週のエピソードには実際にその人物が出てきて、思いもよらぬ悲劇に見舞われるのだ。主人公は決まって若い美しい女性で、十九世紀が舞台にもかかわらず、朝起きた時も例外なくいつも濃いアイメイクをしている。この女性のキャラクターはいつも周りの顔色をうかがっていて、決まって**「お父様はそれを家ではお許しになりません」**みたいなセリフを口にする。わたしとドリーはカフェの汚れたテーブルに着いている時も、わたしの髪がぼさぼさな時も、ドリーが遅く帰ってきた時も、わたしが夕食の料理を焦がしたり、おかしな服装をしたりした時も、この「お父様はそれを家ではお許しになりません」というセリフを耳にすると、小指を絡ませるようにして握手して、この言葉を真剣に再現しようとした。

ソファにふたりで仲良く座っていると、ドリーがわたしの膝の上に脚をのせてきた。あの子はわたしより背がずっと高いし、この長い脚は何度も見ていたはずだけど、こうやってみるといつもと違って見えた。あの脚がこんなに重くなったんだとしみじみと思いながら、骨ばった足を手でなぞった。以前はこの足を、この体を、自分の足や体よりよく知っていた。この子が柔らかくて丸かった頃、この子を抱きかかえて、小さな口に食べ物を運んだ。毎晩、聖職者が神聖な儀式を行うように、この子をやさしく入浴させて、着替えさせて、ベビーベッドにそっと寝かせた。

その赤ん坊が小さな妖精のような生き物に変わり、数年間わたしの娘でいてくれた。この子はちっちゃな酔っぱらいのようによろよろと歩いて、わたしを完全に自分の一部ととらえた。パンケーキから信号機まで、毎日奇妙な新しいものを目にして嘲《あざけ》るように笑い、そんなおかしなものは何なのかわかってるのはママとあたしのふたりだけだね、と確認するかのようにわたしをちらっと横目で見た。

あの子が小さかった頃、向かいに住む学校の先生がドアに鍵をかけたけど、その後鍵が見つからず必死にまた家に入ろうとするのを、わたしたちはふたりで毎朝楽しく観察した。よくその先生をじっと見つめながら一枚のトーストを分けあい、ふたりとも小さな三角形に切ったそのトーストを振って、おたがいに気になることを伝えた。

〝先生、今日はかっこいいね。ブリーフケースを新しくしたかな？〟そんなふうに朝のやりとりでたずねあった。〝髪を切ったかな？　あれ、イケてないよ。短すぎる〟

買い物に行くと、お店で近所の人たちがどんなものが好きでどんなものを買うか観察して、あれはいいわ、あれはちょっと変よ、と時には自信満々に誰にも遠慮することなく声を出して、時には手話で静かに言葉を交わした。

そしてあの子は今ふたたび新しい人になった。あと二年もすれば、間違いなくまた違う人になって大学に通うだろう。わたしにはとってもできないけど、あの子は自分のいろんな姿をすごく軽やかに捨て去っていく。わたしは、あの子は変わっていないし、これからも変わらないでいてほしい、と願っていたし、かつてのちっちゃな完璧さを備えたまま、わたしだけのあの子でいてほしいと思った。だって、わたしたちはおたがい何もない状態からおたがいを形成したから。わたしは変わらないけど、あの子は定期的に変化して、そのたびにわたしの手の届かないところで踊っている。そこで初めて、どうしてフィリスが愛するフローレンスを殺したのか、どうして今度はメアリーを殺さないといけないのか、わかった気がする。次にフィリスが来てくれた時は、ありがたく卵を受け取って、玄関先であの人に好きなだけ話してもらおう。

辿《たど》れない心

　ヴィータが引っ越してきて一週間、その日、仕事から帰宅すると、あの人は自分の家の玄関前の石段に腰を下ろしていた。男性のツイードブレザーの下に赤いワンピースを着ていて、ワンピースはウエストからチュールの薄い布地のスカートが大きく広がっていた。髪は艶があって、自分がイメージしていたあの人の髪よりも黒く見えたが、近づいてみると濡れているのがわかった。たばこを一本、今それを捨てようとしているかのように、そっと手にして、裸足の細い指をじっと見つめていた。あの人の小さな茶色の足が好きだった。物思いにふけっているあの人を邪魔してよいかどうかわからず、その場に静かに立っていた。でもわたしが口を開く前に、ヴィータは顔を上げた。その眉間のかすかなしわがすっと消えて、満面の笑みがこぼれ落ちた。

「あなた!」とあの人はそれがわたしの名前であるかのように呼びかけた。この呼び名がわたしにしか当てはまらないかのような言い方だった。「今日はあなたに会えたらいいなと思っていたの。さあ、ここに座って！」

ヴィータは自分が座っている石段の隣のスペースをぽんと叩き、わたしは素直にそこに腰を下ろした。あの人が少し動くと、チュールのスカートがわたしの仕事着のズボンの上にきれいに広がった。まるで布が生きていて、あの人の美しさへのこだわりを後押ししているかのようだった。あの人はたばこの吸い殻を親指の上を転がすようにして遠くに飛ばした。手はその後しばらくその状態で広げられ、飛ばしたたばこを指していた。

「なんでそんなにおめかししてるの？」とわたしはたずねた。

ヴィータは自分が何を着ているのか思い出すようにワンピースを見下ろし、考え込むように濡れた髪に触れた。

「おめかしなんてしてないわ。旦那がやっとクリーニングを取ってきたの。そしてシャワーを浴びたばかりでこのワンピースが吊るしてあったの。これかテニスウェアしかなかった。あなた、テニスする？」

「しない。でも、あなたおめかししてるよ。すごくおしゃれしてる」とわたしは言った。

ヴィータは肩をすくめると、確かにそうかもねと言うかのように両手でスカートを大きく広げた。

フレーザー家の娘さんのひとりが向かいに車を停めて、その小さな子どもたちを何人か車から降ろして母親の家に連れて行くのを、ふたりでだまって見つめていた。

「あの人たちは?」とヴィータはたずねた。でも、わたしが答える前にすでに立ち上がっていて、茶色のジャケットの下でスカートの布地がきらきらと光り、ペチコートがひらひらと広がり、少しふわっと弾けるようだった。「ちょっとたばこを取ってくる。ここで待ってて。それとも一緒に来る?」

「いい、ここにいる」とわたしは答えた。ドリーが昨日、鍵を持って行かなかったので、あの子が帰ってくるのを待って家に入れてあげないといけなかったのだ。わたしはヴィータのツイードのジャケットの両側に手のひらをひとつずつあてた。ひとつはサテンの裏地に、もうひとつは粗いウールにあてた。悪い感触ではなかった。「これ、旦那さんのコート?」

ヴィータはうなずき、わたしがコートから手を離すと、軽々と玄関の石段を駆け上がって家の中に消えていった。

ヴィータが家に戻っている間に、あの人にフレーザー家の人たちのことをどう話したらいいか考えていた。たぶんわたしはこのあたりに住んでいる人たちのことがすごくよくわかっている。おそらくまわりの人たちもわたしのことをすごくよくわかっている。フレーザーさんの家は、アトキンソンさんの家とフィリスの家の間に建っている。フレーザーさんの家には五人の女の子がいて、どの子も綿密に計算されて生まれてきたように思える。ドリーが小さかった頃、フレーザーさんちはすごくバランスの取れたご家族よね、いちばん小さな子からお母さんまで、ぴったり頭ひとつ分ずつだんだん背が高くなっていくんだから、とふたりで話していた。あの子たちはみんな隣町の学校に通っていて、地元の子どもたちとは付きあわなかった。姉妹で一緒にいるのが好きだったからかもしれないし、そういうふうにさせられていたのかもしれない。

フレーザー家の旦那さんはほとんど見かけることがなかったけど、奥さんと五人の女の子は家を出てよく二人一組で道を歩いていた。このあたりの車道脇の歩道はどこもふたりが並んで歩くくらいの幅しかない。フレーザー家の奥さんはいちばん上の女の子と並んで先頭に立ち、続いて二番目と三番目の女の子が並び、そのうしろに四番目の子といちばん下の子が手をつないで並んで歩いていた。お父さんが加わる時は、家族の一番前をひとりで歩いた。奥さんも娘たちもみんな長いコートを着て、フレアスカートをはいていた。年齢によって靴だけは変えていた。先頭の奥さんと長女は目立つヒールを、二列目の女の子たちは少し低いヒールを、最後の列のちびちゃんたちに履きやすいぺったんこの靴を履いていた。

フレーザー家の人たちのそんな行進は、子どもの頃に好きだった話を思い出させた。それは農場の動物たちが人間のようになる話だ。動物たちは慎重に服を選んで、人間と認識される行動を取る。物語には動物たちが新しい習慣を身につけて新しい服を着る様子が細かく描写されるが、動物たちが本能にしたがって行動するのではなく、人間に見られようとして行動したとたん、人間らしく見えなくなる。小さなスキップや少し乱れたおさげの髪など、フレーザー家の五人の女の子たちそれぞれ一人ひとりが持つ魅力は、歳月が流れるにつれて抑えられていき、みんなすぐ年上のお姉さんに似ていって、最終的にはお母さんのようになった。

フレーザー家のいちばん下の女の子に、わたしはどの子よりも希望を抱いていた。いちばん下の子は家族の列からいつも楽しそうにはずれていたし、コートのボタンをとめていないことも、手袋をしていないこともよくあった。その子は雨や日差しが首にあたる感じに気を取られたり、道端でいろんなペットを見かけたりすると、その場から動けなくなった。一度はアトキンソンさんの家の外のゴミ箱から飛び出したと思われるポルノ雑誌に気を取られて足を止めた。そのアトキンソンさんはこのあたりでは間違いなくいちばん尊敬される年配者で、アトキンソンさんについて話す時は、みんな最大限慎重に言葉を選んだ。フィリスはあの人ならではの「上品な」話し方があって、アトキンソンさんについて話す時はアトキンソンさんを「すてきな若い女の子たちの隣に住む男性」と呼んだ。まるでアトキンソンさんがその場所に住んでいること自体があやしく、警戒しているような言い方だった。

ヴィータが戻ってきた。火のついたたばこを手にし、もう片方の手でたばこの箱をつかんでいた。あの人の美しい顔が全神経を集中させて煙を吸い込み、少し震えながら吐き出した。そしてまるで理解できない何かを理解しようとするかのように、遠くを見つめた。ふたたび深く息を吸い込むと、「あの人たちは?」と先ほどの質問をわたしに思い出させるように、フレーザーさんの家に目を向けてうなずいた。

「あの家の人たちの何が知りたいの?」とわたしはたずねた。「あれはフレーザー家の女の子のひとりよ。全部で五人いるけど、いちばん下の子以外はみんな同じに見える」

　でも、ヴィータが何をもっと知りたいと思っているかを心配する必要はなかった。あの人は何もないところから巧みに会話を作り上げてしまった。そんなあの人の言葉に引き込まれて、それだけであの人を好きになってしまいそうだった。

「え、五人？　五人もいるの？」とヴィータは煙を吐きながら声を立てて笑った。あの人の笑い声を聞くのは本当に楽しかった。「トムは……今たしか四人だっけ？　あたしはひとりの面倒を見るのも想像できないのに、四人も五人もいるなんて。コートが五着、靴が五足いるよね……。家を出る前に五組の手袋を見つけなくちゃならないなら、あたし、家から出られないわ。……いや、逆に出ちゃうかも。ひとりでね」

　そういってヴィータはひとりでくすくす笑い、想像した子どもたちから逃れるように額を膝に押しつけた。それから顔を上げて、頬を赤いスカートに押し当てたまま、わたしをじっと見つめた。「もっと子どもがほしいとは思わなかった？　ドリーを産んだ後に」

「ドリーが生まれるとは思ってなかった」と答えた瞬間、ヴィータに腕を軽く叩かれ、その拍子にたばこの煙がわたしの顔にきれいにまっすぐ立ち上ってきた。わたしは煙から顔を逸らし、ヴィータはもう一方の手で煙を払った。「でも、あの子が生まれたら、本当にあの子がほしいと思うようになった。心から。ほんとに胸が痛くなるくらい」

「すぐにそんな気持ちになった？　出産してすぐ？」ヴィータの頬が赤くなり、質問はいつものように気軽な調子ではなく、戸棚からあふれ出るように次々と飛び出してきた。

「うん、そうだと思う」


ドリー出産の陣痛が四時間続いたところで、子宮を激しい痛みとともに収縮させていた見えざる力が突然止まった。まるで渦巻く嵐が突然静止したかのようだった。だが、訪れたのは快活さや闇夜の安心感ではなく、不気味な静けさと無防備にさらされた恥ずかしさだった。わたしを包んでくれていたアドレナリンはベッドから離れて別の女性の手を握りに行き、たちまちた。陣痛の痛みが骨をガツンガツンと打ちつけた。看護師たちは赤ちゃんの心音を確認できなかった。心音が聞こえない、とあの人たちは言葉を交わしていたけど、誰かがどこかにうっかり心音を置き忘れただけで、ここにあったと突然思い出すんじゃないかな、と思っているような節《ふし》が声からうかがえた。

「さて」とあの年輩の女性看護師が声を出し、陣痛の間ずっと骨のように硬くなっていたけど、水がたっぷり入ってふたたびやわらかくなって、今は不気味なほど静かになっているわたしのお腹に、さあ、このお腹はもうわたしのものよ、とばかりに手を置いた。その看護師は背の高い女性で、温かみを感じさせない指でいつも何かを探っているような人だった。薄い弧を描く眉、大きな目、丸い口は、いつも何かに驚いている印象を与えた。きみ、そんなふうにいつも驚いたような顔をしているのは、この場にふさわしくない、と思われてしまうことがよくあるんじゃないだろうか、とわたしは思った。極度に抑制されたわたしの顔と同じくらい、場違いなものと思われてしまうのではないか。わあ、あなたのお子さん、旦那さんとそっくりね、と言われたり、友達から婚約のお知らせをもらったりした時に、そんな顔をしていたら、その場の雰囲気を壊してしまうのではないだろうか。

それでもこの女性看護師の顔が状況にふさわしいものになったこともあったに違いないし、わたしの出産時はまさしくそうなった。あの人は今やすっかり静かになったわたしのお腹を手でなぞり、大きな目をした鳥のように首を傾げた。

「あまりないことかも」と看護師は言うと、ベッドのヘッドボードにかかっていたクリップボードを手にしてさっと何か書きとめた。そしてなめらかな頭髪をすばやく何度か揺らした。

「うん、よくあることじゃない」

女性看護師はわたしを三十分ひとりにし、その間にキングがわたしとわたしのうまく機能しない体の具合を見に来てくれた。でも、ほんの一瞬顔を見せてくれただけで、夕食を食べたらまた来るから、と言って病院を後にした。どうやらキングのお母さんが、初めての赤ちゃんはのんびりしているから、おまえの嫁の陣痛は数時間じゃなくて、数日かかるはずさ、と言っていたらしい。キングがいなくなると、先ほどの鳥のような顔をした女性看護師が、背の低い笑顔を浮かべた男性医師を連れて戻ってきた。女性看護師が、心音が確認できません、と言うと、男性医師は眉をひそめて、聴診器をこの人の丸い腹に当ててみなさい、と指示を出した。女性看護師は、赤ちゃんの心音が見つけられません、と大げさな動作で伝えた。男性の医師は女性の看護師のどういうことかわかりませんという表情を浮かべた顔から、まるで表情のないわたしの顔に目を移し、もはやこの人は未だ生まれぬわが子への思いを失いつつあるのではないか、と思ったかもしれない。

「これ、おろしたばかりです」と看護師は聴診器を見つめながら言った。「前の患者さんの時はちゃんと機能していました」

医師は腕時計を見て、もう話さなくてよろしいとばかりに両方の手のひらを持ち上げた。「帝王切開だ」と医師はよく知ってはいるが、今日はそれほど食べたくない一品を注文する客のように、看護師に向かって言った。そして場を離れる前に、ぼんやりとした表情でわたしの肩をぽんと軽く叩いた。医師がそう指示したにもかかわらず、看護師たちがテキパキと行動することはなく、まるで予測された危機はすでに脱しているじゃないとばかりに、みんな大きなため息をもらして、ゆっくりと動き出した。

手術室の分娩台《ぶんべんだい》の上に横たわるわたしに、下半身は完全に麻痺しましたよ、と麻酔科医が祝福してくれた。わたしは薬で体が小さくなり、大きなお腹を抱えた体が数分で胴体と腕だけになったように感じた。ふたりの女性看護師が手術室に大きなフレームを運び込んで、何も言葉は交わさず、半身を隠す緑色のシートを手際よくクリップで留めた。シートの設置が問題なく終わると、ふたりは視線を交わし、これでよしと無言でうなずくと、まるでマジックショーの準備が整ったように、同時にぴったり後ろに下がった。

手術の準備中、心音が確認できないことはほんの一瞬話題に上っただけだった。わたしについていた看護師が、オフィス勤務と思われる服装の若い女性に話しかけた。「左上に死産を記録するコードがあるでしょう？」

若い女性はその書類を見てうなずいた。「ええ、あります」そしてその女性はわたしの肩に手を伸ばした。「すみません。初めての出産ですね？」

わたしがしっかりとうなずくと、若い女性は口角を大きく曲げて、慰めるような表情を浮かべた。それから女性が何かを書き留めて看護師を見上げると、看護師は満足そうに微笑み返した。この看護師が夕食の席で夫に話すのをわたしは想像した。

今日は若いすてきな女の子が研修に来たのよ。いつものように、わたしがお世話したわ。レグ、わたし、どうしても放っておけないの。

旦那のレグは小さな鳥のような頭を妻と同じように傾けながら聞いている。そして黒い目をパチパチ瞬きしながら、そのとおりだと同意する。

きみはやさしいからね。

それを聞いて看護師は、雨粒を振り落とすかのように、骨ばった肩をかすかにひらひらと揺らす。

先ほどの背の低い男性医師がすでに手術室に入ってきていて、手術しますから、と告げると、わたしの頭の上に立っていた麻酔科医と不機嫌そうに言葉を交わしながら、わたしの腹部に手を入れてきた。何度も舌打ちをしたあと、医師は小さな人を取り出して、まるで祝福するかのように緑色のシートにのせて高く掲げた。赤ちゃんはすぐには泣かず、何か大切な作業を邪魔されて怒っているかのように、ぶぅと大きく音を立てて息を吸い込んだ。

「女の子です。お嬢さんです」と男性医師はこれからわたしの内臓をきれいに整えようとする人の声とはまるで思えない、予想外に改まった声を上げた。簡潔に、余計な説明など一切せずに伝えてもらってありがたかった。この人は医学生だった頃、現実に出産を担当する前に、こうやってタオルに包んだものを手にして、その時がきたらこうやってお祝いしながら掲げられるようにひとりで練習していたのかもしれない。医師として仕事を始めたばかりの頃は、何か自らが勝ち取った賞のように赤ちゃんを掲げて、声を震わせながらこの重要な瞬間を母親たちに伝えたかもしれない。そのあと、緊張感の高まる場面で静かに話す訓練を受けた役者のように、この人生を変える瞬間は、むしろ控えめな態度を取ることで、より一層劇的な効果を生む、と徐々に学んだのだろう。

「はい、体も元に戻りましたよ」と数分後に医師は言った。その言葉に一瞬安堵したけど、不安も感じた。

赤ちゃんは検査を受けてから体を洗ってもらい、わたしの胸の上にやって来た。女の子はキラキラした目をわたしに向けて、そうしなければならないかのように一度だけ泣き声を上げた。

誰かを守りたいという気持ちをこんなに激しく、こんなにやさしく感じるなんて、思いもしなかった。初めて会ったのに、再会したように感じられる。わたしの心臓があまりにも速く、あまりにも強く鼓動しているから、かわいそうにこの子はきっと驚いてしまったのだろう。わたしの体は奇妙な半覚醒状態にあって、静かにしている赤ちゃんを抱いているのにパニック状態に陥ってしまった。わたしはガタガタと激しく震え出した。地震のように、建物全体を倒そうとするかのように震え出した。見ると、麻酔でゴムのようになった足がまるで他人に動かされているかのようにバタバタしている。あの鳥のような顔をした看護師がさっとわたしの腕から赤ちゃんを取り上げた。看護師は何も言わず、わたしを見ることはなく、わたしから赤ちゃんを取り上げた。看護師の無言のすばやい動きに、わたしはきびしく叱責されているようだった。わたし自身は母親に育てられずに大きくなったから、母親としてどんな役割を果たすべきか、長い間悩んでいた。こんな状況に置かれるなんて、思いもしなかった。

「その新しい母としての強烈な感情はいつ変わるの?」とヴィータにたずねられた。

ドリーについての思いをどう説明するか、考える必要はなかった。わたしは熱心な学生で、あの子はわたしの専攻科目だった。「今も同じ。違うのは、あの子はもうわたしのそんな強烈な感情を見たくないってこと。でも、わたしはあの子に対してあの時と同じ気持ちでいる」

そこで初めて、自分の母に対して悲しい気持ちを抱いた。ドリーがそうだったし、きっとドロレスもそうだっただろうけど、赤ちゃんは生まれた瞬間にこの世のものとは思えない魅力を母親にもたらすけど、わたしはあの人にそんな思いをさせられなかったからだ。「ひとりを愛するのがきっと楽だと思う。父と母は子どもはいらなかった。でもふたりできてしまった」

父と母はとても正直な人たちで、その率直さゆえに、当時としては現代的だったんだと思う。もともと子どもはほしくなかったよ、とふたりは姉ドロレスとわたしに話してくれたことがある。でも、ドロレスもわたしもわかっていたけど、あの人たちはわたしたちじゃなく、別のものに愛を向けていた。父は母に、母は湖に愛を注いでいたのだ。たぶんふたりは何も聞かれずにそんなことを口にしたわけじゃなくて、ドロレスに聞かれたのかもしれない。ドロレスは温かい赤ん坊のように生き生きしていて生命力にあふれていたから、そんなことを聞くと、この先自分は生きられなくなるかもしれない、なんてまったく気にせずに、父と母にたずねたのかもしれない。でも、わたしが父と母に、わたしはどれほどふたりに望まれた子どもだったの、と聞けば、あの人たちの答えは間違いなくわたしの存在をさらに取るに足らないものにしただろう。

年をとって親になることに関して、父は母よりうまく順応できたし、ただ遠くから見守っているだけだけど、決してやさしくないわけじゃない親戚のような態度で、家族の生活に関わっていた。自分の家なのに、ドロレスとわたしに会うとよく驚いた表情を浮かべた。自分の椅子にわたしたち小さな侵入者が平然と座り、戸棚から自分のビスケットを取り出して食べているのを目にすると、明らかにびっくりした様子を示した。でもそのあと、自分とわたしたち招かれざる訪問者の両方を安心させるかのように、慇懃《いんぎん》な笑みを浮かべた。「ああ、ふたりはここにいたのか」とやさしく言うと、子どもたちを忘れていたのではなく、まるで探していたかのように思わせようとした。そしてそう言うと、まるで家の中のほかの場所にもまだ発見すべき小さな人たちがいるかのように、足早にその場を離れていった。

　ヴィータはドリーと同じように、あのじっと考え込むような視線でわたしを見つめていた。それから何か深く考え込むように片手でわたしの腕を上下になでた。もう片方の手にはたばこがあったけど、わたしへのやさしさを示すように、わたしから遠ざけていた。

「もしかしたら、ご両親はお姉さん《シスター》とは違う形であなたを愛していただけかもしれないわね」ヴィータの声はやわらかく澄んでいて、何か考えるようにして〝お姉さん《シスター》〟の母音を長く伸ばした。シス、タアアアアア。

　でも、あの人が言葉を続けると、声に自信が強くにじみ出た。「家族といてもみんなそんな態度を取るんじゃないかしら。あなたって本当に面白いわね、サンデー」わたしはふたりのあいだではユーモアのある人だと少し前からおたがいに認め合っていたかのように、ヴィータはにやっと笑った。

「それにあなたはいいわよ、ドリーがいるから。もしあたしに子どもがいたら、女の子がよかったな。でも、ロールズは……」ヴィータは両手で顔を覆うと、たばこの煙が命令にしたがうようにあの人の上のほうに流れていった。「わたしもトムのところみたいにたくさん子どもがいるのは嫌だったかも……」ヴィータはわたしから目を逸らさずに、五人の女の子がいるフレーザーさんの家をたばこで指し示した。

「でも、ひとりだけほしかったな。自分の子どもがひとり。あなたみたいに。ロールズはいつもロマンチックに言っていたわ。だって僕らは子どもたちとは愛を分かち合えないからって」

深呼吸をしなければいけないように、ヴィータは大きく音を立ててたばこを吸い込んだ。

「まあ」とわたしは言った。「ロマンチックね」キングがわたしのことをそんなふうに言ってくれるとは思えなかった。

ヴィータは息を吐きながらふっとむせるような音を立てたけど、ほとんど笑い声に聞こえた。それからいつもと違って短く、とぎれとぎれに話しだした。

「でもね、あたし、ロールズを完全に独り占めできたわけじゃない」と言って首を振ると、今度はいつもの調子で話した。「それがいちばんよかったのかも。だって、男の子を産んでたかもしれないから！　男の子なんて、いや！」

ヴィータは急いでたばこを吸い込むと、顎を上げて小さな煙の雲を吐き出した。「大人の男性と一緒に生活するだけでもほんとに大変よね？　ロールズは楽しいけど、あたし、女友達がすっごく《テッラブリィ》大事」ヴィータは〝すっごく《テッラブリィ》〟と言葉を強調して長く伸ばし、頭を傾《かし》げて口角を下げて、芝居がかった悲しい表情を浮かべた。あれはただの芝居だってわかっていたけど、心の中に同じような悲しみが震えるように湧き上がるのを感じた。

「ここにいるあいだ、ロールズには、あたしは週末に街に戻るからって言ってあるの。じゃないと、あの人、あたしにすごく会いたがるからね」とヴィータは明るく笑った。「それに、もちろん、今はあなたがすぐ隣にいてくれるから。ねえ、昨日の夜、あなたの夢を見たのよ。あたしたち、あそこでふたりで一緒に日光浴をしてた」あの人は後ろの庭の方に向かってうなずいた。「日光浴が大好きなの。あなたは?」

「太陽は嫌い。光もいや。本当に大嫌い」とヴィータのイントネーションが使えるか練習していたけど、言い方はまねできても、どこか違って聞こえる。「あなたと日光浴は絶対しない」

あの人はここではわたしが予想したようには笑わず、代わりにわたしのそっけない言い方でたずねた。「で、あなたは何が好き、サンデー? 何の夢を見るの?」

でも、わたしは自分の夢をヴィータに話せなかった。わたしの夢は小さいし、美しくもないし、それにヴィータは美しいものしか興味を示さなかったから。夜中に息苦しくなり、胸が締め付けられたかのように感じて目を覚まし、どこかに赤ちゃんの娘を置き去りにしてしまったと思うことがよくあるの、なんてあの人に言えなかった。夢の中で、幼いドリーは両手を伸ばして不安そうにおろおろと道をずっと歩いているけど、ティーンエイジャーになったあの子に邪魔されて、わたしのところに来ることができない。ヴィータに出会った時、すでにわたしは母親としての深い悲しみを抱えた状態にあって、ドリーと一緒に暮らしながら、すでに最愛のあの子を失っているという現実を受け入れられずにいた。

　なぜなら、ティーンエイジャーになったドリーは、わたしのおかしなところにもちろん気づくようになったからだ。あの子はそれを面白がることもあれば、不安に思うこともあった。でも、自立しながら、わたしのおかしなところを不安に思うほうがずっと多くなった。昔の恋人があなたが恋人だったことを覚えてなくて、まるで単に自分の家に住んでいる同居人のようにあなたに接して、親しげにウインクしながら、自分の好みのガールフレンドを連れて歩いているようなものかもしれない。その恋人は自分だけじゃなく、あなたも別れることに同意したかのような態度を取る。わたしたち、ついこのあいだまで仲良く過ごしていたじゃないみたいなことを言っても、表面上は襟を正して聞いてるけど、まるで上の空。あなたは不安定で、たとえ間違っていても訂正してはいけない人のように扱われる。

「そのドレス、すてきね、ヴィータ」とわたしは言った。「でも、わたしは着られない。そのドレスはあなたを守る」

「そうなの、ダーリン？」とあの人は言った。ふうとたばこを吸い込むと唇が薄くなった。つづいて息を吐くと口の周りに細かいしわがさっと寄り、続いて息を吐くとおびえるように一瞬にして消えた。「どうやって守ってくれるの？」

「その色よ。珊瑚《コーラル》は邪視《イル・マロッキオ》、つまり嫉妬する人たちから守ってくれる。でも珊瑚がないなら、そんなふうに赤を身につければいい」わたしはヴィータのチュールの薄い布地のスカートがわたしのズボンにかかっている部分を軽く押して、すぐに手を引っ込めた。スカートは見た目は柔らかそうだけど、針金みたいにちくちくした。

「ドリーが小さかった頃、ベビーカーに赤いリボンを結んでいた。同じように、邪眼《イーヴィルアイ》からあの子を守ってくれるから。あなたはもっと赤を着たほうがいい」

ヴィータのような人はきっと多くの人に嫉妬されるだろう。おそらくどこにいても邪眼が向けられているに違いない。

「赤は好き」とヴィータは二本目のたばこを弾き飛ばし、今度もそれが道に落ちた後もしばらく手を上げていた。その姿は、矢を放っても肘を高く上げたまま、的に当たったかどうかを確認しようとする弓兵《アーチャー》を思わせた。

「よかった。あなたには赤が必要」

ヴィータとふたりで心地よい静けさの中に座っていたけど、そろそろ立ち上がり、ドリーが帰ってくるまでに夕食の準備しなければならなかった。

精巧に作られたおもちゃ

数日前にヴィータの家の玄関で顔を合わせてから顔を見ることはなかったけど、そのあいだもあの人のことは何度も考えた。家を出る時はわざと音を立てたし、帰宅の際はヴィータが出てくるのを期待して、あの人の家の前を並行に走る小道をゆっくりと歩いた。どうすればあの人が家の前の石段に座ってたばこを吸う状況を作り出せるか、どうすればあの人がまた外に出てきてくれるか、ずっと考えていた。

いつもあの人のことを思い浮かべた。芝生に仰向けになって暖かい日差しを浴びてぐっすりと眠っているあの人を、破産寸前の建設業者を陽気に笑い飛ばすあの人を、パジャマ姿でわたしの家のテーブルに着いて、口の周りに牛乳の輪を付けたあの人を、歩道に座り込み、子どものような真剣さで裸足で靴を履こうとするあの人を、あの人のチュールのスカートの感触を。

そしてある晩遅く、まるでこうした光景を思い浮かべたことで呼び寄せたかのように、ヴィータがこの家のドアをこんこんと叩いた。

「あたし、ひとりぼっちよ」とヴィータはわたしがドアを開けると言った。わたしはパジャマを着て裸足でいたけど、あの人は長いドレスを着て、首と耳たぶに重そうなジュエリーを着けていた。あいさつもなく、あの人はただ自分の気持ちと意図を率直に伝えた。まるで子どもと話しているようだった。

「家にひとりでいるなんて嫌だし、ロールズは何日も帰ってこない。ほんとに誰とも話してないの。何時間も！　ここにあなたと一緒にいたい」

ヴィータはすごくわかりやすかった。あの日あの人はわたしの家のキッチンで口に牛乳をつけて、あたしたちは似ているね、とまじめな顔で言ったけど、ああ、わたしのこの単刀直入な物言いを指していたんだ、と理解できた。天気を変えるとか、鶏を殺すとか、謎めいたことを言う代わりに、みんなこんなふうにはっきり話してくれれば、いつまでも言葉を置き換えるようなことをわたしはしなくていいのに。ドリーはもうベッドに入っていた。あとテストがふたつだけで、滅多にないことだけど、今は夜は家にいて、なんだか悲しそうに家の中をさまよっていた。そんなあの子を見ていると、昔、この家はおれのものだとばかりに、何を探しているのか自分でもわからずに何かを探して家の中を練り歩いていた父を思い出した。昔父はわたしがずっと家にいるのをおかしいと感じたけど、今度はドリーが同じように感じていたのだ。

その夜のヴィータは口数が少なく、静かに現実的に行動した。わたしの肩に手をあてて支えにしてハイヒールをそっと脱ぎ、廊下にそろえて置いた。それからまるで母親が子どもに命じるかのように強い口調でわたしをリヴィングルームに追い返した。「何か観たい番組を探しておいてちょうだい。あたしが何か食べるものを作る」

ヴィータがわたしの家のキッチンの戸棚をがさがさと慣れた様子で探している音が聞こえると思ったら、トーストとマーマレードをのせた皿を持ってリヴィングにやってきた。ドリー以外の人とテレビを観るなんて、何年ぶりだろう。ヴィータとふたりで何時間も一緒に夜を過ごし、一緒に食べて、特に面白くもない番組を一緒に観て笑った。おたがいにただ相手が笑っているから自分も笑うこともあった。突然ヴィータがまるで子どもの頃のドリーのように、急に、そしてかわいらしく眠りに落ちた。ゆっくり休めるようにそっと毛布をかけてあげた。数時間後、ソファで目が覚めると、ヴィータがいなくなっていた。昔シチリアでは、夜中に目が覚めて妻がいなくなっていることに気づいた男性は、妻は魔女だ、自分は「奇妙な女」を娶《めと》ったと思い、その魔女を追い払うために、〝マガ〟という魔女退治師を呼び出した。でも、この魔女退治師は時に魔女だけでなく、魔女に乗り移られた本当の女性も殺してしまうことがあった。

その夜、一瞬わたしは夏の間も真夜中から日の出までに突然感じる特有のあの寒さで目を覚ましたと思う。ヴィータがいたソファの脇に、柔らかい毛布が広げられていた。わたしは軽く身震いして、忠実なペットのようにその毛布にもぐり込んだ。朝になってドリーはそこに寝ているわたしを目にした。トレイには食べ残しのトーストが置かれていた。

ヴィータがこの家を訪れることなく、長い一週間が過ぎたある日の夕方、家に帰ると自分宛ての手紙の中にヴィータ宛ての手紙が一通入っていた。その手紙を見て、どうしてかわからないがうれしくなったけど、ああ、これを届ければ、あの人に会えるからだ、とそのあとでわかった。ヴィータの家の玄関の前にしばらく立っていたら、あの人が出てきて、まるで会話の途中であったかのように熱心にしゃべり出した。大きな封筒を手渡し、それについて説明をしようとしたけど、あの人はその封筒を興味なさそうに玄関脇のテーブルに置いた。

子どもみたいだけど、すべての郵便物には人生を変えるニュースが入ってるって信じている。だからわたしに届いた郵便物を目にすると、大きな不安と興奮に包まれる。大げさだってわかっているけど、郵便を見ると今も本能的に気持ちが昂《たかぶ》るし、毎朝何かしらドラマが起こるんじゃないかなと思ってしまう。キングはドリーと同じで、自分宛ての郵便物をすぐに開けずに何時間も、時には何日もほったらかしていて、わたしがあの郵便、どうしたのと思い出させると、そんなのほったらかしにしておけばいい、と手を振って言った。

じゃあ、君が開けてくれよ。でも、何が書かれているか教えるな。

でも、他人の郵便物を開けるのは違法行為だとわかっていたから、ほんとは開けてみたかったけど、開けなかった。

「あなた」とヴィータは言ったし、その言葉はまるで親密な呼びかけのようにも響いたから、喜びで顔を赤らめるのが求められる反応に思えた。「あなたはあたしよりずっといい奥さんよ。郵便を届けてくれるし、牛乳を切らさないでいてくれるし、あたしが眠りに落ちるまで一晩中くだらない話を聞いてくれる。あたし、これからあなたのことを〝奥さま〟って呼ぶね」

まるでわたしに栄誉を授けるようにあの人におごそかに意志を告げられて、わたしは笑わなかったし、〝はっ〟とも言わなかった。ヴィータはわたしの両頬にすばやくキスをして家の中に入っていった。声はだんだんと遠くに離れていったけど、あの人はずっと話し続けた。「サンデーっていう人に、初めて会ったわ。なんだか……」

わたしはヴィータの家の開いた玄関口に立って、中に入れてもらうのを待っていた。

「奥さま！　入って！」とヴィータは大声を上げた。

静かに玄関のドアを閉めると、ヴィータは最近、農場のショップで会った「偉そうな小さな人」についてどうやらもう話し出していた。

「……で、その男の人、あたしが何が食べたいかって何度もたずねるの。ほんとは自分が何を考えてるか言いたいだけなのに、そんなふうにあたしに聞いてくるの。あの男は言ったわ、『ステーキが食べたいんじゃないかね？』って。あたしは『いいえ、ステーキは食べたくないです』って言ったら、あの男は『でもな、男はいつもビーフをいちばん食いたいんじゃないか？　あんた、料理うまいんだろう？　そうだと思うぜ。見りゃわかる』って言ったの。だからあたし、言ってやったの。『いいえ、ほんにあたしは料理はまるでだめで、ラムチョップしか作れないの。でも、旦那は気にしてないみたい。だって、代わりにベッドであたしが〝すっごく《ヒューーーージリー》〟サービスしてあげてるから』って」ヴィータは〝すっごく《ヒューーーージリー》〟と、その語を前の母音を伸ばして口笛のように音を立てて発音した。ヴィータについて廊下を進みながら、わたしはその言い方をまねしてみた。〝すっごく《ヒューーーージリー》〟

　ヴィータはそんなふうに楽しそうに悪態をつきながら、わたしを連れてキッチンに入った。引っ越しに使った段ボールがまだいくつか残っていたけど、この家は住み心地がよさそうだったし、トムが置いていた家具は明らかに質が高いものだった。白いふわふわした犬がヴィータの足元に現れて、プラスチックのようなきらきらした目であの人を見上げた。ヴィータは片手で犬を抱き上げて、胸に抱きしめた。犬はそうするのがよいとちゃんとわかっているかのように、じっと動かずにいた。犬はとても小さくてかわいいから、まあ、かわいいわねと反応してしまうと、仕掛けられた罠にまんまと引っかかってしまうように思えた。その犬は精巧に作られたおもちゃみたいに、どこかおかしくて面白そうだった。白衣を着た科学者たちが、もっとも愛される犬の特徴に関するデータを集め、その分析結果をもとにこの生き物を作り出したのかもしれない。

　ヴィータはさらに話し続けた。「……それでね、その男の人はぱっと顔を赤くして、くだらない質問をするのをやっとやめたの。そして言ったわ。『わかった。ラムチョップをいくつか包んであげるよ』って」その男の人の恥ずかしがる様子がおかしかったのか、ヴィータはゲラゲラ笑った。

そんなふうに外から人を観察できるヴィータがすごくうらやましかった。わたしは人の感情を吸収してしまうし、人の感情はいつまでも話をやめてくれない子どもたちみたいにわたしをごくごくと飲み込もうとする。まるで仮装パフォーマーが目を引こうと足元で踊りながら、〝**あたしはここにいます！　あたしがどう感じているか、あなたも感じて！**〟と声も上げているかのようだ。あの人たちが〝**ワンツー、ワンツー、ワンツー、こうよ、こうして**〟と芝居みたいに指をパチパチ鳴らすと、あの人たちの恥じらいや恐怖が何もかも漏れ出してわたしの体に入り込んできて、わたしは頬が赤くなり、心臓がドキドキしてしまう。

小犬はヴィータの腕の中でまるで動かなかったけれど、ヴィータが笑うと胸が上下し、そのたびに軽く震えた。小犬は悲しそうにパチパチ瞬きして、わたしの遠く先を見つめた。

「わたし、そこで働いてる。ショップじゃなくて、農場。でも時々ショップに出てる」とわたしはヴィータに言った。バニーさんとリチャードさんはわたしがお客さんと接することに強く反対するけど、時々店がすごく忙しくなると、わたしに頼むしかなくなる。そんな時はどちらかが温室にいるわたしを呼びに来る。たいていは女性のバニーさんが呼びに来る。バニーさんはまるで汚い幼児の世話をするかのように、ショップの戸棚から清潔なタオルを持ってきて、わたしがシンクで手を洗い、髪を整えるのをじっと見ている。

「あら、そうなの、そこで働いてるのね。じゃあ、あの男の人を知ってるかもしれないね。あの小柄な人、コーデュロイのズボンに、ツイードのジャケットで、田舎のおじさんって感じかな。昔はきっとかなりハンサムだったんじゃないかしら」

「それ、リチャードさんね。リチャードさんはわたしの……」今のリチャードさんはわたしの何だろう？　もうわたしのお義父さんじゃないけれど、まだ家族みたいなものだ。「あの人はドリーのおじいちゃん。あの人たち、フォレスター家の人たちで、ドリーもそう。ドリーはフォレスター家の娘」

以前にシチリアでは、印象の薄い人たちは「魚の血が混じっている」と馬鹿にされた。わたしの家族の血管を流れていたものも、わたしの体にあるものも、キングの家族にはないものだった。ドリーはわたしのたったひとりの家族だけど、あの子はあらゆる面でフォレスター家の人だ。ドリーは〝わたしの血を分けた子《サングエ・デル・ミオ・サングエ》〟じゃない。わたしの家族はちょっとしたものに感染して命を落とし、乾いたベッドで溺れ死ぬ。そんな死に方はバニーさんやリチャードさんには理解できないだろう。あの人たちはドリーに九九を覚えさせたり、新しい土地が手に入ったとあの子に伝えたりする時、よく言っていた。

フォレスター家の人間は決して諦めない。フォレスター家は必ず事を成し遂げる。

フォレスター家の農場にある店の看板は、「フォレスター家専門農場ショップ」と書かれている。以前、バニーさんに、「専門」って書かれてますが、何を「専門」にしているのですか、とたずねたことがある。するとバニーさんはいらだつことなくにっこり微笑んで答えてくれた。

「何もかもよ、サンデー。フォレスター家は何もかも専門的にこなせるの」ドリーも、自分のことを三人称で話し、誇り高きフォレスター家の一員であることを自負していた。

「まあ、なんてこと。やっとあなたと知り合えたと思ったら、もうあなたの身内を怒らせちゃったのね。サンデー、ごめんなさい。そのリチャードさんはあたしをおかしなやつだと思ってるでしょうね。少なくとも性的にだらしないやつだって」ヴィータは見たことがある表情を浮かべた。それは、あたしは手に負えないし、そうだと周りもわかってる、でもそこが魅力的なのよ、と思わせるような表情だった。ドリーが新しいドレスを着て泥だらけになった時に、翌日学校があるのに夜遅く帰ってきた時に、フランス語の試験を控えた朝に庭でたばこを吸っているのが見つかってしまった時に、ふと浮かべたあの表情だ。

電話が鳴り、ヴィータは慣れた手つきですばやく受話器を取った。言うまでもないけど、あの人の電話は一日中鳴っていた。

ヴィータはきびきびと「もしもし?」と応答すると、「まあ、ダーリン! ごめんなさい、今ちょっと話せないの、サンデーが来てるのよ」と言った。少し間を置いて、わたしを見て満面の笑みを浮かべた。「じゃなくて、〝奥さま〟よ。あたしの奥さまが来てるの」ヴィータは電話の向こうの旦那さんの反応に声を上げて笑ったけど、そのあとはそっけなく「ええ。また後で。じゃあね!」と言って電話を切った。そして電話を見てうなずいた。「旦那よ。明日帰ってくるわ」

あなたのご家族に不愉快な思いをさせてしまったわねとすべて認めて、謝罪もすんだかのように、ヴィータは表情をやわらげた。そして不意に突然、まるで小包を渡すように、小犬をぽんとわたしに渡した。

「さあ、奥さま、うちのワンちゃん、ビーストと一緒にそこに座って」とヴィータは少し神経質そうに小さなテーブルの脇に置かれた木の椅子を指して言うと、「うちのワンちゃんは人に立ったまま抱えられるのは好きじゃないの。その子は小さすぎて高い位置で抱かれるのが怖いのよ。何を飲む？　お茶？」

ビーストはわたしの腕の中で固まっていた。ヴィータに言われた通りにテーブル脇の木の椅子に腰を下ろしても、わたしの腕の中で小犬は死んだふりをしているように体を硬直させたままだった。細い体はふわふわの毛におおわれていたけど、小さな骨格が毛の上からも感じ取れた。指先で触れると、赤ちゃんの足の指のような肋骨が突き出しているのが感じられた。小犬をそっと床に下ろし、足が木の床に触れたはずだけど、体が軽すぎて何の音も立てなかった。離れていく時に爪が木に当たる軽い音だけが、経験豊かな秘書が長い爪でカチカチとリズミカルにタイピングしているみたいに、かすかに響いた。

「いいえ、ありがとう、大丈夫」とわたしは答えた。「わたし、熱いものや……炭酸が入っていないものは飲まない」

「じゃあ、シャンパンかレモネードは飲むね？　どっちもあるわよ」とヴィータは言って、短い音楽のように響く笑い声を上げた。

「ええ、飲む。それに……トニックウォーターも」自分がばかみたいに思えた。こんな時に、こんなふうに言わなければならないから、人と一緒にいることがすごくこわかった。

「いいわね。じゃあ、炭酸入りのカクテルを作るね」

ヴィータは楽しそうにキッチンを動き回って、箱からいろんなボトルを取り出した。口を閉じたその横顔を見ていると、初めてあの人を見かけた時のことを、庭で眠っていたあの人の姿を思い出した。キッチンで音を出して作業しているヴィータにも聞こえるくらい大きな声で、ご主人はどこで働いていて、どのくらい家を空けていたの、とたずねた。

「いま話せないの！　集中してるから！」とあの人は言った。

ようやく青いドリンクの入ったグラスをテーブルに置くと、ヴィータは満足したような表情を浮かべた。そのグラスに唇を近づけると、小さな泡が空中に飛び出し、小さな、形のない指のようになって、わたしの顔をなでた。

「あ、ちょっと待って！」とヴィータが言った。少し待ってとばかりに片手を平らにして上げると、テーブルを離れて〝ENTERTAINING〟（お楽しみ）と表面に大文字で太く書かれたまた別の大きな箱の中をがさがさと探り出した。そして笑顔を浮かべて黄色とピンクの紙で作られたミニチュアの傘を手にして戻ってきて、その傘をふたりのグラスに一本ずつ入れた。

「あったよ！　さあ、乾杯しましょう！　金曜日にあなたとドリーが夕食に来てくれることを祈ってて。ロールズも帰ってくるし、あなたたちふたりに会うのを楽しみにしてる。来てくれるでしょ？」

個人の邸宅

ドリーの最後の中等教育資格試験（イングランド、ウェールズで一九八八年に導入された中等教育卒業資格試験）はその翌日だった。あの子はそのあとの一週間は試験の打ち上げ会に参加したり、クラスメートと楽しそうに電話したりしていた。金曜日の夕方、あの子は家でお気に入りの緑のドレスを着て、フラットなサンダルを履いた。あんまりかわいいから、嫌だったかもしれないけど、あの子にあなたはほんとにかわいいねと言って、キスした。あの子のドレスの丈はすごく短かったけど、すごくシンプルで、その短さが子どもの頃から着ていてずっと大切にされてきた服みたいに、純粋な子どもらしさと愛らしさを感じさせた。ドリーはいつも無地の服を着ていた。自分で服を選ぶようになってからずっとそうだった。あの子は小さい頃からわたしが柄物の服を着ると、いつも決まって両手を上げて、目がくらんだかのように大げさに瞬《まばた》きした。そんなことがあってから、わたしもあの子の服と同じような単色の服ばかり着るようになったし、それがわたしの一種のスタイルになったように思う。その日わたしは黒いスカートをはいてゆったりした白いブラウスを着ていくことにしたけど、ドリーは何も言わなかったから、問題なかったようだ。わたしたちは夜の八時に招かれていたので一分前に家を出た。イーディス・オギルヴィは本の中できびしく注意をうながしている。

招かれた家に早く到着するのは、遅れて到着するのと同じくらい失礼だ。時間通りに訪れるべきだが、早すぎる訪問によってホストに迷惑をかけることがあってはならない。

「『個人の邸宅に午後八時に招待されたのであれば』とわたしは玄関の前でドリーに言い聞かせた。『午後十時三十分にはお暇《いとま》するようにしなければならない。その時間に失礼するつもりであると告げて、あとは訪問先に受け入れられることもあるが、もう少し長く滞在するように促されることもある』……いいかしら？」

ドリーはうなずき、訪問先の玄関の前でたずねた。「その『淑女の礼儀作法』を守らないと、どんな罰を受けるの、ママ？」ドリーはわたしがその本からよく引用するのを見てきたから、わたしを脅かすように時々指を突き立てて、叱責するような口調で本の一節を読み上げることもあった。そんなドリーにふたりで大笑いして、あの子もそれ以上は続けられなくなった。「とってもきびしい罰？」ドリーはそう言って笑みを浮かべると、ドアノッカーを大きく鳴らした。

ヴィータの家の紅い艶やかな玄関のドアが、背の高い男性によって開かれた。男の人はきちんとしたスーツを着ていたけど、実際の年齢よりも若く見えて少年のように痩せた体つきだったので、やや似合っていないようにも思えた。その人はすでに整えられた黒髪に軽く触れてから、まずわたしの手を、続いてドリーの手を握りしめた。男の人がわたしたちに身を乗り出すと、体から粉を思わせる香りが漂い、玄関いっぱいに広がった。几帳面な世話人のついた赤ん坊の体から発せられる無機質な石鹸の芳香を思わせた。光沢のあるピンクの爪、アイロンがかけられたパジャマ、ピュアシルクのネクタイ、イニシャルが入ったハンカチを常備する男の香りだった。ヴィータがわたしの家に牛乳を飲みに来た朝のことを思い出して、わたしは顔を赤らめた。パジャマにもイニシャルが入っていたけど、ヴィータがその朝着ていたパジャマは、この人のものだったのだ。まだ会ったこともない知らない人のパジャマを先に見せられるなんて、すごくおかしなことだと思う。男の人はヴィクトリア朝の建築家を思わせる細い口ひげを生やして、細縁の丸眼鏡をかけていた。愛らしく親しみやすい顔立ちに、やさしさがにじみ出ていた。

「サンデー、ドリー、はじめまして。ロロです」と男の人はヴィータと同じ抑揚で話したし、まるで、この僕こそが、あなたたちが待ち望んでいた男ですよ、と言いたそうな様子でもあった。「おふたりともよく来てくださいました。どうぞお入りください」

ロロはそう言って、優雅に長い廊下を指し示した。ドリーはロロが伝えようとしたことをすぐに理解し、廊下を進んで、キッチンのドアのほうに向かった。ロロはわたしが通り過ぎるのを待っていて、わたしはまるで両親に挟まれた子どものようにふたりの間におとなしく収まった。キッチンにたどり着く前に、ヴィータの声が聞こえた。

「あなたがドリーね！」とあの人は大きな声で言った。「まあ、なんてきれいなの！　ほんとに十六歳かしら？」

わたしは思わず顔をしかめた。ドリーの反応を見るまでもなく、そんなに褒めてもらったりすると、あの子は恥ずかしがるし、苛立ってしまうとわかっていた。でも、開いたドアを回り込んで部屋の中をのぞき込むと、ふたりは仲良く抱き合っていた。ふたりとも笑っていたし、ヴィータはドリーよりずっと背が低かったから、ドリーの腰に腕を回して緑の綿のドレスの裾を伸ばすようなしぐさをしていた。ヴィータはちぇっと少しふざけて舌打ちをした。

「あなたたち若い女の子はみんなミニドレスね！　この古いドレスもあなたが着たらミニになっちゃうんでしょうね？」

ヴィータはそう言って自分が着ているエキゾチックな服を指した。あの人が着ていたのは薄手のシルクの生地の長いカフタンだった。普通の女性なら海外のビーチでビキニの上に羽織るようなもので、実際、その薄い素材からあの人の濃い色の下着のストラップがかすかに透けて見えた。でも、ヴィータのセンター分けの黒髪と、日焼けした肌と、いくつかの細い金のアクセサリーが、その服を特別なイブニングドレスのように引き立てた。

「あなたはとってもすてきです」とドリーはわたしが聞いたことのない声で、小さく真剣な口調でつぶやいた。そしてふたりは声をひそめて笑い、話し出したけど、何を言っているのかよくわからなかった。ドリーが何かお祝いに関することを言っているのが聞こえたので、試験が終わったと話したのかもしれない。

ヴィータとドリーにふたりをそれぞれ紹介するのを楽しみにしていたから、ふたりがくすくす笑っているのを耳にすると、まるで自分がふたりに初めて顔をあわせるみたいで気まずくなった。わたしはふたりの間に立って、ふたりにはわたしがふたりを紹介するのを黙って聞いてもらい、それぞれの輝きの一部がわたしに降りかかるのを望んでいたのだ。

ドリーはわたしに背を向けていたから、ヴィータが最初にわたしに気づいた。「奥さま！あなたとてもきれいよ。ドリーはあなたによく似てる」ヴィータの口調もまなざしもいつもより真剣だったから、ヴィータがドリーにあいさつする場面を見逃したことなどすっかり忘れて、前に出てあの人のキスを受けた。

「さあ、家の中を案内するわ。それとももう全部見てる？　トムに見せてもらった？」

「ここには以前来たことがあるけれど、ずっと昔。トムが所有する前」わたしはここに長く住んでいたフランさんとアーサーさんのことを考えて、落ち着かなくなった。この家があのふたり以外の誰かのものになるとは、まだどうしても想像できなかった。

ヴィータは目を細めてわたしをじっと見つめた。わたしがこの話をしたくないってわかるのだろうか。そうかもしれない。あの人はどうやら察したようで、わたしの腕を取り、ドリーを連れて、トムの家を案内してまわった。ヴィータはすべての部屋に大げさな名前を付けていた。ここは談話室……閨房《けいぼう》……閑処《かんしょ》……。

まるでおぞましい物件を強引に売り込む不動産業者のようだった。ドリーもわたしもそんなヴィータが魅力的に思えて、あの人と一緒に笑っていた。今思えば、ヴィータはトムの家の質素な部分を笑っていたんだ。ということは、わたしの家を笑っていたんだ。トムの家とわたしの家は一階の間取りがまったく同じだ。ヴィータが入ったこの家のどの寝室もトムの奥さんが美しく飾り立てていてきれいだったけど、わが家の部屋はドリーの部屋以外、みんな格安のゲストハウスみたいで、機能重視だけど無機質で味気なかった。トムのこの家には、昔の別荘のような使い古された華やかさがあった。カーテンやカーペットなどの布製の室内装飾品はきっと昔は豊かな色合いだったはずだけど、今は夏の陽に何度もさらされて、すっかり色あせてしまっていた。どの椅子も絵の額も鏡もみんな角は金色に輝いていただろうけど、どれも歳月を重ねて色が落ち着き、黒い点がぽつぽつと染みついていた。

「この絵、ほしいな。とてもすてき。トムはすてきな絵を何枚か持ってるのね？」とドリーはヴィータとロロの寝室に入って言った。あの子がほしがった絵は、ベッドの向かいの壁に掛けられていた。二十世紀初頭の新郎新婦と思われるカップルが結婚式の衣装で着飾った姿が描かれている。新婦は蘭の花束を見つめて謎めいた表情を浮かべ、新郎は新婦の横顔を見つめながら、その繊細な顔に真剣そうで、どこか困惑した表情を浮かべている。わたしはこの家にあるたくさんの絵の中からすでにお気に入りを選んでいた。それは客室に掛けられた、物思いにふける母の姿を描いた絵だった。足元にふっくらとした子どもたちがおとなしく座っていて、母を慰めようというのか、やわらかく丸いくぼみが見える愛らしい手を差し出している。

「これはあたしの、いや、あたしたちの絵よ」とヴィータは言い直した。「みんなあたしたちの絵よ。いちばんいいのを選んで持ってきたの。どれもこの家には大きすぎるんだけど、倉庫にしまっておきたくなかったから。幸い、トムのこの家の壁には子どもたちの写真がたくさん飾られていたから、わたしたちの絵と入れ替えたの……」

ドリーはまだその絵を見つめていた。

「芸術に興味があるの、ドリー？　ああ、あなたをロロの両親の家に連れて行かなくちゃ。あの家には小さなカナレット（十八世紀ヴェネチアの風景画家。富裕なイギリス商人をパトロンとした）の絵があるの。それにあたしたちの友達に、すばらしいパニーニ（十八世紀ローマの風景画家カナレットとも交友があった）の絵を持っている人がいる」

「すごいわ」とわたしは言って、ふたりが目を見開いた表情をできる限りまねした。わたしたちは絵を残した画家たちにそれぞれ敬意を捧げるように、この寝室でめずらしく一緒に静かにたたずんだ。カナレット、パニーニ、とわたしは心の中で繰り返し、指先で軽く空気をたたいた。「イタリア人？　南の出身かしら、それとも北の出身？　どのあたりの地域の人？」

ドリーは笑い、ヴィータはまるでわたしの反応を予想したかのように、満足したように小さくため息をついた。

「ああ、サンデー、ほんとにあなたが大好きよ」とあの人は言って、ごく自然に手を伸ばしてわたしの腕に触れた。

絵画に描かれた人物には、実際の人物よりもいろんなことが容易に読み取れる。ずっと見つめていても、目を合わせすぎるとか、目を十分にあわせられないといったことを気にしなくていい。人物画には、現実では見逃してしまいがちな意図を示すものが、意識的にちりばめられている。現実の生活でわたしが目を引かれるディテールは二次的なものが多く、よく誤った印象を与える。その晩も、わたしがヴィータを見ても、ヴィータのきれいな髪や金のチェーンで飾られた小さな手首や、わたしたちを迎え入れる微笑みしか目に入らなかった。あの人がドリーの腕を握る手の力強さや、ドリーと話している時の真剣な視線には気づかなかった。言うまでもなく絵画においては、芸術家は美しいイメージのどこかに意識的に不快な真実を隠して、それを読み取ってもらうことを望む。でも、現実ではむしろその逆が望まれることが多い。

階下ではロロがキッチンにつながるダイニングエリアでわたしたちを待っていた。このスペースは何年も前の夏にアーサーさんが作り出したもので、わたしたちの家に唯一ないものだった。ロロはキッチンとダイニングエリアの間の二重ドアの前に出てきて、わたしたち一人ひとりにシャンパンのフルートグラスを手渡した。わたしたちは家に人を招くことがなかったから、ワインは置いていなかったし、ドリーがお酒を飲むのも一度も見たことがなかった。ロロがドリーに飲み物を渡す前にわたしにそうしてよいかと許可を求めるものと思っていた。でも、ロロはそれをしなかったし、ドリーもわたしたちの家では夕食前にシャンパンを日常的に飲んでいるかのように、すっとグラスを受け取った。

ロロは自分のグラスを掲げ、わたしの隣でヴィータも同じようにグラスを上げた。「新しい友人たちに乾杯」とロロは声を落とし、真剣な言い方だった。「ヴィーから聞いたけど、サンデーはシャンパンしか飲まないんだってね。実に賢明だよ、僕はお呼ばれした何軒かの家でひどいものを出されたことがあるからね」

ロロはヴィータがあの小犬をやさしくなでつけるように、ふたたび自分の髪をなでつけた。わたしが泡が立たない飲み物を飲まないのは、社交的なワイン愛好家の計算された策略であるかのような言い方だった。でもわたしの場合、泡が立たない飲み物は炭酸が存在感を示すことなく、喉をしっとりと流れ落ちていき、気づいたら広がってしまっている。ロロがこれまでに味わった最高のワインも、ほんの一口であろうと注意して飲まないと、やはり吐き気に襲われてしまうだろう。

「奥さまとドリーとシャンパンに！　そして試験の終わりに！　学校の終わりに！」とヴィータは笑いながら言った。

ドリーとわたしは自分たちのグラスをロロとヴィータのグラスにあわせ、それからお互いのグラスにあわせた。わたしたちは足を動かさず、上体を小さく回しながら、グラスをあわせる相手を変えていった。どの相手がよいと示さない礼儀正しいダンスを思わせた。ヴィータを見つめるドリーの頬の両側にほんのりと赤みがさしていた。自分の顔に触れて、わたしは思った。ヴィータと一緒にいると、わたしもこんなふうに見えるのだろうか。部屋は一瞬静まりかえる。わたしたちはしっかりドレスアップし、なじみのない儀式に参加し、おたがいの顔を見つめ合っているけど、一体誰に対して何を約束しているのだろう？　わたしが手にしたグラスは繊細で細いステムが伸びていたものの、クリスタル製で重みを感じた。やがてロロがドリーに試験についてたずねて、そこから三人は勉強や試験対策について突然話し出した。三人の話を聞いていると、三人とも興奮した様子で、相手の話にも自分の話にも笑い声を上げた。

テーブルはフォーマルにセッティングされていて、大小さまざまな大きさのカトラリー（食卓用のナイフ、フォーク、スプーン）のほかグラスもいくつか置かれ、背の高いキャンドルが銀のホルダーに立てられていた。ヴィータは自分が家庭的でないと誇らしげに言っていたことを考えると、もっとカジュアルなスタイルで迎えてくれるものだと思い込んでいた。でも、テーブルにはふたつの低い花瓶に切り花が活けられていて、分厚い白いテーブルクロスもナプキンも用意されていた。わたしたち四人の硬い席札も置かれていて、見ると四枚の小さいカードに緑のインクでそれぞれの名前のイニシャルが大きくていねいに記され、その下にフルネームが添えられていた。わたしのカードはドリーの向かいに置かれていて、Sの文字の下に〝奥さま〟（Wife）と書かれていた。ヴィータがこれを書いたのならいい。でもそうでなければ、たとえ冗談でもふたたび誰かの奥さまとして扱われるなんて想像したくなかった。ロイドさんの甘く詩的な声でそう言われても嫌だ。

「ヴィータ」とドリーはすごいとばかりに声をかけた。大人にそんなふうにファーストネームで呼びかけるのはずいぶん勇気がいることだったろう。「テーブル、とてもすてきですね」

わたしたちはテーブルに着き、ロロがシャンパンを注いでいる間に、ヴィータは広口のグラスにシュリンプカクテル（小エビのむき身にトマトソースをかけた前菜）を入れて持ってきてくれた。美しく盛り付けられていて、たっぷり注がれた薄いピンクのソースにレタスとシーフードが浸され、その上にパプリカの粉が振りかけられ、大きなエビがどのグラスにもクエスチョンマークのように飾られていた。わたしはイーディス・オギルヴィのカトラリーについての章に目を通していたので、どのお料理に何を使えばいいかよくわかっていた。ドリーを含めてほかの人たちもそれぞれ席のいちばん外側にあるナイフとフォークから問題なく手に取ったので、わたしは全員秘密のテストに合格したように感じた。

「これ、すっごくおいしい」とわたしはヴィータに言った。「ソースはどうやって作ったの？」

前菜はすべて緑とピンクのパステルカラーで彩られ、やわらかいクリーミーな味わいでまったく辛くなかった。

「あたしは作ってないの」とヴィータは明るく答えた。「あたしは料理しないの。このロールズが大体作ってくれたの。この人、今日はたくさん箱も開けたのよ。そうよね、ダーリン」

「大体？」ロロは眉を吊り上げてヴィータに目を向け、笑みを浮かべた。「じゃあ、ヴィー、きみは一体何を用意したんだい？」

ロロはヴィータをヴィータとそのとおりに呼ぶことはなく、ふたりのあいだで親密で愛情あふれたジョークを交わすように、おだやかに微笑みながら、〝ヴィー〟とか〝クイーニー〟と呼びかけた。でも、この身なりをきちんとして髭もきれいに整えた男の人が、すぐに興奮し、大声で話し、自分の失敗をうれしそうにひけらかすわたしの知るヴィータに興味を持つなんて、ちょっと想像できなかった。それからヴィータはロロに体を寄せて何か耳元でささやいた。ふたりにはこれまでの人生をずっとともに過ごし、ふたりのあいだにすべてがあって、何もないかのような、自然で落ち着いた雰囲気を感じさせた。

「あなたは今日、何してたの？」とわたしはロロの家事力に驚きつつ、ヴィータにたずねた。

ヴィータは身を乗り出し、わたしの手に自分の手を重ねた。

そして話を続けながら、諦めたように肩をすくめた。「あたしはいつも夕食の前にお昼寝してゆっくりお風呂に入るの。それが習慣になっているし、変える必要なんてないと思ってる」

「サンデー、わかるだろうけど、ヴィータのやり方に疑問を挟んでも仕方ないんだよ」とロロは笑いながら言ったけど、ヴィータは変わらず真剣な表情を浮かべていた。「家の中を見てどうだった、サンデー？」とロロはたずねた。「きみはドリーとここで時間を過ごしたことがあるんじゃないかな。トムとトムの家族と一緒に」

「トムとはそんな付き合いはないの。あの人が誰か知ってるけど、お付き合いはしてない」とわたしは答えた。

「おかしいと思わない、ロールズ？」とヴィータは言った。「あたしたち、いつだってみんなのこと知ってるよね」あの人は、まるで自分たちの力を超えたような何かについて、興味深いけれど自然に発生する現象について話しているかのように、遠くを見つめながら困惑してそう言った。「あたし、すっごく《テリブリィ》詮索好きかしら、どう思う？」

「きみが？　女王陛下《クイーニー》、陛下はいかにもおそろしい方です」とロロはそう言って口を閉じると、まるで愛の言葉を口にしたようにおだやかに微笑んでヴィータを見つめた。でも、ヴィータはすでに気持ちが逸れてドリーと一緒に夢中になって笑っていて、ロロの言葉を聞いていなかった。

「僕が本当にトムを立派だと思うのは」とロロは続けた。「慈善活動を精力的に行っていることだ。トムは実はエド・テイラーとよい友達なんだ。トムは去年、銀行で資金集めをしたよ。そう、あのレイクビューのためにね。トムは以前もほかの慈善活動を立ち上げたけど、レイクビューはほんとにすばらしかった。すごく楽しかったよ。エドのことは知っている？　レイクビューを経営しているんだ」

　後で知ることになるけど、ヴィータとロロの世界ではみんなお互いに知り合いだった。ふたりの社交圏ではみんなつながっていて、高校も大学も一緒、同じおしゃれな場所で休暇を過ごし、パーティをして、狩りをした。そしていつもいつも遠い親戚がふたりの役に立つ人を紹介しようとした。ヴィータに会う前は、知り合いは有害ではなく、有益であることが多いとは考えていなかった。あの人と会って初めて、人は楽器のように扱われ、自分の奏でたい音を奏でられるようになるのだ、とわかった。

その質問にわたしは曖昧にうなずいたけど、ロロは満足したようで話を続けた。「エドはすばらしい人だよね？　ほかの施設が受け入れないような子どもたちをみんな引き取っている。エドはレイクビューを今のどの新しい児童養護施設よりも伝統的な方法で運営している。エドによると、今の施設はどこもセラピー中心で、職員と子どもたちがファーストネームで呼びあうらしい。もちろんエドはそれより従来のやり方をずっと大事にする。エドとエドの奥さんは施設の子どもたちをすごく大事にしてるよ」

エドワード・〝エド〟・テイラーさんの姿を見たのはただ一度、前の年の十二月に公会堂でエドワードさんが行った講演「レイクビューの歴史」を聴いた時だ。この講演の前から、テイラーさんは軽微な管理上の過失の責任を取って、この夜に早期退職を発表する、と地元の人たちは噂していた。噂の真偽は別として、わたしたちはこの働き者を恩知らずな議会から守らなければならないと感じていたから、あの晩講演に参加した人たちは皆、自然とテイラーさんの支持にまわった。テイラーさんは貴族のような格式ある態度を示す魅力的な人物で、威厳に満ちた声で話し、長身の体にぴったり合ったダークスーツを着ていた。ロロがこのテイラーさんと兄弟であると言われてもまったく不思議に思わなかったし、同僚や知り合いと言われれば何の疑いもはさむことはなった。その晩、テイラーさんの講演が開催された公会堂はぎっしり満員だった。レイクビューには内部で教育を受け、敷地外にほとんど姿を見せることのない誰も知らないプライベート・コミュニティが存在した。レイクビューの人たちの噂は絶えず、面白おかしく伝えられるものもあったから、地元の人たちはこのコミュニティの子どもたちに自然と興味を抱いた。

行政のレイクビュー管理担当職員は、淡い黄色のシャツを着た小柄な男性で、汗を浮かべてステージに座っていた。隣に若くやさしそうな女性が座っていて、レイクビューの経済学と体育の先生と紹介された。ふたりともステージを歩きまわるテイラーさんの背中を真剣なまなざしで見つめていた。「フリーメイソンだ!」とわたしの隣に座っていた男性が、まるでわたしがテイラーさんについて質問したかのように小声でささやいた。男性の妻が、なんてこと言うの、とばかりにその人の肘を押さえて、首を振った。わたしはお行儀よく微笑んで前を見つめていたが、隣の男の人はその後もわたしに対して声には出さずに口の動きで「フリーメイソン」と繰り返し伝えながら、あんたが知らなかったことを教えてやったんだから、何かしろよ、とわたしをうながしているかのように、わたしに向かって眉を吊り上げ、ステージに向かって大げさにうなずいた。

て話した。六カ月前に湖で溺死した十代の少女については何も語らず、その少女がレイクビューに入っている子として地元紙に名前が公表されたことにも触れなかった。ティラーさんは、レイクビューの子どもたちがレイクビューで教育を受けているのは、地元の学校がその子たちを受け入れようとしないからです、とフロアに向けて話した。そう言いながら、ティラーさんは両腕を広げて聴衆を取り込もうとする様子を示したので、聴いている人たちはそんな輪には入りたくないとばかりに後ずさりした。

聴衆の多くは学校に子どもたちの受け入れを拒まれている親たちだった。この人たちはここでそわそわし出して、お父さんたちはネクタイを締め直し、お母さんたちは口元を引き締めてきらきら光るイヤリングを指でこつこつ叩き出した。父兄が明らかに落ち着きなく動き出したことで、ティラーさんは「わたしたちの子どもたち」と呼ぶ者たちについてますます悲劇的なことを言い始めた。わたしたちの子どもたちと呼びかけながら、まるでこの町そのものが不注意で無責任な夫婦みたいなものじゃないですか、わたしと管理担当者とここにいるやさしい顔をした先生のところに、まるで忘れ物であるかのように自分たちの何十人もの子どもを押しつけているだけじゃないですか、というようなことを言い出したのだ。

ティラーさんは子どもたちがこのホームに来る前にどれほどひどい人生を送ってきたか、悲惨な話をいくつも話して聞かせた。何人かは孤児で、何人かは親に無視されたり虐待されたりしていました、と話した。そして聴衆を真剣な表情で見つめながら、中にはものすごく悪い子もいたけど、みんな、誰ひとり例外なく、とても悲しい子どもたちでした、と続けた。そして、誰もがみんなわたしたちの援助と支援が必要なのです、ときらきら輝く表情を浮かべて、フロアの聴衆を奮い立たせた。

その大きくはっきりとした顔立ちは舞台映えし、テイラーさんはそれがまるで自分の本職であるかのように無理なく感情を込めて話した。表情豊かな顔は忠実な合唱団のように機能し、テイラーさんが語ることをすべて繰り返し強調した。あの行政のレイクビュー管理担当職員も、若くやさしそうな女の先生も、テイラーさんが語る話はすべて知っているかのように、悲しい話を聞かされれば眉をひそめ、幸せな話が出てくればうなずいた。舞台に上がった三人の献身的姿勢と一体感が、教会の説教のような厳粛さをその場にもたらしていた。

その後、やさしい顔をした女の先生が小さな緑のカップに注いだ紅茶とコーヒーを配ってくれて、厚くカットしたビスケットをのせたトレイの後ろにふたつの大きなボードがありますから、そこに貼り出された写真を見てください、とわたしたちに伝えた。フィリスがすでにそこにいて、興味深そうに展示された写真一枚一枚を眺めていた。そのビスケットは、今日の午後、レイクビューの子どもたちが特別に参加者の皆さんのために作りました、と若い女性は誇らしそうに告げた。とっても大事な贈り物を渡してくれるかのような言い方だった。でも、先生がそう言っても、何人かの人たちはそのビスケットを食べず、こっそりトレイに戻していた。フィリスがそんなことは気にせずに無料で出された紅茶とビスケットをずっとおいしそうに食べているのを見て、うれしくなった。

若い女の先生は家電の広告のモデルのように穏やかだけど、どこかあきらめているような表情を浮かべていた。展示されている大きな写真の一枚にもその先生が写っていた。写真の中の先生は眠そうな目をして、素足にミニスカートをはいていた。簡単な略歴も添えられていて、先生もかつてこのホームに住む子どもだった、と記されている。この先生は現在三十歳で、レイクビューに自分の寝室があり、今までほかの場所に住んだことがない、と紹介されていた。

レイクビューの児童ホームの歴史が白黒写真といくつかスペルミスがある短い説明文とともにつづられていた。子どもたちの写真もいくつかあって、おそらく表情のいい写真が選ばれたからだろうけど、警戒心や時には憤りを感じさせる視線もあるものの、みんな大体美しい顔をしていた。

この展示でわかったけど、このホームはもともと医師たちのグループのために建設された。だから、「レイクビュークリニック」なんてお気楽な名前が付けられていたものの、実際は湖からずっと遠くはなれた場所に立っていて、湖の水を見ることなんてできなかった。今は完全にホーム全体を覆っている正面の常緑樹が、写真の中では四角い植え込みにちょこんと立っている。レイクビューはわたしの家から数本通りを隔てた、長いテラスハウスが立ち並ぶ通りの端に建っていて、裏に鉄道の線路が走っていた。巨大な赤レンガの建物で、真ん中に柱の立つ長方形の中枢部の左右に、それに比べれば小ぶりだがかなり大きなウィングがどちらにも設置されていた。レイクビューの建物は威厳を感じさせたし、わたしたちの町のほかのヴィクトリア時代の建物によく見られる装飾は一切見られなかった。

わたしの家を建てた人は、レイクビューの建物の簡素で飾り気のない線は好きじゃなかったかもしれない。レイクビューの建物の壮大さは、建築の装飾ではなく、建物全体のバランスのよさや形状からもたらされたと思う。二十世紀初頭に巨大な市立病院が建設されると、行政機関は地元の診療所を買い上げて、児童養護施設として開所した。診療所の看板は塗り替えられ、児童養護施設のラテン語の標語《モットー》が書き加えられた。この変化をレイクビューの開所式に撮影された一枚の写真に見て取ることができて、そこには当時まだ光沢のあった錬鉄のフェンスや門も写っていた。新たに塗り替えられたこの看板には〝In pulvere vinces〟と記されていて、その下に英語で「塵の中で勝利する」と訳が付けられている。これと同じ黒の装飾的な文字で〝Lakeview Community Home with Education〟(レイクビュー・コミュニティ・ホーム教育施設)と記され、その下に小さく園長や責任者の方々の名前が刻まれていた。

その晩の会合は終了し、参加者は広い会議室を出て、狭い廊下に設置されたテーブルの上の木製の募金箱を目にした。出口に向かう途中で、誰もがその箱にお金を入れていった。冬のコートの厚手の袖で夫の腕を軽く叩いてもっと寄付するようにうながし、自分が募金箱を通り過ぎる際には自分の財布からさらにお金をそっと入れる女性たちもいた。わたしたちはみんなこのホームの「とても悲しい子どもたち」と悲しい話を思い浮かべ、わたしたちのささやかな施しによって、この子たちがその年のクリスマスを少しでも穏やかに過ごせることを願った。

わたしはロロにはエドワード・〝エド〟・テイラーさんの市庁舎でのスピーチのことは話さなかった。レイクビューのホームとそこにいる人たちのことをほんとは知らないのに知っているように話して、出しゃばりで取るに足らない人間だと思われたら嫌だったからだ。わたしが知っているのは、その晩エド・テイラーさんが話したことと、あの展示された写真のことだけだった。あの夜、悲しみは美しさによってかろうじて和らげられ、巧みに選ばれた人生の断片によって同情が呼び起こされ、何よりも寄付がうながされる構成が施されていた。

ロロがトムとエドのふたりを称賛する話を聞いていると、この三人が強さとやさしさと慈善的な思いやりを持ったひとりのすてきな男性になったように思えた。そしてヴィータとドリーは話をするロロをじっと見ていたから、わたしはロロの顔ではなくてロロを称賛するヴィータとドリーの表情を見つめながら、ふたりが何を考えているか想像し、意識して思い浮かべてみた。

「ここに立派な男性がいる」

メインディッシュはロロがロンドンから持ってきた野ウサギで、どうやら丸一週間ワインに漬け込んでいたようだ。肉はすごく濃厚で深い味わいがありそうで、糖蜜のような黒いソースがかけられていた。ドリーはこの料理をどう思うのか気になったけど、ヴィータがそれをテーブルに置くと、あの子は礼儀正しく微笑み、自分のお皿に野ウサギの肉がたっぷり盛られても、まるで動じた様子は見せなかった。わたしもすごく濃い味つけだと思われる野ウサギの肉を食べられるかどうか自信がなかったけど、小さく切って一口ずつ噛みしめて、常に飲み物で口を潤した。陶器の小皿で入れて供された付け合わせの野菜はバターと塩気が利いていた。何か不安を覚えたり、いつも決めている食べ物が食べられなかった時に食べる淡白で味の薄い食べ物とは、正反対のものだった。

「野ウサギ、好き？」とヴィータがたずねた。「あたしたち、大好きなの。そうよね、ロールズ？　野ウサギはあたしたちの超お気に入りの料理。だからあなたたちに作ったの」ヴィータは明るく微笑みながらロロを見つめた。ロロはヴィータにじっと見つめられて、わたしやドリーと同じように顔が赤くなっているように見えた。「というか、この人があなたたちのために作ったの」

「あの、ヴィータ、わたし、今まで猟獣の肉は食べたことない……」とわたしは不安そうに言いかけたけど、ドリーが遮った。

「本当にとてもおいしいです」とドリーは礼儀正しく言った。わたしもそう言うべきだった。

「ママにレシピを教えてあげてください、ロールズ。今日は仕事だったんですか？」

「うん」とロロは微笑んだ。「今週ずっと街にいたんだ」

ヴィータもロロも、ロンドンのことを都市ではなく、国にただひとつの「街」であるかのように、このように「街《タウン》」と呼んだ。わたしたちの二軒の家も、住居、道路、商店、歩道、街灯が立ち並ぶ通りが重なる町にあるんじゃなくて、寄り添って立ち並ぶ趣のある小さな田舎の村にあるかのような言い方をした。ふたりがロンドンに戻るときは、「街に行く」と言った。ここで外出する際は、「あたし、歯医者に行く」とか「あたし、スーパーに行く」というように行く場所を具体的に挙げた。

「ある建築プロジェクトが終わりそうだから、行かなくちゃいけない時だけ顔を出してるんだ」とロロは続けた。「かなりエキサイティングなプロジェクトなんだよ。美しくバランスの取れた建物になる」ロロは背もたれに寄りかかり、ドリーにもっと話すべきか考えているようにドリーをじっと見つめて、それからよし話そうと思ったようだ。

「元々は工場の建物で、上の階は倉庫として使われていたんだ。それが今かなりすてきなアパートに変わりつつある。部屋がすべて売れてなければ、僕がそのうちの一部屋に住みたいくらいだよ。うん、今すぐ入れるのなら、このトムの家じゃなくて、そこに引っ越したかもしれない。そうだよね、ヴィー」ロロは自分たちがある場所に住むことで、何よりその場所は質が高いと証明できる、というような言い方をした。

「うーん……たぶんそうしたかもね」ヴィータはそう言いながら眉をひそめ、考え込むように首をかしげて頬に片手を当てた。そのポーズがあの人を絵のように美しい無秩序な状態にした。紐が結ばれていないカフタンが片方の肩から滑り落ち、凝った金のイヤリングはチリンと軽やかに音を立てて首元にしっかりと収まった。あの人は襟元は正さずに前に身を乗り出し、するとカフタンがさらにずれて、中に着ていた服の細いストラップが見えた。喉元には金のチェーンがいくつも重ねられていて、それが薄い下着の軽さとひどく対照的だったから、逆に贅沢すぎるように見えた。「それともここに住んで田舎の奥さまに落ち着いちゃおうかしら！」

わたしたちがみんな、わあ、ヴィータが「田舎の人」か「奥さま」なんて信じられない、とばかりに声を上げて笑う一方で、あの人はショーを大成功で終えたパフォーマーのように、笑顔を浮かべて満足そうに座席にもたれ、両手を組んで喜びを控えめに表現した。

「それで、ロールズは建築のお仕事をしてるのですか？」とドリーはまだヴィータを見つめていたロロにたずねた。

ロロはそこで明らかにヴィータから目を逸らし、すべての注意をドリーに向けて、ドリーは無意識に少し後ろに引きながらロロを見上げた。ドリーがこんなふうに体を引くことは滅多にないけど、ロロはヴィータやドリー、あるいはキングとも違う魅力を発していた。ロロの魅力は一度にすべて現れるのではなく、徐々に出てきて強烈な印象を与えた。ロロは時折丸眼鏡の向こうでぎこちなく瞬きをし、ヴィータだけに注目を浴びさせて、自分の魅力を完全に忘れてしまうこともあった。でも、時にわたしたちの誰かひとりにすべての注意を向けて、圧倒的な視線で目が眩《くら》むほどその人を魅了した。ロロはヴィータもこんなふうに魅了したのだろう。

ロロはナイフとフォークを置くと、両手の手のひらを上に向けたり下に向けたりして、まるで複雑なポイントを説明するかのように話した。

「厳密に言うと、建築の仕事をしているわけじゃないんだ。僕たちはリノベーションの仕事をしている。主に商業ビルを住居に変える仕事をしているんだ。街にはそういうビジネスチャンスがたくさんあるし、ヴィーは目が利くからすぐにそういうのを見つける。時にはアパートを作ったり、時には家を作ったりするよ」

ロロは〝houses〟（家）の母音を普通と違うふうに発音した。〝フェイシズ〟（faces［顔］）と韻を踏むように「ハイシズ」（haices）と発音したのだ。わたしは心の中でその発音を何度も繰り返した。ハイシズ、ハイシズ、ハイシズ……。

そのあとドリーとヴィータを見ると、二人ともまるで夜のニュース番組で政府の重大発表を聞くかのように、ロロの話を真剣なまなざしで聞いていた。

「実はここにもひとつ大きなチャンスがあるんだ。レイクビューのこと、知ってる？　さっきは言わなかったけど、売りに出されてるんだ。あそこの子どもたちはみんな新しい居場所が見つかっているから、僕もすぐに取り掛かれると思う。競売にかけられる前に、行政機関から直接買い上げたいと思ってる。すごいプロジェクトになるし、ここで忙しくなるよ」ロロはヴィータを見て言った。「うん、僕らはここで忙しくなる」

「この人、謙虚なのよ」とヴィータは言った。「ロールズは家の建築でよく知られた人なの《ロールス・イズ・フェイマス・フォ・ヒズ・ハイシズ》」

ロールス・イズ・フェイマス・フォ・ヒズ・ハイシズ……。わたしは心の中でその言葉を繰り返した。

「最初はあたしも手伝ってたけど、今じゃもう完全にこの人の仕事よ。あたしはただ壁紙を選ぶだけ」ヴィータは眉をひそめた。「でも、ロールズ、あんたはもうそこを買ったんじゃなかったっけ？」

ロロは鼻の脇に片手を当てて、片方の眉を上げてヴィータに意味ありげな視線を送った。

「落ち着け、ヴィー！　契約が完了したらみんなにちゃんと話すから。それまでここで小さな休暇を楽しもうじゃないか。もちろん、僕らはトムのことを昔から知っている。彼はとても楽しい人だ」とロロは言った。

ヴィータはトムの名前を聞くと、まるでクリスマスの話を聞いた子どものようにうれしそうな笑顔を浮かべた。そしてロロはやさしくヴィータを見つめ返した。あの人たちは一瞬ふたりだけの世界に入り込み、わたしとドリーがいない時の自分たちを思い出しているようだった。そんな自然で親密なやりとりの一部になるのはどんな感じだろう。

「ここに家を買うこともできるよね、ダーリン」とロロはヴィータに言った。

わたしはうなずき、はっきりと「そうね」と答えた。まるで三人はわたしが将来の住まいの計画を了承するのを待っていたかのようだった。そして少し沈黙があって、三人はどっと笑い出し、わたしも一緒に笑った。ヴィータはわたしの手にふたたび自分の手をぎゅっと重ねた。わたしたち四人は何年も一緒に過ごしてきたかのように思えた。

ドリーとヴィータが地元に一軒しかない洋品店の品揃えはどうかと話していると、通りの角にある大きな家について、ロロにたずねられた。その家はミッドセンチュリー様式の目を引く建物で、正面から側面に回り込んで突き出した印象的な窓を備えていた。その窓からは前の道も脇の道も広く見渡すことができるから、パノラマのような景色を楽しめるだろうけど、外から中の様子は丸見えに違いない。ロロはわたしのほうに身を乗り出し、もっと聞かせてよとばかりにわたしの椅子の背に腕を回した。わたしはロロに、その家には以前数年、静かな夫婦と十代の男の子が住んでいた、と話した。男の子は背が高くて、細くて、いつも親しみあふれる笑顔を浮かべていた。男の子は地元の私立学校に通っていて、その子の学校のバスはわたしたちのバスよりも出るのが遅かったから、男の子はよく寝室の窓辺に立って、わたしたちがバス停に向かって歩いていくのを眺めていた。男の子は裸で寝室の窓辺に立って、自分の体を見ながら通り過ぎる人たちの顔の表情を楽しそうに眺めていた。そのあいだも穏やかな笑顔を絶やすことはなかった。夜になると暗闇の中に立って、窓の外を人々が通り過ぎる瞬間、ぱっとランプを灯して自分の体を照らした。骨ばった肋骨と胸は影で覆われ、腰から下が手術台に置かれているように明るく照らし出された。

ここでヴィータはテーブルを離れてキッチンに向かい、ドリーも手伝おうと立ち上がった。ロロも立ち上がったが、テーブルを離れなかった。それは誰かが部屋を出たり入ったりするたびにこの人が取る行動だった。ロロが動くと、その度に石鹸のような香りが軽く漂った。温室で手入れをしている良質の植物のように変わることのないこの人のにおいを、わたしはしみじみと嗅いでみた。人間のにおいは普通は時間が経つと変わる。たとえば庭から戻ってきたドリーの体は温かく、肌の香りに香水が混ざりあって、つんと鼻をつくにおいがした。でも、静かに座ってわたしとおしゃべりをしているうちに体の温かさが和らぎ、においもすずしく甘い香りに変わった。ヴィータがその晩、わたしを抱きしめて迎えてくれた時、この人はムスクとアンバーをベースにした香水を振りかけているとわかった。そのあと別れのキスをした時は、その肌には家の温かさのほか、キャンドルやアルコールやコーヒーなどのにおいがすべて混じりあい、新しい香りを発していた。だからロロのにおいが変わらないことに魅力を感じたし、あの人に対して不変の敬意を抱いた。人の何かが変わらないというのは滅多にないことで、心地良さを感じる。人の顔が対称的であるほど、その人のにおいを異性が不快であると感じる可能性が低くなるようだ。左右対称の顔は、精子の数が多く、卵子の生産力が高い象徴と思われる。もちろんドリーの父親はまったく無臭だった。夏の日に農場で働いて汗をかいた後も、真水のように何のにおいもしなかった。キングもキングの新しいお妃も、お妃のハート型をした顔と子どもっぽいえくぼのある頬を見れば、フォレスター家が所有する牛の群れと同じように、高い繁殖力を備えているに違いないと思えた。

ロロがふたたび席に着くと、わたしは立ち上がり、すると面白いことにロロはすぐにわたしをまねして立ち上がった。でも、ヴィータとドリーにつづいてわたしはキッチンに向かわず、ふたたび席に腰を下ろした。するとロロもわたしの動きに何の疑問も持つことなく座り直し、両肘をテーブルの上に置いた。ロロの一連の動作からあの石鹸のような香りがふわりと放たれ、香りのついたほこりの粒子のように、わたしたちの周りにふたたび心地よく漂った。ロロは指を絡ませると、何か思うことがあるのか、指先の上に軽く触れるようにして顎をのせた。

「その裸の男の子はどうなったの?」とロロはわたしに一本指を伸ばしてたずねた。

「三年間、姉とわたしは学校に行く途中、毎日あの子の前を通り過ぎた」とわたしはロロに答えた。「そして姉もわたしもいつも不思議に思っていたの。あの子にとってはどっちが最初だったのかな? 部屋の中をむき出しにする窓がまずあった? それとも自分の体を見せたい衝動が先に生まれた? たぶんあの子は以前は普通のティーンエイジャーで、あの巨大な窓があの子に裸を見せるように呼びかけたのかもしれないね。それともあの子のお父さんとお母さんが露出性の子どもへの贈り物として、意図的にあの家を選んだのかな?」

わたしはあの男の子に裸を見せられて穏やかでいられなかったけど、姉のドロレスはあの子の裸を見るのはいい気晴らしになるし、学校に向かう途中で見る、おそろしくはないまた別の景色ととらえていた、と話した。

でも、わたしはロロに、ある暑い夏の日、ドロレスがあの子の家の窓の前で、制服のシャツのボタンを外したことは話さなかった。あの時、姉は十三歳だったけど、胸がまだ小さくて、母に買ってもらった小さな白いブラジャーをしていなかった。学校のシャツの下にブラジャーをつけるように母に強く言われた時は何も言わずにそうしたけど、その後バス停の椅子に座り、話を止めることもなく、何をしているか隠そうともせず、おもむろにブラジャーを外した。そのことが母に伝わると、母はもう姉にブラジャーを着けるように強く言わなくなった。ドロレスは体は面白いものか、それとも機能的であるか、としか考えていなかったんだと思う。自分の体をまったく恥ずかしがらなかったし、同級生たちの体をあからさまに馬鹿にしていた。わたしと同じで、同級生たちは肉体的に抑圧されている、と考えていたのだ。そして通りで太陽の光を浴びながら目を細めてブラジャーを着けていない裸の胸をさらけ出した。男の子は言葉を交わすかのように、そんな姉をまっすぐに見つめた。

ロロには、ドロレスがその後わたしに言ったことも、わたしによく言っていたことも話さなかった。

「あたしたちには体しかないんだよ、サンデー」とドロレスはよく笑いながら言った。「でも、あんたは違うし、あんたが何なのか、あたしはよくわからないよ」

確かに、ドロレスはドロレスの体そのものだった。砂糖や男の子や時には大人の男性も、いろんな形で、時には魅力的に思えない形で、ドロレスの短い人生に、多くの人が何年生きてもわからない、深い喜びをもたらしていた。

「あの男の子家族が引っ越して、ある弁護士夫婦がそこに入って事務所を構えた。入居後すぐに通りに面した窓と脇の窓の両方の近くにデスクを置いた。もう事務所は閉じてるけど、今もふたりはよくデスクに座っている」

これがロロにあの晩テーブルに着いて話したことだ。ロロはわたしの話に耳を傾けながら、時折礼儀正しくうなずいた。けれでも、あの人は際どい話を聞き終えると、わたしの椅子の背もたれから手を放し、自分の椅子に深く座り込んだ。でも、わたしが今も信じていることは、あの人に言わなかった。

ここに長く住んでいてあの裸の少年を覚えている人たちは、今もあの子が窓辺に立っている姿を目にする。男の子が何度もライトをつけたり消したりして、あの子の青白い下半身が暗闇に浮かんでは消えていくのを見る。男の子の裸の体はSOSのシグナルを発していて、わたしたちは当時もそうだったけど、今もそれが読み取れていない。

ドリーはクリームの入った水差しを、ヴィータはピンクに染まった洋ナシのコンポートが入った金縁の大きなボウルを持って、テーブルに戻ってきた。ヴィータはフルーツを取り分けると、クリームをかけるかどうかを一人ひとりの顔を見て確認した。まずロロを見ると、僕の分は遠慮なくたっぷりかけてくれ、と両手を広げてたので、ヴィータは笑った。

ロロの話を聞きながら、わたしたちはロロが作ったやわらかくてとても甘い洋ナシのコンポートをいただいた。まるでマシュマロのようにやわらかくて、果物というより評判のお菓子屋さんが作った瓶詰のお菓子のように思えた。

ロロは全寮制の学校を出ていたけど、そこで開かれたダンスパーティについて、なんだか話したくない様子だった。ダンスパーティには地元の女子校の生徒たちも参加したんだけど、僕はティーンエイジャーの頃はあか抜けた同級生たちに比べてどんくさいし、社交性に欠けていたんだ、とロロは面白おかしく話してくれた。その夜、きみは何人かの女の子とのロマンチックな機会を逃したようだね、と友人たちにうれしそうに指摘されたけど、きみたちがそんな機会を手に入れられたのは、僕が彼女たちを失望させて、彼女たちの「判断基準が下がったから」だよ、と切り返したと話してくれた。ロロは話がうまかった。自信に満ちた話し方をするので、あの人が昔は女の子にモテなかったことが一層面白く思えた。普段は礼儀正しく落ち着いた話し方をするのに、そうやって軽妙に自分を卑下するのが意外だったし、魅力的に思えた。

ヴィータとドリーはデザートを食べながらロロを見つめていたけど、ロロの話にスプーンを止めて聞き入った。ヴィータとドリーはずっと前から友達だったようにすごく自然に、まったく意識せず、同時に笑みを浮かべ、同時に声を上げて笑った。ふたりの間には何か壊れそうな気配が漂っていて、ふたりの自己の一部が飛び出しそうになるけど、その瞬間、ふたりの一体感の中にふたたび吸い込まれていった。ふたりが一緒にいることで、面白いことがすべて一層際立った。それはドリーがわたしの膝に脚を乗せて、「お父様はそれを家ではお許しになりません」と言って悲しそうに首を振るあのドラマに出てくる少女を一緒に笑った時、わたしとドリーの間に共有された面白さと同じだった。でも、ヴィータとドリーは今日知り合ったばかりで、シャンパンも飲んでいたから、ふたりとものすごく興奮して、ロロの話に手を叩き、涙を浮かべて笑い転げた。ヴィータがそんなふうに興奮するのはわかるけど、ドリーがこんなに弾けてしまうのを見るのは初めてだった。ドリーは生まれつき無口で控えめな子だとずっと思っていた。でも、その晩、目の前にいたのはまったく違うあの子だった。ヴィータがそれまでわたしにもたらしてくれたのは、こうしたはっきり目に見える変化じゃなくて、もっと内面的で個人的なものだった。でも、ドリーが見せたことがないような高揚感を示したことで、ヴィータの魅力をさらに強く証明することになった。これはわたしの娘で、こちらはわたしの友人、とただひとり心の中で思った。

ロロの笑顔はキングの笑顔と同じくらい自然で包容力のあるものだった。四十代の特権階級の男性を正確に描出したモンタージュイラストのようだった。ロロは繊細な顔立ちで、肌はなめらかで、手入れの行き届いた口ひげをたくわえていた。顔の左右のバランスは美しく取れていたけど、特に強い個性や特徴は感じられなかった。ヴィータはそうではなく、まっすぐな視線が美しさを一層際立たせて、わずかに突き出した歯や太くてまっすぐな眉といったわずかな欠点も、あの人を単なるかわいい人から美しい人へと昇華させた。シチリアには、「少女は天然痘にかかって初めて美しくなる」という諺《ことわざ》がある。その意味は、天然痘は避けられないものであり、これを乗り越えてこそ、残された容姿の美しさが正当に評価される、というものだ。

でも、ヴィータは天然痘やほかの病気にかかったとしても、魅力を失うことはまずないだろう。あの人の顔は知性があふれていて、ドリーのように若さや無邪気さや肌のなめらかさに頼ることはなかった。何か測り知れないものがあり、実物も写真も威厳を感じさせたし、まっすぐだった。何をしても称賛されると思っていたから、何も求めなかった。少し魅力的な人たちが示す「認められたい」といった願望はなかったし、実際に認められるまで待たなければならない重荷のようなものからも解放されていた。美しい子どもを持つ親も、子どもに対する称賛の言葉を期待し、それがなければ自ら話題を振ることもよくある。生まれ持った癖みたいなもので、自分や自分の子どもの身長や顔のバランスのよさやかわいらしさをさりげなく口にしてしまうのだ。わたし自身が無意識にそうしてしまう癖があるから、誰かがそんなことを口にするのを見ると、体がすくんでしまう。でも、ヴィータにそんな癖はなく、決してそんなことを口にしない。

ロロとヴィータも自分たちの外見の違いに気づいていたと思う。ダイニングルームの銀の額縁に入ったどの写真を見ても、ロロはカメラから視線をそらしている。ヴィータと一緒に撮った写真では大体ヴィータを見つめているし、ヴィータと写っていない写真ではただ遠くを見つめている。二、三歳のぽっちゃりとした小さな男の子だった、いちばん幼い頃の写真でも、ロロは心配そうに横を向いている。それに対してヴィータは、いろんな髪型をしていろんなドレスを着て、カメラをまっすぐに見つめている。時には挑戦的なまなざしを見せることもあれば、ほかの写真では何か見つけられないものを探しているような表情をしている。

ロロはデカンタをわたしに差し出した。

「ポートワインだ」とあの人は言った。「きみの炭酸の入った飲み物しか飲まないルールは、これが破るかも」

「いいえ」とわたしはデカンタを見つめながら答えた。濃い液体はところどころピンクに染まっていて、小さな血栓のような赤黒いシミもぽつぽつ浮かんでいる。「これは絶対に飲まない」

ロロは小さく肩をすくめて、左側にいたドリーにデカンタを渡した。ドリーはヴィータと話し込んでいて会話を止めることはなかったけど、いちばん小さいグラスにポートワインを注いだ。それからデカンタをヴィータに渡したけど、ヴィータもドリーの話に集中していた。ヴィータはわたしの肩を軽く叩いて、ドリーに注意を向けたまま、ロロにデカンタを渡すようにわたしに伝えた。ロロは満足そうに自分のグラスにワインを注いだ。年代物のワインはかき混ぜられて不機嫌になったようで、海底からくみ上げた水のようにざらざらしているように見えた。このポートワインの受け渡しは、わたしが練習したことのないダンスのように思えた。家に戻ってから、『淑女の礼儀作法　社会活動のガイド』を確認してみた。

ポートワインはまずホストの右側にいる女性に勧められて、それからホストに戻され、そのあと左側にいるゲストに勧められる。

ただし、イーディスは注意を促していた。

ポートワインは決して逆方向に回してはいけない。

わたし以外の三人はデカンタをさらに回して、自分のグラスに注ぎ足した。

「たばこを吸ってもいいかな？」とロロがたずねた。

全員が問題ないと反応すると、ロロはただちにたばこをみんなに差し出した。ドリーは少し迷ってわたしを見てから、首を振って断った。ヴィータが一本取ると、ロロは慣れた手つきでもう一本箱から押し出した。それからロロは席を立ち、ヴィータがたばこを口にくわえるのをじっと待って、それに火をつけようとした。ヴィータはロロの背後のキッチンを無表情に見つめて、まるで女王のように動じることがなかったけれど、わたしはヴィータに従順に尽くすロロに惹かれた。ライターは二度消えてしまったけど、ロロは片手で器用にライターを振ってふたたび火を点けようとした。ようやくロロがヴィータのたばこに火をつけて席に戻ると、ヴィータはまるでわたしがふたりを見ていたことを知っていたかのように、わたしをまっすぐ見つめてウインクした。ヴィータの視線の中で、ヴィータとロロのふたりのあいだにあった何かが、わたしとヴィータの秘密に変わったかのようだった。

ロロは自分のたばこに火を点けて、グラスにポートワインを注ぎ足してから、わたしに言った。「きみとヴィータはもうお泊まり会をしてるって聞いたよ」

「いいえ、してない」とわたしは事実を述べた。「ヴィータは朝になる前に帰ったから、泊まってない」

ロロは何も言わなかったけど、礼儀正しく続きを聞かせてほしいと無感情に訴えていた。わたしがこれから話すことを待っているような意図的な間があり、いざわたしは話しだした。

その朝ソファで目覚めるとヴィータがいなくなり、その時ふと思い出した民間伝承を、わたしはロロに話した。

「昔のシチリアでは、夫は目を覚まして妻がいないと、妻は退治しなければならない悪い魔女だと判断された。だから夫は魔法使い《マガ》のところに行って、たとえ妻を殺すことになっても、元の正しい妻に戻してほしい、とお願いした。そんな夫のひとりは、妻がベッドの下に隠しているる魔法の軟膏を取り出して、普通の軟膏に変えるように言われた。その晩、男の妻はその軟膏を体に塗って飛ぼうとして窓から飛び降りたけど、地面に真っ逆さまに落ちてしまった。夫が外に出てみると、妻は骨が折れて通りに横たわっていて、もう二度と飛べなくなった」

ロロは何も言わなかったが、ヴィータはいつの間にか話を聞いていて、さりげなく口を挟んだ。「まあ、奥さまったら、一体何の話をしてるの？　ロールズにあたしを追い出す方法を教えたりしてないでしょうね！」

ヴィータが話を終えると、ヴィータの小さな犬が部屋に入ってきた。雄の小犬は庭に通じるフレンチドアを見ていたけど、その様子は夜遅くにワインを飲んでリラックスしている親の前に現れて、おまえも一杯どうだいと勧められるのを期待しているティーンエイジャーのように意図的に自然に振る舞っているように思えた。小犬はまっすぐドリーの近くに行き、足元に座ってかまってほしいかのようにあの子を見上げた。でも、ドリーはロロと話をしていて小犬を見ることはなかった。ドリーが椅子の上で体を動かしたり身振りをしたりするたびに、ビーストという名のこの小犬は前足を交互に動かして身をこわばらせて、それから背中を丸めてドリーに抱き上げてもらうのを待っていた。小犬が動きを止めたその瞬間、ほんとのおもちゃのように見えた。わたしはドリーが小犬に気づくのを待っていられなかった。

「ドリー、ほら！」とわたしはあの子が話している途中で口をはさんだ。「この子、面白くない？」

ドリーとロロのふたりが顔を向けたけど、ふたりが見たのはわたしで、小犬じゃなかった。わたしはビーストにもっと注目してほしくて「この子、こんなに小さいのよ！」と小犬を指して言った。あたりは突然静まり返り、わたしの言葉は宙に響き渡った。小犬がこんなに小さいなんて明白すぎる事実だったので、無意味に思えたのだ。みんなの注目を突然浴びてビーストも居たたまれなくなったか、小犬は自分にプログラミングされた機能を働かせるように、その場でくるくると回りだした。

「かわいいね」とドリーはおだやかな声を出した。ドリーはロロとおんなじ笑顔をわたしに向けてから、ふたたびロロに向き直った。

「それで試験委員会はどうしたんですか?」とドリーはロロにたずねた。

「うん、僕らは合格できるだけのことは十分書いたから、ふたりとも学位はもらえたよ。それにもっと大事なのはレースで大勝ちしたことだ。もちろん家に宛てた手紙には、学位のことを大げさに書いたけどね。寮生活をしていると両親と離れて育つから、両親に勝手に自分のイメージを作ってもらうのがいちばんいい」

ヴィータは身を乗り出してテーブルを叩いた。「ロールズ! あたし、酔っぱらっちゃって、おいしいコーヒーが淹れられない」ヴィータがそう言って立ち上がると、ロロもすぐに立ち上がった。ヴィータは笑顔を浮かべて言った。「お願い、コーヒーを淹れて持ってきてくれない? あんたはあたしよりずっとおいしいコーヒーを淹れるから」

ドリーも立ち上がり、わたしたちはヴィータのあとを追って廊下を進んだ。リヴィングにはテレビがなく、代わりにレコードプレイヤーが置いてあった。きれいに整理された本棚の下の段に、レコードが何十枚も収められていた。ヴィータはレコードの束をがさがさ探って、ある一枚を取り出した。背もたれのあるアームチェアに並んで腰かけていたドリーとわたしに、ヴィータはいいこと教えてあげるねとばかりに笑顔を向けた。

「ロロがご機嫌になる一枚をかけるね」

そのレコードには、よく知られたクラシック交響楽団の演奏が収録されていた。美しい音色に鳥肌が立った。もしかしたら、わたしもこんな奥さまになれたかもしれない。キングにキングの好きな音楽をかけてあげられたかもしれないし、キングをわたしにコーヒーを持ってきてくれるような男に変えられたかもしれない。キングは柔軟な男だから、あの男の感情や気分をわたしは変えられるかもしれない、なんて一度も思ったことはなかった。ロロはトレイを手にしてドアのところに現れると、音楽を耳にして一瞬立ち止まり、目を閉じて喜びにひたった。ヴィータはすでにコーヒーテーブルの上の雑誌やアートブックを片付けて、コーヒーをきれいに並べたトレイが置けるスペースを作っていた。ふたりの絆は愛らしくはっきりと見て取れた。ロロがヴィータの作ったスペースにトレイを置くと、ヴィータは身を乗り出してロロの頬にそっとキスをした。ロロがヴィータのキスに反応するとは思わなかったけど、それでロロの表情はやわらいだ。わたしは家ではこんなやりとりをひとりで演じるしかなかったし、すべてドリーにあわせてしてきたけど、あの子には思春期特有の冷たい反応を返されただけだった。

ビーストがいつのまにかドリーの膝の上で子猫のように丸まっていた。黒い目が一瞬ちらっと動いたけど、まるでバッテリーが切れかけているようで、たちまち小さないびきをかき始めた。ドリーはビーストの細い背骨の上にコーヒーカップのソーサーを落ちないようにうまくのせたけど、それ以外は小犬が自分の膝の上にいることに気づいてもいないようだった。わたしはもうビーストのことも、そのかわいさも口にしないことに決めた。そのあと、わたしはコーヒーは飲めないのと言うと、ほかに何が飲めるかなとロロにたずねられた。ヴィータがぱっと立ち上がって、ロロもついて行こうとしたけど、ヴィータはあなたは座っててとばかりに軽く手を振ってロロを席に戻した。

「さあ、奥さま！」とヴィータがわたしに言った。「何か探しに行きましょう」

キッチンに入ると、ヴィータは冷蔵庫からもう一本シャンパンを取り出した。

「だめ」とわたしは言った。「それ、わたしのために開けちゃだめ。レモネードある？」

「レモネードですって？　ひゃあ！　大丈夫、心配ないわ」とヴィータは笑みを浮かべた。「あたしはコーヒーを味わいながらシャンパンを口にするし、ロールズもそうだから開けるわ」とヴィータは言ってシャンパンの瓶をカウンターにとんと置いた。

ヴィータが、あたし、酔っぱらっちゃった、と聞いた時はそんなはずないと思ったけど、この瞬間、この人はほんとに酔っぱらってるかもしれないと思った。

わたしに背を向けて、ヴィータは鍋をいくつかシンクに入れると、その一つひとつに水と洗剤を入れた。「ロールズはすてきでしょう？　あたし、あなたたちふたりがきっとあたしたちのいい友達になってくれると思うの。うちの人は誰にでも親しくするわけじゃないけど、あたしがあなたのことをどう思っているか、ちゃんとわかってる。それに、ドリーはほんと、かわいいね」

ヴィータは水を止めて、わたしをじっと見つめた。わたしがドリーが何を考えているのかわからない時にあの子をじっと見つめるのと同じ視線だった。わたしはわたしが何を探しているのかわからなかったし、ヴィータもヴィータが何を探しているのかわからずにじっとわたしを見つめていたんだと思う。シャンパンを飲んだからだろうけど、ヴィータの目が暗く大きく広がり、わたしにぴったり焦点を合わせている光景が一瞬浮かんだ。ヴィータはわたしを見つめながら言った。「うん、あの子、ほんとにかわいいね」

ヴィータとわたしはボトルとグラスを持って、ふたたびリヴィングに戻った。ドリーは大理石の手の込んだ作りの暖炉の前に立っていて、足元には小犬がいた。ロロは向かいの背もたれのある椅子に腰を下ろしていた。ドリーはコーヒーカップをテーブルに置いたまま両手を動かして何かを説明していて、ロロはそれにまるで学生のように真剣に耳を傾けていた。わたしたちに気づくと、ロロはすぐに立ち上がった。同時にドリーは、まるで崩れ落ちるように、誰にも気づかれず、一瞬で自分の椅子に座り込んだ。

「まだシャンパンを飲むのかい、女王様《クイーニー》？」とロロはヴィータにたずねた。「酔っぱらってるって言ってたじゃないか」

でも、ロロはヴィータの手にそっと人差し指を触れてボトルを受け取ると、笑いながらわたしたち全員のグラスにシャンパンを注いだ。暖炉の上の時計を見ると、夜の十時だった。二十五分以内に飲み終えて、そろそろお暇しなければいけないと思った。

最初のディナーが終わらないうちに、翌週の金曜日のディナーにも招かれた。こちらから求めなくても、こんなふうにまたすぐに誘ってもらえるなんて、うれしかった。

ロロは玄関でドリーとわたしに別れのキスをし、まるでずっと前から決まっていたように「来週の金曜日に待ってるよ！」と言ってくれた。まるでわたしたちは毎週金曜日の夜を一緒に過ごす親しい家族のようだった。

キングのご両親にドリーにまた週末を一緒に農場で過ごしてほしいとお願いされて、わたしは眉をひそめてきびしい表情でそれはできませんと断らなければならなくなるだろうとひとり想像して楽しんだ。バニーさんとリチャードさんの次の招待を断らなければならない時は、ヴィータがいつも見せるように、眉を動かし、ひどく悲しげな表情を浮かべてみよう。ヴィータは小さな口を逆三角形にしたりするけど、わたしもそんな顔をしてみたい。

ごめんなさい、ドリーは金曜の夜は家にいなくてはなりません。わたしたち、金曜日はいつもヴィータとロロと過ごします。

小道の先から手を振ると、ヴィータはロロに甘えるように寄りかかって笑みを浮かべていた。ヴィータは両手でロロの片手を握っていたから手を振り返すことはなかったけど、ロロが手を振ってくれた。ロロの手の振り方は無駄がなく型にはまっていた。背筋がぴんと伸びて、フォーマルなスーツを着たロロがそんなふうに手を振ると、ほとんど軍人のように思えた。このふたりの後ろからビーストが、大きな子どもたちが延々続いたパーティのあとで別れを惜しむ姿をやさしく見守る小さな親のように、わたしたちを静かに見送ってくれていた。

ヴィータは夫の肩に顔を寄せて、わたしたちに微笑みながら言った。「ええ、また来週。今度はもっと早く来てちょうだい。六時に来てくれたら、ロールズが帰ってくるまでガールズドリンクを楽しみましょう」

やわらかい羽と鋭い目

次の金曜日、隣の家での夕食会が、わたしたちがこれから一緒にどんな夜を過ごすか、短い夏をどう過ごすか、それに関する〝予測できる可能性〟と〝劇的な展開〟が見事に融合した青写真を作り出した。前者のわたしたちがこの夏にどんなふうに一緒に過ごすかという〝予測できる可能性〟に、ホストの形式を重んじる姿勢からもたらされた。後者の〝劇的な展開〟に、ホストふたりが備えた演劇の資質から生まれた。ヴィータとドリーとわたしはロロの帰宅を待ちながら、裏庭のベルベットで裏打ちされた毛布の上にうつ伏せになっていた。小犬のビーストは太陽の下、ヴィータあるいはドリーの反り返った背中の上で丸まって寝ていた。ヴィータとドリーが身振りを交えて物語を語ったり、笑い声を上げたりするたびに、小さな犬は起こされ、不満そうにため息をもらした。

ドリーはわたしがこれまでに聞いたことのない人たちや個人的な出来事をずっと話し、わたしは新米秘書が速記を取るように黙って聞いていた。ヴィータの話は華やかで退廃的で、時おりショッキングだった。わたしは普段の会話で個人的な話をすることはあまりないし、自己卑下から始めて最後は自分を盛り立てる愉快な話に変えることなんてできない。でも、ドリーとヴィータの話を聞いていると、わたしはいろんなイタリアのことわざを思い出したから、時々それを英語にしてふたりに話した。言ってみれば、ドリーもヴィータも自分の話を民間伝承のように語り、それによって何か別のものを見せてくれたのだ。わたしは主にふたりの話を聞くだけで、ふたりの話に何か付け加えるようなことはしなかった。ドリーもヴィータもおたがいに自分の話をして相手に見てほしかっただけだ。わたしは傍観者だった。

その晩、わたしたちが日光を浴びながら横たわっていると、ヴィータが、かつての隣人で親友だと思っていた女性に失望させられた、と話し出した。ヴィータはこのアナベルに大事な秘密を打ち明け、アナベルの心の中に留めておいてほしいと願っていた。でも、アナベルはある晩餐会でヴィータの秘密を明るみに出した。ヴィータは長いテーブルの真ん中に座っていたけど、ヴィータは自由奔放だからね、そんなことをするのよ、とアナベルに話した大事な秘密がテーブルのあちこちでささやかれるのを耳にして、そこにいる人たちとともに軽く笑って受け止めるしかなかった。でも、さらに悪いことに、アナベルはそのあと女の子を産んだけど、誰と会ってもその子のことを話し、ベビーシッターにも預けなかったから、ヴィータに言わせると、ロンドンでいちばん退屈な女性になってしまった。ヴィータはアナベルを二度と信用しないと決めていたし、アナベルは今じゃすごく退屈な人になってしまったから、もう二度と話さなくなって、あたしはせいせいしたわよ、と話した。

「熱湯で火傷《やけど》した犬は、冷たい水も怖がる」そう言ってわたしはヴィータに、それでいいのよ、とまじめに気持ちを示した。これはわたしが特に好きなイタリアのことわざを英語にしたものだ。

ドリーはヴィータに微笑み、わたしに向かってうなずいた。「ママは一晩中、あらゆるイタリアのことわざを英語で紹介してくれるし、同じものは決して繰り返さない」

ヴィータが毛布越しに手を伸ばして、わたしの腕をぽんと軽く叩いた。あなたを受け入れるというしぐさのように感じたけど、わたしがそう思いたかっただけかもしれない。ほんとにわたしにはとってもできない自然で心地よいしぐさだった。この感覚を覚えておいて、いつか誰かに同じようにしてあげようか、と一瞬思った。でも、そんなふうに誰かのまねをしてもうまくいかないってわかっていた。それがうまくいくのはその人が本能的にそうできるからで、わたしにそんな才能はない。わたしは人に触れるのをためらい、考えすぎてしまい、結局はっきりしないというか、質問してるみたいな感じになってしまう。そこで誰かをぽんと軽く叩いてみても、社会生活ではまるで意味のないことになってしまう。わたしに腕を叩かれた人はまばたきをして、きみにさっき何かたずねられた気がするけど、何だったかな、というような顔でじっとわたしの顔を見つめる。「何だったかな？」とたずねられ、わたしは顔を赤らめて何も言えずに後ろに下がり、その人を叩いた手をまだぎこちなく上げたままでいる。

「本当に彼女のことが大好きだったのよ、わかるでしょ？」とヴィータは心地よい静寂の中でつぶやいた。「アナベルが好きだったのよ」とあの人はわたしの腕を離してたばこに火をつけようとしたけど、うまくつかなかった。少し震えるその手をわたしは魅了されたように見つめていた。ドリーは熟練の介護者のような慣れた手つきで親しそうにヴィータから金のライターを取り、ヴィータは火をつけてもらおうとたばこをくわえたまま体を近づけた。

「みんなあたしに何十人も友達がいると思っているの。そしてほんとにそうよ」ヴィータは深く息を吸い込んで、多くの友人たちを思い浮かべるかのように目を閉じた。「でもね、いつも親友がひとりいたらいいなと思ってる」あの人はそう言って目を細めてドリーとわたしを見つめると、そのあと頭を少し傾けて煙がゆっくりと顔の前を通り過ぎるのを見送った。「そして今はあなたたちふたりがいる。隣のお家《うち》に！」

気づけばドリーは庭で大きな身振りで声を上げて笑い、小犬の眠りを妨げていた。ヴィータはビーストの不機嫌な様子を笑って、「おじいちゃん」と呼びかけた。

「ごめんね、おじいちゃん」ついに我慢できなくなり、小さな足を動かし、ひどく長い爪で小道をカタカタ叩いて離れていく小犬に、ヴィータは声を掛けた。「あたしたち、楽しみすぎちゃってるかしら？」

ビーストはフレンチドアをすり抜けて、昼間の太陽が暖かく照らすパーケットの床に倒れ込むように横たわった。わたしたち三人はシャンパンを飲み、青い花柄のスープ皿からクリスプやピーナッツを取って口にし、指についた塩はなめて落とした。ヴィータは、この大きなスープ皿は家族の遺産なのよ、ロロの祖父母から受け継がれた十八人用ディナーセットの一部なの、と教えてくれた。セットの残りはほかの多くの所有物と一緒に箱に詰められて保管されているの、あのディナーセットだけで、トムのあの「控えめなサイズ」のキッチンはいっぱいになっちゃうからね、とヴィータは話した。

ヴィータとロロはふたりが「小さな家」と呼ぶこの家を出ない限り、どうやらふたりの美しい物を全部収納場所から取り出すことはできないようだ。わたしの家は家族四人で住んでいた頃も狭いと思ったことは一度もなかったけど、トムのこの家はアーサーさんが増築していたから、そのわたしの家より大きかった。母はヴィータが出してきたあの大きなスープ皿のようなお皿をほしがっただろう。それはとても大きくて華やかでダイニングルームそのものを思わせたし、そんなダイニングルームに集う客人たちは美しいものに慣れているから、この一枚が食器の中にあってもきっと気づくだろう。わたしがそのスープ皿に目を留めて、母と同じようにやっぱりほしくなったから、結局わたしたちが親子であると感じた。母はそんなお皿を鍵付きのガラスキャビネットに入れて、ドロレスにも触らせないようにしただろうし、わたしには絶対に触らせなかっただろう。もしあのスープ皿がわたしたちのものだったら、家の中でいちばん美しい物になり、わたしたちはガラス越しにそれをうやうやしく見つめて、そこに小さな神が宿っているかのように崇め奉ることになっただろう。ドロレスは物を乱雑に扱ったけど、わたしはすごく物を大事に扱う。なのに、家の中で姉よりもたくさん物を壊してしまった。

午後七時近くになって、ロロがようやくダイニングルームの庭に通じるフレンチドアに姿を現した。何時間も車を運転して帰ってきたようには見えず、ぴったり体にフィットしたダークスーツをさっそうと着こなしていた。ロロの庭に座ってわたしたちがロロが作ってくれる夕食を待っているのを目にすると、妻や新しい隣人というより、お腹をすかした愛する子どもたちを迎え入れるように、すごくうれしそうな顔をした。ロロは街を出る前にハロッズのフードカウンターに寄って夕食に特別なものを買ってくれるはずよ、とヴィータに聞いていた。だからロロが手にしている箱には、わたしたちに買ってきてくれた贅沢なものがたくさん入っているはずだった。

ヴィータはロロを見ると毛布の上からうれしそうに体を伸ばして、「パパ！　夕食に何を買ってきてくれたの？」と大声を上げた。

「パパ」と父の帰宅を迎えるようなこの言い方があまりに現実的で、わたしは一緒に笑えなかった。ドリーとわたしはその日その家で、ほんとに子どものように腹ばいになってポテトチップを食べながらくすくす笑って父のような人の帰宅を待っていたけど、それはあの子もわたしも幼少の頃にはできないことだった。だからわたしは顔を赤らめたけど、このやさしい男の人が与えてくれる日常の習慣、気配り、迎えてもらっている感じを密かに楽しんだ。慎重で計算された表情を見せるドリーでさえも、ロロが笑顔を浮かべてああよく来てくれたねと温かく迎えてくれて、特別な夕食を買ってきたことがわかると、すごくうれしそうだった。イーディス・オギルヴィは「優雅な生活」にホスピタリティの才能は不可欠であると定義していたけど、ヴィータとロロの客になることで、イーディスの本が推奨するエチケットを一つひとつ見せてもらった。「何を買ってきたか、見てのお楽しみだ」とロロは楽しそうに言った。

ロロは笑いながらずり落ちたメガネを人差し指で鼻の上に押し上げたが、その瞳はきらきら輝いていた。その瞬間、あの人は洗練されたマナーを備えた男性ではなく、自分の大切なものを見せたくてうずうずしている少年のように思えた。ロロはグラスを空にしてキッチンに戻り、食べ物をオーブンで温めたり、銀の縁取りの大きな白い皿に冷たいスライスを並べたりした。この人が先週の金曜日と同じように小さなタワーのように料理を積み上げて、化粧品のような明るい色のソースで皿を飾りつけると、わたしたちはわかっていた。ロロの一流料理人の仕事と思われるような見事な盛り付けを褒め讃え、この人の満足そうな笑顔を目にすれば、子を持つ親がするように、さりげなく意味ありそうな視線を交わし、みんなよくできましたね、と静かに喜びを分け合うのだ。

さあ、そろそろ中に入って食事にしよう、とロロがわたしたちに声を掛けて、誇らしげに説明してくれるその日の料理の一品一品に、わたしたちは熱心に耳を傾けた。あの人はわたししたちが席に着く時には椅子の背を押さえてくれて、わたしたちがお皿に料理を取り分けるのを立ったままわくわくした様子で見守ってくれた。紙のように薄くスライスされたスモークサーモンが温かいブリニ（小さなパンケーキ。ロシア料理の「ブリヌイ」のフランス語での呼び名）に乗せられ、どのサイドサラダにも冷たいローストビーフが添えられていた。どれもハロッズのデリで買ったもので、ロロが美しく盛りつけたのだ。ロロが買ってきた料理を誇らしそうに説明する間、ヴィータは何か気になることがあるのか、落ち着かない様子だった。

　ロロが一息つくと、直ちにヴィータは口を開いた。その声は弱々しく、最後の忍耐を振り絞っているようだった。「デザートは持ってきてくれたの、ロールズ？　いちごがあるといいんだけど」

「もちろん買ってきたよ、ヴィー」とロロは笑いながら言った。「たくさんあるよ、きみも食べきれないくらいだ。みんな大きいよ。それにプロフィトロール（小さなシュークリーム）もある」ヴィータはロロに笑顔を返しながらグラスを飲み干すと、ロロは慣れた手つきでそれをすぐに満たした。ロロはドリーとわたしを見て、「女王様《クィーニー》はデザートにしか興味がないんだよ。レストランなんかも好きじゃないんだ」と言った。

「外食は好きよ、ロールズ。ただ、街のレストランが新しくオープンしたその日にメニューを全部食べなくてもいい。結局どこも同じじゃない。同じ料理、同じ顔ぶれ……ほんとにみんな、おんなじ、おんなじ、おんなじ……」おんなじ、おんなじ、おんなじと言いながら、ヴィータは頭を左右に傾けた。「あんたはだまされるけど、あたしはだまされない。それにいつもオートキュイジーーヌ（正統派のフランス料理）を食べたいわけじゃない」

ヴィータは目をくるっと回転させて、〝キュイジーーヌ〟の〝ジーーヌ〟を長く引き伸ばして発音した。ドリーが十七歳の誕生日プレゼントについて話した時も、そんな顔をしていた。

でも、おじいちゃん、あたしね、黒い仔馬さんが好き。白いのはいらない。

「わかってますよ、ヴィー女王陛下。きみとふたりだけの時は僕もシンプルな食事が好きだ」

ロロは下を向いて、マスタードを小さな銀のスプーンでお皿に取った。次に口を開いた時に視線はわたしたちに戻ったけど、頭は下がったままで、一瞬恥ずかしそうな、あるいは何か遠慮している様子をうかがわせた。

「この人は僕がお子様のメニューが好きだって言うんだ。もしヴィータが少しでも料理してくれるなら、僕は家庭的な食事を食べてすごく幸せ《ベリー・ハッピー》な気分になれるだろうね」

ロロは〝ベリー〟を強調し、それによって〝ヴァウイー、ヴァウイー〟というにこの人独特の発音が一層際立った。

ヴィータも同じくアール（r）の発音が独特で、それは特権階級のアクセントなのか、ロロと共通する発音障害の一種なのか、わたしには判断がつかなかった。この発音が顕著に現れるのは〝ベリー〟（very）や〝リアリー〟（really）といった語で、わたしがもっと確認したいと思うほどには頻繁に現れなかった。ヴィータとロロはまるで王族のようで、お金持ちならではの自信を共有し、個人的な経験を世界の中心に位置づけた。それゆえに、ふたりの言葉は誇張表現に満ち溢れ、修飾語はほとんど見られなかった。ヴィータが人生で失望する出来事は「すごく悪い」(really bad)ではなく、〝ベリー〟や〝リアリー〟のない「ひどい！」(terrible!)とか「おぞましい！」(horrendous!)だった。同じように、休暇や農場のショップが忙しい日には、バニーさんやリチャードさんは「とてもよい」(very good)日ではなく、「すばらしい！」(marvellous!)、「天国みたい！」(heavenly!)な一日と言った。

「でも、あたしが夕食を作っていて、あたしに、あんた、帰りが遅いわよって文句を言われてもいいの？」

文句言われてもいいの《ウッデュー・ワウリー・ライキット》？ (Would you wah-ly lake it?)　文句言われてもいいの《ウッデュー・ワウリー・ライキット》？ (Would you wah-ly lake it?)

ヴィータの発音を口には出さずによくまねしたけど、あの人の汚い言い方とともに、「リアリー」(really)を「ワウリ」(wah-ly)と発音するこの言い方も特に好きだった。

「それとも、あんたが全然家に帰ってこないとどうかしら？　そんなのあんたにはできないよね、そうでしょう？」とヴィータは言った。声はおだやかで笑顔も浮かべていたけど、それは計算された表情で、やさしさというより、ただ歯を見せているだけのようだった。あの人は苦しみを抱えたペットを扱うように、自分の手の甲に刻まれた光る傷跡に何度も触れた。「そんな奥さん、あんた、望むわけないよね」とヴィータは自分に語りかけるように静かに続けた。

ロロは髪を軽くなでて、ヴィータを見てうなずいた。「ほんとにきみの言う通りだ、ヴィー」とロロは穏やかに言った。「さて、誰かもう一杯飲む？」ロロは後ろのサイドボードに手を伸ばして、開いていないボトルを取り出して持ち上げた。緑色のガラス瓶は、まるでていねいに粉が吹きかけられたかのように、うっすらとほこりをかぶっていた。ボトルはすごく古びていて、中のものは飲まずに捨てるしかないと思えた。

「ほら、僕はこれを手に入れた！　もしきみが以前は僕を愛してなかったとしても、これで僕をきっと好きになるさ！」ロロはそういって大きな笑みを浮かべた。僕を愛するには努力やその気にさせるものが必要だよ、とまるであり得ないことを言っているようで、わたしたちも大きく微笑んだ。

ヴィータとドリーはそれぞれの前に複雑に並べたクリスタルグラスの中からふたりともワイングラスをひとつ前に押し出した。わたしのテーブルセッティングには水を入れるタンブラーとフルートグラスが置かれていたけど、あの人たちのセッティングには少なくとも四個、時には五個のグラスが並んでいた。ドリーは出された飲み物をすべて飲み干すわけではなく、少しずついろいろ試しているので安心した。

自分たちのグラスに注いだ後、ロロは温かい手をわたしの肩に置いてわたしのグラスにシャンパンを注いでくれた。「きみはこれがいいんだよね、サンデー」とロロは言った。ロロとヴィータはいつもコクも深みもある料理を、わたしには飲めない味の濃いワインとともに出してくれた。その年、やっぱりワインは飲めるようにはならなかったけど、毎週金曜日の夜に、確かこのあとはこんな料理が出されたはず、となんとなくわかるようになったので、びっくりするような料理は以前より抵抗なく試してみられるようになった。

ロロがまた順番に料理を盛ったお皿を回してくれて、それが来るとわたしはサーモンが円盤にのった料理を指さした。

「ありがとう、これ好き」と言って、ブリニをさらに取った。「こんなふうにして食べたことは今までなかったけど……」

するとヴィータが話に割って入ってきて、「でも、あなたのお父さん、たしか魚獲りをしていたんじゃなかった？　違った？」と聞いてきた。あの人は自分でその疑問を解決しようとするかのように少し考えてから、わたしに笑顔を向けた。「子どもの頃は毎日魚を食べてたんじゃない？」

「食べ物にはかなりこだわっていたの」と答えたが、もはやそれはわたしに当てはまらない事実に思えた。「そして魚が並ぶのをずっと見てきた。切り身にされるところとか」

父も母もまだ生きていた頃、キッチンの至るところに新聞が敷かれて静かに魚が並んでいた。魚一匹一匹に、父の指導を受けて吊り上げた人たちの名前を記したラベルが付けられていた。その人たちは銀行家やお医者さんなど、自分の能力に絶対的な自信を持つ町の裕福な成功者たちだった。そんな人たちがわたしたちの家の玄関の前に集まって、父に「あなたは本当に頭がいいですね」と言った。**つまり、あなたは魚獲りとして、僕らが娯楽でやってることで報酬を得ているのですね。**

この人たち観光客は、初めて哲学的考察を手に入れたかのように見せかけばかりの謙虚さを示し、そんなふうに言った。裕福な観光客はそのあとみんな大げさに父の背中をバンと叩いたり、父の肩を強く握りしめたりして、見せかけの謙虚さをただちに打ち消した。父ウォルトはこの身分の差がもたらす儀式のあいだ、何も言わなかった。この人たちが快活に繰り出した一撃を吸収して、悪天候の船上でバランスを取るようにじっとしていた。この賢い人たちは魚を獲る父にお返しに体を触られることを望んでいなかった。父の日焼けした手で、自分たちの真新しい服やオフィス育ちのやわらかい体に触れてほしくなかったのだ。頭がいい人たちは新聞紙で包んだ取ったばかりの重い魚を白くきれいな手でつかみ、一刻も早く奥さんが待つ宿泊先のゲストハウスに戻って、そこの料理人に渡して料理してもらおうとした。

「じゃあ、そんなふうに広げられた魚を見るのは好きじゃなかった?」とヴィータはまるでわたしたちが魚の骨に囲まれていたかのようにきびしい顔をした。

「でも、船に乗るのは好きだったんじゃないかな?」とロロが言った。「兄も僕も帆船が大好きだったよ」

「父の船が好きだった」とわたしは言った。「リオムブルーノ号って名前が付けられていた。民話にちなんで付けられたのかな?」

わたしはこの話を個人的におもしろいと思うから、何度も細かいところまで語り直したけど、聞いてくれる人が興味を持ってくれるかどうかは気にしたことがなかった。

「いや、いやよ、ママ、今日はやめて」とドリーはうめいたけど、話しながら笑っていた。

「そのボートを父は湖でカフェを経営しているジェレさんから買ったの」誰かがジェレさんの出身を推測するようなことがあれば、ジェレさんに激しく訂正されるだろう。「**おれはイタリア人じゃない、違うぞ！　シチリア人だ！　シ・チ・リ・ア・ノだ！**」

幸運なことに、父は元来、好奇心が薄く、ボートの持ち主でジェレさんの出身国を憶測するようなことなどせずにリオムブルーノ号を買いに行った。だからジェレさんは終始愛想がよくて、ボートの名前の言い伝えまで父に説明してくれた。

「その話、聞かせてちょうだい」とヴィータは言うと、隣で笑いながら両手で顔を隠しているドリーを軽くつついた。「ねえ、ずるいよ、ドリー。あたしたち、まだその話を聞いてないんだから！」

わたしは促される必要はほとんどなかった。「リオムブルーノの物語の主人公は、魚がまったく獲れなくなり、貧しい生活を強いられていた老漁師。ある日、魔王が水面から現れ、毎日網を魚でいっぱいにしてやるから、次に生まれるおまえの子どもをよこせ、と迫られる。老漁師は自分も妻も年老いているから、子どもが産めるはずがない、とわかっていたけど、魚をもらえるなら子どもができたら魔王に引き渡すと約束してしまう。それから一年後、驚いたことに漁師の妻はリオムブルーノを産み、リオムブルーノは少年になると、魔王が待つ湖に行かなければならなくなる」

「何度その話を聞かされたかわからないよ」と笑いながらドリーは言った。

「本当に興味深い話だね」とロロは言ってくれた。

父も母も一九四八年の長く苦しい一年を決して忘れなかった。あの年は漁獲量がとても少なく、リオムブルーノ号を売ることまで考えたほどだった。でも、結局、見えない手が動いているかのように、網がいつも魚で満たされるようになった。そして翌年の一月、思いがけないことにドロレスを授かり、ふたりは喜びに包まれた。母はその時四十代半ばで閉経したと思っていたから、妊娠するなんて夢にも思っていなかった。

不運なリオムブルーノの物語は、家で寝る前に父ウォルトが毎日話してくれた。ドロレスはすぐにこの話に飽きてしまったけど、わたしは何度聞いても飽きなかった。わたしがシチリアの物語にすごく関心があると知ると、父は南イタリアの民話に関する本を図書館で借りてきてくれた。その本は新品同様で、中のカバーには貸出を記録するスタンプがひとつも捺《お》されていなくて、一度も借り出されていないようだったから、父は図書館に、その本は紛失してしまいました、と伝えた。わたしはほかの本には一切興味がなく、そのイタリアの本を何度も読み返し、今もその本を読むと心が安らぐ。

デザートを食べたあと、ドリーがテーブルを片付けて、ヴィータはキッチンで開け放たれたドア越しにわたしたちと会話を続けながらにぎやかにコーヒーのトレイを用意した。そんなヴィータを見て、ロロとわたしは笑みを交わした。もっと話してよとか、それはこうよと言われなくても、まったく問題なく話し続けられるヴィータに驚いてしまった。あの人はその時、春にロロと一緒に出席した結婚式の話を聞かせてくれていた。

「実はね、花嫁は彼女の亡くなったおばあさんのドレスを着ていたんだけど、あたしたち、そのドレス、とってもすてき《クワイト・ラーヴレイ》だと思ったの」

とってもすてき《クワイト・ラーヴレイ》。わたしはヴィータの話に耳を傾けながら、口の中で繰り返した。

「だったねよね、ロールズ?」

ロロはわたしを見て、何も言わず、困ったとばかりに両手を上げた。わたしたちは顔を見合わせて静かに笑い、ロロは何かちょっとした共謀を呼びかけるようにわたしの腕を軽く叩いた。わたしは隣に座っているロロが堅実でやさしい人に思えて、この人に対する思いにほとんど飲み込まれそうになった。

「あの花嫁はあなたと違って胸がなくてスクエアネックが似合わない。サンデー、あなたはほんとに立派なバストをしてる。ロールズもそう思うでしょ? すごく大きい……」

ロロは喉に手を当ててワインでむせたふりをした。ドリーはキッチンにいて、面白がっているのかバカにしているのかわからないけど、ふんと鼻を鳴らした。

「そうだね、ヴィー、サンデーは魅力的な胸をしてるよ」とロロは妻に向かって言い、これがまったく普通の会話であるかのようにわたしを見て微笑んだ。あの人は片手でメガネを外し、布で拭きながら、まったく気にする様子もなく、まっすぐわたしを見つめた。「本当にそうだよ」と今度は少し低い声で強調するように言った。メガネを外したあの目は小さくなり、あまり魅力的に見えなかったので、メガネをかけ直してもらってほっとした。

自分の体について誰かに何か言われたのはこれが初めてだった。キングですら、こんなふうにわたしの体について何か言うことはなかった。自分の体のことについて話されただけでなく、ほんにそうだと軽く認められたことに、親密さのようなものを感じた。ヴィータとドリーは貴族や運動選手を思わせる胸が薄い体形だから、馬に乗ったり領地を管理したりするのに向いていて、家庭生活や育児には適していないように思えた。ふたりに比べると、わたしは控えめなサイズのブラジャーを埋める程度の胸はあったけど、「すごく大きい」と言われるような胸じゃなかった。実際そういうことなのに、あの瞬間、ヴィータの家のテーブルに座っていると、わたしは急に胸が豊満になったような気がした。

「もちろん」とヴィータは続けた。「あの花嫁はバイアスカットのサテンを着こなせるほどの腰のラインはないけど、あのドレスを着ようとしたのはいいわね……どうやらあのドレス、洗礼式用のガウンに作り直すみたい。それもすぐに」

ヴィータは愉快な笑い声を上げて、わたしたちはあの人が今言った言葉の意味を読み取った。

あの人はそのあと、今度は興奮しすぎた子どもをたしなめるように、真面目な調子で話した。「ただね、あのドレスははっきり体の線が出ちゃたし、花嫁はあのとおりアウトドア系のすごく健康的な体型をしていたから……」

ヴィータはほかの女性の外見について言及する時は、自分の骨がまだしっかり浮き出ているか確認するかのように、鎖骨をよくなでた。それからしばらく黙り込んだので、見えないキッチンにいるあの人を想像した。おそらくそのがっしりとした花嫁のことを考えながら、自分の鎖骨に心配そうに手を滑らせて、ほっそりとした喉や突き出した胸骨を感じて安心しているのだ。

ロロはヴィータが何も言わずにいるのに気づいて、すぐに口を開いた。「あれは……」でも、ロロはすぐに話を遮られた。ヴィータが話を再開したのだ。隣のキッチンでカップやボトルがカチカチと音を立てる中、ヴィータは大きな声を上げた。ふたたび話し出すと、先ほど一瞬真面目になったあの調子が、あきらかに軽くなっていた。

「でも、サンデー、あの姑ったら、本当にひどいのよ。あのドレスだって、姑が言うほどひどいものじゃなかった。あの家族、何でも自分たちが最後に決められるって思ってるのね。お高く止まった人たちよ。まったくもう……」少ししてヴィータがコーヒートレイを手にしてキッチンから出てきた。「……人間って、無駄に意地悪だったりするよね?」

ヴィータがトレイをテーブルに置くと、わたしは言った。「舌に骨はないけど、骨を砕ける」わたしが特に好きなイタリアのことわざだ。

ヴィータは軽やかに笑い声を上げながら、三つの小さなカップにコーヒーを注いだ。

「ほんとにその通りね！　その言葉、覚えておくね」

トレイには、ロロが買ってきた紙に包まれたプチフール（ひと口大のケーキ）が紙に包まれてのっていた。このミニケーキは、ロロがわたしたちに振る舞ってくれるディナーの定番となった。ロロは強烈に人工的な色合いのケーキが好きで、いつもパステルブルーやピンク、グリーンなどのケーキが、派手なリボンや模様でデコレーションされていた。わたしはこの家に呼ばれるまでそんなのを見たことがなかった。ヴィータがロロの選んできたケーキを、なによ、それ、とおもしろおかしく批判するまで、もっと控えめな色のミニケーキも売っていることも知らなかった。ロロは濃厚なミニケーキをよく二、三個一度に食べた。ロロは細いけど、ヴィータにお行儀の悪い食べ方ねと笑いながら注意されるまで、そんな食べ方をしていた。


ヴィータはいろんな人を話題に出すけど、一体誰のことを話しているのか、わたしには見当もつかなかった。わたしたちが社会の同じ世界にずっといたように話してくれたし、結果としてわたしは魅力的な人たちと交流があると思えたけど、どこか距離を置いた親密さが楽しめて心地よかった。自分は見られずにただ見ていればいいという映画に近い魅力があった。

「ほら」とヴィータがどの友達の話をしているのかたずねると、あなたも知ってるでしょう、といった調子で答えてくれた。「ソフィよ。背の高い、金髪で口紅をつけてるあのソフィよ。ひどい夫がいるソフィ！」とか、「ジョン＝ジョンよ。大家族を持ってるあのジョン＝ジョン。すごくたくさんの家族を養っている魅力的な男の人」。

よくヴィータはその人たちを特定できる特徴を思い出そうして少し考え込み、それから得意そうに笑みを浮かべて、こんなふうに言った。「ああ、乳母と駆け落ちしたあの人よ」

でも、ヴィータが誰について何を話していようと、ただあの人の話を聞いているだけでわたしは幸せだったし、あの人もそのことがわかっていた。ヴィータの軽やかな話し方と、真剣に意見を言おうとするところが、すごく好きだった。バレエに見入ってわれを忘れてしまう不器用な観客のように、ヴィータのすべてを包み込む言葉の流れに身を委ねた。何か話してよと促さなくても、あの人の口から言葉が雨のように自然に軽やかに流れ出した。あの人の自信に満ちた落ち着きある声がわたしの言葉を引き出してくれることもあれば、何も言えなくなってしまうこともあった。どっちであっても、ヴィータはまるで気にせず、黙り込むわたしも、時折相づちを打つわたしも、同じように受け入れてくれて、何も驚かずに話を続けてくれた。ヴィータが話をするのは、わたしを外に誘い出そうとしているわけでもなければ、わたしをわたしの殻から引きずり出そうとするわけでもないし、わたしを目の前に留めておきたいからでもなかった。歌い手が舞台裏で練習するのと同じで、相手から反応を求めることなく、ただ音を表現していたのだ。

もちろん、今はヴィータが鳥のような小さな心臓の持ち主であるとわかっているから、あの一方的な話し方を違うふうに思い出している。わたしはよく黙り込んでしまったから、やわらかい羽と鋭い目を備えたあの人には都合がよかったのだ。わたしが歌をうたって返さないってわかっていたから、わたしの前では邪魔されることなく、楽しく自分の歌をうたい上げることができたのだ。昔からイタリアでは、家に鳥はペットとして迎えられないし、鳥をあしらった絵画や装飾品を備えることも禁じられている。鳥は〝邪視《イル・マロッキオ》〟の呪いをもたらすと信じられているからだ。今まで学んだあらゆるイタリアの習慣を、わたしは忠実に守っている。クリスマスイブには七種の魚を調理し、元日にはレンズ豆を食べ、聖ルチアの祝日（殉教者処女ルチアの祝日。十二月十三日）には米を食べて小麦粉を控え、死者の日（十一月一日、二日）日には菊を持って姉の墓参りをし、13ではなく17が不吉な数字と知っている。そしてどんなに美しくても鳥をあしらったものを絶対に家に持ち込まなかった。けれどもその夏、その人が鳥のような心臓の持ち主だって知ったのは後になってのことだけど、その人のために生き、その人を愛した。

ドリーとわたしは最初に招待された夕食会は十時半に失礼した。でも、二度目はドリーが玄関のところで足を止めて、片付けを手伝いましょうか、とそっと声を掛けた。

「泊まっていきなさいよ！」とヴィータはすぐにそう言うと、足を踏み出してドリーの腕を取った。「まだ誰も泊まったことないの。あなたに最初に泊まってほしい」

ヴィータもドリーも、そうしていいよね、とばかりにわたしを見つめた。

「でも、あなた、何も持ってきてない」とわたしはドリーに言ったけど、あの子は笑みを浮かべて、ヴィータにほとんど気づかれないくらいわずかに身を寄せていた。

ヴィータは何か軽いものを払うかのように片手をすっと押し出した。「必要なものは全部あるわ。ひと月分はあるわよ。ゲストルームにみんな用意してあるよ、サンデー。あなたも見たことあるでしょ。お客さんに泊まってもらえるとうれしいな」

「お願い、泊まってもいいでしょ?」いいよね、とばかりにドリーは感情そのままに興奮してわたしを見つめていた。「今日はほんとに泊まりたいの」

わたしがすぐに許可を出さずにいると、ふたりはまったく同じように眉をひそめて何も言わずにわたしを見つめていた。その沈黙をわたしは破らなければいけないような気がした。

「本当に大丈夫?」

ドリーもヴィータも興奮した様子でうなずき、どうやらふたりの望みをわたしが受け入れつつあると感じていたようだ。

「じゃあ、わかった。本当に大丈夫ならいい。じゃあ、明日ね、ドリー。何かあったら電話して」

「よかったわ!」とヴィータは笑顔を浮かべ、わたしたちの間でドアをしっかりと閉じた。

あの人がドリーと廊下を歩いて家の中に入っていく音が聞こえた。

「……でね、ママはこれを知るはずもないけど、ドールズ、あたしたち街ではいつもね……」

翌日の午後遅くになって、ようやくドリーは戻ってきた。あの子は少し興奮して、土曜日にヴィータに洗濯や軽い掃除をお願いされたの、と話した。ヴィータとロロはまだ地元の家政婦を雇っていなかったのだ。そしてその申し出をドリーがすでに受け入れたと聞いて、わたしは驚いた。家では自分のことも進んでしようとしないのに。どれくらいお金をもらうのか、そもそもお金はもらえるのか、わたしはたずねなかったし、今はそのことをたずねなかった自分に驚いている。ヴィータと一緒にいるとどれだけ楽しいか、わたしもわかっていたからかもしれない。でも、ヴィータの家を掃除することで、あの子は後に大学で身につけなくちゃいけない自己管理や自立心を養えるかもしれないとあの時は思ったのだ。

ドリーのおじいさんとおばあさんもわたしも、あの子が学位を取得するまで学費も生活費もすべて負担し、学業に専念してもらいたいと考えていた。ドリーはお金に困ったことはないし、何ひとつ不自由したことはなかった。わたしがもう少し先でもいいんじゃないと思うような時も、ドリーが新しいレコードプレイヤーや高価な靴がほしければ、リチャードさんとバニーさんはすぐにお金を渡してくれた。ドリーはそのお金でほしいものを買うこともあったけど、何に使ったか言わないこともあった。大学に入っても、そのあとも、そんなふうにすぐにいつでも多額の資金援助をしてもらえるって、あの子もわかっていたはずだ。

リチャードさんもバニーさんもわたしも、ドリーがお金が足りないと聞けば、急いで補充しようとした。たとえドリーが家を離れたとしても、わたしたちの誰かに、お金を入れてもらっていない、何かがないとそれとなく伝えられるようなことがあれば、ほかの学生には贅沢品とされるものも、追加の小切手も、瞬く間に送りつけるだろう。わたしたちは誰もがドリーに快適な生活をしてほしいと願っていたけど、それ以上にあの子の心をつかみたかったのだと思う。自分があの子を救ったんだと思いたかったし、やがてあの子が独立してほっとした表情を浮かべてこちらを振り向いた時に、わたしたちがそこにいると気づいてほしかったのだ。

ヴィータの現実に即したきびしい管理下に置かれれば、あの子は十八歳で家を出る頃にはわたしよりもはるかに家事ができるようになっているだろうか。ドロレスもわたしも、自分たちが大学に行くなんて考えたこともなかったし、そんなことができるとも思わなかった。だから、ドリーの将来の計画によって、あの子とわたしの間にどんな違いが生じるか、すでに何となく感じていた。大学が心配だった。ドリーが真面目な若者たちを連れて来て、その子たちは鮮やかな色合いのベジタリアン料理が食べたいと言って、わたしがまるで知らないことを論じあうのではないだろうか。それよりも、あの子は一度家を出たら、もう二度と戻ってこないのではないか、と心配でたまらなかった。

ドリーは、その夏、家で家事に特別な興味を新たに示すことはなかったけど、隣の家で学んだと思われるおかしなことを好んでするようになった。特に大きな変化は、クリームチーズとマーマレードのサンドイッチを好んで食べるようになったことと、以前は地元の人たちと同じように話していたのに、突然短く簡潔な言葉遣いをするようになったことだ。確かにあの子はリチャードさんとバニーさんと一緒にいる時は、いつもはっきりと正確に話そうとした。でないと、地元の人（つまりわたしのような人だ）の話し方と同じように聞こえてしまって、あの人たちに発音を矯正されてしまうからだ。でもヴィータに会うと、誰かを叱責するかのように声を硬くして、言葉を短く切って早口でしゃべり出した。ずっとわたしのことは〝ママ〟と呼んでいたのに、もうそう呼ばなくなって、幼い頃のように〝マーミー〟とか、〝マーメイ〟と呼ぶようになった。奇妙なことに、ヴィータのはっきりとした声で〝マーメイ〟と呼ぶのだ。

マーメイ、今夜は夕食はいらない。

マーメイ、隣の家に泊まるから。ロンドンに行くの。

出かけるね、マーメイ。

わたしの呼び方が変わり、気高そうな話し方をするようになった以外にドリーが明らかに変わったのは、それまでなかったようなきびしい態度を取るようになったことだ。その夏、あの子はわたしが反論できない何かを証明する証拠を集めるかのように、わたしに対してそれまでなかったような警戒した態度で接するようになった。

毎週金曜日に夕食に呼ばれると、ドリーはそのまま隣の家に泊まるようになり、すぐに週末も、さらには平日もそうするようになったし、友人やおじいさんとおばあさんと過ごすためというより、ヴィータと過ごすために家を空けることが多くなった。ある金曜日、ドリーが特に気に入っていた新しいパジャマを忘れていったので、それを届けてあげようとヴィータの家に行った。何度かノックした後、ようやくロロがドアを開けてくれた。家の中では音楽が流れていて、ドリーかヴィータの笑い声が聞こえた。わたしはパジャマを軽やかに振って、ロロは笑みを浮かべてそれを受け取ったけど、一歩下がってわたしを中に入れてくれることはなかった。「サンデー、わざわざ届けてくれなくてもよかったのに。ここには何でも用意してあるんだ。でも、とても気が利くね。もう家に戻ったほうがいい」とロロはわたしを見て気の毒そうに声をかけたが、まるでわたしがほんの数歩先の誰もいない家に帰るのではなく、長旅に出ようとしている、あるいは忙しい夜を迎えようとしているかのような言い方だった。ドアはわたしが家に向かって振り返る前に閉じられた。

ドリーがヴィータの家に泊めてもらう時はゲストルームを使わせてもらっていた。その長方形の部屋は建物前方にあって、わたしたちの家のドリーの部屋と同じ位置にあった。数週間もしないうちにドリーは服や持ち物を少しこのヴィータの家の自分のもうひとつの部屋に運び込み、まるでヴィータとわたしが離婚した両親で、わたしたちのあいだを行ったり来たりしていたかのように、どちらも自分の部屋と呼ぶようになった。

その夏、わたしは何かに嫉妬していたし、ふたつの家を簡単に行き来するドリーをひょっとしてうらやましく思っていたのかもしれない。すでにあの時わたしは自分が嫉妬していると自覚していたけれど、娘に対して嫉妬していたのか、ヴィータに対して嫉妬していたのか、よくわからなかった。

この見せびらかすようなキス

金曜の夜はヴィータとロロと過ごすことになって興奮したけど、同時に気持ちも落ち着いた。毎週の夕食の席で、この小さな繰り返しをありがたく思った。新しい人たちと出かけて新しい食べ物を味わって、新しい会話を耳にするようなものではなく、平穏でいられたのだ。ドリーとわたしは毎週金曜の夜は隣の家で過ごし、それ以外の日に予告なくやってくるヴィータを喜んで迎えた。ヴィータはそんなふうに時には招かれていなくてもひとりでやってきたし、ドリーも予告なしにあの人を連れてくることもあった。それまで誰ともそんな自然で気軽な関係になれなかった。ヴィータとドリーとそんなふうに自然に夜を過ごすたびに、ドロレスが生きて大人になっていたら、きっとこんなふうに過ごしていただろう、と穏やかな気持ちになれた。

ヴィータはわたしたちの家に時にはパジャマで、時には華やかなドレス姿でやってきたけど、あの人が自分の外見について話したり説明したりすることは一度もなかった。ある時は緊急事態が起こってあわてて飛び出してきたかのように、裸足で、大きなタオル一枚だけ体に巻き付けて、髪が濡れたままやってきたこともあったけど、そんな時もいつも冷静で、女王のように堂々と振る舞っていた。ロロが家を空けていたり、パブに行っていたり、単に忙しかったりして、誰にもかまってもらえないから、そうやって夜になると現れたのだ。ひとりで家にいてもまったく不安な様子は見せず、神経質になることもほとんどなかったけど、想像もつかないほど人恋しい人だった。常に誰かを求めてしまうのはかなりやっかいなことで、喉の渇きや空腹のように日々満たされなければならないものなのかもしれない。ヴィータはほんとに二、三時間しか家にひとりでいられなかったけど、わたしはひとりでいるのはいちばん好きだったし、あの人はそれ以外のことはなんでも見事にできたから、そんなさびしがりやの一面を愛おしく感じた。ヴィータはうちに来ると客用の寝室まで行けることはまずなく、いつもわたしたちのソファで眠りに落ちた。

ドリーはヴィータにわが家のスペアキーを渡したので、時々あの人はわたしとドリーが二階で寝ているあいだにいつの間にか入ってきて、わたしたちは朝になって一階に降りてくるまでそこにいるのに気づかないこともあった。わたしはあの人にやわらかいピンクのブランケットとおそろいの枕を買ってあげて、リヴィングの棚に置いておいた。ヴィータは子どもみたいだけど大人の洗練さも持ち合わせていて、自分をソファに寝かせて世話を焼くわたしを楽しそうに見つめながら、ロンドンで聞いた最新のスキャンダル情報をくわしく話してくれた。子どもみたいだけど洗練されているのは魅力的な組み合わせだし、ドリーも同じものを備えていると思う。ドロレスは子どもの頃に亡くなってしまったけど、この姉もそんなふたつの魅力を兼ね備えていて、完全に純粋でもなければ、完全に大人でもなく、どこか未完成のままだった。

三番目の人がわたしとドリーと時々だけど一緒に暮らしている感覚を楽しんだ。もちろんその人は第三者なんかじゃなく、ヴィータだった。ヴィータは思いもよらず特別な存在になった。珍しい異国の生物がなぜかわたしたちの平凡な家に住みついたようだった。ドリーとわたしは、ヴィータがソファに横たわり、ラジオに合わせてきれいな声で歌い、悲しい映画を観て泣くのを眺めた。あの人は甘い香りのオイルでバスタブを満たし、床にタオルを散らかし、時にはキッチンで食べられないほど料理を作った。ドリーとふたりでヴィータの歌を聞き、ヴィータと一緒に映画を観て涙を流し、ヴィータが脱ぎ捨てた洗濯物を拾い、ヴィータが作ろうとした簡単な料理を作りなおしてヴィータに食べてもらった。ドリーとともにヴィータを見守りながら、おたがいに楽しんでいたと思う。こうしてわたしたちふたりの小さな家族が思いがけず大きくなった。四番目の人であるロロは愛される存在だったけど、少し距離を感じさせる父のようで、親切にいつもあれこれ気を使ってくれた。

ある晩、ドリーが六時頃帰宅して裏のドアを開けたけど、中に入る前に立ち止まって口を開いた。

「ロロが今夜は街に戻ってるから、夕食にヴィータを連れてきたよ。いいかな、ママ？」あの子の声はいつもと違ってやさしく響いた。それからキッチンに入ってくると、後ろからヴィータが手に容器を持って現れた。ふたりとも黒のレギンスをはいて、ぶかぶかのデニムジャケットを羽織り、袖をまくり上げた手首に細い銀のバングルを着けていた。並んで立ったふたりはポーズも外見も驚くほどよく似ていた。

そんなふうに似ていることは強いつながりを象徴し、共通の趣味や友情の証《あかし》として認識されると学校で教わった。クラスメートはお揃いの鞄やコートや靴で絆を深めていた。でも、学期が半分過ぎたころにわたしがみんなが持っているような鞄やコートや靴を誕生日のプレゼントにもらったからと学校に着たり履いたり持っていったりしても、もう遅かった。みんなが持っているものを着たり履いたり持ったりしてクラスに戻っても、女の子たちはいつもよりさらに無表情な顔をわたしに向けて、同じ笑みを浮かべておたがいに顔を見合わせるだけだった。そんな時、わたしは心臓がばくばく浮かび上がって喉元でどくんどくんと脈打ってるように感じたし、周りの空気が圧縮されて、どうやって呼吸していいかわからなかった。でも、そんな時も、あの子たちとまったく同じコートや鞄を捨てることはできないし、取り換えることもできないってわかった。あれほどほしかったものなのに、今はそれを着たり持ったりしてるだけでどうして学校で嫌な思いをしなくちゃならないのかなんて、自分でも理解できなかった。父と母にどう説明したらいいかもわからなかった。新しい鞄を肩に背負って、新しいコートを着たほかの子たちがボタンを留めてバスに乗ったり、教室に入ったりすると、ほかの子たちはわたしがやって来たって気づいて、ああ、あの子はわたしたちのおかしなまねをしてるって思っていたはずだ。

ドリーとヴィータは香水もどうやら同じものをつけているようで、キッチン中にその香りが漂っていた。その香水はドリーには少し大人びていて、ヴィータには軽すぎるように思えた。同じ香水のにおいがふたりの年齢差やそのほかのさまざまな違いを際立たせ、広げているように思えた。その香りが生み出す隔たりがわたしには心地よかった。ふたりの間にできた空間に、わたしが入り込めるように感じた。

わたしはパジャマ姿でコンロの前に立ち、牛乳でぐつぐつ煮込まれている魚を見つめていた。煮込む時間をきっちり見ているわけではなく（わたしはいつも低温でじっくり煮るからほとんど失敗しない）、美的な興味から、鍋の汁がクリーミーな白と水を含んだ灰色の渦に分かれる様子にじっと引き込まれていた。わたしは時計を正確に読めないから、時計は見ずに、においで料理する。ケーキが焼けたかどうかは、バニラの香りが突然強くなる瞬間に注意していればいい。ケーキがしっかり焼けたかどうか、まだ完全に乾いていないか、そこでわかる。普通は一緒に出される温かい料理を何品か同時に作ることがわたしにはできない。だから昔から温かい料理をいつも一品だけ、それにあわせて冷たい、あるいは常温の品を一緒に食べてきた。ほかの人が作ってくれた食事をいただく時は、同じ温度で作られた料理が何品も同時に出てくるので、いつも少し驚いてしまう。でもロロが言ったことは正しくて、料理をしていると、確かにリラックスできる。わたしにとってキッチンは五感をコントロールしながら研ぎ澄ませる実験室だ。その日わたしは、大概そうだけど、静かにしていた。不必要な会話は努力が必要に思えるし、できないわけじゃないけど、その分あとで疲れが出てしまう。体力がないのに技術的に可能だからという理由で、むだに一マイル走らされるようなものだ。

　ふたりの女性は温かくわたしに声をかけてくれて、まずヴィータがわたしを抱きしめてくれた。いつものように、あの人は社交的な気遣いというより、まるで魔法のようにわたしの気分を敏感に察した。

「ドリーが、あなたが静かに過ごす日があるって教えてくれたの。今日は静かな日？《イジットクワイエットデイトゥデイ》」ヴィータは私の耳元でささやいた。**きょうはしずかなひ？　しずかなひ？　しずかなひ？　しずかなひ？（イジットクワイエットデイトゥデイ、イジット　イジット　イジット）**

　わたしはヴィータにうなずいて返した。**そうよ。**

　ドリーは何度もわたしの頬にキスをしてくれた。わざと大げさな音を立てて、その音がわたしたちは小さなキッチンではなく、天井の高い大聖堂にいるかのように大きく響き渡った。あの子がまだ小学生だった頃、わたしが学校に迎えに行くと、よくこの派手なキスをしてくれた。最終学年になると、クラスメートはみんなもう自分たちは大きくなっているから人前でそんなふうに愛情表現をするのかおかしいと思っていたし、学校に迎えに来てもらうこと自体を嫌がった。でも、ドリーは毎日のように校庭で待っていてくれて、まるでおばあちゃんのように優雅に両手を広げてわたしを迎えてくれた。ドリーは冷蔵庫を開けて、何も言わず、意図が読み取れないジェスチャーをヴィータに送った。ヴィータは軽くうなずいて、テーブルに着いた。あの子とヴィータのさりげないやり取りは、この社会では学ぶことのできない別の世界の暗号のようだった。ドリーは冷蔵庫からコーラの缶を二本取り出して、自分の分をテーブルに置いてから、もうひとつの缶を開けてグラスに注ぎ、ヴィータに渡した。

「氷ある、マーマー?」とドリーがたずねた。**マーマー。**

このところ、ドリーがこんなふうに子どもの頃のように呼びかけてくれてうれしかった。あの夏、あの子はどんどん自立していったけど、子どもの頃にしていたことをまたしてみることで安心感も覚えていた。でも、わたしが答える前に、あの子はヴィータのほうを向いて、ぼそっと内緒話をするように言った。「氷ないみたい、ヴィー。ママはいつも氷を作ってない」

テーブルのヴィータの席には小さな磁器壺が置かれていて、あの人はその蓋を大げさに腕を動かして外した。それから少し体を引いて中身を満足そうに眺め、興奮を抑えたり隠そうとしたりしているのか、しとやかに手をテーブルの上で組んだ。壺の中を見ると、生のひき肉が入っていて、真ん中にアイシングを思わせる光り輝く濃厚な卵黄が三つ落とされていた。ちょうどその頃、地元のパン屋で、すべてフォンダンで作ったテニスラケットをあしらったバースデーケーキが展示されていた。ラケットの弦やネジ一本一本まで厳密に作られた、完璧な仕上がりのケーキだった。あのケーキと同じように、壺に入っていたタルタルステーキも、素材そのものが活かされるとは思えず、かといって見た目どおりの豪華なごちそうとも言えなかった。こんなにも素材や見た目からかけ離れた料理があるなんて、思いもしなかった。

「これを前菜にしたらどうかなと思ったの。お昼の残り物なんだけど、ちゃんと味付けされているし、ロールズの得意料理よ。気に入ってもらえるかしら？」

ヴィータはすでにテーブルに置いてあった三枚の皿に、磁器壺の中身を慎重に分けていった。

「これ、どうやって作る？」赤い料理にも会話を続けることにもあんまり興味はなかったけど、わたしはたずねた。夕食の準備はすでにしてあって、ほかに何か作るつもりはなかったし、ましてこんなに赤い料理はとても作りたいと思わなかった。

ヴィータは明るく微笑んで言った。「作らなくていいのよ、おバカさん。これはタルタルステーキ、あたしの大好物よ。ひき肉に卵黄がのっているの」ひき肉に黄卵がのっているなんて、聞き間違えたかと思った。ヴィータは続けた。「ロールズがわたしのために卵黄を取り分けてくれるの。わたしは卵に触れないのよ」あの人は卵に触ることを考えながら、眉をひそめた。

「でも……生の牛肉と卵？　それを食べるの？」魚から立ち上がる乳白色の湯気がキッチンいっぱいに広がり、魚が煮込めたことがわかったけど、わたしはヴィータが持ってきた料理をまだじっと見つめていた。それは素朴な食材しか使ってないのに、とても複雑で、ごちゃごちゃしていて、ほとんど食べ物に見えなかった。人それぞれの好みの幅広さにいつも驚かされる。わたしは何を選んでいいかわからないというようなことにならないように、自分の選択肢はできる限り少なくしている。最初に目に付いた、いちばん色の数が少なくて、簡単なものをいつも選ぶようにしている。どうして同じものを何度も選ぶのは避けなくちゃいけないのか、新しくて色彩豊かなものを永遠に求めるのか、まるでわからない。でも、人々がそんな多様性を渇望することに感動するし、そこに希望や信仰が現れているようにも感じる。それが何であれ、わたしにはないものだから、いつも求めている。まだ試してないけれど、違うドレスや違う家や違うメニューがあるし、もっとすぐれたものが存在するはず、という子どもが示すような信念は、探し続け、挑戦し続ける人たちだけが見出せる。

テーブルに座って、コーラを氷なしで飲むドリーを見つめた。「ドリー、あなた聞いたことある？　生のひき肉を食べるの？」

魚に目を戻すと、ヴィータとドリーが同時に笑い出した。その笑い声はほとんど同じに聞こえて、どちらの笑い声か区別がつかなかった。椅子を引きずる音が聞こえて、肩に虫が止まるくらいに軽く手が置かれた。「ドリー、先週、うちでお昼に食べたよね？」とヴィータが言った。ヴィータがわたしのすぐ脇に立っていて、話すとあの人の息が髪にかかるのを感じた。あの人はまるでわたしの心を読んだように、わたしが口にしなかった質問に答えた。わたしはそれを声に出してたずねなかったけど、あの人はわたしが何を言いたいかわかっていた。「あなたは仕事だったね、サンデー」

ドリーはおもむろにうなずいた。「うん、それ、実はすごくおいしいんだよ。ロールズが作ってくれる料理でいちばん好き」あの子は笑顔でヴィータを見つめると、首を振った。「でも、ママは絶対に食べないよ。やっぱりロールズの言った通りよ」

ヴィータとロロが隣の家のちゃんとしたダイニングルームでドリーを迎え、この料理を食べながら、わたしがこれについて嫌悪感を示すのをあれこれ話している様子を想像した。ヴィータの好きなクラシック音楽が流れ、あの銀の縁取りのお皿の上にあの生のひき肉が盛られていて、その周りに黄色と赤が混じり合って広がっている。わたしは自分に取り分けてもらったひき肉と卵黄をヴィータの壺に戻し、シンクに行ってお皿に残った細い血の筋を洗い流した。こんなふうに食べるなんて原始的すぎる。ヴィータとロロは頻繁にロンドンの高級レストランを訪れ、家でも優遇された料理評論家のように食事をするのに、こんなまったく調理されていないものをそのまま食べるなんて、まるで理解できなかった。ヴィータは卵を手で触れるのさえいやなのに、これを口に入れられるのだろうか。わたしがお皿から生肉の血を流し終える頃には、ヴィータとドリーは自分たちの分を食べ始めていた。

「ロールズはある人の誕生日パーティで街にいるの。あたし、あの人に言ったわよ、だめよ、ダーリン、あたしは行かない。だって、今やあたしは田舎の淑女《カントリーレイディー》なんですから、ってね。そう言ったわよね、ドリー？　あたし、言ってやったの、あたしは田舎の淑女《カントリーレイディー》よ！」

カントリーレイディィィー！　わたしはこの言葉を心の中で繰り返しながら、カウンターを軽く叩いた。ヴィータとドリーはいたずらに成功した子どもたちが口裏を合わせるように笑みを交わした。そしてヴィータは繰り返した。「そう言ったわよね？」

「言ったわ」とドリーはヴィータの真剣さをまねして同じように「あたしは田舎の淑女《カントリーレイディー》です！」と言ったけど、強勢を置く位置が違っていた。

「『あたしは田舎の淑女《カントリーレイディー》です！』ってあたし言ってやったの。ロールズ、ほんとにびっくりしていた。あの人、言ったのよ……」ヴィータはわたしのほうを向いて、まるで重大な事実を伝えるかのように、ゆっくりと話した。「……『でも、きみがいなくちゃ、パーティにならないよ、ヴィー』って」

その血なまぐさい前菜をふたりが食べ終えた後、わたしたちは好きなテレビ番組を見ながらカラフルなプラスチックのトレイに盛られた乳白色の魚を食べた。ドリーはあのドラマに出てきた批判的な父を持つ少女の話をヴィータに説明した。ヴィータはすぐに大笑いし、例の「**お父様はそれを家ではお許しになりません**」というセリフをわたしとドリーに向かって言ったけど、ドリーのように、あの少女の悲しみを、顎を震わせて、目に涙を浮かべて、感情的に表現することはできなかった。ドリーと一緒に笑っていても、ドリーがあのセリフを口にしてあの少女を演じると、わたしはドリーを慰めようとして、無意識に手を伸ばしてしまうことがあった。ドリーはフリルのかかったテーブルクロスの下にトリックを隠していて、ヴィクトリア朝時代の霊媒師がよみがえったように皮肉をまぶした巧妙な芝居を見せてくれた。心を痛めた親たちを引きつけ、その人たちが聞きたい話を察知して、それが真実であるかのように真剣に話して聞かせる才能があの子にはあった。

ヴィータはあの人らしさが強く出てしまい、囚《とら》われの少女を演じることはできなかった。「お父様はそれを家ではお許しになりません」と言っても、ヴィータは誰かが決めた規則にしたがう人じゃないし、誰かに同調することはなかったから、そんなことを言うヴィータはヴィータじゃないみたいで、なんだか変だった。

土曜日にロロがパブで男の人たちと夕食会を予定している時は、わたしたち三人はわたしの家で早めの食事をとるのが習慣になった。ロロの土曜日の夕食会には、エドワード・テイラーさんや、地元でいちばん大きなホテルのオーナーや、あちこちに強いパイプを持つ不動産業者や、町の議会の人たちが参加していたけど、例の計画委員会に属している人たちもいた。ヴィータとドリーはそのパブの夕食会には参加しなかったけど、わたしと食事をとったあと、ロロとロロの招待客との飲み会に決まって顔を出していたから、その毎週の食事会に誰が参加しているのか、わたしは自然に知ることになった。ヴィータが、ドリーはレモネードしか飲まないし、男の人たちはあたしたちにあんまり話しかけないわ、と言ってくれたから、わたしも安心した。ドリーがいるからそんな夜も我慢できるのよ、とあの人はまるで自分が気持ちよく過ごせるのがわたしたちの最優先事項であるような言い方をした。そしてロロもヴィータが一緒にいればいつも幸せだったから、ヴィータとドリーが来てくれるのはうれしかったようだ。三人はわたしを誘うことはなかったし、わたしも行きたいと思わなかった。

その週の金曜日の夕食会で四人でデザートを食べていると、ドリーとヴィータが翌日土曜日にレイクビューを訪れる話をしているのが聞こえた。

「でも、明日はここでやらなくちゃいけないことがあるんじゃないの？」とわたしはドリーにたずねた。「どうしてそこに行くの？」

あの子が答える前に、ヴィータがすっと口を挟んだ。「ドールズはここでやらなくちゃいけないことをみんなてきぱきこなしていて、今じゃ数時間で何もかも終わらせちゃう。それにこの子はすごいインテリアのセンスがあるよね、サンデー？」

「いいえ」とわたしは言った。「この子は家にもインテリアにも全然興味がない。そうよね、ドリー？」

わたしはあの子の名前を強く発音した。あの子が〝ロールズ〟や〝奥さま《ワイフ》〟みたいにあの人が付けた〝ドールズ〟になってほしくなかった。

ドリーはアップルタルトを食べていた。何も言わず、一口一口に小さく決意を込めるように噛み続けていた。あの子は少し眉をひそめ、小さな皺を額に浮かべた。話せないことを謝るかのように、フォークで自分のデザートを刺した。

ヴィータが話を続けた。「この子にレイクサイドで手伝ってもらいたいの。建物にはまだ人が住んでいるから、リフォームのデザインを始めることはできない。どこを見ても子どもたちや家具でいっぱいだから」

「子どもたち」という言葉を口にする時、あの人は薄い上唇を持ち上げて、歯を見せた。ドリーもそれを見て、同じ表情を浮かべた。まるでふたりが同じ嫌なにおいを嗅ぎ取ったかのようだった。

「まったく、悪夢よ！　ロールズがあの施設に入れ込んでるから、あたし、やってるだけよ」

するとロロが口を挟んだ。「女王様《クィーニー》、あそこは美しい場所だ。とてもきれいだ。完成すれば、信じられないくらいすてきなものになるよ」

ヴィータはロロが言ったことにはまったく答えず、硬い表情を緩めることなく、ただわたしだけをじっと見つめて話した。「この人、実際の物件の価値よりもずっと多く払っているの。施設の子どもたちをもっといい場所に、もっと生活しやすい場所に住んでほしいから、余計にお金を渡しているのよ。あたしたち、ほんとに恵まれてるのよ、サンデー」ヴィータはわたしたち四人が同じ家で生活を共有する家族みたいに、テーブルの周りを指し示した。「自分たちがどれほど恵まれているか、時々忘れてしまいそうになるよね」その時のあの人の声はどこか硬く、聞いたことがないようなものだった。

ロロはヴィータの肩越しに立ち、片手を軽くヴィータの背中にあてながら、あの人のグラスにワインを注いた。

「でも、わたし、わからない。ドリーがあなたたちに何をしてあげられるの？」

三人は顔を見合わせて何かを決意したかのようだった。言葉は必要なかった。若い頃のクラスメートたちみたいに、静かに意思を通じ合わせた。今も昔も、誰もがわたしに聞き取れない周波数で意思を伝えている。外の通りで群れる犬たちの様子を想像した。どの犬もじっと動かず、耳を立てて聞き入り、伝えられた決定事項に神妙にうなずく。

ようやくロロが口を開いた。「実はね、サンデー、ドリーをもう何度かあそこに連れて行ってるんだ。ここでヴィーを手伝ってくれたり、一緒に買い物に行ったりしてくれてるからね。このふたりはいつも一緒にいるだろう？　だから自然にあの施設に一緒に行くことになったんだ。ヴィーもドリーがすごくよくやってくれているって喜んでるし、この子に僕らの仕事を見てほしかったんだ。この子に何かできるんじゃないかと思ったんだよ」ロロは軽く咳払いをして続けた。「それでね、この子にも手伝ってほしいと思っている。いや、夏の間だけだ。学校が始まるまでだよ」ロロは人差し指を口ひげに当ててそっとなでた。

「でも、どうしてあなたたちはあそこに一緒に行ったって、わたしに言わなかったの？」とわたしはヴィータとドリーにたずねた。ふたりの表情はいつもより落ち着いているように見えた。

「ママ、やめてよ。大したことじゃないんだから。楽しかったし、仕事も好き。面白いの。ビジネスも学びたいし、ロールズが付き合ってる人たちも好きよ」

「どの人たち?」とわたしはたずねた。

「建築の人たちよ」とあの子は少し間を置いて続けた。「大工さんや配管工さんで、現場に仕事をする方たち。もう何人かと知り合いになったのよ。ママも知ってるよね、去年の夏、農場で働いていたガイさんとクリスさん、それからルーシーの弟のウィリアム。来週ヴィータと一緒にロンドンに行って、インテリアショップや壁紙やファブリック（布製品）のお店を見に行く。ハロッズやオックスフォード・ストリートにも連れてってもらうの！」

ドリーは興奮して顔を紅潮させて、わくわくするような無邪気な表情を浮かべた。そしてヴィータを見つめたけど、あの人は黙ったまま、普段と違って感情を示さず、距離を置いているように思えた。

ようやくドリーは落ち着いて、ふたたび口を開いたけど、その声はきびしく、何かを批判するように感じられた。「ママだよく思わないのはわかる。でも、あたし、農場で働きたくない。絶対にいや」あの子は両手を漠然と動かして言った。「こんなの、やだ」

そう言ってあの子は嫌悪感を示したけど、その手の動きはなぜか小さな空間だけを指しているようで、わたしの人生やあの子のおじいさんとおばあさんの農場、あるいはわたしたちの小さな町を拒否しているわけではなく、まるでヴィータとロロの魅力的なダイニングルームだけを拒絶しているように思えた。

わたしは何も言えなかったし、あの子にあの子とわたしの違いを突きつけられても何も言い返せなかった。あの子の父親のキングも、おじいちゃんもおばあちゃんも、ドリーがそんな仕事に就くのを望んでいるだろうし、あの子が熱心に築き上げようとしている人脈も好ましく思うだろう。人とのつながりやキャリアを積み上げることについて、わたしに何かわかることがあっただろうか。両親が懸命に働いて、この家とささやかだけど大事なお金を遺してくれなかったら、わたしもドリーもホームレスになっていたと思う。農場勤務でもらえるわたしの給料は、母が清掃員としてもらっていた給料より安いし、わたしはそれ以外の仕事に就こうとしたことはなかった。面接を受けても入国したばかりの外国人と同じで何をしていいかわからなくて、何もしゃべれなくなってしまうだろう。ドリーは輝かしい人たちと付き合おうとしているのだから、あの子がそんな人たちと仕事をしたいなら、このわたしが止められるはずはなかった。でも、わたしは言わずにいられなかった。今思うと、あの子を守ろうとしたんだ。

「だめよ、ドリー。今は働かなくていいし、ロンドンに行かなくてもいい。あなた、試験が終わったばかりじゃない」とわたしは言った。「それに、九月にはAレベル（上級課程）のクラスが始まるでしょ。夏はお友達と一緒に過ごさないと」

わたしはヴィータとロールズを見た。「この子には無理。負担が大きすぎる」

テーブルは静まりかえり、ドリーの深いため息だけが響いた。

「それがいいわ、サンデー」とヴィータはわたしがすぐ隣にいるんじゃなくて、わたしたちのあいだには距離があるかのように、慎重に言葉を選んだ。「あなたが本当にそう思うなら、それがいい。わたしたちはドリーにとってよいことだと思ったし、この子にとっていちばんいい結果になるのを望んでる。でも、あなたがドリーを家に留めておきたいなら、もちろんそうすべきよ」

ヴィータはドリーを見つめると、大げさにわざとささやくように言った。

「ごめんなさい、ドリー。あたしたち、あなたをいろんなところに連れていきたい。それにロンドンでは楽しいことを計画してた。でも……」ヴィータはそう言って、自分にはどうしようもないとばかりに両手を挙げた。

ドリーが口を開いたけど、声は小さかった。「今回は行かせて、ママ。お願い」

「ドリーは明日だけは行っていい、でも、それでおわり」とわたしは言った。まるでひとりの親が三人の子どもたちにきびしく話しているような気分だった。三人はわたしを見返したけど、表情はよそよそしく、何の感情も読み取れず、子どものような顔とはやっぱりとても言えなかった。

ヴィータはドリーに静かにうなずき、ロロにも同じようにうなずいた。そしてドリーがわたしをじっと見つめていて、あの愛らしい顔に大丈夫だからというような表情を浮かべているのに気づき、わたしもうなずいて返した。

ヴィータがコーヒーのトレイを準備すると言って席を立った。ロロもすぐに立ち上がったけど、ヴィータが手を下にさっと振ると、まるで見えない力が働いたかのように、すぐにまた椅子に座った。ドリーがヴィータについてキッチンに向かい、家の中は静寂に包まれた。ここではもてなしがひとつの芸術のように行われていたので、静けさが残ることは滅多になかった。サイドボードの上に一組のトランプが置かれているのに気づいた。

「ブリッジはするの、ロロ?」とわたしは興味津々にたずねた。「わたしは一晩中プレイできるけど、注意してね。わたし、とても強いよ。父に教えてもらったんだけど、『おまえは才能があるな』ってよく言われた」

「今晩やろう」とロロは高らかに宣言した。「きみがどれだけの腕前か見てみようじゃないか」予想もしなかったおいしいものを食べた時のように、ロロは満足そうに軽くお腹をたたいた。そしてワインの残りをゆっくりと自分のグラスに注いだ。暗い緑色の瓶の中の液体は黒く見えていたけど、ワインが勢いよく流れ出すと赤い色に見えた。まるで手品のような色の変化だった。顔を上げた時には、ロロはすでにわたしたちを議論に導く質問を巧妙に考え出していた。ボールを片方の手からもう片方の手に常に移動させて、相手の質問をそらし、自分を有利な立場に持っていこうとするかのように、あの人は会話を思い通りにコントロールした。でも、それは単なる技巧であって、ほかのあらゆるゲームと何ら変わらず、それであの人の感情が動かされたり、心が揺さぶられたりすることはなかった。

ヴィータがみんなとコーヒーを飲んだ後、疲れたと言って、その夜はお開きとなった。ロロとわたしは何か別の予定があってそれに遅れていると突然に気づいたかのように、直ちに立ち上がった。ドリーはヴィータとロロの家に泊まることになっていたし、わたしはブリッジをすることもなければ、次の金曜日の夕食の話もすることなく、その家を後にした。金曜日の夜を何度か続けて一緒に過ごしたから、金曜日の夕食会はもはや毎週のことで、わざわざ言うまでもないことなのだろうか。それともこれまでのことは、もう二度と繰り返されることはないだろうか。イーディス・オギルヴィの『淑女の礼儀作法　社会活動のガイド』には、このように招待されないことに対しては「静かなる威厳」をもって対応するように勧めている。

意図されたものであれ、偶然であれ、言及されないことに目をつむり、直接あるいは第三者を通して何も問いただささなければ、いかなる侮辱も認識されない。期待すべき招待がなかった時こそ己の品格を示す機会であるし、それは招待されないことに対して寛大かつ抑制的であることで達成される。

その夜、そして翌日と、わたしはこの夜の出来事を何度も思い返し、頭の中ですべての会話を再生したが、唯一みんなに気持ちよく受けとめられなかったのは、ドリーがレイクサイドの改装にかかわることとロンドンに行くことを、わたしが許さなかったことだ。後になって、どうしてわたしは反対したのか正当化できなかったけど、反対した大きな理由は、三人はわたしと夕食を共にしていたし、ドリーがレイクサイドに行った後にもすぐにわたしと話しているのに、そのことを話してくれなかったからだ。ドリーはわたしの所有物ではない、とわたしは自分に言い聞かせた。あの子はリチャードおじいさんとバニーおばあさん、友達、そして父キングと時間を過ごしている。もし交友関係にヴィータやロロを含めて、仕事の世界も経験してみたいと思うなら、それを支援し、励ますのがわたしの務めだ。子どもの頃、姉ドロレスへの不安をかき消すことができなくなった時の気持ちを思い出した。ドロレスが暗くなって家に戻ってくると聞いた時も、今のドリーに対する思いと似たような感情がわたしの中で渦巻き、心がかき乱された。

姉ドロレスはドリーの年齢になるずっと前から、カーペットが敷かれた階段を足音も立てずに上がってくることがよくあったし、早朝わたしの寝室を通り過ぎる時はいつもと違うにおいを漂わせていた。そのうちわたしはベッドから顔を上げてドロレスの表情や乱れた身なりが怖くて見られなくなった。ドロレスがどこに行っていたのか、誰と一緒にいたのか、知りたいと思わなかった。胸の中に広がる不安に、完全に飲み込まれてしまったからだ。

姉ドロレスが玄関の敷居につまずいて、不安を隠すようにくすくす笑う声で目が覚めても、ドロレスのことは考えないようにした。代わりに暗闇の中であのイタリアの本を手にしてドキドキと激しく鼓動する胸に押し当てて、南イタリアの人たちが守ってきたさまざまな伝統を思い浮かべた。本に記されていたことはみんな頭の中に入っていたからすべて声に出してつぶやき、載っていた白黒写真を順に頭に思い浮かべた。どれもわたしの人生の記憶よりも深く親しみを与えてくれた。イタリアの村々に見られる習慣や行われている儀式に心を留めて、自分たちの信念を大事に守ろうとする共同体について深く考えてみた。予測不可能な周りの人たちには不安を掻き立てられたけど、わたしが愛するイタリアの人たちはそうじゃなかったから、あの国の人たちを心から愛した。あの本の中にはそんなイタリアの人たちがみんないたし、あの本は影のような存在でしかなかったわたしに共同体やアイデンティティを与えてくれたから、その一冊をすごく大事にした。イーディス・オギルヴィの『淑女の礼儀作法』はわたしを批判的に助言し、わたしの度重なる過ちを指摘してくれたけど、あのイタリアの本はわたしが置かれていた世界を遠ざけてくれたし、その世界のノイズもまぶしさも非難の声も消し去ってくれた。わたしに何も求めず、わたしのすべての疑問に答えてくれて、わたしがほかで感じたことのない平和をもたらしてくれた。

大きくなったら、遠くのカターニアやパレルモ、あるいはシチリアのどこでもいいから、自分を受け入れてくれる土地の立派な住民になりたい、と夢見ていた。子どもの頃、夜中に家の中をそろりそろりと歩くドロレスの足音を聞きながら、自分にそんな未来が訪れることを望んでいた。ドロレスとはドロレスの夜中の冒険のことも、ドロレスが甘いアルコールのにおいを漂わせて家の中をよろめきながら歩いていくのも話したことはなかったけど、わたしは南イタリアの村人たちへの思いをドロレスに伝えたことがあった。

「イタリアに行きたいんだ?」とドロレスは答えた。「あんたが学校を卒業したら、あたしが連れてってあげるよ。もうあと一年じゃない。それで帰ってきたらさ、ふたりで町にアパートを借りようよ。そこにあんたとあたしだけで住むんだ。毎週金曜日はテイクアウトを食べて、冷蔵庫にはりんご酒をいつも入れとくんだ。そしてあたしの職場にあんたの仕事を見つけてあげるよ」

わたしたちが幼い頃から、ドロレスは両親から離れてわたしとふたりだけで暮らす輝かしい未来について話してくれた。でも、それはいつも壮大な空想で、宮殿のようなところに住んで、無限にお金があってほしいものを何でも買えるというような話だった。そんなドロレスがその日は初めてわたしたちが現実的で実現可能な形で家から出ていく方法を話してくれたのだ。心の奥でかすかに興奮したけど、わたしはまだイタリア行きの話が気になって、ドロレスの現実的な話についていけなかった。

「違う、イタリアに行きたいわけじゃない。イタリアの村人たちのように暮らしたい。ここで南イタリアの人たちみたいに。そしたら何をしたらいいかわかる」とわたしは暗い気持ちでつぶやいた。

まったく的はずれだけど、ドロレスはわたしをやさしく気遣ってくれて、飲み終えたホットチョコレートの空き瓶をよく洗い、そこに「サンデーのイタリア旅行」と書いたラベルを貼りつけてくれた。ドロレスはその瓶を家のターコイズ色のキッチンの棚に置いて、今もそこにある。そして家族全員に、小銭をこの中に入れてちょうだい、あたしとサンデーがイタリアに行くパスポートや航空券やホテル代がたまるまで入れること、と指示した。でも数日後にはみんなその貯金瓶からちょっとしたお金を引き出すようになってしまったし、わたしも気にしなかった。わたしはイタリアに行くために貯金していたわけじゃない。誇り高き南イタリアの村人になるために学んでいたんだし、今もそうだと思う。

胸の中で爪を立ててひっかく生物がふたたび目を覚まし、力を増して渦を巻き出すと、いつもあのイタリアの本に戻る。今も考えると愉快だけど、その生物はひどく長い爪の先をわたしの心に突き刺そうとするけど、イタリアの本に夢中になっているわたしの心には爪がどうやっても届かない。絶対に破ることのできない扉に突き当たって、地団駄を踏んで怒り狂う泥棒のように、その生物がわたしの胸の中で音も立てずに怒りを爆発させる様子を思い浮かべる。

「ヴィータはロールズと予定があったの」次の夜、ドリーはひとりでキッチンに入ってくると、降参とばかりに両手の手のひらを上に向けて話しかけた。「今夜はどんなカラフルな晩ご飯が食べられる?」

「でも、ヴィータは昨日、そんなこと言ってなかった。鶏肉とポテトよ」わたしはキッチン・カウンターでサラダドレッシングを混ぜていた。「それからサラダ。ヴィータはどこ?」

「わからない。ふたりで何かしてるみたい」とドリーは言うと、あの人が来ると期待しているかのようにテーブルに着いた。いつもヴィータが夕食で用意するように、テーブルには三人分のセッティングをして、小さな籠にロールパンをナプキンに包んで入れておいた。

「でも、わたしはあの人がここに来ると思ってた。火曜日には会えるね？」わたしは自分が望んでいたものを迂闊《うかつ》にも家から締め出してしまったように感じた。そしてそんなことはそれまでなかったけど、ドリーがもはやわたしにとってすべてではなくなったというか、ドリーがいればそれで十分と思えなくなったような気がしたのだ。ドリーはわたしの質問に肩をすくめただけだったから、以前は簡単にできたみたいに、ヴィータじゃなくて、ドリーにもっと意識を向けなくちゃいけないと思った。

「今日のホームはどうだった？　子どもたちはどんな感じ？」

ドリーはテーブルを指で軽くトントンと叩きながら答えた。「よかったよ。みんな可愛い子たちだよ」

わたしは笑みを浮かべた。ホームには多くのティーンエイジャーが住んでいたし、中にはドリーと同じ年の子もいただろう。

「でもほんとに建物はボロボロだから、みんな早く引っ越したいと思ってるはずだよ」

「みんないつ移るの？」とわたしはたずねた。

「何人かはすでに出ていて、ランカスターの大きな施設に行った。養子に行く子たちは月曜日に出発する。だからその後は全部あたしたちのものになる」暖でも取るように、ドリーは両手をこすり合わせた。「子どもたちに、あたしたちがあの場所をどうするか話したら、すごく興味を持ってたよ」

　自分の娘が「あたしたち」という言葉を何気なく使ったのを聞いて、わたしは片方の眉を吊り上げたけど、あの子は小さなロールパンにたっぷりとバターを塗って、小さい頃のようにそれを丸ごと口に放り込んだ。自分の娘が見知らぬ人たちをまるで自分の家族や昔からの友人のように言うなんて、どういうことだろう。でも、このことについては何を言うかすでに考えていたから話を続けた。

「そうね、考えたんだけど、あそこに行くのは今日で終わりじゃなくて、また行ってもいい。ホームに行ってもいいし、あの人たちとロンドンに行きたいなら、たまにはロンドンにも行ってもいいよ。でも、いつどこに行くのか、ママにちゃんと教えて。まあ、とりあえず何も問題はないのかな。ただ、あなたがそのことを先に話してくれなかったからびっくりした。ヴィータも話してくれなかったし」わたしはまるで拗ねた子どもみたいなことを言っていると自分でも思った。

　でも、ドリーはびっくりするほどわたしのことを考えてくれていた。あの子はその夏にすっかり大人になっていて、どこで誰に会うか言いなさいなんて言ったわたしがバカみたいに思えた。

「ママ、大丈夫よ。ママは新しい人が入ってくるといつもちょっと変になる。ヴィータとロールズにも話したけど、ふたりともよくわかってくれたよ」ドリーはにっこりと笑った。「それにママも考えが変わるって言っておいたから、心配しないで」

夕食のトレイはふたつにして、一緒にテレビを見ながら食べられるようにした。食卓の準備を進めながら、わたしはほんとに新しい人たちが入ってくると変な人になってしまうか、心の中で考えた。わたしとあの子の人生には、わたしがある考えや行動のパターンを身につけるほど、新しい人がそんなに入ってこなかった。ドリーの表情と話し方はやさしさが感じられたけど、言葉はそれと全然違って、きびしく不誠実と思われることをわたしに突きつけた。あの子の父親も、人々がどんな行動を取るか予測できる。ドリーがヴィータとロロと一緒に働くことをわたしが受け入れるって、キングも同じように見抜いていたと思う。キングは秘密は使い捨てるべきものだ、誰かに譲り渡してしまうのがいい、と考えるような男で、誰かの個人的な情報を何の抵抗もなくそこら中に広めてしまった。

ドリーがわたしの考えを遮った。「あの人たち、子どもたちにもっといい場所に住んでもらえるようにこれからできると思う。ロールズのおかげでよ。ヴィータの話だと、レイクビューの運営はすごくお金がかかる。子どもたちがあそこに住むには普通の施設の六倍も費用がかかる」あの子はそこで両手に目を落とし、指をゆっくり一本ずつ立てて、六本示した。そのしぐさじゃなくて、数字を六まで数える様子と一生懸命な表情から、ドリーがヴィータを手伝っている名目はあったとしても、あの子があまりに幼すぎると思えた。

「里親の家に住むよりも、大きな古い家に住むほうが六倍もお金がかかるのよ。でも、ロールズは役所がいい里親を見つけてくれないって言ってる。あの人が言うには、レイクサイドより小さい、目的にあった児童養護施設が必要なの。子どもたちが悪い里親と一緒に暮らすのは犯罪《クリミナル》だ、窓がちゃんと閉まらない、配管の古い大きな施設で生活するのと変わらないよってロールズは言っている」

ドリーは〝犯罪《クリミナル》だ〟という言い方を、下手なラジオドラマの女優のように不自然なイントネーションで発音し、興奮した様子で手をひらひらさせた。ロロやヴィータと同じように、ドリーも〝クリミナル〟の〝r〟の音を丸めて柔らかく発音していた。もしかしたらドリーは〝クリミナル〟をうまく言えないわけじゃなくて、わざとそんなふうに発音していたのかもしれない。「施設《インスティテューション》」という言葉も、ロロが発音した通りに発音するようになったに違いない。ロロであれば、レイクビューをディケンズ時代の「修道会《インスティテューション》」にたとえて、その救済者になり切ることができただろう。

「レイクサイドが片付いたら、新しい児童養護施設の建設地の選定と管理の仕事を役所から請け負いたいとロロは思ってるの」

ドリーはわたしの反応を見定めようとした。あの子とあの子の父親だけだ、わたしの顔を読み取ることができたのは。わたしの顔はほかの人には、そしてわたしにも、まるで表情がないように見える。もちろんドリーとキングは人の感情を読み取る能力を備えているけど、わたしは自分の感情をあの人たちに伝える社交の言語を有していない。ドリーが生まれた次の日に撮ったドリーを抱いているわたしの写真がある。写真のわたしは産後に投与された薬やホルモンの影響で高揚状態にあったはずだけど、平坦な表情を浮かべるだけで、そんな影響はまったく読み取れないし、どんな気持ちだったかもまるでわからない。カメラを見つめているのに(リチャードさんが撮ってくれたんだと思う)、目もどんよりしていて、何に対しても興味を抱いていないように見える。

でも、出産後に抱いた感情が強烈なものであったことは覚えている。自分が生み出したばかりの小さな体を吸い込み、食べ尽くしたいという衝動に駆られた。その頃、小さなかわいい顔をした動物たちが自分たちの子どもを食べてしまい、きれいなプラスチックのケージには何も残っていなかったという話を時折耳にしたけど、少しわかるように思った。郊外で動物を飼っている人たちは、そんなおそろしい事件が起こった翌日は、決まって学校の門の前で、震えながらその事件について話していた。所有することも、結局は愛の一形態だ。自分の腕の中に収まった娘の温かい重みを、わたしは自分がそれを求めていたと気づく前から、ずっと手に入れたいと思っていた。ドリーが生まれる前、わたしは人間としての基本要素を欠いた存在であると考えていた。でも、ドリーの小さな体が、わたしを父や母やドロレスと同じように、ただの紙切れではなく、生身の人間にしてくれた。わたしがあの子を作り出したように、あの子がわたしを実体のある存在にしてくれたのだ。

でも、笑わない新米の母親として写っている一枚の写真を見るたびに思う。あの時、わたしはどこにいたんだろう。心の中は幸せいっぱいで、突然ほかの人たちの世界に飛び込んだようだった。でも、無表情なわたしの目にはそんなことは何ひとつ映っていない。あんなふうに固まって感情を示さない顔をした母に育てられて、ドリーはどんな思いだったろうか。もしかするとわたしの母の冷たい目線さえも、わたしのあの表情よりまともだったかもしれない。

「ロロは育児とか里親制度の何を知ってる？」とわたしはドリーにたずねた。

「マーマー！」**マーマー！**　ドリーはわたしの不遜な発言に驚いたのか、注意してよといった口調で言った。「あの人、寄宿学校に行ってたんだから」

あの子は衝撃的な秘密を打ち明けるかのようにそのことを声を落としてささやいた。確かにロロは、僕は有名なパブリックスクールで裕福な貴族階級の子どもたちと学んでいたし、同級生の子たちの家は僕の家よりさらに裕福で、有力な人たちとのつながりもあったよ、とよく話してくれた。寄宿学校にいた頃、ロロが長い休みに外国に出かけたり、実家に定期的に戻ったりしていたと言っていたから、環境はそれほどきびしくなかったようだ。

学校で初めてお金を稼ぐことを学んだよ、とロロは誇らしげに話してくれていた。全国的なスポーツイベントの賭け事をまとめたり、友達にたばこや酒などを密かに流したりして荒稼ぎしていたという。さらに時には高い紹介料を取って、地元の親しい女性をひとり寮に呼んで男の子たちに会わせることもあったという。ロロがそんなことを打ちあけると、ヴィータは、そんなのあの人の悪い冗談よ、と即座に笑い飛ばしていた。

わたしは笑みを浮かべた。「でも、それはちょっと違う話だよね、ドリー。ロロがどう言おうと、里親に引き取ってもらって育てられるのはいいこともある。家族として子どもの世話をするほうが楽じゃないかな。もっと快適な場所ならなおいい。どんなやさしい人たちだとしても、知らない大勢の人たちに面倒をみてもらい、大きな家で生活するくらいなら、あなたもここで育ったほうがよかったでしょ」

「でも、ロロはまったく望ましくない古い建物で生活するのがどういうことかわかっている。冷たいシャワーを浴びなきゃいけないし、凍えるような寒い部屋で過ごさなきゃならないのよ」ドリーは不機嫌そうに口をとがらせた。「あの人は新しい建物がこれからは必要だって言ってる。子どもたちを里親にお金を払って引き取ってもらったり、大きな古い施設に入れたりするのはよくないってことよ」ドリーは不安そうに瞬きしながらわたしを見つめた。

わたしに家族として育てられたことを持ち出しても、里親制度の望ましさをあの子に十分に説くことはできなかったようだ。そもそもドリーはほかの家庭を知らないから、子どもたちに献身的に寄り添う親のありがたさがわからないかも。ティーンエイジャーの女の子が施設を訪れて、元気な子どもたちが次々に出てきたり、経験不足のスタッフが次々に入れ替わったりするのを見れば、きっと刺激的に感じるのだろう。でも、あの子たちは施設に入っているし、とても傷つきやすい。

「あたしは絶対に児童養護施設で暮らしたいなんて思わない。たとえ新しい施設でもいや」とドリーは思わぬ答えを返してくれた。もしかすると、わたしはあの子がわたしやこの家に対して抱いている愛着を、どこかで過小評価していたのかもしれない。「あの子たち、自分のものなんて何ひとつ持ってない。服だって、みんなで着まわしてる。ある女の子に、そのジーンズ、どこで買ったのって聞いたら、これ、自分のじゃないよって言ったの。施設の服がどこにまとめられているか教えてくれたけど、サイズごとに分けられていて、みんなでかわりばんこに着てる。ほんとサイテーの古着屋みたいだった」あの子はほんとに嫌だったのか、ひとり猫のように遠くを見つめてぶるっと震えた。

夕食の準備ができたので、ドリーもわたしもそれぞれトレイを手にリヴィングに入った。でも、ドリーは番組が終わる前に部屋を出ていった。テレビを消すと、あの子が廊下で電話で話しているのが聞こえた。興奮した高い声の調子から、相手はヴィータだとすぐにわかった。

わたしは電話はできるだけ使わないようにしている。ほんとに必要な時しかかけないし、かけてもすぐに切ってしまうし、基本的にドリーとしか話さない。母はわたしの電話嫌いをすごく心配して、わたしがティーンエイジャーだった時に、数週間ほど電話が鳴るたびにわたしに出なさいと言った。ドロレスは電話が大好きで、父は仕事でしか使わなかったけど、このふたりは電話に出ることを禁じられ、わたしだけが出ることになった。食事中は普通は電話が鳴っても誰も出なかったけど、母はその方針も変えて、電話がリーンと甲高い音を立てると、フォークを上げてまずわたしを指し、次に電話が置かれた廊下を指した。

わたしはそわそわおびえながら、受話器の向こう側に浮かび上がる顔のない声に向かって話しだした。汗がにじみ、吐き気がして、何も聞こえなくなった。ちゃんと聞き取れず、意味不明なことを家族に伝えた。電話が鳴ると、裸足だったりまともな服を着ていなくても家から飛び出したり、二階に隠れたりした。廊下の電話の前を通るだけで不安になった。わたしは短期間の電話の受付係を務めたものの、幸運なことにその結果に母はたちまちうんざりした。気軽に電話をかけてきた人たちは、わたしのどもりながら混乱した応答を聞かされて、すぐ電話を切った。あれこれ問い合わせてきた人たちが言っていることを、わたしは意味不明なメッセージに変えた。しまいに母はまるでわたしが電話を使いたがっていたとでも言うかのように、わたしが電話に触れることを一切禁じた。


「ヴィー！　ヴィー！」とドリーが廊下からふざけて怒ったような口調でヴィータの名前を繰り返し呼んだ。そして続けた。「いいの、気にしないで。ママが気が変わったの。大丈夫、今週はやめとく。いいえ、どうせママはやらないよ。電話も好きじゃないし」

ドリーは不満なのか、それともおかしくて笑っているのか、どちらとも取れるような音を鼻から出した。「わかってる！　わかってるってば！」

そしてわたしは亡き父と母のリヴィングルームで、父と母は長椅子と呼び、バニーさんとイーディスの『淑女の礼儀作法』が「ソファ」と断言する家具の上に、じっと静かに動かずにいた。また何か間違ったことをするのが怖くて、まるで身動きが取れない、いつもの徐々に高まるパニックに、わたしは襲われた。社会生活で昏睡状態に陥るような感じだ。そんなわたしを見て困惑する、関わりたくないと直ちに立ち去る人がいる。一方で興味を引かれて近づいてくる人たちがいて、その人たちはまずあなたがまだ息をしているかを確認し、あなたの足の裏に針を刺したり、手首を軽くかいたりして様子を見る。こうしてすべてが始まる。

ドリーはその週はそのあと、金曜日の夕食会の礼儀作法について、わたしと話そうとしなかった。ヴィータとロロがわたしたちを招待しない金曜日には予定を入れていると、あの子は知っていたのだ。ドリーは週末はリチャードさんとバニーさんの家に泊まりに行くことになっていて、お気に入りのブラウスを探し、必要なものをバッグに詰め込むのに忙しかった。あの子に、父親のキングがどこかの時点で農場にやってきて、ランカスターの自分の家族の小さな農地で使うために機械を取りに来るかもしれない、とほんとに何気なく話してくれた。それからあの子は、土曜日はいつものようにヴィータを手伝うから戻ってくるけど、そのあとまたおじいちゃんとおばあちゃんの家に戻るよ、と言って安心させてくれた。

その金曜日の夜はゆっくりと過ぎていき、ヴィータかロロが外に出てこないかと願いつつ、庭仕事をして過ごした。九時になって、わたしは家でひとり、パジャマ姿のままだったけど、ヴィータがドアをノックするんじゃないかとまだ期待していた。ヴィータはいつものように長い、ゆったりとしたドレスをまとい、首や手首に金のアクセサリーをつけているだろう。あの裸足で、わたしの母が「だらしない」と言ったような、自然におろしたツヤのある髪をなびかせて現れるだろう。息を切らし、期待に満ちた表情でこう言うだろう。

まあ、奥さま！　なんでまだここにいるのよ。こっちに来なさいよ。さあ、着替えなさい！

でも、あの人はやっぱり現れず、わたしがようやく寝床に就いた時は、家の中は空っぽで、しんと静まり返っていた。

猫の眠り

死の間際、あまりない意識がはっきりしている瞬間に、母はようやく言葉を発した。病院のベッドの脇で本を読んでいるわたしに、あの人はじっと目を向けた。見つめられているのを感じたけど、わたしはページから目を逸らさなかった。

イタリアの多くの家庭や、イタリアのさまざま地域から出てきた人たちにとって、日曜日は特別な一日だ……。

「あんたはどこかおかしいよ」とあの人は言った。

母はここ一週間で急激に衰え、生来の南ロンドンの訛りが日に日に強く感じられるようになり、湖畔の町での生活で培われたあの丸みのある発音は水が染み込んでいくように失われていった。あの人の声はもはやわたしの知っている声じゃなかったし、あの人はわたしの知っている人では少なくともなかった。わたしは母がもっと話してくれるのを期待したけど、ただベッドに横たわり、肺炎で苦しそうな呼吸をしながら天井を見つめていた。母の体はかつては湖で泳いだばかりのように一時的な青白さを帯びていたが、最後の瞬間は髪より淡く、玄関に置かれた冷えた牛乳のような青白さが染みついていた。骨ばった胸が浅い呼吸ごとに持ち上がり、そのあと繰り返し崩れ落ちるように深く、深く沈み込んでいった。

ようやく母がふたたび口を開いた。「あたしの母はわかってた。あの人、あんたのことを『あの子ども』と呼んでたよ。『あの子ども』って。『あの子どもはガラス越しにあたしたちを見ているみたいだね』って言った。そしてあんたの世話は絶対しようとしなかった。娘のあたしがどんなに頼んでもね」

母は「頼んでもね」と言った時、顔をしかめ、小さな上の歯と下の歯を同時に剝き出し、恐ろしい笑顔を浮かべた。「あたしはあの人にあんたの世話を頼んだ。ずっと頼んでた。でもあんたはあの人を怖がらせたよ」

若い看護師が病棟をまわり、入院患者のプラスチックのコップにひとつずつ水を注ぎ足した。母はそんな看護師を見てふたたび口を閉じた。病棟の二重扉の上に掛かっていた時計の音ががまんできないほど大きくなり、母が寝ていた大部屋に響き渡った。わたしは慰めを求めて本のなめらかな表紙をなでた。

「わかってる」とわたしはベッドに横たわり、怒りで体を硬直させている母に言った。

わたしはあの人を和らげられて、わたしが努力していることを最後に理解してもらえる言葉を見つけたかった。母には、おまえは社会に受け入れられる努力をまるでしていない、と何度もきびしく叱りつけられた。そんな時も、わたしが常に普通であろうと努力しているとあの人に認めてもらえれば、結果的にうまくいかなかったことも許してもらえる、と信じていた。あの人はわたしがわざと人と違うように振る舞っていると思っていたし、わたしがあの人にわざと近づこうとしないのだと感じていた。ドロレスと同じようにわたしも心の奥でコミュニケーションの秘密に完全に通じているのに、わざとそれに目をつぶっているとあの人は感じていたのかもしれない。

「わたし受け入れられようとしている。ずっとそうしてきた」

母は喉の奥で短い音を立てた。笑い声にも咳にも聞こえたけど、わたしは咳だと思い込もうとした。あの人がふたたびわたしに視線を突き刺し、咳ばらいをした。「じゃあ、教えてちょうだい。本当に受け入れられようとしているなら」あの人は「受け入れられようとしている」という言い方を聞いたことがないかのように、ゆっくりと疑い深そうに口にした。「本当に受け入れられようとしているなら、ドロレスのことを話してちょうだい。何があったのか。あんた、何したのよ」

「わたしたちは湖に泳ぎに行って、ドロレスが水に巻き込まれた。水の中に沈んでいった。でも、すぐに浮かび上がった。ドロレスは大丈夫そうに見えた。次の日、ドロレスの部屋に行ったら、寝ていた。あの時、荒い息をしていた。寝ていると思った」

シチリア人は浅い眠りを「猫の眠り」のようなものと考える。でも、姉ドロレスは「猫の眠り」に就いていたんじゃなくて、深く眠っていて、なかなか起きなかった。ドロレスは地元のホテルで働いていて、シフトによってはわたしが朝学校に行く時も寝ていることがあった。でも、このことはもう何度も説明しようとした。

「あんたが言えるのは今もそれだけなの。あの子の息が荒かった？　だったら、どうして……あんたは……」あの人はかすれた声でそう言ったが、息切れしてしまい、空気を求めて喘ぎ声を上げた。

あの人もわたしもすでにすべての「どうして」がわかっていた。どうしてわたしはドロレスが水に沈んだことを伝えなかったのか。どうして学校に行ったのか。どうしてそのまま放っておいたのか。そしていちばん大きな「どうして」は、あまりにはっきりしていて、口にするまでもなかった。どうしてあんたじゃなくて、あの子が死んだのか。

母に最初に姉の死について尋ねられた時、母がどんなことまで知りたいのか、わからなかった。何があの人を助けて、何が傷つけるのか、それを知るのは不可能だとその時は思った。でも、あの人のすべての問いは、わたしがその度に罪を告白することで満たされるとわかった。そしてもちろんドロレスが亡くなったのはわたしのせいだとわかっていたし、ずっとそうだと思っていたけど、わたしが何も言わずに静かに尊厳をもって抱えてきたものを声に出して言わなければならないのはとてもつらかった。

深く息を吸い込んで、息を吐きながら、一気に言葉をつないだ。そうすればその言葉が本当に意味することを痛々しく感じずにすむと思った。「わたしのせい、置いていくべきじゃなかった」

あの人を見ると、まだ許されないとわかった。まだ言うことがあるでしょうと片眉が上がっていたからだ。「わたしのせいでドロレスは死んだ」

話しているあいだは両手が震え、両方の手のひらを上に向けていたが、何か大切なものをふたたび取り戻そうとするかのように、手のひらをあわせ、指をからめた。

母は枕に頭を沈め、ほとんど微笑んでいるように見えた。看護師さんがようやくやって来て、母のコップに水を足そうと身をかがめた。母は骨ばった指を一本伸ばして、女性看護師さんの腕を軽く叩いた。小さな動作だけど、あの人には明らかに大変なことだった。

「この子に帰ってもらうように言って。お願い《プリーズ》」とあの人はわたしにうなずきながら、看護師さんにわざと大きな声で言った。隣の患者たちにも聞こえるほどだった。あの人はまるで話し続けるのに貴重な空気を使い果たそうとしているかのように、「お願い」という言葉を息を切らして発音した。

看護師さんはかがめていた体をゆっくりと起こして、母ではなく、わたしを見た。頬をほんのりとピンク色に染めた女性の看護師さんは、打ち明けるように小声で言った。「患者さんたちはこういう時は何を言っているのかご自分でもわからなくなってしまうことがあります」

わたしが帰ろうと背を向けた瞬間、縮んでいく母がベッドから声をかけた。おそらく看護師さんがわたしにやさしく言ってくれたことや、母に代わって謝ってくれたことが、あの人のベッドまで聞こえたのだろう。

もはやささやくような声ではなく、母は部屋全体に向かって話すように言った。「あたしはあの子《ザット・ガール》のことがずっと好きじゃなかったよ」

母は地元の訛りを取り戻していて「ガール」が「ゲイル」のように聞こえたから、わたしは自分ではなく、誰か別の人を、母とわたしがかつて知っていたけどあの人もわたしも嫌いだった「ゲイル」という架空の女性を指していると一瞬信じ込もうとした。でもあの人はためらうことなく、変わらずはっきりと言った。わたしを指さしたから、看護師さんも、入院している人たちも、そしてわたし自身も、誰を指しているのかはっきりわかった。

「あの子。あたし、あの子が好きじゃなかった。ずっと」

母は本当にそう思っているとわかっていたから、あの人からそうやって非難を受けること自体はつらくなかった。どうにも耐えられなかったのは、母がそれを人前で軽々しく口にしたことだ。母が亡くなってから、子どもが母親に自分の価値を認めてほしいと思うことこそ、わたしが経験するいちばん普通の感情だと考えて自分を慰めてきた。あの人は自分がよい母親だと思っていたから、わたしが幼い頃、わたしの中に何か魅力的なものを見つけようとしてくれたはずだ。

母とドロレスはよく一緒に料理をしたり、読書や絵を描いたりした。そんなふたりをわたしはドアのあたりから見つめて、自分がドロレスだったらどうだろうかと想像した。母はわたしが見ていることに時々気づいたけど、そうやって笑顔を保とうとするのに苦労している様子がありありと感じ取れたので、あの人を見ているのがつらくなった。母が視線をわたしに向けると、表情が固まってぎこちなくなってしまったので、ふたたびドロレスに戻した。母はドアが閉じていてもわたしが見てるってわかっていた。わたしはそんなふうに部屋の外から耳を澄まし、ふたりの会話にじっと耳を傾けていた。毎晩ドロレスの部屋にそっと忍び寄ってみると、ドロレスが母に三つ編みを大事に梳《す》いてもらいながら、時に苛立つような声を上げていたので、びっくりした。そしてそんなふうに少し離れた場所から、母のやわらかくて甘い、もうひとつの声に耳を傾けた。母が歌詞に感情を込めて声を震わせてうたう愛の歌を聞きながら、あの人に髪をやさしくなでられて、くだらないことを言ってもみんなに笑ってもらえたらどうであるか、想像がついた。少なくともわたしは傍観者としてあの人の母性愛を見て取っていた。

母は病院のベッドで死にゆきながらも、感情を抑えながらわたしを締めつけるような憎しみを抱いていたから、わたしは甘んじて受け入れるしかなかった。ゆっくりと息苦しさが増し、ベッドに縛り付けられるようにして死を迎える最後の日々に、あの人の脳裏に浮かんだのは、ベッドに横たわって眠っているのではなく、死んでいるドロレスだっただろう。ドロレスの肺も最後は陸地で、ゆっくりと母を呼び戻しつつあった同じ湖の水によって機能を奪われた。病棟を去る時、母は天井をじっと見つめていたけど、おそらくわたしが死にゆくドロレスのベッドから立ち去ったことも思い出していただろう。

その年の休みのあいだ、姉ドロレスと毎晩一緒に湖に入っていた。そして八月になるとドロレスがメイドの仕事を六日間休んで、一日に二、三回、一緒に泳いだ。どちらが長く泳げるか競い合って、もう疲れて泳げなくなるまで水から出なかった。九月になると水の冷たさが忍び寄ってきてたけど、毎年できるだけ遅い時期まで泳ごうとした。泳ぎ終わって湖畔で着替えて足早に家に向かって戻るあいだにすごく体が冷えてしまい、肌が震えて青ざめてしまうことになってしまうまで、寒くなったと言ってはいけない、という暗黙の了解がドロレスとわたしにはあった。

その前の夜、わたしは岸で体を乾かし、ドロレスは波の上を仰向けに眠そうに漂っていると、水が思いもよらず荒れだした。ドロレスは湖を自由に泳ぎまわれたし、プールでは体験できない急な流れにも対応できるように体は鍛え上げられていた。わたしは湖を探るために泳いだ。いつか水中深くに母を引き寄せたものを探り当てて、それがいつしかふたりが共有する秘密になり、母とわたしの絆をきっと深められると信じていたのだ。でもドロレスは泳ぎながら水を探ることはなく、母がそこで何を見て、何に心を奪われたのか、知ろうとはしなかった。ドロレスは母に関心がなかっただけでなく、あらゆることに関心がなかった。物事を深く考えずに受け入れて、そこから喜びを見出すことができる姉が、すごくうらやましかった。でも、その晩、ドロレスはのんびりと泳ぎだして、軽い流れに身を任せていると、湖の水が突然変わった。波が強くなり、ドロレスを水中に引き込み、わたしが恐怖で動けずにいた岸の岩に激しく叩きつけた。ドロレスの肌がアザラシのように灰色に染まったから、空を見上げ、突然暗くなるに違いない、と思った。でも、まだ空は黄色と桃色の夕日に染まっていたし、下にあるものすべてに色がついていたけど、ドロレスの肌だけは何色にも染まっていなかった。水際に喘いで横たわるドロレスは、湖に一度捧げられたが拒絶されて岸に戻された捧げもののように思えた。

もう二度とドロレスと湖で泳ぐことがなくなるなんて、その時は思いもしなかった。湖はまだ姿を現したばかりで、わたしたち全員を飲み込もうとしているとは気づかなかった。ある経験がそれで終わりと気づくことはあまりないし、そういったことは後になってみないとわからない。でも、その晩、岸辺で震えながら立っていたわたしはおそろしい真実を知らなくてよかったかもしれない。わたしたちの家族に終わりが近づいているというおそろしい真実を、わたしはまだその時知らなかった。

そのあとドロレスとわたしは無言で家に歩いて帰ったけど、その沈黙に疑問を抱くことはなかった。ふたりで暗闇の中を並んで歩いていたけど、ドロレスがその時もまだ沈んでいることがわからなかったし、ほんとは死んだ少女が歩いていることにも気づかなかった。その夜一晩中、ドロレスが目に見えないおそろしい水と闘っていたことも知らなかった、その水に水中で捕らえられて助けを求められなかったこともわからなかった。まだその時、わたしは物事を見ようとしないから単なる変わり者と見なされ、みんなに嫌われているだけ、と思い込んでいた。でも、物事を見ようとしないから目の前の畑で広がる炎しか見えず、それ以外の場所で燃え広がるすべての炎に気づかないこともわからなかった。

その朝、姉ドロレスをベッドに寝かせたまま家に残し、ひとりでバスに乗って座っていると、晴れて学校を卒業して自由になった姉が一緒にいないのをさびしく思った。バスは湖の眺めが楽しめる人気の観光ルートを走った。その時通り過ぎた湖が前の晩の湖とはまるで別の生き物のように穏やかだったことを覚えている。学校に向かいながら、わたしは何も知らなかった。家に帰って数時間経つまで何も知らなかった。母がだんだん苛立ち、ついに呼びかけるのをやめてドロレスに夕食を知らせに二階に上がっていったその時まで。だけど母が目にしたのは、重たい羽毛布団に青ざめた肌を覆われたまま、冷たくなって横たわる大好きな自分の娘だった。

父ウォルトとわたしは母の悲鳴を聞いて、二階に駆け上がった。そこで母は衝撃を受けてドロレスを指差して叫んでいた。「あたしの子！　あたしの子が！」母はまるで抱きしめてもらえるかのように、腕を広げて横たわるドロレスの体に近づいていった。

開いたドアのところに立って、わたしは母の叫びをまねして、「あたしの子！　あたしの子が！」と言った。あの時のわたしの平坦な言い方と強調の仕方は普通じゃなかった。小さな声で言ったけど、聞こえていたかもしれない。あの頃のわたしは今ほど慎重じゃなかった。表には出ていなかったかもしれないけど、もちろんものすごく動揺していた。その後、わたしは母の言葉を繰り返し、大声で叫んでいた。自分の声が自分の耳に、あんなに明瞭に、あんなに力強く聞こえたことはなかった。

「あたしの……子！　あたしの……子が！　あたしの……子！　あたしの……子が！　あたしの……子！」

きっとその時、わたしは母が発した音調を正確に再現しようと、人差し指も突き出し、振り上げていたと思う。

母は飛んできたかのように、ものすごい速さでわたしに向かってきた。父がわたしたちの間に入らざるを得なくなり、救急車が呼ばれるまで、父はわたしをわたしの部屋に閉じ込めた。数時間後、ドロレスの遺体が運び出される音を耳にして、わたしは部屋を飛び出し、後を追って家を出た。わたしはイタリアの葬儀に黒いベールをかぶって現れ、大きな声で泣いて悲しみを示した女性たち「泣き女《プレフィカ》」のひとりになったかのように感じたし、この女性たちがともに悲しんでわたしに並んで歩いてくれているように思えた。敬意を込めて、自分が知っている唯一のイタリアの歌をうたい、ドロレスの遺体が救急車に運び込まれるのを見送った。その歌はわたしの大事な本に載っていたもので、眠らない子どもたちを訪れる伝説の人物〝ボルダ〟に捧げられたものだった。母はリヴィングのソファに横たわり、ウォルトともうひとりの男の人がまるで指示を待っているかのように、戸口に心配そうに立っていた。わたしは父にドロレスを見送る列に加わってもらいたくて、一層大きな声でうたいだした。ドロレスは亡くなったけど、父には母にずっとついていてもらわないといけなかったからだ。わたしの歌が母を起こすことはなかった。あの人はコートも脱ぐことなく、ぐっすり眠っていた。まったく動かず、靴を履いたまま、コートのボタンを閉じ、お腹の上にハンドバッグを置いて両手を合わせていて、まるで自分が遺体として安置されて、ドロレスの元に行きたいと強く願っているようだった。後で知ったけど、あの人は強力な鎮静剤を投与されて、何週間も時間が停止した状態にあった。

葬儀の日、ドロレスの部屋にいる母を目にした。あの人はベッドに座り、ドロレスの服の一着に顔を埋めていた。ドアは開いていて、母はわたしの足音が聞こえたはずだから、わたしは部屋に入って、その肩にそっと手を置いた。ドロレスが亡くなってから、父と母はバトンを受け渡すように、そんなふうにおたがいの肩に手をあてていた。

「あなたはよい母だった」と父と母がおたがいに言葉を交わす時のやさしい口調をまねて言った。「本当にそうだった」

母の肩がわたしの手の下でこわばり、岩のように固くなった。あの人は深く息を吸い込んで、それを吐き出しながら言葉を発した。「出ていけ」

その声はものすごく小さくて、ほとんど聞きとれなかった。あの人のこの静けさは叫び声を上げられるよりも不気味だった。

何があったんだ。どうして言わなかった。どうしてあの子の様子を見に行かなかった。

父と母は亡くなるまで問い続けた。ふたりともわたしの答えによってドロレスは湖から蘇ると信じていたし、わたしも言葉にすることでドロレスを取り戻せるかもしれないと思うことがあった。でも、わたしはドロレスがふたたび水の中から現れるという恐怖に取り憑かれていた。今度は奇妙に体が乾いた不気味な姿で現れ、どうして助けなかったの、と責められるかもしれない。灰色の体で喘ぐ姉を期せずして呼び戻してしまうことがないように、わたしは二カ月のあいだ一切何も言わなかった。検死官はドロレスの死を残酷にも「乾性溺水《かんせいできすい》」と断定した。火から逃れた後に焼死するようなものだという。

父と母はドロレスが亡くなってから一年も経たずに死を迎えた。ふたりとも普通は亡くなることはない病気で亡くなった。最初に母が肺炎で亡くなり、そのあと父の心臓が次第に衰え、機能停止した。母がいなくなり、父の心臓は動く目的を失ったのだ。ふたりは死に抗うこともなければ、死と闘うこともなく、人生の旅立ちを受け入れた。

ドロレスが乾性溺水してから二十年経つけど、わたしは水の表面で生きようとしてきた。でも、わたしがほかの人たちとは違うという状態は、子どもの頃だけにとどまらなかった。この状態は湖畔の小さな家に封印されることもなければ、美しい小魚の骨と一緒に捨てられることもなかった。わたしは常にほかの人たちとは違っていて、周りから受け入れられず、浅瀬で居心地悪く存在している。しばらくはみんなの一員としてやっていけるけど、やがてふたたび水中に沈んでしまう。その状態にとらえられると、夏の暑さが冷たい水によって和らげられる安堵感を覚えることもあれば、逆流に飲み込まれ、水中深く引きずり込まれることもある。

所有欲に似た愛情

ヴィータとドリーと過ごすはずだったのに、ふたりと一緒にいられなかった長い週末が明けた月曜日は、仕事に集中するのがむずかしかった。前より注意していたのに、植物は急速に衰えてもろくなってしまったようだ。植物の細い茎はひどく弱々しくなっていて、不器用で大きすぎる道具のようなわたしの手には取り扱いがむずかしくなっていた。植物たちは幼い子どもたちがそうするように、世話をするわたしの苦痛に反応してますます自分たちの要求を強め、その端々にパニックの兆しをにじませた。普段わたしの指先は植物と対話しながら作業を進めるし、その会話ではわたしが理解できる言語が使われる。わたしは植物たちの欲求を感じて、水や光を与えたり、日陰を用意したり、土を入れ替えたりして、なだめすかそうとする。でも、その日はいつもの作業がまるで社会で人とやりとりするようで、ラジオの雑音みたいなものが時々入ってきて会話が途切れてしまい、解読されずにノイズの中にふたたび消えていくようだった。〝この土は乾きすぎている、いや、油っぽい……このひょろ長い植物は剪定《せんてい》が必要だけど、そんなに切っちゃだめ……〟

デイビッドがわたしの向かいで熱心に作業していた。背後には美しく手入れされた植物が並んでいて、見ていて気持ちよかった。その夏、デイビッドは髪を伸ばしていたけど、まだ長い髪の感触に慣れていないかのように、ほんとにこれって僕の髪なのかといった様子で時折その髪に片手を当てながら、もう片方の手で定期的にわたしに手話を送ってくれた。

午前中に何度か、デイビッドはカウンターを叩いてわたしの注意を引いて、手話で話しかけてくれた。〝大丈夫？〟

〝大丈夫よ。大丈夫。ありがとう〟わたしは手話で返した。デイビッドがその質問をするたびに、わたしの手話はますます正確になった。最後にデイビッドが明らかに心配していると思われることにも答えた。〝ドリーが週末ずっとここにいたの。あの子に会いたかったわ〟

〝ここにいたの？〟デイビッドは片手で労せず手話を返しながら、疑うように口角を下げた。

〝ほんとにここに《ヒア》？〟

デイビッドは植物を世話していたほうの手から土を払い落とし、両手をあわせて最後の〝ここに《ヒア》〟を形作り、人差し指を下に向けたそのポーズをいつもより長く保ちながら、ドリーがどうしてここにいたのか考え込んでいた。

〝そう、ここにいたよ。なんで？〟わたしは手話で返した。

〝今朝早くリチャードに会いに行った。ちょうど帰ってきたところだ。バニーと週末ずっと出かけていたんだ〟デイビッドが手話で伝えてくれた。あの子は微笑みながら続けた。〝大事な人の結婚式に出ていたってバニーが言ってた。すごく大事な人の結婚式だって！〟

デイビッドがバニーさんの言ったことを伝える時は、普段のゆったりとした手話とは違って、大きく目を見開き、指をせわしなく動かした。

デイビッドがリチャードさんのキッチンにイライラしながら立っている様子が思い浮かんだ。収穫や作物の輪作計画について指示してもらおうと待っているのに、バニーさんにあの人たちの交友関係の自慢話を聞かされてしまうのだ。リチャードさんは自分の唇の動きをデイビッドが読み取りやすいように、デイビッドにきちんと向き合って、言葉一つひとつをはっきり発音しようとした。それに対してバニーさんは、自分たちの交友関係がどれだけ広いかをちょっと自慢したいのか、まるでデイビッドが訓練されていないペットであるかのように腕を引っ張ったり、ぴしぴしと何度も叩いたりしているので、わたしはバニーさんがすごく嫌いになってしまった。バニーさんはデイビッドに話す時はもともと大きな声をさらに大きくした。わたしは一度デイビッドにバニーさんのこの特徴を伝えて、一緒に笑おうと思った。するとデイビッドは、もうわかっているよ、あの人の顔が赤くなるからね、と伝えてくれた。デイビッドはその人の唇の動きで、訛りや口調が理解できた。たとえばロイドさんの口調は魅力的だとわかっていたから、それが実際どんなふうに聞こえるのか、一度聞かれたことがある。わたしはいくつかのウェールズ訛りの表現の抑揚をデイビッドに腕を叩いて教えると、デイビッドはうなずいた。デイビッドがうなずくだけで、〝ああ、そういうふうに聞こえるんだ〟と伝えようとしていることが手話なしでもわかった。

温室で、デイビッドはふたたび真剣な表情にもどり、はっきりした手の動きでゆっくりとメッセージを伝えた。〝ドリーはふたりと一緒に結婚式に行ってないよ〟

〝そうなんだ〟とわたしは手話で返した。

デイビッドはわたしをじっと見つめた。

〝わたしは聞いてない！〟とわたしはデイビッドの質問に答えるかのように手話で返し、それから植物の世話に戻った。デイビッドもふたたび作業を始めたので、わたしは大げさに手を振って、デイビッドが顔を上げて、その眉を吊り上げたところでたずねた。

〝ほんとなの、デイビッド？〟あることが頭に浮かんだ。〝もしかしてドリーはリチャードさんの家には行かずに、レイクサイドを見ていたんじゃないかしら？〟

デイビッドはわたしをじっと見つめた。〝ケイティが泊まってた〟とあの子は手話で伝えた。

〝僕がここに来た時、ちょうど帰るところだった〟

〝誰それ？〟

〝獣医さんの娘だ。あの小犬のお産に備えて来てたんだ〟

バニーさんのダックスフントは、数カ月前に同じダックスフントの血統のよいオス犬のところに連れて行かれた。ショップのお客さんたちは、バニーさんの犬を見たことがない人も含めて、その後の妊娠経過について頼んでもいないのに定期的に報告を受けていた。

その朝の温室はまるで植物たちが貪欲に酸素を吸い上げているかのように、ずっと空気が重々しく、息苦しく感じられた。デイビッドがガラスの壁の一枚を叩き、わたしは作業台から顔を上げた。

〝**昼食だよ**〟デイビッドは手話でそう言うと、かすかに笑みを浮かべた。〝**まだお腹空いてない？**〟

髪が伸びたからか、デイビッドは少し大人びて見えたけど、相変わらず少年のようだった。デイビッドの後について、ふたりがよく一緒に食事をするテーブルに向かった。デイビッドはいつも片手で食事をして、もう片方の手で手話が使えるようにしておく。わたしは誰かの会話を聞くより、あの子の生き生きとした手話を見ているほうが楽しい。このやさしくて心の温かい少年を、わたしはずっと大切にしてきた。デイビッドは思春期を迎えてきれいになったドリーよりもずっと楽に世話できるし、ドリーよりも温かく、気持ちよく反応してくれる。デイビッドはほんとによい子だ。

デイビッドに初めて紹介する前に、ドリーには幼い頃に一緒に楽しんでいた簡単な手話のあいさつの仕方をもう一度教えた。でも、デイビッドが〝**こんにちは**〟と手話であいさつすると、あの子は手を脇に置いたまま、短く形式的に微笑んだだけで、すぐに眉をひそめてわたしを見つめた。

「もう家に帰りたい」とドリーはデイビッドの隣に立っているわたしに言った。「あたし、学校にずっといたんだから」

「もう少しいよう」とわたしは言って、そのあいだに無愛想な態度を改めさせようとした。「まずここでやらなくちゃいけないことがあるよね」

わたしはデイビッドが唇を読めることをドリーに思い出させるために、手話はせずに口で話した。

「あたしたち、話せないもん」とドリーは言ってわたしに近づき、着ていた学校のセーターを不機嫌そうに両手で引っ張った。「この人、あたしのことわかってない」とあの子は続けた。声はひそめていたけど、慎重さは感じられず、怒りの感じ取れる大きな声だった。

デイビッドはわたしを見て、いつもの穏やかな手話で話してくれた。〝僕が閉めておく。先に帰りなよ〟デイビッドは大きな微笑みを浮かべて、ドリーを指しながら手話を続けた。〝この子のことがわからないよ。すごく複雑な人だね〟

ドリーは自分が話に出てきたと気づくと、すぐに立ち去ろうとした。そしてガラスのドアを明らかに力を込めて閉めたけれど、蝶番《ちょうつがい》が古くなっていたのでドアはなかなか締まらず、完全に閉じられるまでデイビッドとわたしに見つめられ、あの子はその場からわたしたちふたりを見つめていた。それ以降、ドリーは温室に来てもデイビッドと話そうとせず、いつも外でわたしを待っていた。ドリーがデイビッドに初めて会ったあと、わたしはあの子に、デイビッドはあなたとすごく話したがっているし、手話ができない人との会話は少し手間がかかるけど、あの子、慣れてるから、と言って安心させようとした。ドリーはその時、小さなウサギの柄がプリントされたパジャマを着て、ソファで図書館で借りた『レディ・スーザン』を読んでいた。ドリーは当時、ジェーン・オースティンに夢中で、オースティンの小説を年代順にすべて読み直していた。

ドリーは肩をすくめたけど、本から目を離さずに答えた。「よかった。あの人はあたしと話したがってるんだ。でも、あたしはあの人と話したくない」あの子は激しく手を動かしてページをめくり、これ以上話すことはない、と暗に伝えた。

ドリーのまわりの友達がお母さんと一緒にいるところを見たことがあるから、みんなそんなふうにお母さんとの話を打ち切ったりはしないってわかっていた。それにほかのお母さんは、ドリーがわたしにするように、上から目線で子どもたちに話しかけていた。ドリーもそんな自信に満ちた態度をわたしにいつも示したけど、あの子のおだやかで少女らしい顔立ちには不釣り合いに思えた。それにデイビッドもドリーについて話そうとしなかった。わたしがあの子のことを話すと、デイビッドはいつもと違って無表情になった。

温室で一緒に昼食を取る時は、普通はわたしが日陰に座り、日に焼けたデイビッドが反対側の強烈な日差しが大きく正方形に差し込む場所に座る。その日は、ドリーがどこに行っていたのかデイビッドに話したくなかった。代わりに、デイビッドを笑わせようと、タルタルステーキの事件を持ち出して、タルタルステーキをわたしがどれだけ嫌っているか話した。

〝その顔！〟とデイビッドは手話で言いながらわたしを指さして、わたしがタルタルステーキをどれだけ嫌っているか話した時の表情をまねして面白く顔をしかめた。〝まあ、それはわかるよ〟とあの子は手話で続けた。〝僕もあんなクソは食べないから〟

デイビッドの汚い言葉遣いを指を振って注意したけど、あの子はすごくうれしそうに笑い返した。わたしがデイビッドの言葉遣いを本気で気にしてないことはふたりともわかっていたし、こんなふうにわたしがあの子を時々やさしく叱ると、あの子もわたしもなんだかうれしくなる。わたしはデイビッドを母親のように気遣いたいという母性本能が満たされるし、デイビッドも完璧すぎて近づきがたい自分の母親にはない母の愛情をわたしから得られるのかもしれない。ドリーは幼い頃から自分がすることにわたしがほんとにちょっとした不満を示すだけで、激しく怒りを爆発させた。だから、わたしはこうして温室でデイビッドと親子の関係を演じている。わたしはデイビッドを注意できるし、それが愛情によるものだとあの子はちゃんと理解してくれているのだ。

〝でもドリーはすごくおいしいって言ってる。あの子、あれが大好きなの〟とわたしは手話で返しながら、ドリーがヴィータと共有する確かに風変わりな味覚をかばいたい気持ちになった。デイビッドはうなずき、真剣な、厳格とも思える表情を浮かべた。〝そうだね。うん、あの子はきっと好きだと思う〟

仕事を終えてヴィータの家に行ってドアをノックしたけど、しばらく返事がなかった。でも、自分の家のほうに向き直ったところで、あの人が現れた。短い着物のような部屋着をまとったあの人は、顔がつやつやしてきれいだった。そうだ、ヴィータは午後遅くにお風呂に入るのだ。「ああ、あなたか」とヴィータは言った。これほど無表情なあの人の顔をわたしは見たことがあるか、思い出せなかった。ほとんど瞬きもせず、呼吸すらしていないかのように思えた。

わたしはあの人の言葉には答えず、用意しておいた誘いの言葉をそのまま口にした。「こんにちは、ヴィータ。しばらく会ってないけど、明日、うちに晩御飯を食べにこない？　チキンのクリームソースを作る予定なの」わたしはためらい、次第に広がる沈黙の中で言葉を続けた。「ドリーに今週はロロがいないと聞いたし、あなたがひとりで家にいるのは好きじゃないってわかってるから」

最後の一言は言おうと思っていなかったけど、あの人が何も言わないので口に出してしまった。わたしはあなたのことを少しだけど知っている、だからこうして目の前で話しかけている、と知ってほしかった。でも、口にした直後に、わたしたちの友情は急激に冷え込んでいたから、わたしはあの人の夫や家庭の事情に少し大胆に踏み込んでしまったかもしれない、と心配した。わたしは無理やり踏み込んでしまっているような気がした。誰かのプライベートな瞬間を偶然目撃して、望まれてもいないのに親密さをぎこちなく装っているように思えた。

でも、ヴィータは人が誰かと抱擁していたり、子どもを叱っている場面を見られたりした時に見せるような気まずそうな言い訳で、わたしを安心させることはなかった。代わりに近くのコンソールテーブルの上にあったライターとたばこのパッケージをゆっくりと手に取り、たばこに火をつけた。わたしが予測不能な見知らぬ人物で、目を離してはいけないと思っているかのように、その目はわたしから一瞬も逸れることがなかった。

「ドリーが言ってたけど」ヴィータはそこで言葉を止めて深く息を吸い込み、それから煙混じりのため息を大きく吐き出した。「あの子、今はレイクサイドに行く許可が出たって。そうなの、サンデー?」あの人にもう「奥さま」とは呼ばれなかった。

「ええ、そうよ」とわたしは答えた。

「じゃあ、あの子をロンドンに連れていっていいのね? そうなの?」

「ええ、いいわ」とわたしは答えた。ヴィータとロロがすでにドリーをロンドンに連れていき、先週末はみんなでそこにいたのか、聞かなかった。そこで知ってもどうにもならなかった。

「ドリーのおじいさんもおばあさんも、あの子がわたしたちとロンドンに行くのをすごく喜んでくださるの。ドリーにとってどれだけいい機会になるか、おわかりなのね」とヴィータはわたしをじっと見つめて話した。

「あなたがドリーのおじいさんとおばあさんと話をしていたなんて、知らなかった……」とわたしは言った。「いつ会ったの？」

「何度か農場のおうちでお酒をご馳走になった」とヴィータは言った。ふたたびゆっくりと息を吸い込み、煙を吐き出すと、小さな煙の雲の向こうで顔が少し和らいで見えた。でも、ほんとはそうじゃないよ、とばかりに、眉を片方吊り上げて、軽く首を振った。「ドリーを農場に迎えに行くたびに、あの人たちは飲んでいきなさいと言ってくれるの。断ってばかりだと気を悪くされるから、時々ごちそうになるの、それだけ」とヴィータは続けた。「明日の夕食はごちそうになるわ。そして金曜日もここで一緒に夕食を食べて過ごすわよね」

それは質問ではなく、事実を告げる断定的な言い方だった。わたしはうれしくて頬が赤くなるのが自分でもわかり、笑顔を浮かべた。「ええ、それはすてきね。ありがとう、ヴィータ」

ヴィータはわたしの腕を軽く叩いて、ふたりのあいだのドアを閉めようとした。自分の家に着く頃に、あの人のドアがふたたび開く音が聞こえた。

「また明日ね、奥さま」とあの人は明るく大きな声で言ってくれた。

奥さま。

これで安堵感に浸れるはずだった。あの人の好意を取り戻したことで、勝利の気持ちを味わえるはずだった。でも、勝利したとは思えなかった。それどころか、自分がかつて大切なものを手にしていたことに気づかず、それを手放してしまっていただけだった。

その翌日の晩、ヴィータとドリーが一緒に夕食にやってきた。ドリーは鍵を使わずにドアベルを鳴らし、わたしはふたりを迎え入れた。まるで若いカップルをもてなしているようだった。ヴィータはドリーと一緒にくすくす笑いながら会話に夢中で、いつものように温かく抱きしめてあいさつしてくれなかった。

代わりにヴィータはぼんやりした様子で軽くわたしを叩き、釈明するようにドリーを指さした。「この子、すごく面白いの！」

でも、笑いを止めてキッチンに向かいながら、まるで自分が夕食会のホストであるかのようにわたしたちを先導した。「すぐに食べよう！　お腹ペコペコよ！」と食べ物が待ちきれないとばかりに声を上げて、キッチンテーブルに着いた。

ヴィータが着ていた赤いコットンのサンドレスは、ドリーが着ていた太ももの中くらいまである大きめのTシャツ（ドリーはこれをベルトでぎゅっと締めていた）と色合いが似ていた。ヴィータもドリーも鮮やかな赤いつや消しの口紅をつけていたけど、あまりにも上手に塗られていたから、ふたりの服装と釣り合いが取れていなかったし、特にヴィータの服装は夕食会というよりも日光浴に着ていくもののように思えた。わたしは丸い襟と小さな真珠のボタンがついたお気に入りのブラウスを着ていたけど、なんだか場違いというか、あかぬけないおばさんみたいに見えたかもしれない。

「チキンはまだできてない」とわたしは言った。「ちょっと待ってくれる、ヴィータ。ドリー、テーブルにパンを置いてくれない？」わたしはチキンを焼くのにオーブンの温度を上げてから、冷凍野菜をソースパンに入れた。

テーブルに戻ると、驚いたことに、ふたりが涙目で声を出さずに必死に笑いをこらえていた。ドリーはどうやら顔を拭いたようで、口紅が頰や指にべったりついていた。ヴィータは紙ナプキンをドリーに渡して、自分の顔を指さしながら、笑いをこらえるのが精いっぱいで話すことができないようだった。

「どうしたの？　何がそんなにおかしいの？」とわたしはたずねた。

ドリーの手からナプキンを取ろうとすると、あの子は笑いが止まらず、ほとんどそれを持っていなかったように抵抗なく離した。身を乗り出してドリーの顔から口紅を拭き取ろうとすると、ヴィータがそのナプキンをさっと奪いとった。あの人は数分前まで笑い転げていたのがまるで噓みたいに、ひどく真剣な表情を浮かべた。

「あたしがやるから」とヴィータは愛想なく言った。「ありがとう」

それから立ち上がり、ドリーの顔の前に屈み込んで、あの子の顔についた口紅をナプキンでやさしく拭きとった。それは昔、あの子が小さかった頃に、わたしが何度もしてあげたことだけど、その時のヴィータの目には、それまでわたしが見たことがないほど、この子はあたしのものよ、というドリーに対する強い所有欲が溢れていた。

　ようやくチキンのキャセロールをテーブルに置くと、ふたりとも真剣な表情をしていた。ドリーの顔から口紅が完全に拭き取られていたし、ふたりの口元もすっかりきれいになっていた。ヴィータはついさっきまで「お腹ペコペコよ」と言っていたのに、ふたりともまるで関心がないようにチキンを見おろした。

「7・5点ね」とドリーが言った。

「いいえ、9点よ」とヴィータは明るく言ったけど、嫌なものでも見るかのように、中指と薬指と小指を折り曲げて、親指と人差し指だけでフォークをつまんでチキンに突き刺した。

「あなたたち、食べ物を評価しているの？」とわたしは笑顔を作りながらたずねた。「まだ食べてないのに」

「色に点数をつけているのよ、ママ。ゼロは鮮やかな色で、10に完全に真っ白ってこと」とドリーは言うと、自分のお皿からひと口食べて、わたしに明るく笑いかけた。「おいしい」

　ヴィータはテーブルの大皿からスイートコーンを取って、自分の皿に盛りつけた。「見た目はいいわね、サンデー」とあの人は銀のように透き通ったかろやかな声で言った。「ただ、ロンドンじゃこういう食べ方はしないわよね、ドールズ」

「何を笑ってたの？」とわたしはたずねた。「さっき」

　するとふたりはまたすぐに笑い出し、わたしはどういうことか問うのを直ちにやめた。

わたしたちはあまり長く一緒に過ごさなかった。ふたりは午後九時からテレビで放映される映画を観る予定だった。わたしは、ここで一緒に観ましょう、と誘わなかった。それはヴィータとドリーにいてほしくなかったからなのか、ふたりから断られる言い訳を聞きたくなかったからだけなのか、今もわからない。ヴィータがドリーに時間がないからねと念を押してから、先に出ていった。ドリーは必要なものをまとめるのにほんの少しだけ残った。別れのキスをした時、さっきふたりはどうして笑っていたのか、わたしはたずねた。

ドリーはヴィータが笑っていたことを思い出して、少しくすくす笑った。

「マーガリンよ」とドリーは言った。「パンに塗るのにテーブルに置いておいたの。それがいつもあの人を笑わせるのよ。まあ、〝マーグ〟って言ってね」ドリーは「マーグ」という言葉をゆっくりと、わざと北部訛りの母音を強調して発音した。きっと食事の席でも同じようにからかうようにしてヴィータに言っただろう。ヴィータはバターのことしか話に出さないけど、あの人の母音は短すぎるから、「バター」という語に母音が含まれているのかもどうかもわからないほどだった。ドリーはそんなことを話してくれたけど、わたしは目を逸らしてしまった。ヴィータとドリーの秘密のようなものをうっかりのぞき見してしまったように思えたからだ。それがふたりの親密さを表すのか、意地の悪さを示すのかわからなかったけど、わたしはそれを見たくなかったし、ふたりもわたしをその中に誘い込もうとは思わなかったろう。

金曜日、ロロは早く家に帰ってきていて、わたしたちが訪ねた頃には玄関で迎えてくれて、いつもより少し長くわたしを抱きしめてくれた。しばらく会えなかったね、とあの人なりの紳士的な作法で何も言わずに伝えてくれているようだった。わたしを離した時、丸い眼鏡が少し歪んでいて、あの人はそんなことは経験したことがないかのようにぎこちなく両手を動かして歪みを直した。席に着く前に、ロロはわたしに乾杯を捧げてくれたけど、何か不快なことを避けようとするかのような、はっきりとしない、どこかまとまりを欠いた話し方だった。まるでわたしが許可なく旅行に出かけたせいでわたしたちの日々の習慣が乱されたのに、その旅行については誰も触れられないような雰囲気だった。ヴィータはドリーに、キッチンから夕食を運んでよ、と伝え、ロロとわたしは少しのあいだ何も言わず、隣のキッチンでヴィータとドリーが楽しげにおしゃべりしながらお皿をカチャカチャ鳴らす音を聞いていた。

「ロロ」とわたしはあの人が巧みに話題をそらす前に口を開いた。「レイクビニーの計画はうまくいってる？　子どもたちを移すことはできた？」

「ああ、もう建物は空いているから、少し楽になったよ。でも、このあたりであれくらい大きな一戸建ての改築をすることに、やや躊躇しているんだ。ここの不動産の上限価格が違っていて、それを計画に入れていなかったんだ」とロロは言うと、閉じられたキッチンのドアに一瞬目を向けて、軽いため息をついた。あの人が赤ワインを一口長くゆっくりと飲んでふたたび口を開けると、歯がピンク色に染まっていた。ロロが小さな歯を見せて笑うと子どもみたいといいうか、大人のまねをした学童のように見えた。大きな眼鏡は成熟した大人を演じる小道具のように思えた。わたしはあの人の顔と洗練されたスーツのアンバランスが好きだった。小さな歯と大きすぎる眼鏡があの人の魅力をさらに引き立てた。

「でも、きみを仕事の話で退屈させちゃいけないね。シャンパン、もう少しどう?」ボトルに手を伸ばすあの人の動作と控えめな態度は、プライベートなホストというより、一流のソムリエを思わせた。

「いいえ、もう結構。でも、わたし、そのレイクビューの計画について知りたい。今はそれがドリーの仕事になっているのに、あの子はそのことを何も教えてくれない」

ロロは整えた髪に軽く触れてから、髭が伸びていないか確認するかのように、顎のすべすべした線をなぞった。「ええっと……」とロロは母音を引き延ばして言葉を出した。**えーーーーと**。「そ、その、それが複雑なんだよ、ダーリン」

ロロは「ダーリン」という言い方をわたしに使うことはあまりなかった。ヴィータは何度も、人を叱りつける時も使ったけど、ロロはそうじゃなかった。

ヴィータが大きなアンティパストの皿を両手で持ってドアに現れた。「見て、あたしが作ったのよ!」とあの人は明るく言った。

続いてドリーが色鮮やかなサラダを入れたガラスのボウルを手にして出てきた。

「ほんとにきみが作ったのかな」とロロはからかうように言った。「変だな、今朝ハロッズのデリで僕はそれを買ったような気がするんだけど」

ヴィータは大皿をテーブルに置いて、ドリーが持ってきたサラダボウルもその隣に置いた。

「何言ってんの、ダーリン」とあの人は少しも冗談めかすことなく言った。「ねえ、サラダドレッシングを取ってきてちょうだい。それをかければ食べられるわ」

ロロはキッチンに向かったが、そのお尻をヴィータがぽんと叩いた。ロロは驚いて大げさに跳び上がったけど、そのあとすっと後ろに下がり、ヴィータのまだ上がったままの手に受け止められて、ふたりで大笑いした。ロロがガラス瓶のドレッシングを数本手にして戻ってくると、ロロとヴィータはただふたり、満面の笑顔で見つめあった。

ドリーはそんなふたりをじっと見つめながら、わたしとあの子の父親が夫婦として暮らした短い時間はどんなものだったか、思い出してるんじゃないかと思った。あの子の父親とわたしはロロとヴィータのように仲良く触れ合うことなんてなかったし、ふたりだけで練習したような小さなやり取りや反応を共有することもなかった。ヴィータとロロの楽しそうなやりとりは、ふたりが一緒に過ごす時間はどれだけあっても足りないし、ふたりの愛情はプライベートに収まりきらないほど大きく、公の場に自然と出てきてしまうんだと思わせた。ドリーが小さかった頃、あの子がジェレさんのカフェで小さなスプーンを使ってアイスクリームを食べながら、キングが新しい奥さんをどれほど愛しているか、わたしに真剣に教え諭そうとしたことを思い出した。

「だって、ふたりはすごく愛しあってるよ。ずっといつも。ママはあたしが見ているものが見えてない。ママには見えないよ」

この記憶の中ではドリーの脇にわたしの母がいて、苦々しい笑みを浮かべる。あんたはどこかおかしいよ。

今度は姉のドロレスが水滴をぼたぼたたらしながら、淡い色の髪をかき上げて笑いながら、意地悪そうじゃない感じで言う。あんたが何なのか、あたしはよくわからないよ、サンデー。

「サンデー」とロロが言った。「このアンティパストはね、前に食べたのとはちょっと違うんだ。これはね……」

ヴィータとドリーとわたしがすでに大皿から何を食べようか選んでいると、ロロは話を続けながら、三人の乳児に慎重に離乳食を与えるようにわたしたちのお皿に目を配りつつ、少しずつ料理を取り分けてくれた。ロロはすごく楽しそうにわたしたちの注意を引きながら三人のお皿に料理を取ってくれたり、かと思えばある品は口にあわないかもと言って、わたしたちのお皿から自分の皿に移してくれたりした。わたしは自分のサイドプレートに取った白い柔らかいパンしか食べないと自分でもわかっていたし、お皿を片付ける時に前菜が手つかずのまま残っていても三人は何も言わないとわかっていた。それは違うよとロロに言いながら楽しそうに笑い転げるヴィータとドリーを見て、わたしは何もたずねなかった。

夕食後、ドリーはキッチンからコーヒーのトレイを運んできて、ロロの脇にそっと置いた。ドリーはテラスのほうを見た。

「まだ暖かいよね？　外で飲みましょうよ」とあの子は言うと、トレイを動かす前に一瞬ためらってわたしを見つめた。「それでいい？」

ヴィータとロロと付き合うようになって、あの子にこれまで見たことのないやさしさが芽生えているように思えた。わたしはうれしかったし、ええ、そうしましょうとうなずいて、あの子に続いて外に出た。ドリーは真剣な表情で小さなカップを三つのほか、クリームの入ったピッチャーとコーヒーポットを庭の狭いテーブルに並べた。まるでここはわたしたちの家で、ロロとヴィータがお客さんであるかのように、ふたりはわたしたちにつづいてかしこまって外に出てきた。ロロは会釈してドリーにコーヒーを注いでもらうようにお願いし、そのあとロロが最近ドーヴィルのカジノ旅行から持ち帰ったという、コーヒーの出しがらを底に押し込むタイプのコーヒーポットについて熱心に話し合った。ドリーは家でコーヒーを飲む時はわたしの父が使っていたコーヒー用の鍋で淹れていた。キングの両親はティーを飲む人たちだったから、ロロのそのコーヒーポットがドリーには洗練さの象徴に思えたようだ。そして、鍋でコーヒーを淹れるなんて、ほんとに時代遅れだよ、とあの子はいつしか口にするようになった。

「今度街に行ったらジョン・ルイス（一八六四年創業のイギリスの大手百貨店）で買ってあげるわよ、ドールズ。好きなのを選んでちょうだい」とヴィータは軽やかに言った。

「いや、それはだめだ、ヴィー」とロロが言った。「僕が次にフランスに行った時に、ちゃんとしたものを買ってくる。これと同じようなものをね」

ヴィータはロロの命令するような言い方に怒ると思ったけど、そんなことはなく、無理なお願いを予想もせずに受け入れてもらったことを喜ぶように、ロロに笑顔を向けた。ドリーも微笑むと、いつになく感情を表に出しコーヒープレスを置いてロロに一瞬抱きついた。

「ありがとう、ロールズ！　毎日淹れる！」

ロロは椅子にもたれかかり、深く息を吸い込んで胸を大きく膨らませた。庭のライトがあの人のハンサムな顔を暗闇に浮かび上がらせた。コーヒーのトレイにはロロが買ってきたひどく派手な色のプチフールと、重厚なクリスタルグラスに注がれたソーダ水がわたしのために置かれていた。この家のクリスタルグラスを手にした時の重さが心地よく、強く惹かれた。クリスタルグラスはどれも小さいけれどびっくりするほど重く、手にすると生きていると思えるし、自分が信頼されている感じがする。眠っている子どもを抱いている時のように、重さが倍増するのだ。

〝ここにいるよ。あなたを信頼してるから、あたしは二倍重くなったよ〟とそっとささやいてくれるのだ。

ロロとヴィータはわたしにいつもソーダ水を用意してくれた。ふたりがわたしの好きなものを気にかけてくれることに、心を動かされた。こんなふうに人に認められて、受け入れられたことなんて一度もなかった。あの家でわたしは目に留められ、認められ、ほしいものも与えられたのだ。

ロロとヴィータもわたしのおかしなところを話すように、どの家族もおたがいのおかしなところを話した。そのうちに気づいたけど、このわたしの新しい友達と同じように、ほかの人たちも自分たちの愛する人のおかしなところを所有欲に似た愛情を込めて笑いながら話していたのだ。〝うちの娘は夏でもコートを着てる〟とか、〝うちの男の子は朝食前に誰とも話さない〟というように。

今になって思うと、母もこんな変わったわたしを愛そうと思えば、愛することができたかもしれない。誰かに変なところがあるとわかっても、その人を愛することはできる。それを慰めにしたいけど、もはや慰めにならない。わたしはずっと自分におかしなところがあるから母に愛されなかったと思い込んできたからだ。ヴィータとロロがわたしのおかしなところを楽しそうに受け入れてくれて、わたしは思った。母はわたしが単にほかの人とは違うということだけじゃなくて、嫌悪感を抱かせる何かをわたしに見て取っていたんじゃないだろうか。

あのテラスで、ヴィータとロロが結婚披露宴のために習った複雑なファーストダンスを披露してくれることになった（ファーストダンスは、結婚式をすませた新郎新婦が披露宴でお披露目するダンスだ）。このダンスを踊ったのは二十年以上前のことだよ、とロロは言って、少し不安そうな表情を浮かべた。ヴィータは袖なしの黄色いドレスを着ていて、何もアクセサリーはつけていないけど、肌は初めて会った時よりさらに黒く日焼けしていた。黒いスーツを着た細身でハンサムなロロはダンスもうまくて、真剣に踊り出したけど、ヴィータが次にどんなステップを踏めばいいかすぐに忘れてしまったから、ふたりはファーストダンスを再現するのをあきらめて、ロロが大きなピカピカの靴の上に裸足のヴィータをのせて、テラスを踊って回ることになった。むきだしの腕と生足を人形のように固めて、コミカルな苦悶の表情をずっと浮かべながら踊るヴィータに、わたしたちは涙が出てしまうほど笑い転げた。でも、そんなヴィータにすごくやさしく、すごく辛抱強く接するロロを見て、笑いながらも涙を見せずにすんだ。わたしはそれまで、そして今も、誰かにそんなふうに見つめられたり、抱きしめられたりしたことなんてない。ヴィータには自分がそんな思いがいつでもできる幸運な人だと知ってほしかったし、それがいつでも味わえるわけじゃないとわかってほしかった。でも、ヴィータも、そしてドリーやロロも、人に愛されるためにすごく我慢したり自制したりする必要なんてなかったから、ほかの人からすれば甘やかされているように思えたのかもしれない。大いなる愛は努力なしに得られるだろうか。ひどく簡単に手に入るものが、本当に価値があるとわたしは思わない。

テラスが寒く感じられると、わたしたちは室内のリヴィングに移動し、そこでドリーがトムの膨大なレコードコレクションを慣れた手つきでパラパラとめくり出した。

時折あの子がレコードの一枚を持ち上げると、ロロは「だめだ！」と言った。しまいには

「だめだ！　あいつはいったい何考えてやがる！」と声を荒らげた。「ったく、くだらんものばかり聴いてやがる！　クソが！」

ヴィータとは違って、ロロは滅多に汚い言葉を使わないけど、それを口にした時は誰かがテーブルを離れたり戻ったりするとロロがすぐに反応するのと同じように、ヴィータに強い反応を引き起こすことになった。ヴィータは自分の名前を呼びつけられたかのように、ぱっと飛び上がったのだ。

その晩もロロが汚い言葉を口にすると、ヴィータは即座にソファから立ち上がり、無言でドリーにレコードから離れるように合図して、自分がしゃがんでレコードを探した。ヴィータが手際よくレコードをめくっているあいだ、ドリーは何も言わずに座り込んで、ヴィータのやり方をじっくりと観察するかのように、その姿に視線を固定した。

ヴィータがすぐに目当てのレコードを見つけて、それをかけると、ロロは椅子にもたれかかり、目を閉じた。

「うちの人、疲れてるのよ」とヴィータはわたしに言った。「あれだけの距離を運転してきたから……。そんな頻繁に街に戻る必要はないのに、本当に真面目なの。バカがつくくらい」ヴィータとドリーは目を合わせたけど、ヴィータが少し顔を赤らめて逸らした。一方、ドリーはヴィータから目を逸らさず、感情を示さずにじっと考え込んでいる様子だった。

「ロロが言ってた、レイクビューの案件がどんどん複雑になってるって」とわたしはヴィータに言ったけど、ヴィータはソファのドリーの隣に腰を下ろし、普段とは違って髪をいじったり、ドレスを整えたりしていた。

「ええ、そうなのよ」ヴィータは服をいじるのをやめて、クッションにもたれかかった。「うちの人、あの地所を分けなきゃならないって言ってたでしょう?」

「ええ、言ってた」わたしは必要以上の自信を持って答えた。

「だから土地を分けることにしたの。許可が取れ次第、敷地を区画に分けて売り出す予定。それにレイクビューの建物もいくつかのユニットに分けるの。そう、アパートにするのよ。とてもきれいなものになると思うわ。もしかしたら、リタイヤした人たちの建物になるかもしれない。ロールズが数字を確認してから、ドリーとわたしでデザインするの」

「ええ、ロールズが先に計画を見せてくれた」とドリーが言った。「最初のアイデアのいくつかはレイアウトを少し縮小するだけでうまくいくと思うんだけど、ヴィー」

ロロが小さないびきをかく中、ふたりはアパートの話を続けた。バスルームの設備やキッチンの設計、全体の配色について話していた。ふたりの理想の家がどんなものになるかについても話していたし、それは見た目もかなり似ていて、どうやらロンドンに建てられるようだった。ふたりの会話はまるでヴィータとロロの夫婦の会話を聞くようで、どちらかが口を挟んでもおたがいに謝る必要もなく、自然でスムーズに進んだ。音楽が流れる中、ふたりの女性の会話が続いた。

翌週、仕事に行くと、デイビッドが、元気になったようだね、と言ってくれた。前夜のことを話すと、あの子はそれはよかったねとうなずいてくれた。

〝やった。あの謎の隣人たちだよね〟とデイビッドは手話で話した。そしてもっと聞かせてよと声を張り上げるように大きく手を動かした。〝それから？ 続けて〟

わたしはシャンパンやプチフールのほか、あの場に出てきた様々な話や愉快なことを伝えた。ヴィータがロロの足に乗って踊ったことを話しながら、ヴィータが足を硬直させて混乱した表情を浮かべている様子をまねて見せると、デイビッドは首を横に振った。

〝デイビッドもあそこにいたら笑ったでしょうね。面白かったのよ〟とわたしは手話で伝えた。〝それに、ドリーはあの人たちから夏の仕事をもらったの。将来、あの子はあの人たちと建築関係の仕事がしたいみたい〟

〝なんで？〟とデイビッドが手話でたずねた。

〝あの人たちがやさしいからよ。いい友達なの〟とわたしは答えた。あの人たちがどうしてドリーをレイクサイドやロンドンに連れて行こうとしているのか、そしてドリーもどうして行きたいのか、説明できなかったから、最後の言葉を無理やり付け足したのだ。一緒に働き出したら、ドリーはきっと無数の雑用や電話対応や注文処理などを頼まれるだろう。そして実際にレイクサイドで少し働いてみれば、ドリーもそうした場所の魅力はごく薄っぺらいものだとわかって、興味を失うだろう、とわたしは考えていた。

〝その人たち、何歳くらい？〟とデイビッドが手話でたずねた。

〝わたしと同じくらいね。でも、ちょっと年上かも〟とわたしは答えた。〝男性はたぶん四十五歳くらいね〟

ヴィータの年齢について考えたところ、ふたりが大学で出会った時の話を思い出した。〝そう、女性は五十を超えてる〟

デイビッドはうなずいて、剪定作業に戻った。あの子の大きな手の中で小さな剪定ばさみが鉛筆のように見えた。数秒して、デイビッドがテーブルを叩いてわたしの注意を引いた。

〝男の人はハンサム？〟あの子の手話が急に速くなり、わたしは必死でついていった。もしあの子にそんな早口でしゃべられたら、混乱してしまったかもしれない。〝男の人はハンサム？女の人はきれい？　ふたりはお金持ち？〟

〝ええ、ハンサム、ええ、きれい〟とわたしはわざと簡潔に、手話で繰り返して返した。最後の質問には少し考えて、〝いいものを持ってる、ええ、お金持ち〟と伝えた。

〝子どもは？〟

わたしは手話ではなく、首を振って答えた。〝いない〟

〝ドリーはどうなの？〟デイビッドはふたたび子どもの人形を抱えるような手話を見せてそうたずねたけど、わたしは答えなかった。あの子はその手話を繰り返した。〝ドリーはその人たちを好きなの？〟

わたしははっきりとうなずいた。デイビッドは何か考えるように自分にうなずいて見せたけど、そのまま作業を続けた。そんなデイビッドから目を逸らさずにいると、あの子は剪定ばさみを置いて、前の植物を見つめたまま、手話で話しかけた。

〝サンデーはいいお母さんだよ。本当にそう〟と両手の親指を立てて力強い手話で返してくれて、バラの手入れに戻った。

ふたたびデイビッドに話しかけようとしたけど、返答はどれも短くそっけなかった。まるで休んでいるように表情が閉ざされていて、きっと疲れているんだと思った。もしかしたら、初めてご両親と離れてひとり暮らしを始めたばかりで、うまく対応できていなかったのかもしれない。午後にデイビッドが暑い畑で作業をするとわかっていたから、お昼休みに農場の店でレモネード一本とビスケットをひと袋買って、あの子のリュックに入れてファスナーを閉めておいた。

際立って違うもの

次の金曜日にドリーに、同じような黒いドレスと、おそろいのベルベットのカチューシャを頭に着けてディナーに行こうよ、と言われた。ドリーとおそろいのものを身に着けるなんてドリーが幼かった頃にしただけだったからうれしかったけど、あの子が選んでくれたドレスの生地やフィット感があまり好きじゃなかった。到着すると、玄関先で鮮やかな模様のカフタン調ドレスを着たヴィータが迎えてくれた。あの人がわたしとドリーが着ていた服と明らかに違うものを着ていてくれたからほっとした。

ヴィータはわたしたちふたりにあいさつをしてキスをすると、まるでわたしたちの服装を初めて見たかのように一歩引いて両手を叩いて小さな悲鳴を上げた。「わあ！　ふたりともすごくかわいい！　このあいだドリーとあたしも同じことをしたね、そうだったね、ドールズ。買い物に行くからそうしたんだよね。ほんとに楽しかった」

　ヴィータはわたしに近づいてきて、ドリーには聞こえないように声を落とした。あの人の香水に包み込まれた。アーモンドとマジパン（アーモンドの粉、卵、砂糖を混ぜた練り粉）の香りで、祝宴のご馳走を思わせる甘く人工的な香りだった。

「レジ係の人がね、あたしたちが母娘だってすぐにわかったって言ってくれたの……想像できる？」あの人はさりげなく視線を外し、わたしとドリーの脇を通り過ぎて玄関のドアを閉めると、キッチンに向かって手を大きく広げた。

　わたしたちが前に進むと、ヴィータは後ろからついてきてずっと話し続けた。あの人は声を大きくして、今はドリーとわたしの両方に話しかけていた。ロロも家のどこかにいれば、たぶんロロにも聞こえるように話しただろう。「でも、あれはただおそろいの服を着ていたからよ。そう思っちゃうわよね。たとえ全然似てなくても、似ているように見えちゃう。ほんとに全然似てなくてもそうよね」

　キッチンに入ると、ドリーが振り返ってわたしに微笑んだ。そこであの子のカチューシャが少し後ろにずれていて髪が何本か飛び出しているのに気づいたので、わたしも同じようにカチューシャに触れて同じように少し緩めた。

　夕食会でロロはまるでテレビのマジシャンのように大きなジェスチャーを交えながら、レイクビューに関する計画について話してくれた。その手が空中で動くのを見つめながら、あの人が実際に何を話しているのか聞き逃さないようにしなければならない、とわたしは自分に言い聞かせた。

「改装は順調に進んでいるよ。役所も非常に……」デリケートな問題をどう言ったらいいか考えているように一瞬間を置いて、あの人は言葉を続けた。「協力的だ。ほんとにいい人たちだよ。親切だ。地域に新たな活気や発想が必要だってわかってる。レイクサイドはすばらしいアパートになるよ」とまるで新しいワインを試飲して気に入った時のように、満足そうに大きく息を吐き出した。

「建設作業の人たちはもう現場に入っている?」とわたしはロロに尋ねた。

「入っているよ、うん。少なくとも今のところはね」ロロはヴィータを見つめ、ヴィータもロロを見つめ返したけど、ヴィータの顔はいつになく無表情だった。その時、あの人の顔が普通に見えて、なんだか心配になった。あの人がその表情の裏側に隠れてしまったかのように思えたからだ。わたしがヴィータの顔が好きだった理由のひとつに、表情にとても動きがあって表現豊かで、一緒にいると、わたしもあの人と心が通じ合うように感じられたことがある。ヴィータはまるで人の心が読めるようだ。ロロが続けた。「でも、とてもいい申し出があったんだ。ランカスターの会社が、計画が認可されたら土地を購入したいって言うんだ。そのうえレイクビューの中心にある建物の改装も僕らから引き継ぎたいって言ってくれている」

「えっ、そうなの！」とわたしは言った。「それ受けるの？　ドリーががっかりしちゃうよ」

ドリーが聞こえているかどうか知りたくて、振り返ってあの子の顔を見た。ドリーもヴィータもいつもとは違う穏やかな表情でロロを見つめていた。

「それでも」とロロは言った。「ありがたい申し出だよ」あの人はワイングラスを手に取ってワインを一口ゆっくりと口に入れた。飲み込むと、グラスを置いて、両手の指を広げた手のひらを上に向けた。そのしぐさは福音派の講演者のもののようにも思えたし、上から降ってくる何かを受け取ろうとしているようにも見えた。ロロはもう一口飲んで続けた。

「売れれば僕らは自由になれる。建物が完成するまでここにいなくてもいつでも街に戻れるんだ。ヴィータは僕より田舎暮らしになじんだみたいだけどね」ロロは眼鏡を鼻の上に押し上げて位置を直した。あの人のその動作をわたしはいつも愛らしいと思っていた。ロロはその手でそのまま髪をかき上げて話を続けた。あの人はわたしをまっすぐ見つめた。その時はいつもの穏やかな笑顔はまるで見られなかった。

「もうがまんできないんだ、サンデー。早く街に戻りたいよ」一瞬その言葉で、この人はひとりで街に戻るつもりで、ヴィータはここにわたしと残るのだと思った。でも、ロロはヴィータを見た。「僕たちふたりとも。そうだろう、女王様《クイーニー》?」

わたしは頭の中で、限られたスペースに人間の行動に関する情報が記されたカードファイルをめくった。この会話を何かの終わりを告げる発表のように感じつつあった。キングが「前向きな変化」や「会社の拡大」や「個人的成長」について語っていたのを思い出したけど、どれも結局あの男がドリーとわたしを捨てていくというキーワードだった。ドロレスが亡くなる間際に決して何も言わなかったことも思い浮かんだ。父と母が最後に交わした言葉も思い出した。あのふたりはいつも庭のことや、牛乳配達の支払いや、隣人に借りた家財道具を返す必要があるかどうかといった実務的なことしか話さなかった。誰もロロのように、わたしをじっと見つめて、僕らはもうここを離れるんだ、と言ってくれなかった。もしかすると、こんなふうに率直に淡々と終わりを告げるのは、実際に物事を終える方法として適切ではなかったのかもしれない。実際に出ていく前に、その計画を明確にしてしまうのは、あまりに単純で、あまりに抽象的であるように思えた。

「でも、あなたたちはここに一年はいるって言ってたよね？　ヴィータが言ったのか……それともあなたが言ったのか……」ロロがここを離れると明かしたことについていろいろな可能性をまだ思いめぐらしていて、どちらがそう言ったのか、あるいはいつ言ったのか、思い出せなかったけど、少なくともそんなことを確かに言われたと思った。「あなたたちのどちらかが、ここに家を買うかもしれないって言ったよね。街には戻らないって。永遠に」

ヴィータはわたしの手を軽く叩いて、ようやく口を開いた。「まだその申し出を受け入れたわけじゃないのよ、ダーリン。それを受けるかどうかも決めてない。まだサインしてない」ヴィータはロロを見つめて、額を人差し指で横にゆっくりと繰り返しなぞった。それはわたしにはデイビッドが話す時に見せるどんな手話に劣らず、よく考えて正確に意味が込められているように思えた。「それにね、どうなるにしろ、まだこの家にはあと数カ月いるのよ、サンデー。まったく何も変わってない」

「よかった!」とわたしは言った。「あなたとドリーがレイクサイドの施設で何をするのか、すごく楽しみにしているの」

「それはどっちでもいい」とヴィータはまるで遠くから話しているかのように、いつもと違って小さな声で言った。「ほかにもドリーに手伝ってもらえそうなプロジェクトがある」

「ここにほかに家を買うの?」ヴィータとロロがこの地域にさらに深く関わろうとしているのだろうかと思いながら、興奮してたずねた。「どこを買うの?」

みんなすでにナイフとフォークを置いていた。その夜はチキンとねっとりとしたなつめやしの実の煮物、レーズン入りのイエローライスで、甘さと塩味が入り混じった複雑な風味の食事が供された。わたしはこのメインディッシュから早々と離れて、パンを食べていた。わたしのディナープレートはまだ空のままだったけど、それについて何も言われないことはわかっていたから、ロロとヴィータに対して説明できないくらい感謝していた。ヴィータが立ち上がり、メインコースのお皿を片付け始めた。ドリーも同時に立ち上がって、ヴィータが集めたお皿をキッチンに運んだ。ヴィータはわたしに微笑んだ。

「あたしたち、ここにはもう特に関心がないの、サンデー。でも、街には興味をひかれる場所がたくさんある。そしてもうドリーが街にあたしたちを訪ねてきても大丈夫よね?」あの人はわたしの肩に腕を回し、まるでわたしの体を暖めるように、平らな手のひらで強くさすった。

「あたしたちは、あなたたちがいてくれて、本当に幸せよ」

夕食の席には四人いた。「あたしたち」は誰で、どの「あなたたち」がいてくれて幸運なのか、わたしにはわからなかった。でも、少なくともわたしたちが何らかの形でペアになっていることに、少し心地よさを得た。幸せが成立するこの関係において、わたしはひとりではなかった。ヴィータは美術史を専攻しなければ、意味論の教授になれたはずだ。


ロロは、この週末、街に戻って新しい車を購入する予定なんだ、とわたしに話してくれた。シートの革がそのモデルだけのものらしく、そのことをくわしく熱心に説明してくれた。ロロはその車のことを、わたしがシチリアの伝統に通じているのと同じくらいよく知っていた。

「あなたはレイクビューについてたくさんのことを知ってるよね、ロロ?」とわたしはロロにたずねた。「この町のこともよく知ってる。あそこを買う前に、いろいろ調べたの?」

ロロはその魅力で誰かを惹きつけようとしている時にはまるで見せない大きな笑みをふと浮かべた。あの人は自分の仕事の進め方を好んで話した。具体的な数字や取引を明かす時は慎重だったけど、仕事の運び方を通して、あの人のキャラクターを作り上げていた。「もちろん、調べたよ。それをしたから買おうかということになったんだ。ロンドンのことはよく知っているけど、この場所は……」

「でも、あの湖に行ったことはあるの、ロロ？　あの湖を見たことある？」

「もちろんあるよ！　レイクビューの湖は何度も見てる。この家を出る時は必ず車で通り過ぎるから！」

「じゃあ、湖を通り過ぎたことはあるのね。でも、実際に湖に行ったことはある、ロロ？　立ち止まって湖をじっくり見たことある？」

ロロはわたしを見つめた。ふたたび用心深い、人を惹きつける顔に戻り、少し顎を引き、眉を上げて、わたしたちには口に出さずにいる秘密を共有しているかのように、ふっと微笑みを浮かべた。

「教えてよ」目には見えない人を自分の前のドアに先に通そうとするかのように、あの人は、片手を大きく差し出した。「じゃあ、その湖について教えてよ」

でも、わたしにできる湖の話は人が聞きたいものじゃない。だから代わりに父が湖で経験した話をした。

父ウォルターは背が高く、体格のよい男だった。亡くなった後も、地元の人々たちに畏怖と称賛を込めて長らく語り継がれた。ある日わたしは、釣り船から写真を撮ろうとして湖に落ちた男性を、父が靴を脱ぎ捨てて優雅に湖に飛び込み、無事救出する姿を見た。ほかの男の人たちもすでに水に入り、溺れた人を助け出そうとしていたけど、溺れた人は恐怖で狂乱し、投げられた浮き具を押しのけ、助けようと近づいてきた人たちを水中に引き込もうとした。父はその暴れる男の人をためらうことなく一撃で気絶させて、陸に連れ出した。そしてその人を地面に広がる石の上に横たえた。父の一連のやさしさあふれる行動に、見ていた地元の女性たちはため息をもらした。父の体にはネイビーのシャツがびっしょり濡れて張り付いていたが、湖畔に立ち、額から髪をかき上げた。そして見物人に元看護師だった近所の人がいるのを見て取ると、その人に湖から救い上げた男の人の様子を見るようにきっぱりと指示を出した。そのあいだ助け出された男の人は、濡れたスーツのまま、重たいウールに縛られて動けなくなったかのように、地面に横たわり、あえいでいた。

　ロロはこの話には反応を示さず、代わりに父について、距離を置いて礼儀正しく、いくつか質問した。

お父さんはずっとこの町に住んでいたの？　ああ、そうじゃないの？　なら、お父さん都会が恋しくなったことはない？

　ドリーがトライフル（スポンジケーキやフルーツなどを層状に重ねたイギリスのデザート）の入ったガラスのボウルを持って部屋に入ってくると、デザートがテーブルに運びこまれる時はふたりの女性に家庭的な演出の時間を与えようと、ロロはいつものように口を閉じた。でも、その日はいつも以上に背筋をぴんと伸ばし、非常にかしこまった姿勢で席に着いた。ロロはネイビーのスーツを胸を張って美しく着こなしていた。この新しく購入したスーツを明らかに自慢したいようで、そこが子どもっぽくもあったけど、何か胸を打つものがあった。おそらくヴィータのことを除いて、ロロが何か自分以外のものにそんなにこだわるものがあるなんて、思ってもいなかったからだ。今までわたしはドリーとしか親しく接してこなかったし、あの子はたくさん話してくれたけど、あの子は自分が大切にしていることについてはほとんど何も話してくれなかった。もちろんわたしは気づいたけど、ロロとヴィータにはあの人たちの〝湖〟や〝シチリア〟があるから、あの人たちの〝湖〟や〝シチリア〟を理解するには、ふたりとの関係をもっと深めていかなければならなかった。

ドリーがヴィータのあとに続き、ヴィータはビーストを抱えていた。小さな犬は抱きかかえられたまま、ヴィータに魅了されたように寄りかかり、ヴィータの顔をじっと見つめていた。犬は抱かれていると緊張したような様子をよく見せるけど、ビーストは人間の赤ん坊のようにヴィータに完全に身を委ね、手足をぐったりとして、信頼しきっている様子だった。

「ヴィー！」と言うロロは真剣だった。「これはすごいね。ほんとにきみが作ったの？」

これはロロとヴィータが夕食会で使い出した、ヴィータが自分でデザートを作ったというシナリオだ。このシナリオの演出は時にはほかの料理にも見られることがあったけど、いつも最後の一品に適用された。ヴィータはいつもデザートを出しながら、普段のあの人らしくなく控えめにサーブすることで、ほんとにあの人が作ったと思わせたのだ。わたしたちはみんなこの演出を受け入れて、毎週心からヴィータを褒めたたえた。そして毎週あの人はかわいらしく顔を赤らめ、デザートが美しく見えるようにあれこれ気を使い、出来栄えのほか、こうしたらもっとよくなるかも、とわたしたちと意見を交わした。もちろんわたしはその巨大なトライフルが食べられなかった。この巨大なスポンジケーキは、子どもが誰にも注意されずに好き勝手に作ったものみたいに思えた。あらゆる食感が層を成して混ぜあわされていて、すでに競い合う味が十分あるにもかかわらず、さらに甘いシェリー酒が無造作に注がれ、その上に硬い砂糖のスプリンクルが振りかけられている。まったく派手で大げさで、白い食べ物と対極にある。大人になってからは、トライフルのような騒がしいものから目を背けるようにした。

ヴィータに「少しどう?」とたずねられたが、わたしは不愛想に断った。

「これ、全然よくない。あれこれ詰め込みすぎてる。すごく……ごちゃごちゃしてる」と言った。ヴィータは銀のサービングスプーンを、しつけの道具として示すかのように、空中に浮かせたままでいた。一瞬、お腹がいっぱいだから、でもすごくおいしそうね、本当に、でももう一口も食べられないの、みたいなことを言えばよかった。ほかの人の家にいたら、そう言っていただろう。

〝本当に思っていることを口にしちゃだめ〟と母によく言われた。〝誰もそんな風に言ってもらいたくない〟

「というか、学校のカフェテリアを思い出す」とそのあとわたしは付け足した。こっちのほうが個人的な感情が薄まっていてよかったと思う。

ヴィータが大きな笑い声を上げて、突然響きわたった大きな音にロロとドリーは驚き、会話を止めて顔を上げた。ヴィータは立ち上がり、長いスプーンをトライフルにぐさりと突き刺した。スプーンがざくっとデザートを切り裂き、いくつもの層がむき出しになって混ざり合い、一部はテーブルクロスの上に飛び散った。ヴィータはテーブル越しにわたしたちに向かって身を乗り出し、火のついていないたばこを下唇にくわえ、片側に斜めにぶら下げた。

ヴィータは片手を腰に当てて、突き刺したスプーンの上にもう片方の手をかざして言った。

「静かにしてちょうだい、みんな！　このおいしいケーキ《ラヴリー・ケェエェイク》、食べたい人いる？」

ラヴリー・ケェエェイク！

ヴィータのこの発音は初めて聞いたけど、本当にそんなふうに話す人がいるように思えたし、少なくともあのテレビドラマに出てくる厳格な父を持つあの少女より見事な発音だった。『オリバー！』（ディケンズの『オリバー・ツイスト』を原作としたイギリスのミュージカル。一九六〇年初演）でナンシー役を演じる正式な訓練を受けた女優が、時代を再現した衣装をまとい、メイクで再現した黒い目のアザに手を当てようと腕を振り上げ、コルセットで強調された胸元をあらわに、「あの人がわたしを愛する限り」（As Long as He Needs Me）を歌い上げる時に響かせる、あのしっかり発音されたコックニーアクセントにぴったり重なった。でも、まあいい、わたしもこの場の芝居に付き合う……。

ロロとドリーは、どうしてヴィータが突然怒れる晩餐会の貴婦人になったのかまるでわかっていなかったはずだが、ふたりともヴィータの演技はまるで普通のことであるかのように、気持ちよさそうに笑いだし、自分の器をそれぞれ差し出した。

ヴィータは銀縁のボウルにトライフルを盛りつけながら、ロロに向かって言った。「ロールズ、サンデーにチーズとビスケットを持ってきてちょうだい。彼女がトライフルを食べるわけないじゃないの。トライフルよ！　そんなデザート、どうして買ってきたの？」

そのデザートはロロが買ってきたもので、手作りではないとヴィータが認めたので、わたしたちはみんな微笑んだ。そしてヴィータの声は元のあの人の声に戻り、歯切れがよく、堂々としていて、美しかった。

母も同じようなことを言っただろうし、わたしが拒否するのも予測可能な、当然のこととしてきっと受け入れただろう。そして父かドロレスにその料理に代えてもっとシンプルなものを持ってくるように命じただろう。でも、ふたりが指示にしたがおうとすれば、すぐに座りなさいと叫んだだろう。母の策略だった。でも、あの人は少なくともわたしには嫌いなものを無理に食べさせないほうがいいと早くに学んだ。母もわたしも、それをするとわたしが吐き気を催すとわかっていたし、幸いにもそんなことをするのをあの人は不快に感じていたからだ。ヴィータの家にも策略があった。でも、あの家の策略はテーブルで癇癪を起こして露呈するものではなく、長い時間をかけて仕掛けられ、しばらくしてからじゃないと認識できなかった。ロロはすっと立ち上がり、キッチンに向かった。ヴィータはドリーにはわたしに聞いたようにデザートを食べるかどうか聞かず、ただトライフルを三つのボウルに盛りつけた。

ヴィータは食べ終えると、話しだした。「サンデー、ロールズは明日、街に戻るの。それで、ドリーとわたしも一緒に行くのがいいと思った」あの人は明るく微笑んでスプーンを手に取った。「いいかしら、ダーリン？」

「ロンドンへ？」

「そう、街に、ロンドンに……」ヴィータはスプーンを持ったまま、心を開いていると示そうとしたのか、あるいは少し苛立っていたのか、両手を上に向けて広げた。

ロロがざっくりと切ったチーズとクラッカーをのせた皿を手にして、テーブルに戻ってきた。その日はいつも楽しんでいると思われる上品な盛り付けをしていなかったから、どうしてそうしたのか、ロロが席に着くのを見ながら理由を探ろうとした。ドリーはロロにヴィータが盛り付けたトライフルを渡した。

「ありがとう、ダーリン」ロロがそれをドリーから受け取った時に、ふたりの手が触れ合い、ロロは無意識にあの子の手をしばらく握っていた。ドリーは、まるでわたしに突然名前を呼ばれたかのように、わたしをきっとにらみつけた。

驚いたことにヴィータが立ち上がり、しっかりとした足取りでロロをすっとキッチンに連れていき、何かそっとロロにささやきながら、ドアを閉めた。

いつもの静けさの中で、ドリーとふたり、しばらくテーブルに着いていた。わたしがシチリアや話し方や礼儀作法について話しても母もキングも何も言わなかったのと同じで、ロロとヴィータがキッチンで何を話しているのか、わたしたちが推測することはなかった。

「じゃあ、明日ロンドンに行くのね、ドリー？」とわたしは言った。

あの子は笑顔を見せずにうなずき、トライフルを小さく一口だけ口にした。ドリーは名前をもらったドロレスと同じで、甘いものが好きじゃなかった。

「ママはばかみたい」とあの子は無限の忍耐を感じさせる穏やかでやさしい口調で言った。「トライフルなんて怖がる必要ない」ドリーはスプーンで空を突き刺し、幽霊が出てくるような音を立てた。「ウゥゥゥゥゥ！」


デザートの後、わたしたちはロロのクラシック音楽を聴きながら過ごしたけど、ロロは椅子に座ったまうとうとしていて、時折目を覚まして流れている曲にここがいい悪いと短くコメントをつけた。わたしたちは音楽やロロの反応については何も言わず、ひたすらロロの評価を待ち、その間の時間を静かに埋めるようにして、大人しく、礼儀正しく過ごした。

「ロロはどうしてそんなに街に戻りたいの？」とわたしはたずねた。「あの人もあなたもここを楽しんでいると思ってたけど」

ヴィータは明らかにその会話に興味がないかのように、肩をすくめてグラスを手にした。

「あたしは行くのを楽しみにしている……」とドリーが口を開いた。

「でも、ここに残らないことにしたの？」とわたしはドリーには話しかけられていないかのように、ヴィータだけに問いかけた。

「ロンドンにはあたしたちのビジネスがあるのよ、ダーリン。それに顧客と連絡を絶やさないことが大切なの。そうしないと、ロールズは新しいビジネスチャンスを手に入れられないの。あたしたちは主にオフィスや商業施設だった建物を改装しているけど、そんな物件はすぐに売れてしまう。でも、売却されるオフィスや商業施設はどんどん少なくなってきてる。だからうちの人は、レイクビューを誰かに引き継いでもらえることを望んでいるし、そうすればほかのプロジェクトに取り掛かれる。全国的に幅広く仕事が展開できるし、もしかしたら自治体向けの建物を買い上げて改装できるかもしれない」

「そう、そのことはママに話したわ」とドリーが口を挟むと、ヴィータは何も言わずあの子をじっと見つめた。「言ったのはそれだけ。自治体向けの契約を取ろうとしているってだけ」

ロロはどうしてこの町に興味を失ったのか、それは答えにはなっていないから、わたしはヴィータがふたたび話しだすのを待った。

少し間を置いて、あの人は言った。「うちの人はね、言ってみれば、つながりを維持したいの。そういうこと。もちろん、あなたにはわからないでしょうけど、不動産業はほんとにそれ自体がひとつの小さな世界なの」

「でも、実際にロンドンに行く必要があるの？　仕事のために？」ヴィータは無表情にわたしを見つめた。

「仕事！　仕事はものすごく下品なのよ、ダーリン」あの人の声はどこかで借りてきたように突然調子が変わった。笑みを浮かべたけど、それもあの人の笑みじゃないみたいで、どこかぎこちなく、何かに抑えつけられているようだった。「そうよね、トムはあなたにそう言うでしょうね」

ヴィータはそう言うと、自分が今いる優雅な部屋を示すように手を動かしたが、その様子は、トムが今もこの部屋にいるの、あの人の第二の家にいるの、ロンドンで妊娠中の衰弱した奥さんと子どもたちのもとにはいないの、と示しているようだった。わたしたちがロロを見ると、あの人はスーツを着て、ピカピカの革靴を履いたまま、眠りこけていた。

「トムは働いてる」とわたしは言った。「ロロと同じように」

すると、ヴィータがふたたび自分の声で話しだした。相変わらず自信に満ちていたけど、トムを演じていた時のような声ではなく、甘くやわらかに聞こえた。

「トムのような人はほんとに働いているわけじゃない。あたしたちが知ってるような働き方じゃないのよ、サンデー。ロロとあたしはすごく快適な生活を送ってる。素敵な物をたくさん持ってるけど、トムのような人とは違う。トムは長男だから、家族のお金《ファミリー・マネー》をたくさんもらえる」

……ファミリー・マネー。

「ロールズにはお兄さんがいるから、何ももらえない」

「ロロのご両親はロロを好きじゃないの？」ロロを嫌いな人がいるなんて、信じられなかった。こんな魅力的な男の人が自分の子どもなら、その子に寄せる愛情は計り知れないほど大きくなるだろうし、その子は称賛だけでなく、誇りも手に入れてくれるから、愛情が増幅されるだろう。多くの人に愛される有名人の親になるようなもので、世間の尊敬が自分にも少し向けられる。母がわたしに対して感じたようなものじゃないけど、ドリーの母やドロレスの母であることで感じられるものかもしれない。

ヴィータは声を上げて笑ったが、いつもの自然な笑い方ではなかった。珍しいペットが不機嫌そうに歯を見せて鼻を鳴らすように、短く、抑えつけられたような音を出した。

「うちの人が好き？　ロールズを？　それはもちろんみんなあの人のことが大好きよ。みんなロールズを愛してる《エヴリワン・ラーヴズ・ロールズ》」エヴリワン・ラーヴズ・ロールズ。

ヴィータは、まるでバニーさんがフォレスター家について自信に満ちた言い方をするのと同じように、その言葉を敬意を込めて口にした。あの人はそのあとドリーを見ると、ドリーもその通りよとうなずき、ふたりはまるでロロの魅力についてすでに何度も確認し合っていたかのようだった。

「でも、家督は分けられないの。ロールズのお父さんが家督を相続できたのは、お兄さんが亡くなったからなの」

ドリーが前に乗り出した。「それってフレディ？」あの子は最初にヴィータを、つづいてわたしを見てから、まるで悪い知らせを伝えるかのようにわたしの腕にそっと手を置いたけど、その手にはまるで力がなかったし、重さも温かさも感じられなかった。目を閉じていたら、そこに手があることすらわからなかっただろう。

「その人は銃で自殺したのよ、ママ。そうよね、ヴィー？　ヴィーがまだロールズに会ってなかった頃ね。なんて悲しいの」

ヴィータは重々しくうなずいた。「そうよ、ドリー。なんて悲しいの」

その夜、ソファにかわいらしく並んで腰を下ろし、会ったこともないフレディ伯父さんに悲しげな表情を浮かべるこのふたりが、あまり好きになれなかった。


次の火曜日、仕事から家に帰ると、ドリーとヴィータがキッチンのテーブルに着いていた。ふたりとも静かに、でもものすごく寒いのか、背中を丸めてコーヒーにおおいかぶさるように座っていた。ふたりともだぼっとしたダメージ加工のリーバイスのジーンズをはいていた。でも、このリラックスしたスタイルの上から、昔の芝居を演じる女優がコルセットをきゅっと締めつけるように、ベルトをしっかり締めつけていた。ドリーはわたしがそれまで見たことのないネイビーのシルクのジャケットを着ていた。蝶や花のアップリケで装飾が施され、小さなバッジがいくつも縫い付けられていたけど、どこか凝りすぎていて、少なくとも普段あの子が着るようなものじゃなかった。ヴィータも同じような赤いシルクのジャケットを羽織っていた。わたしが部屋に入るとふたりは同じような小さな微笑みを浮かべたけど、いつものようなあいさつも、キスも、少女のような歓声もなかった。

「こんにちは、おふたりさん」とわたしは声を掛けた。「元気？　楽しく過ごせた？」

ふたりはおたがいに見つめあい、どちらが返事をするかを無言で決めているようだった。ドリーはゆっくりとコーヒーを一口飲んで、ヴィータが口を開いた。

「元気よ。とても楽しく過ごせた。ドリーはあたしたちの友達にたくさん会った」あの人は何か考えがあるかのようにわたしをじっと見つめた。「新しい家のアイデアもいくつか浮かんだの」

「どんなアイデア?」とわたしはたずねた。「何をしたの?」

ヴィータは立ち上がり、両手をひらひらとせわしなく動かした。

「まあ、布地屋さんとか、壁紙屋さんとか、そんなところよ」ヴィータはこの子はあたしのものよと言わんばかりに、ドリーに覆いかぶさって、あの子の頭にキスをして、わたしの肩を軽く叩いて出て行った。「ちょっと昼寝してくる。金曜日にまた会いましょう、サンデー」

わたしにドリーの向かいのヴィータの椅子に腰を下ろしたけど、ヴィータが出ていって玄関のドアが閉まる音が聞こえるまで、あの子に話しかけなかった。

「どこに泊まったの? 誰と?」とドリーにたずねた。

「ふたりは新しい家を買ったから、ロールズはそこに行った。ヴィーとあたしはホテルに泊まった。ロールズのところに泊まることもできたけど、ヴィーが特別な夜にしたいって言ったから。ふたりの家はテラスハウスで、まだちゃんとしたバスルームもないけど、とっても立派に見える。あたしたちが完成させたら、ほんとにそうなるよ」

あの子が「あたしたち」と言っても、わたしはおかしいと思わなくなった。

コーヒーの蒸気の中に完全に目を覚ますために吸収しなければならない何かがあるかのように、その香りをドリーは強く吸い込んだ。わたしは戸棚に行ってチョコレートビスケットのパックを取り出し、テーブル越しにドリーに向けて押し出した。金色の包装紙に包まれたそのヨーロッパ風の薄いビスケットはロロの旅行のお土産で、わが家のごく普通の食料庫の中では異彩を放っていた。

「ちょっと糖分を取ったほうがいいよ、ドリー。目が覚めるから。そのホテルのこと、聞かせてちょうだい」

あの子は光沢のある包装紙を何の関心もなさそうになでた。「ロールズが話してくれたの。あの人、ヴィーがロンドンに戻るのを心配してるんだって。だからわたしがヴィーと一緒にいると安心するみたい。こっちに来る前、ヴィーが少し困ったことになったって、話してくれたの」そのふたりがこの家のどこかに隠れていて話を聞いているかもしれないというように、あの子は声を落として話を続けた。「ヴィーの親友に赤ちゃんが生まれた時、ヴィーはどうしたらいいかわからなくなっちゃったみたい」

「どうして？」とわたしはたずねた。

「その赤ちゃんを散歩に連れて行った」

「別に問題ないんじゃない？」

「でもね、ママ、実はね、ヴィーは庭に出て、ベビーカーに赤ちゃんを乗せて連れて行っちゃったの。その子のお母さんのアナベルにそうしていいかたずねないで、何も言わずに、一時間以上どこかに行ってたの」一瞬、ドリーは大人のドラマを語る思春期特有のスリルに、ヴィータへの称賛以上に強く引かれたようだ。あの子は目を大きく広げて話した。「ヴィータが戻ってきた時、すでに警察が来ていた。かなりの騒ぎになったって、ロールズは言ってた。それがあって、ロールズは家を売ったの」

ドリーはそこで自分のヴィータへの忠誠心を思い出し、表情を変えて、まるでヴィータが使いそうな言葉で話を続けた。「かわいそうなヴィー。人間ってほんと冷たいわ」

「赤ちゃんを連れて行ってもよかったと思う?」とわたしはたずねた。

ドリーは少し時間を置いてから、「赤ちゃんは無事だった」とようやく言葉を発した。

「でも、その赤ちゃんのお母さんは、自分の赤ちゃんがどこに行ったか知らなかったのよ。もし、ドリー、あなたが赤ちゃんの時に誰かに連れてかれちゃったら、たとえ一瞬だったとしても、わたしは……」わたしはそこで言葉が出なくなった。そんな喪失感が、たとえ一時的なものであったとしても、どれほどおそろしいか、考えたくなかった。「その子の家族にとっては、ほんとにおそろしいことだったに違いないわ。心配で居ても立ってもいられなかったでしょう」

わたしの反応に明らかに不満そうな様子で、ドリーは肩をすくめた。わたしはあの子を安心させるようにその手を軽くゆっくりと叩いた。

「でも、あたしたちはそこにいなかったし、何があったかはわからないよ」あの子の顔はよそよそしく、この話題はそれ以上続かないとわかった。

「週末は何をしてたの？　ホテルのこと聞かせて」

でも、ドリーは黙ったままだった。わたしはあの子に向かって眉を上げた。ドリーは横目でわたしを見て、週末のことを思い出しながら、滞在した場所のことをどう説明しようか考えているようだった。でも、どうやら説明しないことにしたようで、「うーん、ロンドンの高級ホテルだよ。映画に出てくるような感じなの、ママ」とやさしく言った。まるで、年の離れた妹に話しかけるような口ぶりだった。「ちょっとベッドに行ってもいい？」

わたしはトレイを出して、牛乳とビスケットをのせた。ドリーはわたしがコーヒーカップをすすぎ、トレイを整えるのを見ていたけど、うなずいてそのトレイを手にした。あの子はドアに向かって歩き出し、途中で足を止めた。

「夕食に農場に行くことになってたんだけど、おばあちゃんに電話してもらえる？　あたし……」あの子は言葉を止めて、何と言うか考えていた。「……具合が悪いって」

わたしはすぐにうなずいたし、ドリーがバニーさんとリチャードさんとの約束を断る手伝いができて素直にうれしかったし、一度だけでもわたしが隠し事の中心を担えることを喜んだ。ドリーとバニーさんとリチャードさんだけがいつもわたしの知らない秘密を共有していると感じていたからだ。

あの子が階段を上がっていく音に耳を澄ませた。階段の上にたどり着くと、あの子に聞こえるように声を張り上げた。「で、ドールズ、具合が悪いの？　疲れてるだけ？」

ドリーはきっとまだ廊下にいて、返事は聞こえたけど、足音も遠ざかっていき、何を言ったかどうにか聞き取れるだけだった。

「疲れてる」とドリーは言って、あの子もあの子の声も消えていった。


ひとりになり、ベビーカーで眠っているあいだに連れ去られた赤ちゃんのことを考えた。この光景が不意に、そして不安になるほど鮮明に、目の前に浮かんだ。花柄のワンピースを着たアナベルが、日差しの降り注ぐ庭に出て、おっぱいをあげようと赤ちゃんを迎えに行く。そろそろあの子は目を覚まして泣き出しているはずだ。赤ちゃんのネイビーのシルバークロス製ベビーカーがないことに気づいた時、アナベルは最初は赤ちゃんが連れ去られたとは信じようとせず、別の理由を頭の中で必死に探し出そうとする。赤ちゃんは上階のベビーベッドに寝かせたのだ、いつもキッチンに置いてある籐の携帯用ベッドに一時的に寝かせていたのだ……。でも、そうじゃない。携帯用ベッドは夫の両親にお願いされてあの家に預けていた。それに……。そうしてアナベルが赤ちゃんはまだ自分のもとにいると信じたい気持ちで、このパズルを理論的に解決しようとするあいだも、心の中の声が次第に強くなり、アナベルの現実逃避をあざ笑っていたことだろう。

もう状況に向き合わなくちゃいけない、すでに起こってしまっている、赤ちゃんはもういない、いない、いない。

そして美しい庭の中に、静寂を破って悲鳴が響きわたる。

ヴィータがそのあとベビーカーを押して何事もなかったかのようにアナベルの家に向かう姿が簡単に想像できたし、あの人が半狂乱になった両親や重々しい表情を浮かべた警察官たちに向き合っても、さらに笑顔を輝かせる様子がありありと浮かんだ。

「アニー」あの人はわたしたち全員にそうしていたように、アナベルにもニックネームをつけていただろうから、こんなふうに呼んでいたに違いない。「アニー、わたしに散歩に連れて行ってほしいと言ったわよね。覚えてる、ダーリン?」

そしてアナベルの夫や警察官にはこう言う。「彼女、すごく疲れてるの。かわいそうに。新生児がいるんですもの、大変よね、きっと」

でも、たぶんショックを受けた両親の怒りや、警察官たちの尋問を突きつけられて、さすがのヴィータも動揺しただろう。あの人は叱責なんて受けたことがないから、不十分な自己弁護を口ごもりながら繰り返し、よろめきながら少しずつ後ろに下がっただろう。トムの家に引っ越してきたことや、騒ぎになったとロロに聞いたドリーの話から察すると、ロロもヴィータがしたことを許してもらえるように友人たちに話をつけることはどうやらできなかったようだ。

ロロはあの人ならではの魅力的な方法で許しを得ようとしたはずだし、あの日もあの夫婦にヴィータがあの人たちにどれほど大切な存在だったかをやさしく思い出させただろうけど、それでも許してもらえないとわかり、ショックを受けたと思う。

その日、警察官数名がようやく立ち去ったあと、たとえ赤ちゃんは無事に戻されたとしても、アナベルは自分の幼い子が連れて行かれてしまうかもしれない新しい世界を、どうにか受け入れようとしただろう。赤ちゃんが連れ去られる前の日の何の影もない明るさを、アナベルはもう二度と感じることはないのだ。あの日突きつけられた衝撃と、消えることのない根深い不信感が、アナベルの人生に決して癒えない傷を残すのだ。保育室で赤ちゃんを抱きしめたアナベルが、目を大きく見開き、恐怖に震えながら、新たな闇を見つめている姿が思い浮かんだ。

その日の出来事でわたしがひとつだけ想像できなかったのは、その後ヴィータとロロが家に帰ってきて交わした私的な会話だ。ヴィータはどうしてそんなことをしたのか説明しようとしただろうか？　ロロはそれを求めただろうか？　ロロは求めなかったと思う。わたしの心の中に浮かび上がったのは、ロロがアナベルの家から打ちひしがれて帰ってくると、どこの親も理不尽だけど受け入れるしかないと、ともに無言で肩をすくめて、ただその日の夕食をどこで取るか言葉を交わすふたりの姿だ。ヴィータはすでに入浴をすませ、新しいドレスをエレガントに着こなしていたし、ロロは昼間のスーツ姿がまだ完璧に決まっていたので、ヴィータはどうか着替えないでちょうだいとお願いしただろう。

「今日は本当に長い一日だったわ、ロールズ。まったくひどい一日だったわ、ダーリン。あなたは想像もできないでしょうね」とあの人は言っただろう。そして眉間のしわを緩めてもっとお願いを聞いてもらえそうな表情を浮かべると、かわいらしくロロを見上げて、その腕を取っただろう。「ねえ、今すぐ夕食に出られる？」

翌日、デイビッドとわたしはいくつかの鉢植えを農場のショップに持ち込んだ。ショップの照明の下で若い植物の中に弱々しいものが何本かあると見て取ったけど、デイビッドはそうは思わなかったようだ。鉢のひとつに手を入れてみたところ、土の粒が停滞した波のように動いて、わたしの肌に悲しそうに触れるのを感じ、まだとても売り出せないと思った。デイビッドの手を取って土の中に入れ、この感覚を伝えようとした。

「お邪魔かしら？」ヴィータだった。体にフィットしたパステルカラーのドレスを着て、ショップの籐のバスケットを片手でぶらぶら下げていた。〝買い物する女性〟として決めたみたいだけど、まだ納得のいくポーズが見つけられていないようだった。ヴィータは微笑みながら、女王のようにデイビッドに手を差し出した。「あたしはヴィータ。よろしくね」

ヴィータが話している間、デイビッドはあの人の顔をじっと見つめた。デイビッドはゆっくりとうなずいて、何も言わず、泥まみれの手のひらをあの人に見せた。デイビッドは普段は表情豊かだけど、その時はまるで無表情だった。ヴィータは瞬きをしてデイビッドを見返したけど、その場で動かず、先ほどの笑顔のまま、固まっていた。

デイビッドはわたしのほうを向いて手話で**〝わかった〟**と示し、一番若い植物を一つずつていねいにトレイに戻し始めた。

「紹介するわね」とわたしは話しながら手話を交えた。「ヴィータ、こちらはデイビッド。わたしと一緒に温室で働いてる。デイビッド、こちらはヴィータ、わたしのお隣さん」

イーディス・オギルヴィの教えに、**〝ふたりの人を非公式な場で紹介するには、共通の興味や知り合いに言及するのが効果的〟**とあった。まだ手を差し出したままでいるヴィータと、ひどく集中して植物を選んでいるデイビッドを交互に見て、わたしは何も言えなかった。

「それで、ここで働くのは好き？」とヴィータは慈善家の訪問者を思わせるやさしい口調でたずねた。**〝それで、ここで働くのは好き？《ドゥ・ユー・レイク・ワーキング・ハー》〟**わたしには「ドゥ・ユー・ライク・ワーキング・ヒア？」ではなく、「ドゥ・ユー・レイク・ワーキング・ハー？」と聞こえた。

ヴィータのその質問は沈黙を切り裂き、不可解にも静けさを押し広げた。

デイビッドはうなずいたけど、両目はヴィータに固定されたまま、手はトレイの植物の葉を大事そうになでていた。

「楽しいでしょう？」とヴィータは続けた。デイビッドは今度はうなずかず、口の端がぴくりと動いたかと思うとすぐに止まった。両手でトレイを持ち上げ、わたしを見てから温室のほうを向いてうなずき、ショップから出て行った。

「デイビッドはほんとにいい子よ、ヴィータ」とわたしは言った。「一緒に働いてもう……」

「ええ、あなたはとてもやさしいわ」とヴィータはわたしのむだに長い説明をようやく聞き終えたとばかりに言った。「ほんとにあなたらしい、サンデー」それから手を伸ばしてわたしの腕を取り、役者のように小声で話しかけた。「ダーリン、リチャードがうろうろしているの。あの人に見つけられてしまう前に、レジに行って会計してくれない？　今日はあの人の長いおしゃべりに付き合う元気がないの」

あの夏、朝階下に降りると、バスローブ姿でわたしの家のキッチンに腰を下ろし、静かにたばこを吸っているヴィータを時々目にした。あの人は朝早い時間は別人だった。動きはゆっくりとしていて、ほとんど話さず、長い拘束から解放された病人のようだった。うちの玄関の前やそれとまったく同じ自分の家の玄関の前で、よく腰を下ろしてたばこを吸っていた。ロロのパジャマや自分のかわいい寝間着を着て、時には前夜のままの豪華で少し乱れた服装（わたしの好きなあの人の服装だ）で、玄関に腰を下ろし、たばこを吸っていた。あの人がどちらかの家の玄関にいるのを見ると、なんだかうれしくなった。ヴィータのカラフルな服が地味な石の床の上にこぼれ落ちたか、投げ出されたかのようにして、あの人のまわりに広がっていた。

わたしたちのヴィクトリア朝時代の家を建てた建築家が思い描いたのは、きびしい表情をした親たちが、きちんとした身なりの子どもたちが、磨かれた靴を履いて、真面目な顔をしたそんな人々たちが、家の敷居を越えていく姿だ。でも、あの時代の建築家も、ヴィータが来るまで、あの人があんなふうに玄関に腰かける姿なんて、わたしもそうだけど、思いもしなかっただろう。寝起きのままシルクの生地をまとっていたり、派手なミニドレスにわたしのスリッパを合わせていたり、前夜にセットした髪が崩れたままでいるヴィータは、いつもまるで幻のようだった。朝たばこを二本吸うまで、あの人は完全な静寂の中で過ごさなければならず、それがすむとだんだん元のあの人に戻っていった。声を取り戻したヴィータは強烈な皮肉屋になって、そのちょっとした毒舌にドリーとわたしは笑い転げた。

ヴィータは地元の人々の物まねをした。たとえばあのおかしな郵便局の局長はわたしに天気の話ばかりするけど、ヴィータにはそうじゃないみたいで、あの人に恥ずかしそうに小声でお世辞を口にする様子をまねしてみせてくれた。声が大きくてよく響くフィリスが片腕に鶏を抱えている姿もまねしてくれた。でも、わたしたちがいちばん好きだったのはバニーさんの物まねだ。バニーさんはわたしよりは確かに恵まれた出自だけど、リチャードさんのように資産家の農家の人じゃなかったし、ヴィータやロロのように裕福でいろんな人とつながりのある都会人でもなかった。わたしの元姑のバニーさんは社会的にも経済的にも「格上」の結婚をしたわけだけど、ヴィータはそのことをバニーさんに初めて会った時に見抜いた。そんな良縁に恵まれるのは偶然じゃないの、狙いを定めないといけない、とヴィータは言って、バニーさんがフォレスター家の嫁の座をつかむためにどれだけ努力したか茶化した。でも、わたしも短いあいだだったけど、低い出自の身でフォレスター家の嫁になったことは変わりなかったのに、あの人は決してわたしを嘲笑うようなことはしなかった。ヴィータがバニーさんの物まねをする時は、声を低くして、苦痛に満ちた表情を浮かべた。

ヴィータは言った。「家の中で話すように話すのね？　静かに話すのよね？　きっぱり言うんじゃなくて質問するのね？　だってわたしたちには……」ここであの人は艶やかな髪を振り乱し、不安そうに周りを見渡してささやいた。「……お金があるから。何を言ってもちょっと恥ずかしいのよ」

このバニーさんの物まねが愉快だったのは、ひとつには自分に対して揺るぎない自信を持つヴィータが、他人の目を異常に気にする様子を演じてみせたことだ。ヴィータはすごい物まねをするけれど常にヴィータだったし、あの人の強烈な本質はどれほど冷酷で巧妙な物まねをしても一瞬たりとも消し去ることができなかった。バニーさんを演じるヴィータは、フォレスター家の特権について声を落として恥ずかしそうに語る。〝かわいい赤ちゃんに恵まれ、新しい車があって、才能のある子どもに囲まれている〟

バニー＝ヴィータは、それから悲しげな笑みを浮かべながら、自分がしている慈善活動について説明した。〝貧しい子どもたちのためなのよ。あたしはとても繊細なの。あまりに気にかけてしまうの〟そして、自分は無力とばかりにゆっくりと首を振って、言葉を発した。〝あまりに気にかけてしまうの〟

ヴィータの物まねを見たら、ドロレスは喜んだだろうな、とわたしは思い、ドリーとふたりでもう一度笑った。今も想像できる。十代のドロレスとわたしが朝学校に向かう途中、派手な服を着たヴィータが隣の家のポーチで堂々とたばこをふかしているのを見かける。その光景を目にして、わたしたちは心が躍る。

母はきっとヴィータを軽蔑していただろう。あのすばらしい隣人を、自分の厳しい品行の基準に合わない地元の女性たちと同じ「怠け者の牝馬」と見なしただろう。あの人は、奇抜な服装や言動を、道徳観の低さやふしだらさと結びつけていた。怠惰はあの人がもっとも許せない行動のひとつだったし、もうひとつは奇妙で風変わりなことだったから、どちらもわたしに対する批判となることがよくあった。母は姉ドロレスを礼儀正しさと常識を持ち合わせた人としてたびたび引き合いに出した。あの人がドロレスはよくできた子なのにとわたしに聞かせようとすると、姉がそのうしろでよくふざけていた。スカートをめくり上げて下着を見せたり、祈るように手を合わせたりしていたが、どちらをしていても、顔は穏やかで、母が振り向いた瞬間、母さんの言う通りよとばかりに眉をひそめて神妙にうなずいた。

人なつっこそうな顔で眠そうにしている半裸のヴィータと、上の階で寝ているドリーを置いて家を出る時、わたしはなんだか家の主として出勤するような気持ちになった。その夏のほんの短いあいだだけだったけど、わたしは家族に寛容であると同時に責任感を持ち、家族を養い守る立派な夫になっていた。イーディス・オギルヴィの『淑女の礼儀作法』には、女性たちは美しく、夫たちは礼儀正しくあるべきときびしく定められているが、その世界にもふさわしい男性の役割を果たしていたのだ。

ヴィータもオギルヴィの世界の妻の気持ちを味わっていたに違いない。あの人はわたしの家の玄関に腰かけ、いつも見送ってくれた。頬にキスをし、ふたたび腰を下ろして煙を片方の口角から吐き出しながら片目を閉じて、「オフィスでよい一日を過ごしてね、ダーリン！」と言ってくれた。

そしてわたしは実用本位の作業着を着て、ヴィータの周りを歩きまわった。それは地味で不格好なものだったけど、シルクの鮮やかな服をまとい、繊細なソールのあらゆる色のサンダルや靴を何足も履き分けるヴィータがやって来るまでは、自分の作業服をそんなふうに感じたことはなかった。赤い靴を履いた大人の人なんて、ましてや緑や金や銀色の靴を履いた人なんて、見たことがなかった。でも、わたしにはそんなすてきな靴は必要なかった。実際わたしがすてきである必要はなかった。ヴィータがその役割を過剰なほど果たしてくれていたからだ。あの人は『淑女の礼儀作法』やイーディス・オギルヴィの長々しい化粧法や女性らしさに関するアドバイスに頼らなくても、十分に淑女のあるべき姿を実践していた。だからわたしは頑丈なブーツ、泥色のズボン、だぼっとしたシャツという格好で仕事に出かけた。どれもデイビッドやほかの男性農場作業員が快適に着用しているものだった。

ヴィータとドリーがロンドンで過ごす時間がだんだん増えていき、ふたりがこの家に来て泊まることもだんだんと少なくなり、ついにはそれがあったとは思えなくなってしまった。金曜日の夕食会にはひとりで行くようになり、隣の家でドリーと会っても、あの子はわたしの娘ではなく、ヴィータとロロの家族であるように感じた。だからあの子がやっと金曜日の夜にこの家に帰ってきた時はうれしかった。でもあの子はすぐに二階に上がってシャワーを浴び、夕食会のために着替えた。家を出る時間になってドリーの部屋のドアをノックしたけど、返事がなかったので、わたしは中に入った。

「ドリー？」と声をかけると、あの子はベッドカバーの上に天井を見上げながら考え込むようにして横たわっていた。「もう隣の家に行ける？」とたずねたけど、あの子はわたしが見たことのない光沢のある濃い紫のタフタのミニドレスに、鮮やかな青のすごく薄いタイツをあわせて、今までと違う感じのおしゃれをしていた。

ドリーとヴィータは派手な色のタイツやアクセサリーをよく身につけていたけど、その色がほかの服には一切使われていなかったから、わざと不釣り合いな組み合わせを楽しんでいるように思えた。重厚なゴールドのジュエリーもたくさん着けていたけど、どれもすごく重そうで、無駄に大きく見えた。その夏、ドリーはヴィータがロンドンで買ってきた服をよく着ていたし、ヴィータ自身も同じような服を身に着けていた。ヴィータに選んで買ってもらった服でなく、ドリー自身が昔から着ていた服でいるのを見ると、わたしは感傷的な思いに駆られた。琥珀織のタフタのドレスはほんとにドリーらしかった。ノースリーブのそのドレスのスカートが、白いコットンのシーツの上でふわりとかわいらしく広がっていた。

「ママ、うん、行ける」とあの子は身動きせずに答えた。

わたしはベッドに腰かけて、よく火曜日の夜にソファで一緒に座っていた時にしたように、膝の上にあの子の足を乗せて、壁にもたれかかった。

「ドリー」とわたしは言った。「ヴィータのために働くの、楽しい？」

「うん、あたしはヴィータとロールズのために働いてるんだけどね」あの子は天井を見つめたまま、そう言った。

「それは楽しい？」

「お金のためかな。ほんとにいっぱいもらえるから」とドリーは抑揚のない声で答えた。それからわたしならどうするかに急に興味を示したかのように、いつもの無関心さは示さずに、寝ころんだまま、目を下に向けてわたしを見つめた。わたしをじっと見ながら、あの子は続けた。

「今まで手にしたことのない額なの。ママやおばあちゃんからもらえるお金よりずっと多い。それで服も買わなくてもいい。だってヴィーがみんな買ってくれるから」。ドリーは無表情にクローゼットを指さした。クローゼットには新しい服が何着も入っていたし、まだ荷解きされていないものも、紙に包まれたままバッグや箱に入ったままのものもあった。ドリーは腕を膝の上に戻し、お腹の上で指をからませた。身動きせず、静かに特に不安もなさそうに横たわっていた。「全部貯めてる。ただすごい額になってきてる」何か期待するようにわたしを見つめていたが、どう返事すればいいのかわからなかった。

「いいわね！　大学のために貯金できるじゃない」

ドリーは口は固く結んだまま、ふふんと鼻で笑い、視線を再び天井に戻した。「貯金してる。いっぱい」と言いながらわたしの腕に手を置いた。そこでふと気づいたのか、指を伸ばして剝がれかけたネイルを見つめて、手入れをしていないと思ったようで、その様子がどこか少女らしさを思い出させてくれた。「ロールズに、あたしのことを聞いてみて……」ドリーは爪を眺めながら、言葉を止めた。「あの人、あたしがすばらしい《マーベラス》仕事をしているって言ってる」ドリーは〝すばらしい《マーベラス》〟という言葉をゆっくりと一音ずつ伸ばしながら強調して発音した。これはヴィータと同じ強調発音法だった。ふたりとも何かを強調したい時はその前に声を小さくするので、まるで自分で自分を茶化しているようにも感じられた。すごく堅苦しい夕食会で、自分がどれほど楽しんでいるかを強調しようとして、「すごく楽しいわ！」と大げさに言う少女のようで、強調することによって少し冷ややかな雰囲気を作り出してしまった。ドリーはふたたび話しだしたけど、途中で言葉を止めたので、わたしも何も言わず、あの子の次の言葉を待った。やがて静寂の中、あの子はぽつりとつぶやいた。「あたしがいなくてさびしい？　ヴィーはね、ママはひとりでいるほうがいいって思ってる。あたしがいてもいなくても変わらないんだって思ってる」

いつも土曜日にドリーとあの人たちを見送ると、ただあの子のことだけをずっと考えていた。その頃はまだ次の金曜日の夕食が最後になるとは思っていなかった。その後、ドリーがヴィータたちとロンドンに行って週末をほとんど過ごすようになり、それが次第に平日にもおよぶことになった。ドリーが家に戻ってくることは少なくなり、戻ってきてもたいていヴィータと一緒だったし、もはやふたりはいつも一緒にいるのが当然のように思えた。毎週土曜日の朝、ヴィータとドリーとロロの三人が、前の〝ばかみたいな〟車と同じ赤い色をしたロロの新車に乗り込み、窓を開けてディスコミュージックを大音量で流し、静かな通りをスピードを上げて出ていくのを見送った。ヴィータは短い距離しか運転しなかった。「集中力が続かないのよ、ダーリン。車に乗って二十分で眠くなっちゃうの！」

でも、ドリーがロロの隣の助手席に座り、ヴィータが後部座席に座るのには驚いた。わが家では、たとえドロレスがどれだけ大切にされていても、助手席は母の席と決まっていた。ドリーは話してくれたけど、ロンドンまでの道中は、ロロがラジオ1を流し、帰り道はクラシック音楽を聞かせてくれるとのことだった。ロールズがそれぞれの場所で気持ちよくなれるからよ、とあの子は一度、まるでわたしがあの人たちが何か好きか知りたくて、それについて情報を集めている部外者であるかのように、真剣に話してくれた。

今は、早朝にドリーが家を出ていくのを見送ったあの場面がよみがえっても、あの時のように、ただ立ち尽くし、静かにドリーを見送ることはもうない。窓辺に立ち、あの子が静かに赤い車に乗り込み、ロロが手を振ってドアを閉めるのをじっと見つめることももうない。夢の中で、あの子のところに駆け寄り、引き寄せて席からおろす（現実だったらきっと嫌がるはずだけど、夢の中のあの子は素直にわたしの抱擁を受け入れてくれる）。そしてあの子を家の中に連れていく。だけど、レイクサイドの子どもたちがすごく家賃の高いあの施設から追い出されて、乱雑に塩を撒くように見知らぬ人たちの中に散り散りに放り込まれるのを阻止することは、このわたしにはまずできない。

「もちろん、さびしいよ、ドリー。ここにいてほしい。でも、あなたはきっとあの人たちと一緒に行きたいんでしょう」とわたしは言った。

「あの人たち、ほんとにあたしが必要なのよ」ドリーはやさしい母親が子どもを甘やかすようにして見せる笑みを浮かべた。「ロールズが言うの。ヴィーはあたしが一緒にいると、ほんとに幸せそうだって。ただ家にいる時もそうだって言うの。あたしがいなかったらヴィータはどうするんだろうってロロは言う。ロロもどうするんだろう」

「どんなことをしてるの？　電話の対応が多い？　配達の手配とか？」ドリーがヴィータたちとどんなふうに過ごしているのか、本当に知りたくて、そうたずねた。

するとドリーは平手打ちされたかのようにびくっと動いた。「違う！　違う、そんなことじゃない。ここでもヴィーの手伝いをしてるし、街にいる時は人と会ったり……」とあの子はまたワードローブの方向をぼんやりと指さして、「……ショッピングに行って、インテリアも買ったりする。やるべきことはなんでもやってるのよ」あの子はわたしを品定めするように見つめた。「ママはほんとにわかってないかもしれないけど。だって、ママはずっとリチャードおじいちゃんの農場でしか働いたことがないでしょ？　だからほんとの仕事がどんなものかわからないのかも。仕事って、いろいろ複雑で、必要なことをその場その場で処理しなくちゃならないの」

わたしはため息をついた。「あなたはこの夏そんなに働かなくていい。それに、ヴィータの面倒を見る必要なんてない。あの人は大人なんだから。あなた、やることがあまりにも多すぎる。全然家にいないじゃない。最後におばあちゃんやおじいちゃんに会ったのはいつ？　パパには？　あなたが一生懸命働いてるのを誇りに思ってるけど、そんなにしなくていい。ロロに話しておこうか？　きっとわかってくれるよ。ヴィータだってわかってくれる。わたしが……」

ドリーは突然体を起こして言った。「だめ！　何言ってるの？　やめて」あの子は声を荒らげて、わたしに対して、あるいは自分に言い聞かせるかのようにして、首を横に振った。「ママはほんとにおかしいよ」と今度は、時々いらいらするようなことをするけど、やっぱり見てるだけで楽しい小さな子どもをたしなめるような、やさしい言い方をした。「ほんとに変。じゃあ、もう行こうよ」

隣の家での夕食は、いつもより少し地味だったけど、やっぱりどこか変だった。ロロがヴィシソワーズと呼ぶスープを出してくれた。ロロはまるで指揮者のように指先を妙に伸ばしながら、完璧なフランス語のアクセントでこのスープの名前を発音した。ヴィシソワーズというスープは単に冷たいだけじゃなく、カクテルのように氷が入っていた。塩味の野菜カクテルだ。スプーンで一口だけ飲んでみた。

「ロロ」わたしはそのトニックウォーターを大きくひと口飲んで言った。「これ、ひどい。スープじゃない」するとロロはただちにスプーンを置いて、笑いながらパンのバスケットをわたしに差し出した。夕食にはいつも柔らかい白パンが出されたけど、ヴィータもロロもそれにはほとんど手をつけなかった。

「お金持ちって、パンは食べないの?」と以前の金曜日の夕食会で、わたしはそのことを声に出してたずねた。いつもは何でも答えられるホストのふたりも、その時ばかりは何も言わず、無言で顔を見合わせて首をすくめた。

夕食会にはいつもパンの食べ残しが出たから、ロロはそれを未使用のナプキンで包んで帰る時に持たせてくれた。ビニール袋ではなく、白い正方形のリネンのナプキンを使うのがいかにもロロらしかったし、あの人が返却を求めることは決してないとわかっていたから、わたしはそのナプキンをすべて取っておいた。今も戸棚にきれいにたたんでしまってある。

その後、ヴィータが教えてくれたけど、かしこまった夕食会を開く人たちは重くこってりとした料理を出すことが多いから、呼ばれたゲストは炭水化物を多く含んだ料理をあまり食べないそうだ。「でも、よいホストは常にテーブルにたくさんの新鮮なパンを用意するの。だって、パーティは居心地がよくて十分すぎるほど食べ物があるからこそ、楽しんでもらえるんだから」とヴィータは長年行われてきた宗教儀式を話すように、真剣な表情で話した。「豊富で満たされているという感じが自然に伝わる」

ドリーはヴィータの隣で同じように真剣な表情でうなずいた。「あたしの部屋、とても居心地がいい。ふたりにしてもらったことが、あたし、ほんとに……」と言いかけた。

「あなたの部屋なの?」とわたしはそこで初めて、そうじゃないよ、とばかりに口を挟んだ。

ドリーは悪びれずに肩をすくめて言った。「そうよ、この家のあたしの部屋」

ヴィータはドリーの背中に手を置いて、やさしく微笑んだ。「もちろんあなたの部屋よ、ダーリン!」

その最後の金曜日の夕食会のメインディッシュはコロネーションチキン(冷製チキンカレー風味のクリームソースで和えたイギリス料理。一九五三年のエリザベス女王の戴冠式で考案された)で、いろんなサラダに加えて、小さな塩味のペイストリーがていねいに折り畳まれて添えられていた。ロロはサービングボウルを回しながら、席を立ってみんながそれぞれ食べたいものを確実に取れるようにしてくれた。でも、自分の皿にはほとんど何も取っていなかった。ワインを飲んでいたのはロロだけで、最初のボトルはすぐに空き、次のボトルを開けることになった。夕食のあいだ、ヴィータとドリーはまるで興奮した子どもたちのように、ふたりだけで弾むように話し続けていた。金曜日の夕食会では初めてヴィータがデザートをテーブルに出さず、代わりにロロがキッチンからチーズとビスケットのトレイを運んできた。ロロは小皿をわたしに差し出し、わたしはチェダーチーズのスライスをいくつか取った。あの人は柔らかい白い外皮のチーズを指さして、もう一方の手で小さく丸を作ってだいじょうぶだからと無言の承認を示し、まるであの人とわたしの秘密であるかのようにそれを勧めてくれたので、そのチーズも一切れ取った。ロロは自分では取らず、ほかの人たちにトレイを回した。

「ふたりがあんなに仲がいいなんて、すごいことだよね？」とロロが言った。わたしもふたりの会話をじっと見ていた「ヴィータは以前、ティーンエイジャーは耐えられないって言ってたんだ」

ロロは〝ティーンエイジャー〟の語の最初の音節で顔をしかめ、まるでこの語に戸惑っているかのように一音ずつ区切って慎重に発音した。〝ティーン・エイ・ジャー〟

「でも、ヴィーはドリーがほんとに好きなんだね。間違いない。ここで過ごしていることがヴィータにとってすごくよかったんだ。ドリーのおかげですごく元気になったよ」

「どこか悪かったの？」とわたしはたずねた。

「いや、そういうわけじゃない。ロンドンにいた時は少し不安定だったんだ。親友に赤ちゃんが産まれて、その、何と言ったらいいかな……」ロロが言葉を選ぶのに苦労するのを初めて見た。いつもと違って台本があるような話し方ではなく、実際にあったことを伝えようとしているように思えた。「不安定になってたんだよ、ヴィーは。でも、今の彼女を見てよ」

すっかり話し込んでいて、ロロとわたしに見られているのに気づかないようなヴィータとドリーに、わたしたちはまた目を向けた。ロロはワインを飲み干すと、みんなのグラスも見ているよとばかりに確認して、自分のグラスに残りのワインを注ぎ、ボトルを空にした。ワインが少しこぼれて赤いシミがテーブルクロスにさっと広がり、まるでわたしに向かってくるように思えた。「サンデーはどうなの？　母親になりたかった？」

「いいえ、そうじゃなかった」わたしはそのあとロロに話題を戻した。これはヴィータとロロから学んだことだ。あのふたりは熟練した職人のように言葉を巧みに操り、その手の中で新たな意図をもったものに作り替えることができた。「もちろん、ドリーはもう子どもじゃないけど、やっぱりまだすごく幼いわ。あなたはあの子くらいの年齢の頃、どうだった？」

ロロは片眉を吊り上げた。「僕のやんちゃだった学生時代の話はもう聞き飽きたんじゃない？」確かにロロはいつも寄宿学校時代のことを何度も話してくれたし、退学にされそうになったことも何度もあったと聞いている。

「じゃあ、十八歳の時は？　大学生だったよね……その時すでにヴィータと出会っていた？　あの人が運命の人とすぐにわかった？」

「いや。でも、まあ、そうだね。まったくそうだというわけじゃないけど。付き合いだしたのは大学二年生の時だから……」と言って両手を広げると、話を切り上げるように、軽く合わせた。でも、わたしが黙っていると、ロロは話を続けた。「若い頃はよくあるように、しばらく別れたり縒《よ》りを戻したりを繰り返したよ。関係を調整するのに時間がかかったよ、もちろん」

あの人は魅力的な笑みを浮かべた。「悪かったのは僕で、女王様《クィーニー》は責められない。僕は気楽に一緒に暮らせるような男じゃないからね。きみはうちの奥さんにきっと聞いていると思う」ロロは一瞬ヴィータを見たけど、ヴィータはドリーと熱心に話し込んでいた。「さて、楽しいことを話そう！　ドリーのパーティが楽しみだ」

「ドリーのパーティ？」とわたしは聞いた。

「農場で開くガーデンパーティだよ」とロロは言った。

ロロが言っていたのは、バニーさんとリチャードさんが毎年開催するガーデンパーティのことで、今年はドリーが中等教育資格試験で良い結果を出したお祝いで開かれることになっていた。

「あら！　あなたも来るなんて知らなかった」とわたしは言った。わたしは毎年招待状がもらえてすごく幸せだった。バニーさんが真夏に温室までわざわざ来てくれて、彫刻が入った白いカードを手渡してくれる。そのカードはすごく硬くて、封筒の上から触ってもなんだか怒っているというか、人を遠ざけているみたいだった。バニーさんはうれしそうにちょっとくすくす笑いながら招待状を渡してくれる。招待状はいつも〝ミセス〟じゃなくて〝ミス〟をつけて結婚前のわたしの姓が記されていた。ドリーは招待状に含まれていなかったけど、ドリー自身が何度もうれしそうに説明してくれたように、あの子はフォレスター家の家族だから、厳密に言えばあの子は招待する側で、ホストの立場にあった。

「ドリーがどうしても来てほしいって言うからね……それにドリーから聞いたけど、あの子のお父さんもパーティに来るんだって？　まだ会ったことがないから楽しみにしてるんだ。ドリーは新しい赤ちゃんのことをいつも話しているよ。ほんとに楽しみにしてるみたいだね」とロロが言った。

どういうことだろうか。どうしてこの人たちがキングに会いたいのだろう。わたしはあの男にはこの毎年のガーデンパーティでしか会わなかったし、ヴィータとロロは家族じゃなくて、単なる隣人だ。ロロは立ち上がって、「失礼、サンデー」と言って少し席を離れ、ポートワインを持って戻ってきた。席に着くなり自動的にまだシャンパンで満たされたわたしのグラスにポートワインを注ごうとしたので、わたしは慌ててグラスに手をかざした。

「いらないわ、ロロ。ありがとう」

ロロは笑った。「ごめん、サンデー。グラスを間違えた。それに、きみはワインを飲まないんだったね。じゃあ、置いておこう」ロロはポートワインのボトルを置いて、ドリーとヴィータを見た。それから少しよろめきながらまた立ち上がって、ふたりにもポートワインを勧めた。ヴィータもドリーも「いらない」と首を振り、顔を上げることも会話を止めることもなく、おせっかいなウェイターを叱りつけるように手で追い払うしぐさをした。ロロはまた席に戻り、自分のグラスにポートワインを注いだ。

「すごく疲れたよ。すっと運転してきたからね……」とロロは誰にともなく言うと、暑いと感じているからか、額から髪をかき上げた。ロロの重くまっすぐな髪は、ロロやヴィータやドリーのような人たちが属する特権階級の人たちのものとわたしには思えた。その髪は遺伝だけじゃなく、フォレスター家のような「よい家柄」にもたらされるものなのかもしれない。多くの崇拝者たちによって細やかに育まれてきたものなのだろう。乳母や教師や親たちが皆、成功を期待して投資してきたのだ。キングの農場にいる賞をもらった動物たちと同じで、この人たちもつややかな毛並みを持ち、選び抜かれた血筋を備えているのだ。

「ロロ」ふと思い出してわたしは言った。「赤ちゃんの話をしてたけど、誰の赤ちゃんが産まれるの？」

「そうだ、赤ちゃんって、なんだっけ。いやあ、酔っぱらってるよ。サンデー、どうか聞き流してよ。今夜の僕のくだらない話をヴィータが聞いたら怒るだろうな。ホスト失格だね」ロロは首を振り、誰かを叱るように人差し指を揺らした。立ち上がって肘を曲げてわたしに向けたけど、明らかに足元がふらついていた。「よし、サンデー。僕らの秘密だよ。酔っぱらった年寄りを居間まで手を引いてくれないか。音楽はきみの好きなのをかけていいよ」

こんなロロも嫌いじゃなかった。普段より自然体で、洗練されているとは思えなくて、わたしに助けを求めている。本当に親しみを感じて、あの人の腕をとって支えた。ふたりでテーブルを離れると、ヴィータとドリーもあとからついてきた。ふたりはまるでカップルのように頭を寄せ合い、ほかの誰にも聞こえないように声を落として話していた。その様子を見ていると、なんだかなつかしい気がした。そうだ、昔のわたしとドロレスもこんなふうに見えたはずだ。あんな瞬間がわたしにもあってうれしい。もうこんなことはないから。

ある種の告白

ドリーは中等教育資格試験の結果が出ることになっていた前の晩、家にいた。その頃、家にいることはめったになくなっていたからうれしかった。翌朝、あの子はわたしより早くキッチンのテーブルに着いていたけど、小さい頃によく着ていた白いナイトドレスを着ていたので、びっくりした。しばらく着ていなかったから、ほかの着られなくなった服と一緒に捨てたとばかり思っていた。そのノースリーブのナイトドレスはブロードレースで縁取られていて、元々ピーターパンのウェンディのように足首まである長さが気に入って買ったけど、今は膝のあたりまでしか届かなかった。ヴィータのところで働き始めてそろえた上品そうな服とはまるで違っていた。ドリーはロロに買ってもらったフレンチプレスでコーヒーを淹れていたけど、まだ朝食は食べていないようだった。わたしに話しかけたけど、テーブルから目を逸らさなかった。

「ママに言っておかなくちゃいけないことがある。テストの結果はママが期待しているようなものじゃないかもしれない。ちゃんと勉強しなかったからね」あの子は自分に定められた何かを待っているかのように、目は冷たい光を放っていた。

「でも、ドリー、あなた、一生懸命勉強してたじゃない。すごく長い時間かけて勉強してた」とわたしは言うと、冷蔵庫から離れ、冷たいミルクを片手に持ったまま、あの子の剥き出しの肩に手を置いた。

「いつも出掛けていた。勉強なんてしてない。ママはほんと何も見てない……ほんとに単純な人。あたしが言ったことをそのまま信じ込んで、ほかにどんなことがありうるか、まるで思いつかない。そんなの信頼なんかじゃない。ただばかなだけよ」

「あなた、緊張してるんだよ、ドリー。成績発表の日はみんな不安だから、当たり前よ」結果が出るまであの子を落ち着かせようと決意した。

「そうなの？　どうしてそんなことがわかるの？　ああ、ママはすごい学歴があるからね」と言って、あの子はコーヒーに砂糖を入れてかき混ぜた。ドリーはまつ毛のあいだからわたしを見上げたけど、こんな時もあの子の美しさに心がぐらっと揺さぶられた。「違う？」

ドリーが家にいることはめったになく、その朝もロロがドーヴィルであの子に買ってきてくれたフレンチプレスコーヒーメーカーがテーブルに置かれていた。わたしはこのフレンチプレスが少し嫌いになりつつあった。銀色のラインが美しく整ったその完璧な姿がどうにも好きになれなかった。ドリーはこのコーヒーメーカーを大事にしていたし、自分だけしかそれに触れることができないと思っていたみたいで、わたしがそれを洗ったり片付けたりすると、そんなことしちゃだめ、ときびしく注意された。そこでもそんなドリーの言葉にたじろいだけど、先ほどのあの子の言葉には答えなかった。「それをおばあちゃんの家に持っていくのよね？ パーティの前の晩に泊まる時に」とそのフレンチプレスをさりげなく指さして言った。

わたしはあの子の好きなポーチドエッグを作り、厚切りのハムにのせて出した。ドリーはコーヒーを何杯か飲んだけど、わたしが作った朝食にはほとんど手をつけず、二階に服を着替えに行った。試験の結果発表のその日、友達のお母さんがドリーも車に乗せて、学校まで送ってくれることになっていた。ドリーはわたしを誘わなかったし、わたしも一緒に行くと言わなかった。

デイビッドが仕事を代わってくれたので、その日の午前中、ドリーが帰ってきて結果を伝えてくれるのを家で待つことができた。キッチンに座っていると、外で車のドアがばんと閉まる音が聞こえた。ドリーがわたしの前に現れて、大きな封筒をぼんとテーブルに投げ出した。わたしがそれに手を伸ばすと、あの子は少し苛立った様子で手を振ってわたしを制した。

「心配しないで。もう終わったから」とドリーはまるで何か言い返されるのを防ぐかのように警戒した様子で言った。疲れているように見えたけど、それはあるいは安堵の表情だったのか、わたしにはわからなかった。「Aが八つで、Bがひとつだった」

ドリーの成績にわたしも何かの役目を果たしたと思われたくなかったから、わたしはあの子を誇らしいと思う気持ちを抑えた。それでもわが子に対する畏敬のような思いで心が満たされた。気づけば、手を伸ばしてあの子を抱きしめていた。

「ドリー！　ほんとすごい。よくがんばったね！」とあの子の首元に向かって話しかけたけど、あの子はそんなわたしの抱擁から抜け出した。笑みは浮かべたけど、何も言わず、テーブルに着いて、鼻から息を漏らした。年老いた母が座る時や立ち上がる時に漏らしていたあのかすかなため息を思い出した。

「勉強なんてしなかった。まったくしてなかったのよ」とドリーが言った。声は弾んでいなかった。

「ドリー！　ほんとがんばったよ。毎晩、あんなに勉強して……」

「ほとんどしてないよ。夜は全然。ほんと全然しなかった」

あの子は何かを打ち明けているのだと思い、わたしは慰めようとして言った。「ドリー、本当によくやったわ。あなた、ほんとにすごい成績を取ったのよ」

あの子は黙ったままだった。何が起きているのかわからなかった。

「ドリー？」少し声を高くして名前を呼ぶと、あの子はわたしがそこにいることに驚いたように顔を上げた。

あの子はわたしに何か伝えようとしているわけじゃなかった。自分に話しかけていただけで、わたしはたまたま同じ部屋にいただけだ。考えを遮られたあの子は、わたしをじっと見つめて、視線をしばらく逸らさなかった。その顔に今まで見たこともない力が燃え上がっていた。口を開くと、声は低く抑えられていて、医者が何か悪い知らせを伝える時のように、感情の揺れも変化も感じられなかった。

「何もかもすごく簡単なのよ、ママ。おそろしく簡単。何もかも……」ドリーは指を鳴らし、銃声のような音が大きく響きわたった。ドリーは椅子にもたれかかり、わたしを通り越して天井を見上げた。「ママはどうしてそんなに苦しんでるの？　何がそんなにむずかしいの？」と言い終える時、声が少し震えた。「ママの言うことを聞いていると……ママみたいに生きているとしく……あたし、怖くて何もできない」

「あなたとわたしは違う」とあの子に言った。自分でも驚くほど平坦な言い方だった。

「ママはあたしが思ってたよりひどい。だって、こんなの」あの子は周りのものに手をまわし、それから窓を指さした。「すごく簡単じゃないの。すごく単純よ！　なのに、ママはこんなのすらできない」

「わたしは自分の生き方が好きなの、ドリー」

「そんなの、生きてるなんて言えないよ。ほんとに……」あの子はそこで言葉を止め、最後の言葉は汚いものであるかのように吐き捨てた。「ちっぽけだよ」

　あの子がこんなに怒るのを初めて見た。いや、あの子が怒るのを見るのはそれが初めてだと気づいた。きっと前にも怒ったことがあると思うけど、わたしが見逃していたのか、それともあの子がわたしには怒りを見せないようにしていたのか隠していたのか。これもわたしには打ち明けられない秘密だったのか。

それでも、わたしは本当のことを言ってると思った。わたしは自分の生き方が好きだし、ドリーやヴィータが自分たちのように生きることがどんなに楽だと思っても、ふたりのように生きたいとは思わなかった。あのふたりは何もかも簡単に手に入れられるけど、裏を返せばどんなものも代わりがきくし、何の価値もない。ドリーは自分が苦労して何かを成し遂げられるかどうか、何かに本気で取り組んだり、誰かと真剣に向き合ったりすることがどういうことか、まだわかっていないのだ。誰かに誤解され、嫌われ、崇拝されないことがどういうことかもわかっていない。わたしは植物の世話をし、シチリア文化に没頭することで、本当の自分より大きな何かを手にできる。別世界の一部になり、何か大きなものと調和することで、自分が存在するぎこちなさが消える。すべてを支配し、思うままに操作し、それによってすべてを軽蔑するのであれば、周囲に驚き、畏れを感じるちっぽけな存在でいたい。

ドリーは成績表を手にして、別れの言葉も言わず、家を出て隣の家に向かった。その夜、ベッドに入ったあと、あの子が帰ってくる音が聞こえたけれど、本当にもう二度とわたしのもとに帰ってくることはなかった。

ヴィータは「もう金曜日の夕食会はできないかも、状況《レス・カオティック》が落ち着いたらまた連絡するわ」というメモをこの家のドアに残していった。メモには〝状況が落ち着いたら《レス・カオティック》〟と書かれていた。わたしは以前の生活に、あの人たちのいないかつての生活に戻った。

成績発表の後、ドリーが家にいるのはさらに少なくなった。どこに行っていたのかとたずねると、「街に何日かいた」と答えるけれど、いつも本当とは限らなかった。ドリーかヴィータに、ロロの車がこのあたりに停めてあったねとか、ロンドンにいるって言っていたけど、あなたたちを近くで見かけたよ、と詰め寄っても、ふたりともまじめに答えようとせず、すぐにまた出かけるところだったのよ、とどちらともなくわたしに答えるだけだった。話が少し食い違うことがあっても、ふたりとも動じることはなかった。

ドリーが家に帰ってくる時は、大体見たこともない服を着ていた。以前は持ち物をすごく大切にしていたのに、その夏はおかしなことに新しい服を部屋の床に放り出すことを楽しんでいるようだった。一度しか着ていない、あるいはまったく袖を通していない服が、ベッドの下に築かれた衣類の山に積み上げられた。わたしはそんな服をみんな集めて、普通の生地でないものの以外は洗った。家で洗えないものはドライクリーニングに出した。ドリーが週末のガーデンパーティの支度で戻ってくる前に、セロファンがかかったドライクリーニングずみの服はみんなまとめてクローゼットに掛けて、手洗いしたものはすべて引き出しに収納した。ドリーはわたしがしたことには何も言わなかったし、わたしも家事はほんとに大変なのよとか、あの新しい服は何なのよとあの子と話したいと思わなかった。

その夏の終わり、ある土曜の朝、ドリーはわたしたちの家で、週末ロンドンで過ごす準備をした。あの子と並んでキッチンに立ち、あの子の朝食を作った。あの子はわたしが見たことのない、短いシフトドレスを着ていたけど、とても短くてビーチでしか着られないように思えたし、そもそもビーチでドレスを着る人なんているのだろうか。ヴィータの服もとても普段着られないもののように思えた。以前はいいなと思っていたあの人のファッションが、まるで実用的でないと思えてしまったのだ。ドリーはヴィータの下で働くようになってから、昔着てたようなオーバーサイズのふわふわしたセーターとか、お風呂の水に何時間もつけて縮めたぴったりしたジーンズなんかは一切身に着けなくなった。代わりに着心地の悪い流行《はや》りものばかり着るようになって、なんだか自分じゃない誰かを喜ばせるために服を選んでいるように思えた。わたしにはとってもできなかったけど、あの子は人が着てほしいと思うような服を着ていたんだ。誰かの美的な渇望に容易に応えられるのは、自分に何が求められているとか、何が好まれるかわかるのは、どんな感じだろう。キングはわたしにそういうことを理解してもらいたかっただろうし、きっとそういうふうにしてほしかっただろう。あの人の二番目の奥さんはあの人のお母さんと同じように、身だしなみをきちんとしていた。どちらの女性もよくできる看護師のように整然と清潔にしていた。

ドリーの銀色がかったブロンドの髪はきれいにピンで留められていた。上のまぶたには黒い太いラインが元の目のラインを延長するようにして引かれていて、何かを警戒するような表情に見えた。あの子がまだ子どもだった頃、家の庭に一匹のキツネが一時期すみついた。その冬、何年も前から空になっていた小屋の下の穴を住処にしたのだ。キツネを初めて見た時はやせ細ってよろよろしていたから、怪我をしているのだと思った。キツネは暗くなってからしか姿を見せず、時々庭に忍び込んだかと思うと気づけばいなくなっていたけど、肩を高く上げながら頭は低く落として、まるで犯罪者のようにいつでも逃げ出せるようにしていた。でも、数カ月後に最後に見た時は毛並みがつややかになり、骨ばった体にも肉がついていた。鋭い目をしたティーンエイジャーのドリーを見つめながら、あのキツネは怪我をしていたんじゃなくて、まだとても幼くて、わたしたちに見守られながら成長していたのかもしれないと思った。その冬の間、毎晩のように庭の端までミルクとドッグフードを運んでいたことがよかったんだと思う。「ロンドンに行きたいの、ドリー？」とわたしはカウンターであの子のトーストにバターを塗りながら、半分だけ顔を向けてたずねた。「疲れてるみたいだし、わたしと一緒に家にいたら？」自分が疲れていることをドリーが知らないかのように、あの子にそう言い添えた。そしてトーストを渡した。

ドリーはそれを戻した。「クランペットトーストがいいの、ママ。お願い」あの子はバターを二度塗るトーストをそう呼んでいた。トーストが熱いうちに一度バターを塗って、バターが溶け込んで表面に見えなくなったら少し冷めるのを待ってもう一度塗ると、黄色い筋が浮き出す。

トーストに二度目のバターを塗り終えると、あの子がそっと顎をわたしの肩にのせて、何も言わずに脇に立っていた。あの子は自分の髪より薄いわたしの髪に手をあてて、なでてくれた。わたしたちは何もかも違うけど、髪だけは似ていると思っていたのだろうか。

「もし今週末あたしがここにいたら、あたしたち何する？」とドリーがようやく口を開いた。子どもの頃にお話を読んでと言った時と同じで、せがみながら何か少し夢見ているような様子だった。

「何したいの？　あなたのしたいことを何でもしようよ」とわたしは言った。

ドリーはトーストをのせたお皿を置いて、冷蔵庫を開けて残り物の入ったタッパーを取り出した。「マッシュポテト？　今夜の夕食はこれ？」

「そうよ。ほとんどポテトだけど、野菜スープみたいなものよ」と言って、あの子に、それは単なるマッシュポテトではない、と知らせた。

「それと白パン？」

「ええ」とわたしは答えた。「そのあとにバニラカスタード……チーズとクラッカーもあるわ」

するとあの子はひとり静かに笑った。そして少し息苦しさを感じたのか、わたしから離れると、姿勢を正して、何かを振り払うように体を揺らした。

「あなたにここにいてほしい」とわたしは言った。

あの子はじっとわたしを見て、笑みを浮かべた。「火曜日に帰るよ。そしたら一緒にあの番組を見ようよ」と言った。「ふたりだけで」とあの子は最後にわたしを指さしてきっぱり言った。まるでわたしが毎晩いろんな人を呼んでいて、それを注意されているようだった。

「わかった、ドリー。それは楽しみね」

「じゃ、行ってくる」と言って、あの子はキッチンを出ていき、玄関のドアが静かに閉まった。いつものようにドアが閉まる音を聞いてから、リヴィングの出窓に向かった。そこからロロの二台目の車に三人が乗り込む様子をこっそりうかがった。

ロロは配偶者に何か最近おかした不備を埋め合わせようとするかのように、大げさに手を振ってうやうやしく助手席のドアを開けた。ドリーはそんな配慮にも特に謝意を示すことなく受け入れた。あの子はそんな扱いをずっと受けてきたし、あの子にはロロの慇懃な振る舞いも特別なものではなかった。ドリーは、おばあちゃんやわたしや、誰であれ、何かを差し出してくれる人に対して常に見せるように、女王のように上品に車に乗り込んだ。あの子が美しく愛される存在であるがゆえに、誰もがそのように接した。

イーヴィは水が大好き

毎年八月に、リチャードさんとバニーさんは自分たちの広々とした農場でガーデンパーティを開いた。毎年テーマは異なり、家族の出来事や身内が成し遂げたことが祝われることもよくあった。キングが再婚した年にはガーデンパーティのテントは白い花で覆われ、結婚式でのキングと新妻の写真が添えられた。ドリーが生まれると、翌年のパーティはピンクで彩られ、各テーブルにあの子の出生を知らせるカードが置かれた。そしてその夏のパーティはドリーの中等教育資格試験の結果を祝うもので、たくさんのピンクの風船のほか、「おめでとう！」と書かれた銀色の光沢のあるバナーが飾られた。

パーティ当日は不自然なほど晴れ渡っていて、ああ、リチャードさんとバニーさんは参加者全員を自分たちの手入れの行き届いた広いガーデンで過ごさせようとしているんだ、と感じた。不快な一日になるだろうなと思い、わたしは陰鬱な気分で準備を進め、結局長袖の白いシャツ、ゆったりとした青いスカート、サングラス、つばの大きな帽子という格好で会場を訪れることにした。きっとほかの女性たちは大きなジュエリーを身に着けて、タイトウエストのサンドレスを着てやって来るだろうし、中には日焼けした肩を引き立たせようとする装いで現れる人もいるだろう。でも、このような正式な場では帽子をかぶるのが当然のエチケットだから、イーディス・オギルヴィに代わって、帽子をかぶらなかった女性参加者の数を密かに数えてみるつもりだった。わたしの奇妙な発言や振る舞いに気づく人もいるだろうし、そのことを後でバニーさんにこっそり知らせる人もいるんだろう。その人たちはわたしの奇妙な行動を手のひらに包むようにして持ち帰り、頭を下げながら、小さな献上品を差し出すように、あの人にうやうやしくご注進されるのだ。

ドリーは白いリボンのついた角ばった帽子をかぶり、ネイビーのドレスを着て、真珠のネックレスをつけていた。すべてバニーさんが選んで買い与えたもので、バニーさんの好きなフォーマルな装いだったから、若い女性には少し重々しい感じがした。でも、あの娘は何の化粧もせずに帽子の下で髪を下ろしたままでも輝いて見えた。ひどく大人びたドレスとネックレスが、あの子の若々しい顔立ちをさらに引き立てていた。

あの子とわたしは今まで正式なイベントに一緒に参加することがなかったから、わたしたちの家の小さな玄関をうろうろ歩きまわっていた。でも、堅苦しくなっていたのはわたしだけで、あの子はまったく動じることなく悠然と歩きまわっていた。自分が主役になるパーティも、ドリーにはただの楽しい気晴らしのひとつに過ぎなかった。あの子は笑顔を浮かべる人たちのあいだを、不安な表情など一切浮かべず、軽やかにすり抜けていくだろう。あの子は生まれつき優雅だし、ヴィータとロロと出会う前からそうだったけど、ふたりとともに働くようになって、一層社交性が磨かれた。ヴィータがこれまでしてきたように、午後のキスや祝辞を愛らしく戸惑う様子で受け入れるだろう。もしあのパーティがあの子以外のためのものであったなら、わたしは出席しなかったと思う。キングが新しい美しい奥さんと話しているところや、リチャードさんとバニーさんが急かすように友人たちを迎え入れる姿なんて見たくなかった。みんな理解できない台本にしたがって同じようにあくせく動いているだけだ。

でも、ドリーのために開かれるパーティを欠席するわけにはいかなかった。わたしはすでにあの子の結婚式を思い浮かべていた。リチャードさんとバニーさんがすべて手配し、来てくれる人たちみんなを喜ばせようとするから、参列者も今日と同じになるだろう。わたしはその日も今日のように家の玄関をうろうろ歩きまわり、花嫁の母としての装いも今日と同じで、形式的には適切だけど、場違いなものになる。

わたしはロロの車でパーティに連れて行ってもらおうと思っていたけど、ロロとヴィータはロンドンから直接農場に向かうことになった。ヴィータは明らかにドリーと一緒に行きたかったみたいだけど、ドリーはバニーさんにパーティの前日は農場に行って準備を手伝うように強く求められていたようだ。だから隣の家のヴィータとロロに拾ってもらえないので、当日はバニーさんがドリーとわたしを家まで車で迎えに来てくれることになった。

「友人たちにあなたたちがバスから降りる姿なんて見せられないわよ」とバニーさんは甲高い笑い声を上げて言ったが、顔は笑っていなかった。あの人は家の前に車を停めて、お迎えの運転手のようにドリーのために助手席のドアを開けた。わたしは後部席に座り、いつものようにあの人とドリーが何を話すのか知りたくて、ふたりの会話に耳を傾けていた。

ドリーはバニーさんのことを話さなかったけど、バニーさんはわたしに会うたびにドリーの話をした。バニーさんは、あなたが知らないあの子のことをわたしは知ってるかもしれないよ、と目を鋭く光らせて声を弾ませて話した。そんなことを聞かされる時は、自分が無表情であることがありがたかった。観察眼の鋭いバニーさんも、ドリーについて初めて聞くことをわたしがどう思うか、わたしのまるで表情のない顔からは読み取れないだろう。ランドローバーの中ではエンジンがぶんぶん低く唸るような音を立てていて、ふたりの話すことが聞き取れなかった。バニーさんに聞かれたことに対して、ドリーが窓の外を見ながらくぐもった声で淡々と答えていること以外、何もわからなかった。

農場に到着するとバニーさんはエンジンを切ったけど、一瞬その場を動かずにいた。大きなポーチにピンクと白の花がアーチになって飾られているのを、ドリーは目にしたはずだ。

ドリーは席から身を乗り出してバニーさんの頬にキスをした。

「まあ」とあの子は息をついた。「おうちがとてもすてきに見えますね」

あの子の声は感情が抑えられ、礼儀正しいけど、まるで心がこもっていなかった。あの表現と口調は、間違いなくわたしのものだった。

バニーさんとドリーは手をつないで開いたサイドゲートを通り抜けた。おばあさんのバニーさんが今はあの子に手を引かれる幼子に見えた。ふたりの後についてガーデンに入ると、キングの家族が迎えてくれた。あの人たちは美しい一団で、豊かな生活、優秀な遺伝子、すぐれた集中力を体現していた。ドリーはバニーさんについてパーティの飾りつけを一つひとつ見てまわるのを離れ、おじいさんと父であるキングのもとにまっすぐに向かった。でも、バニーさんは脇にドリーがいなくなっても、ゲームショーの司会者のように、開け放たれたテントの下に並ぶビュッフェやバーや、その近くで忙しそうに体を動かす制服姿のスタッフなど、自分のまわりにあるものを次々に指し示していた。

ドリーはリチャードさんとキングに抱きつき、続いて継母のもとに向かった。その女性がドリーを迎え入れようと腕を上げた瞬間、ドレスのお腹がはち切れそうになっているのを見てしまい、思わず後ずさりして平らな芝生の上でよろけそうになった。みんな気づいて一斉にわたしのほうを振り返ったけど、わたしは両手を挙げて〝こんにちは〟とも〝来ないでください〟とも取れるしぐさをした。その後、気づくと家の中に入ってキッチンを通り抜けていたけど、バニーさんが後ろから親切そうに声を掛けてくれた。**「家の中に入らなくていいよ。あっちに庭師用のトイレがある。あっちよ、サンデー！」**

一階のトイレは農場の家の脇にあり、そこにいても、砂利道に車が止まる音に加えてガーデンに入ってくるパーティの参加者たちの声も聞こえたけど、みんな自分が知っている人たちを探しているからなのか、その声は不思議なほど小さく抑えられていた。そんな中、ヴィータの声がひときわ大きく、はっきりと響き渡った。決して到着が遅れたわけではないのに、ヴィータは気乗りしないロロを急かしているようだった。わたしはシャツを脱いで床に座り込んだ。心と体が激しく燃え上がっていて、その炎はたとえ湖全部の水をかけても消せなかったろう。

ドアを強くノックする音に続いて、「いつまでそこにいるの？」という声が聞こえた。

ヴィータかと思ったけど、ようやく立ち上がってドアを開けると、ドリーがそこに立っていた。失望した姿を見せて恥ずかしかった。その夏、ドリーとほとんど一緒に過ごせなかった。これからの誕生日やクリスマスや長い夏休みは、ドリーはまだ知らない人たちと過ごすだろう。あの子が新しい小さな赤ちゃんと一緒に過ごす時間も、わたしはこれから受け入れなければならない。半分キングの血を引いたあの赤ちゃんは、もちろんキングの魅力を備えている。

「ママ、どうして……？」とドリーは半裸のわたしを指さした。それからその質問を打ち消すように、首を振った。「ヴィータが来てる。ロロも。会いに出てくる？」

「ええ。ドリー、どうして教えてくれなかったの……あの人が……妊娠してるって？」

「教えなかった。ママはどう思ってるの？」あの子はわたしの顔をじっと見て、台本を初めて声に出して読むような平坦な言い方だった。またわたしの口調をまねしているようだった「ヴィータは、その子の名前をわたしと同じイニシャルにするのがいいよって言ってるし、パパも賛成してくれた」

「よかったね、ドリー」これはキングの家でのパーティで交わされるのにふさわしい、控えめで礼儀正しい言い方だったが、わたしがブラとスカートだけの格好で話していることでこの礼儀正しさが損なわれてしまったのは確かだった。わたしは**「小さな弟か妹ができるのね!」**と言い添えようとしたけれど、その言葉は結局出てこなかった。ふたりともわたしが泣いていることには触れず、ドリーはひとりでガーデンに戻っていった。

その後、すぐにまたドアがノックされた。

「出てこられる? ドリーはあなたがパーティ気分じゃないって言ってたけど」パーティ気分なんて言葉を使うのは、ヴィータしかいない。あの人がパーティそのものだ。「アレックスに会ったわよ」とヴィータは明るく続けた。「なかなかキュートね、ダーリン。でも、すっごく退屈!」あの人はまるでわたしと顔を合わせて話しているように、どんな招待客にもキングの家族にも聞こえてしまいそうな大きな声で言った。

わたしはドアを開けた。ヴィータは鮮やかな赤いドレスを着ていた。同じく赤い繊細なベールの付いた帽子をかぶっていたけど、そのベールは控えめさに矛盾して、あの人の顔を隠すと同時に、露わにしていた。わたしはヴィータの顔をひどく恋しく思っていたから、気づけばベールの網を指でなぞっていた。あの人の唇も鮮やかな赤で彩られていて、あの人らしかった。

あの人が動かず、立ったままでいてくれたから、わたしは帽子の縁に沿って指をすべらせて、特別な柔らかさと硬さを備えたベールの手触りを感じ取った。誰も、ドロレスでさえも、わたしにこんなことをさせてくれなかった。その帽子や髪や服をわたしがなでるのを、立ったまま、何も言わず、こんなに気持ちよく許してくれる人はほかにいなかった。指先のベールの感触に集中することで、暑さと騒がしさが少し和らいだ。

ようやく手を離すと、ヴィータはわたしの脇を通り抜けて小さなトイレに入ってきた。「その顔！」とあの人は楽しそうに笑った。「よし、あたしがなんとかしてあげる。それにしても、そのブラジャー、あたしが今まで見た中でいちばんダサいよ。そんなのどこで売ってるの？」あの人はドレスを持ち上げて全身を見せると、ほかの部分にはまるで関心がないかのように、ブラジャーを指さした。「見て、サンデー、これがブラよ」あの人が着けていたのは小さなネイビーのレースとサテンの下着だった。ヒップと脚が窮屈な下着から飛び出そうとしているのと同じように、胸も急速に狭くなっていく空間に不快感を覚えているようにブラからぽんと弾き出そうとしていた。

わたしはトイレのふたに腰掛けて身震いした。自分の下着を見つめながら、これまで下着はやわらかい素材と淡い色だけを選んでいて、見た目は気にしたことがなかったと気づいた。

「あなたのブラとパンツ、ひどすぎる。あたしは絶対に着けないね」〝ひどすぎる《テリブル》〟という言い方も、ヴィータと話していて覚えた。結果として、わたしたちの会話は興奮した子ども同士のやりとりのように聞こえることがよくあった。ふたりとも意味は気にせず、ドラマチックで使っていて気持ちのいい言葉を思いつく限り口にしたからだ。

ヴィータは楽しそうに笑い、まだドレスを持ち上げて全身をさらしたまま、片方の腰を大きく突き出した。数週間前、あの人がわたしの家のキッチンで牛乳が唇についていても気にする様子もなかったことを思い出した。きっとキングの新しい奥さんも、ヴィータが着けているような着心地より見る人を楽しませる下着を着けているだろう。だからわたしはそんな下着が嫌いだったのかもしれない。そんなのを着けると想像すると不快感を催すからだけじゃない。わたしはキングが勧めるものを着用するのを拒んできたのだ。あの男が買ってくれた数少ないそんな服や下着は、おそらく誰か別のもっと小柄で従順なタイプの妻のためのものに思えた。一方でわたしは、あの男の美的要求に応えられず、こんな小さな下着を着ければ、体が締めつけられて痛くて我慢できなくなってしまう妻だった。

突然、ひどく疲れを感じて、家のひんやりとした感じをただ思い浮かべた。家のカーテンは全部閉めてきた。陽が強く差す日にはいつもそうするし、それによってその一日が決して家の中に入ってくることはない。

ヴィータは洗面台に冷たい水を張って、何枚かティッシュペーパーを浮かべた。つづいてハンドバッグから大きなメイクポーチを取り出し、いくつかアイテムを選んで、医師が手術の準備をするように、効率よく洗面台に並べた。あの人は冷たい水に浸したティッシュペーパーをわたしの目と頬にそっと当てて、わたしをひんやりとした暗闇に包み込んでくれた。それから数分間、外にいる参列客について、ゲストたちについて自由に休みなく話してくれた。返事を求められることはなかったから、農場のショップでロイドさんの話を聞き流すように、ヴィータの言葉を音楽のように耳に流し込んだ。その中から断片的に情報を拾った。ヴィータのほしい花柄のシルクのドレスを着た女性がいたこと。ヒールの尖った靴を履いた女性もいて、その靴がバニーさん自慢の芝生に何度も足を取られたこと。そんな場違いな靴を履いてきてそうやってもがいている女性を、ロロはどうやらすでに二度も救出しなければならなくなったようだ。その尖ったハイヒールを履いた女性がセメントで固められたように足を動かせずに両腕をばたばたと振り回している様子を、ヴィータはどこか楽しそうに話した。

「あの女は子どもじゃないかしら？　どうしてそんな靴をガーデンパーティに履いてくるの？」ヴィータは尖ったハイヒールの靴を履いてきたその女の人に本当にあきれている様子だった。

言うまでもなく、ヴィータはどんな場にもふさわしい装いで現れた。わたしのようにエチケットガイドに頼ることなく、それができる人だった。イーディス・オギルヴィの本は服装について教えてくれたけど、わたしはそれを学んだのであって、生まれつき持っていたわけじゃない。

ヨットならフラットシューズ、ハンティングには足にフィットする膝丈のブーツを用意する

こと。ハンティング用ブーツの革は清潔にしておくことは大事だが、ほどよく使い込んでおくのが望ましい。ブーツが新品のように見えれば、その日のために購入したと思われる。物の新しさをひけらかすのは常に下品と目される。服装においても態度においても、何より物を見せびらかすような行為は慎まなければならない。

もしヴィータがその場にふさわしい服装をしていなかったとしても、そうだと自覚していただろうし、そのことを面白がっただろう。あの時、家の玄関口に座り、シルクのローブを羽織ってわたしの作業用ブーツを履いてたばこを手にしていた時みたいに。あの場違いな感じはありふれたものでも不格好なものでもなく、どこか魅惑的で、特別な何かを生み出していた。

外にいる場違いな靴を履いたその女性のことを考えた。その女の人はゆっくりと芝生に沈み込むまで場違いな靴を履いてきたと気づかなかっただろう。もしかすると沈み込んだ時に自分の夫と目が合って、そこでふたりで「まあ、大変！」と思ったかもしれない。ほかの参列者たちも、ヴィータと同じように、その人が場違いな靴を履いてきたと気づくだろう。でもその人はヴィータのように自然に笑ってごまかすことなんてできないから、周りの人たちにも自分が場にふさわしくない靴を履いてきたと思わせてしまう。その人は何度か少し沈み込んで、顔を赤らめて周りの人たちにお詫びし、どうにか近くの椅子までよろめきながらたどりつくけど、パーティが終わるまで席を立てず、最後には裸足になって恥ずかしそうに夫の車まで歩いていくしかない。

ヴィータは話を止めず、返事を求めることもなかった。暗闇と冷たさの中に響きわたるあの人の声は、心地よいバックグラウンドミュージックのようだった。わたしの喉も胸も広がって元の状態に戻り、呼吸できるようになった。ヴィータの言葉がわたしに必要な空気を運んできてくれたかのようだった。ドロレスと一緒にいる時の感覚に似ていた。

ようやくヴィータが話をやめて、わたしの肩に手をあてた。「ティッシュを取るわよ、ダーリン」とあの人は母のようなやさしさで声をかけてくれた。わたしの母じゃないけど、母親の存在のやさしさを感じた。ブラインドが一気に開かれたかのようにどっと光が差し込んできて、わたしはふたたびあのひどいパーティのトイレに戻された。ヴィータはわたしの肌にメイクしようと、この顔の上に冷たい指を軽やかにすべらせた。あの人の手はいつも冷たいし、それはあの人が特別に備えているものだと思えた。でも、そのヴィータにも光を十分に和らげることはできなかった。強い光を浴びてわたしはふたたび暑さと人目にさらされている感じに襲われ、枯れかけた植物のように衰弱し、不安定になった。いつだって光が強すぎる。

「サンデー、知ってるわよね？ ロールズが話したでしょ？」

「何のこと？」まぶしすぎる光に耐えるしかないと思いながら、わたしはたずねた。

「あの人とあたし……あなたのことを大切に思ってるって。すごく」ヴィータはかすかに首を振った。「忘れて。さあ、行きましょう！」あの人はドアを指さした。「あたし、行くね！」と言った。

〝あの人とあたし……あなたのことを大切に思ってるって。すごく……。忘れて。さあ、行きましょう！　あたし、行くね！〟

わたしはあの人の言葉を、聞こえるか聞こえないかくらいの小さな声で、口を動かして再現した。あの人は一瞬、後ずさりし、息をのんで両手を口元に当てた。次の瞬間、いつも軽く抱きしめてくれるのとは違って、強くわたしを抱きしめて包み込んでくれた。

外のガーデンで、キングと妊娠中の奥さんが待っていた。

両開きのフレンチドアを一緒に通り抜けると、ヴィータは風で側面の覆いが巻き上げられたテントにわたしを連れていった。ヴィータはわたしたちふたりにひとつずつシャンパンを注文して、さあ、あたしと同じ速さで飲み干すのよ、とわたしに命じた。それからさらにもう一杯ずつもらい、今度はゆっくり飲むように勧めた。あの人はすでにバーテンダーとファーストネームで呼び合う仲になっていたから、後で参列者の列ができても最初に出してもらえると思った。

ドリーがヴィータのそばにやってきた。

「まだパパにあいさつしてないわよね？」あの子はわたしに微笑みかけて、それからヴィータに笑顔を向けた。「ヴィー、ママにあいさつするように言って」

「もちろんよ、ダーリン。さあ、今すぐ行きましょう、奥さま」とヴィータは言うと、まずわたしの腕を取り、それからドリーの腕を取った。

三人でキングとその奥さんに近づいていくと、ロロが加わり、わたしの脇で歩調を合わせた。まるでわたしたちは誰にも気づかれずに遂行しなければならない任務に就いている秘密組織のメンバーであるかのように、ロロはわたしにいつもと違って静かに声をかけた。日焼けしたあの人はとてもクールで、淡いリネンのスーツと白い開襟シャツ姿がよく似合っていた。ネクタイをしていないロロを見るのは初めてで、制服を脱ぎかけている高官を目にしてしまったかのようだ。

キングはもちろん自分にわたしたちが向かってきていることに気づいて、カメラのクローズアップのリハーサルをするかのようになめらかに振り返り、わたしたち四人をその目に収めた。ふたたびキングの美しい顔に見惚れてしまった。キングがどんな男かわかっても、その美しさが損なわれることはなかった。

「サンデー！」キングはわたしに向かって身を乗り出した。どうやらわたしはキングが思っていたよりも離れて立っていたようで、あの男は最初にキスをしようとした時に一歩前に出なければならなかったし、そこでまたキスをしようと試みてもまだわたしの頬に届かなかった。

「ヴィータ、ロロ、隣のサンデーたちはおふたりとうまくやれてますか？」

「あたしたち、すごくラッキーです」とヴィータはキングに対して普段の興奮したしゃべり方ではなく、わたしの話し方に近い、まっすぐはっきりした口調で答えた。「サンデーは最高です。引っ越したくないです」

「でも、ドリーからもうすぐここを離れられると聞きましたが」その引っ越しは自分が考え出して、ヴィータの住居の手配も自分がしているかのように、キングはうれしそうだった。

「ええ、街に戻る予定です。でも、今はサンデーがいるので、また戻ってきます」ヴィータがドリーがいるから戻ってくると言わなかったので、ドリーがそのことに気づいていないか心配で、あの子をちらっと見た。ドリーは微笑んでいたし、気にしていないようだった。ヴィータはわたしの肩に腕を置き、わたしに寄り添った。あの人は小柄だったから、そうしているとまるでわたしがあの人の母親のように見えたと思う。

「十月まであの家を借りてますから、急ぐ必要はありません」とヴィータは続けた。ヴィータの話し方はわたしの話し方よりは洗練されていたけど、どこか愛想のない話し方だったので、代わって人当たりのいいロロが、ロンドンの住宅市場についてキングとキングの奥さんと話しだした。

「おふたりももうすぐお忙しくなるとうかがいました」とロロは言った。キングの奥さんのお腹が大きくなっていると遠まわしに言うこともなければ、妊娠していると直接口にすることもなく、あくまで伝え聞いた情報として、慎重に発言した。ロロはこうした礼儀や習慣を重んじる人だったから、イーディス・オギルヴィもわたしと同じようにロロを好ましく思っただろう。

キングの存在は、ロロの魅力的な外見だけでなく、その場にいたすべての男性の魅力をかき消してしまった。キングの隣に立つと、ロロが女性的に見えてしまい、かわいそうな気がした。ロロはキングより顔立ちも体格も小さく、厚い眼鏡をかけていたから目が大きく見えた。一方、キングの目は横に長く伸びていて、わたしを見る時だけ不機嫌そうに細くなるように思えた。「食べたいものは何でも食べなきゃ」とわたしはキングの奥さんに言ったけど、あの女の人はふたりの男性の話を聞いているだけだった。キングの奥さんが返事をしなかったので、わたしは声を上げて繰り返した。「ねえ、食べたいと思ったものは食べなくちゃ。どんなものでも」

キングもキングの奥さんもわたしを見たけど、女の人は口を閉じたままだったから、わたしは話し続けたし、わたしの言葉が沈黙を埋めるように広がった。「シチリアでは、妊婦はあらゆる欲求を満たさなければならないと言われる。もし女性が何かを欲しているのに食べずにいると、赤ちゃんはその食べ物の欠如によって奇形になる。たとえば隣の人が料理している魚のにおいを嗅いで、それを分けてくださいと言わないと、赤ちゃんは鱗で覆われて生まれてくる。だから食べたいものは何でも食べたいと言わなきゃいけない」

でも、あなたは人じゃなくて、物しか求めてはいけない、とわたしは心の中で思った。だからもしお願いされても、わたしはキングをあなたに譲らなかっただろう。

キングの奥さんはほしいものを手に入れたけど、それはシチリア流ではなかった。そしてわたしが傷ついたのはただあの女に静かに盗まれたからであって、わたしがキングに見捨てられたわけでも、キングにずっと軽蔑されているからでもない、と信じたかった。口を閉ざすと、妊娠の話は礼儀正しい会話の席ではふさわしくないかもしれないと思った。それにわたしがイタリアについて話すとキングの顔がいつも硬くなるのを思い出し、顔が熱く赤くなるのを感じた。キングの顔を見られなかった。キングの口元が固く閉じられて、目が暗く冷たく光るのを見たくなかった。

「ええ、それ、あたしも聞いたことがあるわ」とヴィータがやさしくわたしの背中をなでながら言った。「すばらしいアドバイスよ、サンデー。あなたもあたしたちの愛しいドリーを妊娠してた時にそれを実践したのかしら？」

ヴィータがキングの前でドリーを〝あたしたちの〟と呼んでくれたのがうれしかった。キングに、あんたはドリーに対して何の権利もないし、この子に何もしてないのだから、黙って見てなさい、と言っているようだった。

ドリーを妊娠していた時、わたしの行動や決断は完全に自分のものではなかった。わたしはわたしの中にいる小さな人間に操縦される乗り物のように感じることが時々あった。それによって妊娠を我慢できたし、楽しむこともできた。大量のエネルギーを必要とする機械のスイッチを切るような感覚だった。本能で行動する人たちの頭の中には、膨大な情報を蓄積した図書館は存在しない。人と一緒にいる時に、大事な試験を受けるように集中することはない。頻繁にシャットダウンして、すべての明かりを消し、安らぎを求める必要もないし、たとえそれをしても、平穏が訪れることは滅多にない。

キングの奥さんは丸くなったお腹を守るように白い手袋をはめた両手を体の前で組んで、不安そうにヴィータを見つめた。このキングの二番目の奥さんはもちろん場にふさわしい服装で、白い手袋には汚れひとつなかったし、帽子には生花が上品にあしらわれていた。でも、この人以外の人たちは、顔に笑いを浮かべてヴィータを見ていた。わたしはヴィータといい友人関係が築けたけど、結婚生活ではそんな関係に恵まれなかった。キングがヴィータのように口を挟んで助け舟を出してくれたことなんて一度もなかった。一緒にいた最初の一年はわたしが何を言っても笑ってくれたけど、その後はわたしが話しだすと、自分が黙っていれば、この女も黙るだろう、と思っているかのように、いつも顔をしかめて、口を固く閉じていた。

「ええ、したわ」とわたしはまじめに答えた。でも、妊娠中に本当に心から求めていたのはほかでもなくキングだった。だけど、あの人は決してわたしのものじゃなかった。今もそうだし、これからもそうだ。キングの奥さんはキングを見上げてその手を握っていたけど、キングの視線はヴィータに向けられていた。ヴィータが初めて会う人に対して見せる光り輝く硬い微笑みは、とりわけ美しかった。キングの妻として、キングの腕に寄り添いたいとは二度と思わない。退屈な日々を過ごしながら、大きなお腹を抱え、あの男の愛情のかけらをほんの一瞬でも得られるのを期待して生きるなんて、もうたくさん。みんな何も言わず、おそらくわたしがまた何か言うのを待っているようだったけど、もう言葉が出なかった。

「もちろんきみはそうしたよね、サンデー」とロロはやや戸惑った様子で、大きな声を上げた。

まるでわたしは非難を受けていて、そんなわたしをロロは守ってくれているかのように思えた。「きみはほんとにすばらしい母親だ。すばらしい」ロロはわたしを安心させるように微笑みかけると、キングとその妻に向き直った。「おふたりとも、赤ちゃんの誕生が楽しみですね。おめでとうございます!」

〝おめでとう《コングラチュレーション》〟という言葉はさまざまな状況で用いられるけど、十分な配慮と事前の知識が必要とされるから、わたしは実際の会話の中では使えない。適切な状況でこの言葉をかけられるとみんな喜ぶと思うけど、その人たちは心の中で本当は何を願っているのか、ちゃんと理解してからこの言葉を口にしないといけない。祝福する相手はその結果がもたらされるのを本当に望んでいるのか、いつもわかるだろうか。その人がある変化を恥ずかしいと思っているとしたら、どうだろう。この祝いの言葉を口にすることで、その人が好ましくない注目を集めてしまったらどうだろう。人が言葉にしない望みを知ることはできないし、心に秘めた恐怖を推し量ることもできない。

ロロがグラスを掲げると、わたしたちはみんなキングの奥さんに目を向け、キングの奥さんは弱々しくグラスを持ち上げて応じた。あの人は輝く肌と整った白い歯が印象的な、素朴で飾り気のない愛らしい女性だった。近づけば、いつも石鹸と洗濯物の香りがするだろう。あの人は不満ひとつもらさず何の問題もなく赤ちゃんを産み落とし、出産後すぐに元の自分に戻れるだろう。少なくともキングはそう願っているはずだ。あの男はわたしにも同じことを望んだ。

今度の奥さんは、蛍光灯がともる中で、わたしのように指の力が強い看護師たちに取り押さえられることはないだろう。

「あなたが自分で体を傷つけないようにするのです」

看護師たちはわたしの体のあざを見てそう言った。

新しい奥さんがわたしと違って穏やかでやわらかい照明に照らされた病室に横たわり、蜂の形のブランケットに包まれた赤ちゃんを手渡される様子を想像した。わたしがドリーの顔をすぐにわかったように、あの奥さんも赤ちゃんの小さな顔を見て自分の子だってすぐにわかって、「ああ、あなたなのね！　どこにいたの？　ずっと待ってたのよ」と声を掛けられたらいいと思う。キングはドリーの時にはしなかったけど、今度の赤ちゃんは何度も抱きしめてほしい。キングがふたり目の赤ちゃんの温かく信頼に満ちた体の重みに深い愛を感じて、そこからあふれ出る愛を若い奥さんに分けてあげてほしい。かつてわたしはキングはそういう人だと心から信じていたけど、とうとうわたしが知ることはなかったキングを、あの新しい奥さんは手に入れてほしい。


ロロとキングがあまり知られていない農業技術について熱心に語り合っていた。ロロが「馬は農地に決して近づけるべきではないですね」と言うと、キングは自分の叔父が述べた言葉を引用して反論した。そしてキングが別の農業手法を勧めると、ロロが今度は、ヨーロッパの農家たちがいかにその方法を認めないか、詳細かつ丁重に説明した。まるで自分たちの大好きな父親がどれだけすぐれているか競い合う少年たちのようだった。あるいはこうやって裕福な人たちは議論するのかもしれない。ほかの人を引き合いに出すことで、意見の違いをおたがいに認めずにすむ。

ヴィータはキングの奥さんに、新しいお母さんになった友人の話をした。「……うん、ずっとそうなの。その人、アナベルっていうの」とヴィータは言った。その友人の名前を耳にした瞬間、わたしは体が張りつめた。「すてきな子で、大切な友達なんだけど、ああ……」

ヴィータは重々しい表情で首を横に振り、鼻から深く息を吸い込んだ。そして長いため息をついて、小声で話しだした。「……本当に何もかも変わっちゃったの」

あの人は親しい人に秘密を打ち明けるように、頭を傾けて、目を大きく見開いた。「ほんとに変わっちゃったの」と音は出さず、ただ口を動かしてキングの奥さんに伝えた。

ほんとに、変わっちゃったの。

自分を落ち着かせるように、わたしは静かにその言葉を繰り返した。

キングの奥さんは警告を聞くように身を乗り出して熱心に聞いていたけど、ヴィータはすでにふたたび笑みを浮かべ、いつものように陽気に大声で話しだした。

「もちろん、あの人、出産後は何週間も歩けなかったのよ！　今でも笑うとおしっこを漏らしちゃうのよ……まあ、今はそんなに笑わないけど。だって、すっごく疲れてるから。赤ちゃんが夜泣きするのよ。いっつも泣いてる。まあ、母親になるってそういうことよね。でもあなたはね……」ここでヴィータはキングの奥さんにいちばんすてきな笑顔を向けた。「……あなたはきっと自然にできちゃうわ、ダーリン。とてもすばらしいことだもの」

そして今度はきびしい顔つきでもう一度ひと呼吸置いて、「そうでしょ？」と問いかけた。しばらく沈黙が続いて、キングの奥さんが何か言おうとすると、ヴィータはその腕をそっと叩いて、「わかってる、わかってるわ」といつものあの人らしくない、すごく弱々しい声で言った。

でもそれから、看護師が弱り切った病人に代わって完全に回復して感謝する患者を相手にするように、わたしに明るく微笑んで、「さあ、酔っぱらいに行きましょう」と言ったけど、キングの奥さんを見て、「あ、ごめん。一緒に来てって言いたいところだけど……」と今度は大げさに悲しい顔をして奥さんのお腹のあたりを指し、両手を動かして奥さんのお腹よりずっと大きな円を描いた。みんなでその場を離れようとする時も、ヴィータは振り返ってキングの奥さんに向かって言った。「……とにかくおめでとう！　がんばってね！」

わたしたちの後ろで小さくなっていくキングの奥さんは太陽のまぶしさに目がくらんだのか、何度も瞬きし、不安そうに笑みを浮かべていた。奥さんは近くで見た時はそうは思わなかったけど、遠くから見るとどこか不格好で、丸い人型のようにも、細くて弱々しい腕のついた惑星にも見えた。キングは奥さんをつなぎとめるかのように、白い手袋で包んだ女の人の腕をしっかりと自分の腕に抱え込んだ。ドリーの妹か弟がいるんじゃなくて、ただ空気で膨らんだあの女の人の丸い体が風船のようにふわふわ浮かび上がり、キングがそれを見て驚き、あのきれいな顔を歪めながら、奥さんの丸い体を必死に押さえ込もうとしている様子が思い浮かんだ。

ヴィータがバーに向かいながらわたしの手を取り、指を絡めてきた。「ったく、どんくさい女よね！ まったく、あの男はなんであんなの選んだのかしらね、ダーリン」


ヴィータがバーで飲み物を用意しているあいだ、わたしはひとつのテーブル席に落ち着いた。どのテーブルにもきれいに整えられた花が飾られていて、自分が着いたテーブルにあったバラをなでると、本物だけど、まるでプラスチックのように感じられた。香りはまったくしないし、どれも大きさや色がまったく同じで、自然の美しさが感じられなかった。わたしは植物を持って帰ってもらえるように鉢植えにしてテーブルに置いたらどうかと提案していたのだ。それをパーティの参列者にお渡しできるし、家に持って帰ってもらって庭の花壇に植えてもらえば、この日のお祝いの記念にもなると思ったからだ。でも、バニーさんに、そんなのいらないよ、そんなのをテーブルに置けば、パーティに出席する地元の花屋さんにご不快な思いをさせてしまうじゃないの、と言われた。

香りのない花から顔を上げると、向かいに座っている女性が誰かわかった。キャロルさんだ。たぶんドリーは知らないだろうけど、農場のショップでよく買い物をしてくれているから招待されたんだ。

「きれいなお花ね。そしてドリーはほんとにすてきね」とキャロルさんはわたしに明るく声をかけると、遠くでバニーさんとリチャードさんと並んで写真を撮っているあの子に目を向けた。

「そうですね」とわたしは答えた。

「うちのイーヴィみたい。イーヴィは水が大好きなの」パーティの参列客はみんな知りたいと思ってるけど、あなたにだけ教えてあげるね、とばかりにキャロルさんはわたしに話しだした。キャロルさんには思春期の娘さんがふたりいて、あの人と話す時は、最初から最後までほとんどこのふたりの娘さんたちのことを聞かされることになった。娘さんたちのことを話しながら、あの人は年老いた未亡人が失われた何かを思い返すような表情を浮かべた。混乱した記憶を解きほぐそうとするかのように、娘さんたちのことを感傷的に途切れ途切れに話してくれた。時々キャロルさんがショップにやって来てふたりの娘さんのことを強い思いを込めて話すと、どちらかの娘さんが最近亡くなったんじゃないか、何か悲しい出来事に見舞われたんじゃないか、と心配になった。でも、娘さんふたりの生活は特に興奮することも面白いこともまったくなさそうだった。

「イーヴィは水が好きなの？」とわたしは確認したいとばかりに繰り返したけど、本当は適当な返答を考える時間を稼ぐためにそうしただけだ。キャロルさんはドリーが何をしているのかわたしにも少し話してほしいのだろうか。ほかのお母さんは大体自分の子どもについて知ってほしいと思うだけで、わたしの子どもにはまるで関心を示さなかった。でも、普通、自分の子どもについて話すのであれば、話の構成や内容がもっとよく練られていた。水が好きな子どもというのはあまりにも平凡すぎて、どう会話を続けたらいいかわからなかった。

「そうなの！　あの子は泳ぎがうまいのよ。きっとドリーが全部あなたに話してくれてるよね」とキャロルさんは遠くを見つめていた視線をわたしに戻したが、その視線に居心地の悪さを感じた。ドリーがわたしが知らない女の子が水泳を得意だなんてわざわざ話すことはまずなかった。あの子が友人の趣味について話してくれたことは一度もない。自分の趣味についても話さない。ドリーは泳ぐけど、わたしはもう泳がない。そのことについて話す必要はない。ドリーがキャロルさんの娘さんのことを話しているかどうかについて、何て言えばいいのだろう。キャロルさんはまだわたしを見つめていて、また口を開いた。「ドリーはうちのイーヴィと湖で泳いでるはずよね？　イーヴィのこと話してくれているよね？」

わたしはそこで首を大きく横に振った。

いいえ、もうたくさん。わたしはすでに情報や事実や言葉をいっぱい与えられて、圧倒されてる。だからこれ以上、あなたの生活の断片は抱え込みたくない。

そう言いたかったが、何も言わなかった。

キャロルさんが眉を吊り上げると額にしわが何本か浮かび、わたしに熱心に伝えようとしていることが改めてうかがえた。「イーヴィが泳ぐの、知ってるでしょう？　大会に出ることも」とあの人はわたしの返事を促した。

「いいえ、知りません。ドリーからキャロルさんの娘さんたちのことは一度も聞いてません」とわたしは正直に答え、ようやく事実に基づく話ができてほっとした。

「まあ、そうでしょうね」とキャロルさんは言った。「みんながみんな、うちの子とそういう関係を築けるわけじゃないからね。そうでしょう？」

あの人は微笑んでいたけど、目はまったく笑っていなかった。わたしは無言でどう切り返すかを考え、意図的に大きな笑顔をキャロルさんに向けた。母にはいつも、あなたは表情がなさすぎる、何考えてるかわからない、と言われていた。

もっと笑いなさいよ、しっかりしなさい！　いつもちゃんとしてよ！　どうしてできないの？

でもドロレスだけは、わたしが一生懸命やっているとわかってくれたし、ヴィータもわかってくれていたことはある。

キャロルさんに、どうしてわたしがドリーに友達と一緒に湖で泳いでほしくないのか、少し話すことにした。どこのお母さんもお互いの生活の些細な出来事をとりとめもなく話していた。でも、相手がこちらから何を聞き出したいのか理解するのはむずかしかった。

「姉が湖で溺れたんです」とわたしはキャロルさんに言った。「両親もそうです。正確には湖で溺れたわけじゃないですけど、とにかくみんな湖で亡くなりました」

話しながら、その事実がずしりと重くのしかかり、苦しくなった。気づくとわたしの声はとても小さくなっていて、独り言のようにつぶやいていたので、もう一度大きな声で繰り返して言ってみたけど、キャロルさんは何も言わなかった。わたしはそれを話すのは個人的に少しつらかったのに、キャロルさんは何も言おうとしないから、わたしのほうがあの人よりも礼儀正しくて社交的だと思った。

　キャロルさんは柔らかそうな帽子をかぶっていて、その下に子どもの太いクレヨンを思わせるくすんだ茶色い髪がのぞいていた。髪はきれいにカールされていて、毛先はいくつかのピンで留められて、うなじのあたりに束ねられていた。すごく窮屈そうだったけど、その質感にどこか惹かれた。しっかりと留められて、ネットのように編み込まれているその髪に触れてみたいと思った。

「キャロルさんの髪、すてき」とわたしは言った。わたしは手袋を外し、自分の帽子の下に緩くまとめた髪を触りながら、キャロルさんのあの編み込まれた髪を触っている感覚を想像した。

「ほんとに、すてきな髪」

「おふたりさん、深刻な顔してるわね」とヴィータが、あの人がよくロロにされていたようにわたしの肩に手を置いて、さあ、あたしも来たわよ、と声をかけてくれた。ヴィータは席に着いて、テーブルにドリンクをふたつ置いた。「あたしがいないあいだに何話してたの？」

　ヴィータはキャロルさんを見て手を差し出した。「はじめまして、わたしは《アイ・アム》ヴィータです」あの人はいつも「アイム」と縮めずに、「アイ・アム」と発言するので、威厳を感じさせた。

キャロルさんは差し出されたヴィータの手を取って、「キャロルです。お会いできてうれし《プリーズド・トゥ・ミート・》いわ《ユー》」と答えた。実はここでキャロルさんも「はじめまして《ハウ・ドゥ・ユー・ドゥ》」と返すべきだったが、そうしなくてわたしはうれしかった。キャロルさんは白い手袋もしていなかったし、そもそも持ってなかったから、宝石と舞踏会のドレスで着飾ったイーディス・オギルヴィがキャロルさんの礼儀違反に身震いする様子を想像して楽しんだ。

「ヴィータです。お会いできてうれしいわ《プリーズ・トゥ・ミート・ユー》」とヴィータは返したけど、その表情はめずらしく平坦だったから、ヴィータはキャロルさんのあいさつをまねながら、ねえ、この人、「はじめ《ハウ・ドゥ・》まして《ユー・ドゥ》」と返さなかったよね、と暗に伝えて、わたしと笑いを共有していたのだ。「それで、どうしてサンデーとドリーをご存じなんですか？」

ヴィータがわたしとドリーをふたり一組にして呼んでくれたのがうれしかった。ヴィータはドリーといつもふたりの計画や共通の好みについて話していたから、いつのまにかわたしもあの子とあの人がペアで、自分は蚊帳《かや》の外にいると感じていたのだ。

「わたしたちは……夫とわたしは、このフォレスター家の人たちの古い友人ですの」とキャロルさんはどうやらバニーさんの発音の仕方をまねて、「フォレスター」の最初の〝フォ〟を強調し、その後一拍置いて、残りの〝レスター〟をすばやく発音するようにしていたようだ。

「ヴィータさん、あなたは？」

「うちの人と……」ヴィータはそう言って、ロロを見つけて指さすと、少し間を置いて、「あたしは、〝ドリーとサンデーの大親友なんです〟と〝ドリーとサンデー〟とあの子とわたしのつながりを強調してくれたことで、あの子とわたしの親密さを誇らしく思ってくれているように感じた。それによって、あの子とわたしはふたりだけの小さな家族だけど、フォレスター家よりもずっと大きく、ずっと深い絆で結びついているように思えた。「ふたりのことを心から大切に思っています」とヴィータが言うと、わたしたちは顔を見合わせて笑ったし、わたしはそんなこと今まで感じたこともなかったけど、自分が花嫁になったような気持ちになれた。

「サンデーとわたし、今話してたの」とキャロルさんは注目を引くように、ここで少し間を置いた。「わたしの娘。イーヴィのことをです。イーヴィは水が大好きです」とまるで役所で娘のフルネームを告げるかのように、改まった口調で、はっきりあの子の名前がわかるように話した。「イーヴィに水泳以上に好きなものがあるとすれば、芸術ね。あの子、小さい頃からずっと円とふたつの三角形でキツネの顔を描いていた。すごく様式美を感じさせる。みんないつもそう言ってくれるの」まるで思い出を語るのがつらいとでもいうかのように、キャロルさんはあの人独特のまなざしで遠くを見つめていた。

自分が知らない子どもについてこんなふうに一方的に与えられた情報に対して、わたしはまだ何の返事もしていなかった。ドリーの友達で泳いだり絵を描いたりする子はいくらでもいるけど、わたしはあまりよく知らない人にドリーがそんなことをしているなんてまず言わない。ここは「それは面白いですね」くらいのことを言えばいいだろうか。大抵この言い方でみんな喜んでくれる。

　ヴィータに目を向けると、あの人はイーヴィが水が好きだとどうして聞かされるのか、その理由をもっと説明してほしいと思っているかのように、何度もうなずいていた。でも、わたしはこの話はこれで終わりだとわかったから、今回はあの人よりわたしが先に動いた。

「それはとても面白いです、キャロルさん」とわたしは言った。

「そうね」とヴィータが即座に同意した。「めっちゃ面白い《ファッキング・ファッシネイティング》ね。キツネの顔なんてさ。すごいわよ」ヴィータは真剣に考え事をしているかのように、わたしを見つめると、すごく目を細めてうんうんとうなずいた。わたしはそこで思った。ヴィータはわたしのためにわざと大げさな表情を見せてくれているんだ、ほかの人たちみたいにわたしたちも言葉を交わさなくても気持ちが通じ合えるようにしてくれてるんだ。ヴィータの〝めっちゃ《ファッキング》〟なんていうちょっと下品な熱い言葉にキャロルさんはびっくりしたようだけど、キツネの顔が作れる娘の芸術的才能をはっきり認めてくれたヴィータに、ゆっくりとうなずいた。キャロルさんは自分が持ち出した話題の重要性を理解してくれる人がやってきて話を聞いてくれて、明らかにうれしそうだった。

　ヴィータはわざとらしくわたしの腕を取った。「ごめんなさい……ええと……キャサリンさんでしたね？　あっちに行って話さないといけないご近所さんがいるのです。失礼します」ヴィータはそう言うと、ひとりでテーブルに着いてグラスをじっと見つめているフィリスのところにわたしを引っ張っていった。

フィリスは顔を上げてわたしたちに気づくと、すごくうれしそうな笑顔を見せた。あの人は明るいピンクの帽子をかぶっていて、見るとそこに付けられたリボンの結び目に茶色い羽が挟まっていた。近づいてみると、それはどうやらフィリスの飼っている鶏の羽のようだった。ヴィータはフィリスの両頬に大きな音を立ててキスをして、わたしはぎこちなくあの人の腕をたたいた。

「こんにちは」とわたしは言った。「その帽子、すてきね、フィリス」

フィリスは少し顔を赤らめながら微笑み、両手で帽子に触れて、羽がちゃんとついているか確認するように軽くたたいた。「ほんとに？　この帽子、ずっと気に入ってるの。ちょっと手を入れたんだけど、こうやって外でかぶれてうれしいわ」

ヴィータは「すてきよ、フィリス。その帽子、とってもかわいい。自分でお直しするなんて、すっごいわ《クレバー》」と言って、「クレバー」という語を、まるで理解のむずかしい言葉であるかのようにゆっくりと発音した。ヴィータは身を乗り出してフィリスの膝の上にいる何かをなでて、フィリスと一緒にその小さな生き物にやさしく声をかけた。最初はフィリスの鶏かと思ったけど、それは農場で飼われているどれもやせた茶色い猫の一匹だった。どの猫が人なつっこくてどの猫が狂暴かわからなかったから、わたしは農場のどの猫にも近づかないようにしていた。

「あたしも猫が大好き」とヴィータが言った。「でも、うちで飼ってるビーストは全然人なつっこくないの」とフィリスに微笑みかけた。「ビーストはうちのワンちゃんなんだけど、あの子がいなくなったら今度は絶対に子猫を飼う」

「ここのところ、ビーストを見てないけど、どこで散歩させてるの？」とわたしは聞いた。

「散歩はさせないの」とヴィータは言った。「あの子はちっちゃくて外を歩かせられないから」

フィリスはヴィータをじっと見つめていたけど、ヴィータはもうすっと立ち上がっていて、陽の光が当たらないように目に手をあてて、おそらくロロかドリーを探して、ガーデンをずっと奥まで見つめていた。

「サンデーは猫のこと、あなたに話したかしら、ヴィータ？」とフィリスはわたしに微笑みかけながらたずねた。

「わたし、猫なんて飼ってないわよ、フィリス」とわたしは言った。

「そうよ」とフィリスは得意そうに返した。「あなた、猫は飼ったことがないわ。今までずっと飼ったことがない」

これがまだヴィータのことを愛してる理由のひとつだったのだが、キングなら、そんなフィリスに困惑して眉をひそめたまままわたしを残し、華やかなゲストのほうに行ってしまっただろう。でも、ヴィータは、どうしてフィリスがそんなことを言ったのか謎をやさしく解き明かし、豊かな社交術でわたしにも和やかさをもたらしてくれるだろう。

ヴィータはもうフィリスの隣の椅子に着いていて、励ますようにあの人を見つめていた。

「あなたはこの町にもう長くいらっしゃるのね、フィリス？　サンデーのことなら何でも知ってるんじゃない?」

　フィリスがかつてわたしの後見人を務めていたことを、ヴィータには話していなかった。そのことを慎重に口を閉ざしていたのはわたしがフィリスを本当に大切に思っていたからにほかならなかったけど、何も言わないでいるのはフィリスに対しての敬意が欠けていると取られることもあるってわかっていた。それでもやっぱりそのことは胸に秘めておきたかった。ヴィータのいちばん好きだったところは、人のことを深く詮索しないことだった。ほかの人は自分たちのルールにおいて知らされるべきであったと判断するものが知らされていなかったりすると気を悪くするけど、ヴィータはそんなところがまったくなかった。あの人は子どもがわくわくするように、椅子の上で軽く跳ねた。

「その猫のお話、聞かせてちょうだい。ぜーんぶ話して。わお、あたし、お話大好き!」ヴィータは最後の「お話大好き!」のところで、フィリスが話す物語がどれだけ楽しいか示すように、大きく両腕を広げた。

　フィリスはうれしそうにヴィータに向き直り、自分の膝の上の猫をヴィータと一緒になでた。「ええとね」と言って、本を開くように両手を広げて上に向けて話しだした。「六歳くらいだったかしら、その頃のサンデーはキャンピングカーに住んでいる家族の物語に夢中だったの。どこに行くにもその本を持ち歩いていて、聞いてくれる人には誰にでも読んで聞かせてた。寝る時もその本を手放さなかった。いつもお母さんに『わたしたちのキャンピングカーはどこ？』って聞いてた。でもみんなに『あなたはおうちに住んでいるよ』と言われて、ああ、そうなんだと思ったみたい。それからその物語に女の子と男の子が出てくるから、サンデーは『わたしのお兄ちゃんはどこ？』ってあたしたちに聞いたけど、『それは違う家族だよ』ってみんなで答えて、サンデーもああ、そうなんだとその時も思った。でも、その本の家族は猫を飼ってて、それが問題を起こしたの」

ここでフィリスはドラマチックに話を止めて、それから悲劇の現場に立つニュースキャスターが点滅するライトを背後に浴びながら、カメラを見つめて話しだすかのように、言葉を続けた。

問題になったのは……

ヴィータはフィリスの腕に触れて、「どうなったの、フィリス」と話をうながした。

「サンデーはいつも『猫はどこ？』って聞いてた。キャンピングカーはないし、お兄ちゃんはいないってずっと前にわかったけど、『猫はどこなの？』って近所の人たちみんなに聞いてまわっていた。まるでたった今その猫をなくしたみたいに走りまわっていたの」

「かわいいわね！」とヴィータが明るく言った。「それで、じゃあ、猫を飼いましょう、ということになったの？」

「いいえ、そうはならなかった。ああ、あなたはサンデーのお母さんを知らなかったわね。すごくきびしい人だったわ」フィリスはちらっとわたしを見た。「もちろん、今とは時代が違う。

昔は今みたいに子どもを甘やかしたりしなかった。あのフレイザー家の女の子たちとお父さんときたら……まったく、もう……」

「母はその本を捨てたの」とわたしはヴィータに言った。「わたしがその本を探してたら、もうあの本を探すのはやめなさいって言われた。『猫はどこ?』みたいなことをわたしにいつも聞かれるのが耐えられなくて、本は捨てたって言われた」

ヴィータが両手を上げた。「わかった! いい考えがある!」わたしたちが突然の緊急事態に巻き込まれ、あの人がそれを解決しようとしているかのようだった。あの人は立ち上がり、自分が座っていたフィリスの隣の椅子にわたしを急いで座らせて、つづいてそのあとわたしの膝の上に横向きにちょこんと腰を下ろした。あの人の小柄な体が温かく感じられた。

「あなたは猫を飼わないといけないわ、サンデー。そうよね、フィリス。ねえ、誰かに子猫をもらえない? 街でシャム猫を飼ってる人は知ってるけど、あの美しい猫たちは飼うとなると、すごく手がかかるわね……」

そして気づけばヴィータはフィリスとわたしに、あの人の友達の家で王様のように振る舞うシャム猫の話を聞かせてくれていた。その猫はフォーマルなディナーの席ではテーブルの上座に座り、誰かがどかそうとすればふうっと唸り声を上げるという。パーティではテーブルに広げられた豪華な料理やクリスタルグラスの間を悠然と歩きまわり、誰にも止められなかった。その話を聞いてフィリスとわたしは笑い、あの本のことも母のこともそれにまつわる悲しい思い出もみんな忘れた。ヴィータはこんなこともできる人だった。

それが本当の話かどうか気にする必要はなかった。本当にそんなシャム猫がいたのか、本当にどこかのお上品なお屋敷の晩餐会でテーブルの上をつんとすまして小さなお尻を振って歩いていたのか、そんなことはどうでもよかった。フィリスとわたしはヴィータの話に耳を傾けながら顔を見合わせて笑った。その話をヴィータはわたしたちを癒やそうとして話してくれたのだ。それが真実であるかどうかより、はるかに大事なことだった。

給仕がシャンパントレイを持って参列者の間を回りはじめ、わたしはひとりの給仕がキングの奥さんにオレンジジュースの入った細長いグラスを渡すのを目に留めた。奥さんは若い男性給仕と目を合わせることも、お礼を言うこともなく、まるで手の届く場所に置かれたテーブルから飲み物を取るようにグラスを受け取った。奥さんは無表情だったけど、一瞬の表情よりも雄弁に真実を語るものがあると、わたしは知っている。わたしはその人の心の中に繰り返し浮かぶパターンを見抜くことを学んできた。それは幼い頃の眠りを突然覚めさせた言葉であり、ある日混雑した場所で自分を認識し、その瞬間、ほかの人たちから自分を切り離し、恐怖と高揚感の自己分離をもたらすあの言葉だ。キングの鳥の小さな心臓には、キング自身の美しい姿が刻まれているけど、キングの奥さんの心臓には**「できる、できる、できる」**と記されている。でも、わたしはヴィータの鳥の小さな心臓を思い描くことを自分に禁じている。あの機械仕掛けの心臓の中をのぞき込み、そこにあるのは時計なのかそれとも爆弾なのか、確認できる心の準備がまだできていない。

「スピーチがあるみたいだよ」とロロはわたしの耳元でささやくと、ダンサーのように背筋をまっすぐに伸ばして参列者たちのまわりを無駄なく動く給仕たちを指し示した。ロロはわたしの隣に腰をおろし、ヴィータにウインクしたけど、ヴィータは表情を変えることなくロロとわたしを見返した。午後の日差しが帽子の網目越しにヴィータの顔にくっきりと影を落としていた。拡大された四角い影が、目と頬骨と片方の鼻孔など、顔の一部を小さな美のフレームに収めていた。

「そうみたいね」とわたしは答えた。「といっても、バニーさんが家族や農場についてお知らせをするだけ。今年はドリーの中等教育資格試験の結果のことばかり話す」

バニーさんは参列者たちに「静かに」と命令を下すように大声を上げた。バニーさんはわたしが知る限り地元の女性協会の会長をずっと務めているから、そんなふうに周りを静かにさせることに間違いなく長《た》けているはずだ。きっと子どもの頃から汚れた靴を履いている子を注意したり、ふざけて自分たちの名前を取り換えて臨時の先生を混乱させた子たちを叱ったりしていただろう。あの人が恥じらいを見せるのは、リチャードさんと結婚したからこそ手にできた財産の話をする時だけだ。ようやく話ができるくらいガーデンが静まり返ると、バニーさんはいかにもとばかりにリチャードさんに敬意を示し、その脇に控えた。リチャードさんを挟んだ反対側にキングが立っていた。キングは父親よりも背が高く、ひときわ肩幅が広かった。誰にも好かれる美形で満面に笑みを浮かべたキングは、報酬をもらって参列した俳優のようで、名家フォレスター家の家柄を代表する人物に思えた。いつものようにリチャードさんは参列者に感謝の言葉を述べると、バニーさんを紹介した。前回のパーティから、バニーさんがフォレスター家の家族の業績を紹介することになっていた。

でも、「本日はお集まりいただき、ともにお祝いしていただけますことに、深く感謝いたします」とリチャードさんはバニーさんに話を振ることなく、話を続けた。「今年はたくさんのことを祝えることになりました。まず、かわいい孫娘のドリーを心から誇りに思います。ご存じの方も多いと思いますが、この子は先日中等教育資格試験の結果を受け取ったところ、なんとAが八つもありました。八個です！」驚いたことに、リチャードさんは九つ目のBについては触れなかった。

「言うまでもなく、学校もこの子にぜひシックスフォーム（中等教育資格試験のあとAレベル〈大学入試資格試験〉を受けるために残る十六歳以上の二学年）に残ってほしいと願っています。でも、ドリーはこの夏、不動産開発の仕事もしたのです！」

いつもならリチャードさんはレトリックを使って問いかけながら明るく話すけど、あの日はバニーさんのように誇らしそうに言葉を短く切って話した。バニーさんの話し方がリチャードさんの口から聞こえてくるのは不快だった。間違いなくバニーさんがリチャードさんのスピーチを用意したのだ。リチャードさんの一言一言のあと、フォレスター家の家族の業績がひとつずつ心に刻まれる沈黙が続いた。参列者たちがざわざわしだし、こそこそ話しはじめると、リチャードさんはふたたび口を開いた。

「ドリーは学校には残らず、新たなキャリアを求めることにしました」

ただの夏のあいだのアルバイトだったのに、とわたしは苛立たしく思った。ほんの数ヵ月、ヴィータとただ買い物やランチをしていただけで、決して本格的な仕事なんかじゃなかった。ほんとにあの子は数週間後には大学進学に向けてAレベルの勉強を始める予定だったし、いつかケンブリッジ大学に行きたいっていう希望も口にしていた。リチャードさんは今年はただみんなをびっくりさせようとして話を作っているのだろうか。やっぱりバニーさんがスピーチをするべきだった。あの人は何年もスピーチをしてきて、一度も嘘はつかなかった。ドリーの試験の結果だけ言ってくれればよかったし、それに赤ちゃんのこともあった。きっと赤ちゃんのことも話されたはずだ。リチャードさんはそのふたつのことだけで満足すべきだった。

リチャードさんは先ほどの発表をみんながしっかり受け止めたと判断したようで、ふたたび話し出した。「ドリーがロンドンに飽きたら、皆さんもご想像のとおり、いつでもここに戻ってくれれば、仕事はたくさんあります」リチャードさんはまわりの畑を指さして、わざとらしく顔をしかめた。面白くもなんともない表情だったけど、何人かはかすかに笑みを浮かべ、笑わなかった人たちも席で体をゆすったり、飲み物に口を付けたりして、リチャードさんはそれなりにみんなを笑わせようとしてくれたんだな、と認めた様子だった。

ヴィータとロロはシャンパンを飲みながら、興味なさそうにリチャードさんに目を向けていた。陽の光がまぶしいからなのか、スピーカーの音がうるさいからなのか、単にパーティが長いからなのかわからないけど、ふたりとも椅子にもたれて目を半分閉じていた。リチャードさんは満足そうにドリーを見つめていた。ドリーは今、父のキングとおばあさんのバニーさんのふたりと腕を組んでいた。

「ドリーのことをとてもうれしく思いますし、心から誇りに思います。いなくなるのはとてもさびしいですが。ドリーの将来に乾杯いたしましょう」

参列者たちからリチャードさんの呼びかけに応える声が聞こえてきて、ドリーがリチャードさんの脇に歩み出た。

「ありがとう、おじいちゃん。そして皆さま、本当にありがとうございます」ドリーは先ほどわたしが想像したような優雅な花嫁のように、穏やかで善意にあふれているように見えた。

「乾杯のあいさつをさせてもらえますか？」

あの子は礼儀正しく間を置いてからリチャードさんを見上げ、リチャードさんは喜びに満ちた表情でうなずき、ドリーにあいさつをうながした。ドリーは不安そうに唇を噛んで自分のグラスを掲げた。

「あたしのお父さんと、お父さんのかわいい奥さんと……」ここであの子はキングの脇に立っていた、妊娠してお腹が膨らんだ女性と、意味ありそうに視線を交わした。「……そしてもちろん、ビッグニュースですけど、この新しい赤ちゃんに！　あたしの弟か妹に、そしてさらに

いキングが一歩前に出た。

参列者たちはみんなグラスを持ち上げて乾杯し、そして普段こういった場でスピーチをしないキングが一歩前に出た。

「わが娘、働く女性に！」とあの男はよく通る大きな声で言った。どうしてキングがスピーチをしないのか、そこでわかった。バニーさんもリチャードさんも、息子があまりに魅力的で、みんなの注意が集中してしまうとよくわかっていたのだ。キングは話を続けたけど、あの男の視線は自分をうっとりと見つめる参列者たちではなく、自分の娘に向けられていた。「ロンドンでのドリーの新しい生活に！」

硬くて狭い椅子に腰を下ろしたまま、わたしは自分がとても小さくなったように感じた。自分の骨を突然強く感じ、肘は肋骨に押しつけられて、飛び出した足首の骨は椅子の脚にぴったり押しつけられていた。フォレスター家の人たちがテントの前に集まり、その中心でドリーがきらきら輝いていた。喜びにあふれて拡大を続けるフォレスター家がガーデンいっぱいに広がっていくように思える一方で、わたしは小さく縮んでいた。

しばらく言葉が出なかった。ロロは席を離れ、パーティの端でお酒を飲んでクロッケーをしている中年の男性たちに加わり、ヴィータも人混みの中に消えていった。ようやくわたしは席を立ち、ヴィータを探しに行くと、あの人は通りかかった給仕と楽しそうに話していた。

「ヴィータ」とわたしは声をかけた。「学校に戻らないって、ドリーはいつ決めたの？　どうしてわたしに何も言ってくれなかったの？　あなた、あの子を連れてロンドンで暮らすつもり？　わたしに何も相談せずに？」

いざ口に出すと泣きだしてしまうと思っていたけど、体全体が乾いて引きつり、一滴の涙も出そうになかった。体の中には血液も体液もなく、ほこりが舞っているだけに思えた。ドリーの発表を聞いてから、皮膚の下にはおがくずと砂と髪の毛と骨しか存在しないようだった。息を詰まらせるものばかりでできた新しい自分に生まれ変わったようだ。そんな乾ききった人間として話さなければならなかった。

ヴィータはたばこをくわえ、深く心を集中するように目を閉じていた。目を閉じたまま、エロチックな陶酔感を漂わせて、お茶でも飲むように、楽しそうに短く息を吸い込んだ。話しかけると、すぐにたばこを口から外し、煙を払った。唇は少し色が薄くなっていたけど、まだ赤みが残っていた。

帽子の硬い赤い網目の下で、あの人が片目を開けた。「すごく怒ってる、ダーリン？　昨日話したばかりなのよ。ドリーの考えよ。びっくりしたわよ、ほんとに。あたしのこと知ってるでしょ？　家の取り決めになんて興味ないって」

ヴィータはたばこの煙を深く吸い込んで、もう片方の目をゆっくりと開けると、まるで気持ちのよい夢から目覚めるのをためらっているかのように、何度か瞬きをした。少し口を閉じていたけど、白い煙を吐き出し、ふたたび目を閉じると、その白い煙が顔のまわりに静かに漂った。だめ、あの人の閉じた瞳の長いまつ毛が頬に影を落とす様子に見惚れちゃいけない。ヴィータはふたたび目を開けて、完璧に手入れされた芝生の上に指でたばこを弾き落として、火が草の上でちゃんと消えていくだろうかと見つめていた。あの人は椅子から立ち上がり、笑顔は浮かべず、赤いドレスをさっと整えた。「まったく興味ないの」

「答えになってない」とわたしは言った。「あなた！　わたしに答えなくちゃいけない。どうしてあの子をロンドンに連れていくの？　それもわたしに何も言わずに」

ヴィータがぐっと近づき、息に煙のにおいを漂わせて話しだした。焦げたような甘いにおいに思わず瞬きして一歩下がったけど、あの人はまた距離を詰めてきた。

「ねえ、ダーリン」とあの人は声を落として言った。「ねえ、あなたもあたしもわかってるよね？　あたしがドリーにしてあげられることを、あなたはできないって。かわいそうだけどあなたには……」ヴィータはそこで言葉を切って、少し笑みを浮かべた。「……その力がないのよ。そうでしょ？　だから今あなたにできるのは、優雅に受け入れること。笑顔であたしたちを見送って、あなたには与えられないチャンスをあの子が手にしているって喜びなさい」

わたしはまた後ずさりした。「だめよ、あの子は行かせない。ちゃんと話をしてくれていれば……」

わたしが話していると、ロロがヴィータの隣に現れた。ロロは軽くヴィータの背中に腕をまわして、「大丈夫かい?」とたずねた。

ヴィータは疲れたように少し力なくロロにもたれかかった。「サンデーがドリーが行ってしまうのを悲しがってるの」

「ああ、そりゃそうさ。もちろんつらいよね、サンデー。子どもが家を出ていくのはつらいものさ。僕の母さんも兄か僕がまた自分たちの場所に戻っていくと何日も泣いてたよ……」

「ロロ」とわたしはあの人の言葉を遮った。「あなたが寄宿学校や大学に行くのとは違うの。ドリーはまだ十六歳なのに、わたしに何も言わずに計画を立てたなんて」

「計画を立てたのはこの人じゃない」とヴィータが言った。「あたしとドリーが立てたの。あなたも見たでしょう、あの子が喜んでるのを。だから言ったよね、ダーリン、あなたにできるのは、これを黙って受け入れること。あたしたちが落ち着いたら、いつでも会いに来ていいわよ」ヴィータは笑顔を浮かべ、軽やかに言った。「あなた次第で、それがどれだけ早くできるか決まる。ほんとあなた次第よ。うまくやれるし、楽しいものにもなるけど……」あの人はそこで美しい鼻をしかめて、悲しそうにため息をついた。「大変なことにもなる」

「わたしはそんなの望んでない」とわたしは言った。でも、その瞬間、わたしは反対しているのに、ドリーをロンドンに連れていくあの人たちの計画が、美しいガーデンにかかる煙みたいに、すでに静かに動きだしているように思えた。そして同時にわたしの話す力がふたたび失われていき、まるでわたしは最初からまったく言葉を持っていなかったかのように、言いたいことがどんどんわたしから離れていくように感じた。

ロロは腕をヴィータの背中から外して、眼鏡を直していた。「ヴィー、このことはもっと話す必要があるんじゃないかな？　もしかしたら僕たちは……」

ヴィータはロロの腕を取った。「いくらでも話せるわよ。でもさ、ロールズ、それより先に飲み物をもう一杯お願い」とヴィータがぼんやりとバーのほうを指さすと、ロロはすぐにそっちに向かって歩きだしていた。ヴィータは離れていくロロを見つめてしばらく何も言わずにいたけど、ようやく深く息をついて、話しだした。

「言ったでしょう、サンデー。この件をどれだけ複雑にするかはあなた次第よ」あの人は明るい笑顔を浮かべたけど、視線はロロに向けたままで、わたしを見ることはなかった。「友好的にいきましょう。そうすれば会いに来やすくなるでしょう？」

そしてわたしはヴィータが芝生を横切ってバーのロロのもとに歩み寄り、ロロの腰に腕を回すのを見ていた。ヴィータが何か言うと、ロロは軽く指を振って、そんなのだめだよと声を上げて笑った。それからヴィータが乾杯しましょうと楽しそうにグラスを上げると、ロロもそれに応えてグラスを掲げて笑顔を浮かべた。ふたりはまだ魅力的な人だったし、ドリーがあの人たちをどう見ているかもよくわかった。そしてもし今まで気づいてなかったとすれば、ここでわたしは完全に負けた、と思い知らされた。

午後六時半になると、ほとんどの参列者が帰り始めた。これが正しい時間なのだ。〝午後三時に始まったガーデンパーティであれば、この時間が退出する理想の時間である〟と毎年イーディス・オギルヴィが教えてくれた。よって、〝午後四時開始であれば、午後七時半にはお暇すべきである〟ということになる。

ドリー、キング、キングの両親が並んでサイドゲートのところで参列者たちに別れのあいさつをしていた。キングの奥さんはお腹を大げさに抱えるようにしてすでに家の中に入ってしまった。おそらく靴を脱いで、バニーさんのソファにかわいらしく横になり、キングが後で入ってきてくれるのを待っているのだろう。ガーデンから人がだんだんいなくなり、低い日差しの中でまだくつろぎ、まぶしそうに目を細めているヴィータとロロから視線を逸らした。あんなに日差しが強いのにサングラスをかけずに過ごす人たちを見るのはいい気持ちがしなかった。自分も無理やり強い日差しを浴びせられている気がした。

やがてヴィータが立ち上がると、ロロもすぐに続いて立ち上がり、ポケットの中から車の鍵をガチャガチャと探し出した。ヴィータがこっちにやってきて手を差し出し、わたしはその手を取らなかったけど、あの人は動じる様子もなく、その場を離れなかった。あの午後ずっと明るい場所にいて早く家に帰って暗い場所に入る必要がなければ、ロロの車に乗せてもらわず、別の交通手段で帰っただろう。

「さあ、奥さま、家まで送ってあげますわよ。ドリーは今夜はこの農場に泊まるんでしょう？」とヴィータは言った。三人で門のほうに歩き出すと、あの人は「金曜日に最後のディナーを食べに来る？」と声を掛けた。

わたしは黙っていた。でも、その時初めてヴィータとロロとドリーとの金曜日の夕食を楽しみにしていない自分がいることに気づいた。それより、ひとりでパジャマを着て家にいるのがいいし、ガーデンを歩きまわって植物の様子を確認しているほうがいい。もう夜におしゃれな服を着て隣の家に行って、手の込んだ料理を食べさせてもらわなくてもいい。

わたしたちはバニーさんとリチャードさんに感謝の言葉を述べて、ドリーに別れを告げるために、ガーデンを進んだ。あの人たちはまだゲートの前で参列者一人ひとりにお別れのあいさつをしていた。わたしはその列に並びたくなかった。〝自分の娘と話すために列に並ぶなんて、いや！〟

ロロはそんなわたしの迷いを感じ取ったのか、普段はヴィータやわたしの後ろに控えているあの人がわたしの前に歩み出た。礼儀作法を厳格に順守し、まるで予測のつかない子どもの動きを気にかけるかのように、わたしたちの周りをつつましく立ち回り、ドアを閉めたり席に着くのを手伝ってくれたりするあの人が、そこでわたしの前に出てくれたのだ。そんなロロにつづいて、わたしもリチャードさんとバニーさんから形式的なキスを受けた。キングにも別れのキスをされたけど、あれは列に並んでいたすべての人にしていただけで、わたしに特別な思いがあったわけじゃなかった。

わたしが離れていく時に、キングは「サンデー」と言ってうなずいてくれたけど、その声はそっけなくて、わたしを呼び止めるというより、突き放す感じだった。

でも、わたしは立ち止まった。「ええ、何かしら?《ホワット》」

さっきキングの奥さんが給仕に、「何ですか?《ホワット》」ではなく、「おそれいりますが?《パードン》」と呼びかけるのを耳にして驚いた。キングはそのことをどう思っているのだろう。短い結婚生活で、あの人は何度もわたしの語彙を正そうとした。キングにもバニーさんにもイーディスの本にも、わたしは「おそれいりますが?《パードン》」ではなく、「何ですか?《ホワット》」と言うように教えられた。「おそれいりますが?《パードン》」は「長椅子《セティ》」や「化粧室《トイレット》」や「乾布《ナプキン》」や「談話室《ラウンジ》」などと同じでかしこまった言葉だから、そうした多くの言葉とともに使用を禁じられた。わたしは今こそその禁を犯してみようと思い、わざと大きな声で言った。「おそれいりますが?《パードン》　おそれいりますが?《パードン》」

「ただ別れのあいさつみたいなものさ。そうやって名前を呼ぶんだよ、サンデー。それだけさ。きみの本に書いてないか?」キングは深いため息をついて、わたしから目を逸らし、わたしの後ろにいた美しい赤い帽子をかぶったヴィータに目を向けて笑みを浮かべた。あの人はヴィータを抱きしめる瞬間を待ち望んでいたかのように、無意識に手を開いてヴィータの手を握りしめた。

「さよなら《アーリーヴェイデアチィ》」とわたしはイタリア語で言った。「これも別れのあいさつよ」

ドリーの前にたどり着くと、あの子もわたしも同時に話しだしたけど、わたしはすぐに口を閉じて、あの子の話を聞くことにした。あの子の頬には鮮やかな赤みがさしていて、目はきらきら輝いていた。まるで熱があるように思えた。

「どう思う、ママ？」とドリーは言った。「あたしの計画、どう？」

「心配よ。こんなの一体いつ決めたの？　何があったの、ドリー？」

でも、ドリーはすでにわたしの後ろを見ていて、次にあいさつするヴィータを気にしていたし、あの子の返事は雲をつかむようなものだった。「しばらく前から考えていたの……ほんとに体験しているって感じ……働くのが大好き……ママを驚かせたかったの……ママは喜んでくれるって思った……」

ヴィータがいつもわたしの腕に触れてくれる感触、あの人の手の確かな重みを思い出した。わたしも同じようにドリーの腕に手を軽く置くと、あの子はそれが本当にわたしの手なのかどうかわからないというような表情で見おろした。

「ドリー、本当に決めたの？」とわたしはたずねた。「学校は辞めて、ロンドンに行くの？」

「そうよ。少し前に決めた。あたしたち、ママに何度も何度も同じ話を聞かせるのは大変だろうって思って、言わなかったの。ヴィータがいろいろ考えて、ママが少しでも楽になるようにしたのよ」ドリーはそう言って、わたしの頬にそっとキスをした。「来てくれて本当にありがとう、ママ」と続けた。わたしはドリーを抱きしめたけど、ドリーは両腕を体にぴったりとくっつけたままで、いつものあの子にはない気まずさみたいなものを感じた。あの子の視線はもう一度わたしの後ろに向けられて、ヴィータにふたたび固定された。

「ドリー、明日家に来て。話しましょう」とわたしは言った。あの子はうなずいたけど、それがわたしに向けられたものなのか、ヴィータに向けられたものなのか、はっきりしなかった。

ロロが戻ってきて、ベージュのリネンで覆われた肘を差し出した。「車までお送りしますよ、サンデー」ロロはすでに深く話し込んでいるドリーとヴィータを指した。ドリーはわたしに背を向けてヴィータのほうを向いていて、ふたりで声を落として話していたから、何を言っているのかわからなかった。ロロはわたしに微笑んで、やわらかく誠実な目で見つめてくれた。

「少しかかるかもしれないね、ヴィーは別れのあいさつがいつも長いから」

フォレスター家とその家の友人たちに見送られて車に向かうことで、わたしは少し気持ちを落ち着かせることができた。まるで社交界の結婚式で花嫁付添人の子どもが心配そうに見守られるように、わたしは周囲から不安の目で見つめられていたのだ。

ヴィータがようやく助手席に乗り込むと、わたしはロロとヴィータに、わたし、疲れてる、ヴィータ、あなたはこっちが呼ばない限り、二度と家には来ないで、と伝えた。ふたりから返答はなく、家までの短い道中の車内は静まり返っていた。ロロが車をふたりの家のドライブウェイに停めると、ヴィータはわたしたちには何も言わずに、すぐに家の中に入っていった。あの人は裸足で、靴を手にしてなかったから、靴は車の中に置いてきたのかもしれない。フォーマルなドレスを着て、ネットのかかった細長い帽子をかぶり、裸足で静かな通りを歩いていくあの人の姿に、どこか不安を覚えた。事故から飛び出してきたか、何かから突然逃走しなくてはならなくなった人のように見えた。

ロロがわたしの脇に立ってドアを開けてくれたけど、ヴィータから目を逸らすことはなかった。あの人もヴィータが離れていく様子をじっと見つめていた。わたしが覚えた違和感をあるいは同じように覚えていたのかもしれない。普段ならすばやく別れのキスをしてくれるところを、その日はそうではなく、わたしを抱きしめて、頬をわたしの頭の脇にあててわたしの帽子をかすかにずらしながら、静かに言葉をかけてくれた。

「夏の終わりはほんとに嫌いだ」わたしの脇に立つ誰かに語りかけるように、ロロはわたしの隣の空間に向かって息を吐き出した。「学校が始まる時は押しつぶされるような気持ちになる」それからわたしをまっすぐ見つめて言った。「きみのせいじゃないよ、ダーリン。ヴィーのせいだ。いつだって彼女は物事をよく考えずに決めてしまう。もしかしたら明日はまた変わってるかもしれない」

背筋を伸ばしたロロの腕を軽くたたいた。薄いリネンの生地が汗で湿っていたから、きっとすごく暑苦しく感じていたに違いない。自宅の玄関の一歩手前まで来ていたところでロロが大声を上げたので、振り返った。あの人は、ひどく疲れてしまって、家の中に入れない、とばかりにまだ車の脇に立っていて、その姿はいつもより小さく、いつもよりくたびれて見えた。ロロは眼鏡を外し、シャツで拭きながら、わたしを見つめた。ついさっきまであの人の愛らしい一部に見えていた眼鏡が何か不気味な仮装の一部に思えたし、あるいはそれをかけて無邪気で無防備な人に見せようとしていたのかもしれない。

ロロが乱れている姿はどこか不自然で、不安を覚えずにいられなかった。昔、フィリスが家に泥棒に入られたことがあった。あの人が二階でひとりすやすや眠っているあいだに入られたのだ。フィリスは、いちばんつらかったのは、朝起きたら、いつもきれいにしていた大事な小さな書斎がぐちゃぐちゃになっているのを見た時よ、と話してくれた。まるで死んで幽霊になって自分の家の中をさまよっているみたいだったという。手が震えてしまって書類を元通りに整理するのに何週間もかかったけど、怖くて手が震えるのか、怒りで手が震えるのか、よくわからなかったわよ、とフィリスは言っていた。

フィリスがぐちゃぐちゃになった家の中を見せられた時のように、ロロも自分の乱れた姿を目にして、その悲しげな顔に触れて、スーツのしわや額のしわをきれいに伸ばそうとする様子を想像した。でも、ロロもフィリスと同じように、何かを元通りにする中で何かを失うだろう。小さいけど目に見える痕跡として、もう消すことはできないのだ。

「何?」とわたしはロロに大きな声を上げた。

すると、ロロはもっと大きな声で言い返した。「だからさ、おやすみ、サンデー!」

「さようなら、ロロ」ロロに会うのはこれが最後になると、なんとなく思った。

ガーデンパーティは終わりの始まりだった。少なくとも、わたしにとっては始まりだった。でも、ドリーとヴィータとロロにとっては、その夏の終わりがずっと前からゆっくりとにぎやかにカチカチと刻まれていたに違いない。

翌日、わたしは親知らずが痛くて目が覚めた。月曜日はデイビッドに任せられると思い、仕事を休んだ。歯医者さんに午後の予約を入れて、パジャマを着たまま朝食を食べて、洗濯をして、そのほか簡単な雑務をこなした。電話が鳴ったけど、受話器を取る前に切れてしまった。電話のけたたましい音に家の静けさが突き破られ、気分が落ち着かないままでいたところ、30分後に今度はドアベルが鳴った。ドアを開けると、ドリーのおじいさんとおばあさんがいつものようにせかせかしたようすで背筋をまっすぐに伸ばして立っていた。バニーさんは鍵を手にしていて、そこに小さなピンク髪のトロール人形がぶら下がっていたから、すぐにドリーのものであるとわかった。

「ああ！　いたのね。さて、争いごとはいやだから」とバニーさんが思いもよらず喧嘩のさなかに迷い込んだように言った。「ドリーのものを取りに来ただけだから。さっさと済ませて帰るわ」

「こんにちは、バニーさん、リチャードさん」とわたしは声をかけて、状況を把握しようとした。リチャードさんはうなずいたけど、バニーさんはわたしが予測できない奇妙な存在であるかのように警戒して見つめていた。

「何か飲みますか?」とわたしは声をかけた。「どうしてドリーのものを?」わたしは控えめに一歩下がり、「どうぞお入りください」と招き入れた。でも、ふたりは黙ったままだった。

「ドリーはどこですか?」とわたしは聞いた。まるで理解できず、困惑したけど、そんな思いをするのは初めてじゃなかったし、いつものように理性が会話に追いつくのを待つことにした。

「リチャード。あなたは二階に上がって、あの子の部屋の荷物をまとめてきて」バニーさんの指示にしたがい、リチャードさんはふたつの大きくて重そうなスーツケースを抱えて、狭い階段をドタバタと駆け上がっていった。

「さて、サンデー。バカなことはしないでね」バニーさんは子どもが軽く叩こうとするのをかわすかのように、両方の手のひらをわたしに向けて広げた。あの人はゆっくり、言葉を選んで話した。「わたしもリチャードの手伝いに行くわ。あなたはドリーに必要だと思うものを何でも持ってきて」

「ドリーはどこにいるの?」何が起きているのかわからなかった。あの子は病院にいるんだろうか。怪我でもしているんだろうか。この人たちは何を隠しているの。「あの子のところに連れて行ってくれるのですか?」とわたしはたずねながら、崩れ落ちてしまいそうで、無意識にバニーさんの腕をつかもうとした。

バニーさんがさっと後ろに下がり、わたしはつかめるものがなく、バランスを崩して壁に手をついて体を支えた。バニーさんは動かずに、「リチャード!」と大声を上げて、瞬きもせず、じっとわたしを見つめていた。あの人はさらに大きく、甲高い声で、「リチャード！」と繰り返した。リチャードさんが階段をゆっくりと降りてきた。

「バニー、僕はまだ荷造りを始めてもいない。きみにやってもらえないかな。だって、みんな……女の子のものだろ？」リチャードさんはまるでドリーが女の子であることが思いもよらず面倒であるかのように、苛立った様子で話した。

「リチャードさん」とわたしは壁から離れないかのようにそこに手をぴったりつけたまま、声を上げてたずねた。バニーさんはわたしから目を逸らすのが怖いかのように変わらずわたしをじっと見つめていた。「何が起きているのか教えてください。ドリーは怪我をしているの？まだおふたりの家にいるのですか？」

リチャードさんがようやく口を開いたが、いつもの陽気で問いかける調子ではなく、農場でやっかいな動物たちを扱う時のように、わざとゆっくり話しだした。

「ドリーは帰ってこないんだよ、サンデー。わかるかい？　あの子はロンドンに行くまで僕らと一緒に暮らすんだ」リチャードさんは、武器は持ってない、わたしと戦うつもりはないとばかりに両手を上げげた。シチリアの別の時代であれば、座って対面していた状態で向こうが立ち上がったのであれば、戦いを挑まれたということだ。リチャードさんはわたしをキッチンに連れていって椅子に座らせた。わたしが腰を下ろすと、そんな反応をするのは、喉が渇いているからに違いない、とばかりにわたしに一杯の水を出してくれた。バニーさんは廊下からこっちを見ていたけど、リチャードさんが自分のもとに戻ると、何を言っているかはわからなかったけど、声を落として興奮した様子でリチャードさんに話しかけた。

わたしはバニーさんを殺してしまうかもしれない、とその時思った。小柄な人だから、むずかしいことじゃない。その考えを思いとどめた時、ふたりがドリーの部屋で動き回る音が聞こえた。しばらくしてふたたび廊下に現れたふたりに、わたしはキッチンテーブルから目を光らせた。バニーさんは捕まらずに逃げ出そうとする場面を演じる役者のように、びくびくと鍵をいじっていた。リチャードさんはスーツケースをしっかりと抱えて、わたしに奪い取られてしまうかもしれないと警戒している様子だった。昔観た粗雑な映画に出てきた借金取りみたいで、まるで気乗りしなくて仕方なくやらされているといった様子がリチャードさんにはうかがえた。でも、バニーさんはわたしを見ると、また恐怖を感じたのか、ぶるっと体を震わせた。

「さて、サンデー。わたしが言ったこと、覚えてるわよね？ バカなことはしないでちょうだい」バニーさんの声は高くなり、頬には喜びを映した赤みがさしていた。音楽を奏でる楽器のように、期待で体が震えているのが見て取れた。

わたしはふたりの脇を抜けて、バニーさんの腕に自分の腕を重ねた。バニーさんは驚いて後ずさりしたけど、わたしはすぐにひょいとドアの鍵を開けた。リチャードさんはわたしとバニーさんのあいだに入ろうとしたけど、狭い廊下で大きな荷物を抱えていたからできなかった。バニーさんはドリーの荷物を持ち出すことにまだ興奮した様子で急いで家から出ていき、続いてリチャードさんが両手に荷物を持ってゆっくりと出ていった。わたしはふたりに声をかけなかったし、バニーさんにさらに質問してあの人を喜ばせることもしなかったし、出ていくふたりの車を庭先に出て見送るようなこともしなかった。そんなことは一切せず、二階に上がり、ドリーのベッドに飛び込んだ。

親知らずがひどく痛くて、午後は歯医者さんに予定通り診てもらわないといけなかった。受付の女性はやさしく、わたしが涙を流して苦しそうにしているのは歯が耐えられないほど痛いと思ってくれたようで、わたしの順番を繰り上げて、ほかの患者さんより先に診てもらえるようにしてくれた。

その晩、麻酔がまだ残っていて思うように動かない口で、バニーさんとリチャードさんの家に電話をかけた。数回呼び出し音が鳴ったあと、ドリーが電話に出た。ドリーの声は穏やかだったけど、わたしの声を聞くとすぐに電話を切ってしまった。そのあと何度もかけ直したけど、そのたびにリチャードさんから、ドリーはきみと話したくないそうだ、もう電話をかけないでほしい、と言われた。五度目にかけた時は話し中になっていて、あとは夜が明けるまでずっとその状態だった。

ふたたび電話をかけようとした時、廊下の鏡に映った自分の姿が目に入り、一瞬目を疑った。目は腫れ上がり、口元とあごには血がにじみ出ていて、顔には歯医者さんがかすかにゆっくりとすら触れてなかったはずの部分にまで青黒いあざが広がっている。わたしはひどい暴行を受けたように思えたけど、その姿はわたしがどれだけひどい仕打ちを受けたかを的確に映し出していたから、血まみれの顔も不安ではなく、安心をもたらしてくれた。わたしは数分ではなく、数年にわたって攻撃を受けてきたし、わたしが愛した人たちからその攻撃を受けてきたのだ。

やがて眠りにつくと、親知らずの抜歯手術の後に打たれた鎮痛剤が効いてしまったからか、支離滅裂な夢を見た。夢の中で、リチャードさんとバニーさんがガーデンパーティの時の服装で体を密着させて、わたしたちの脇を踊りながらすっと過ぎていった。**〝騒ぎ立てないで、サンデー。フォレスター家の人たちは騒がしいことは好きじゃないから〟**

姉ドロレスもいた。ドロレスは水着を着ていて、興味津々といった表情を浮かべていた。ドロレスの肌は青ざめ、髪は濡れていなかった。ドロレスはヴィータが差し出した手にある何かをじっと見つめていた。眼鏡をかけていないロロがたばこをくゆらせながら、ドロレスとヴィータをやさしく見守っていた。わたしはドロレスとヴィータが何を見ているのか知りたくて身を乗り出すと、ヴィータがにっこり微笑みながら差し出してくれた。それは長いチェーンについた青い邪眠避け《イーヴィルアイチャーム》のお守りで、その冷たく丸いお守りを手にしたと思った瞬間、目が覚めた。

目が覚めると、すぐにドリーのことを考えた。わたしがあの子をこんなふうにしてしまったのだろうか。ただ見守っているだけじゃだめだったのか。それとも全然見ていなかったのか。いつも自分よりもあの子のことを信じていた。ひょっとするとそれであの子を失ってしまったのかもしれない。

ドリーが帰ってくるのを待つことがなくなってから、温室で過ごす時間が長くなり、常に何かに手を触れて動かし続けた。つやつやした葉、油のような土、カウンターの表面の冷たい金属の心地よい質感をむさぼるように味わった。すべてが飢えを満たすような満足感を与えてくれた。土の中に手を入れていれば、身も心も穏やかでいられた。指先に幸せの振動が伝わり、周りに響くのはその音だけだ。いつのまにか時間が過ぎ去り、ディビッドがいないと休憩や昼食を取ることもない。わたしは完璧に設計された機械のようだ。これは別世界への入り口であり、崇高な贈り物だから、それを手に入れられるのであれば、自分が何ひとつできず、人の表情が読み取れなくても、まったく構わない。本能的な喜びを得るか、社交性や会話力を手にするか、どちらか選べと言われれば、どちらを捨てるか簡単に決められる。この選択をわたしに提示する人がいるとすれば、ロロのような説得力があって礼儀正しい潔癖な男性だろう。わたしを変えるのであれば、集中力を妨げて冷静さを喪失させる複雑な薬を投与し、自己表現よりも正常性を重視する療法が必要だ。でもそんな改良を試みたところで、わたしは内にこもり、表向き整然とした外見の奥に本当の自分を閉じ込めてしまうだろう。

でも、感覚が適切なレベルに設定されるのは至福であり、まれに与えられる贈り物だから、そのための代償は進んで受け入れる。環境が管理可能ないくつかの部分に切り分けられると、瞬時に自分を取り戻せる。温室は情報をひとつずつ小さな断片にして大切にわたしに渡してくれる。このモルヒネを思わせる安らぎこそ、わたしの生きる理由であり、それにわたしは毎日触れられる。騒音や人工の明かりに苦しむことがなければ、静寂や曖昧なものに身を預ける至福の安堵感は得られない。わたしはどちらの状況もよくわかっている。混沌を生き抜いたことで、静けさは必ず訪れる、それが来るのをただ静かに待てばよい。

ガーデンパーティから数週間たったある日、仕事から家に戻ると、何もないキッチンテーブルの上に、玄関の鍵がふたつ置かれていた。ドリーの部屋は何も変わっていないように見えたけど、クローゼットと引き出しを確認したところ、あの子がリチャードさんとバニーさんが残していった服を数着取りに来たことがわかった。わたしが結婚祝いにもらった、普段はあまり使わない、ただひとつのスーツケースもなくなっていた。あの子は服とスーツケースだけ持ち出したようで、プレゼントや写真など、手元に置いておきたいんじゃないかと思った思い出の品は、すべて残してあった。それもあって、あの子はまた家に戻ってくるという思いを強くした。

でも、その翌日、バニーさんが温室に入ってきた。ドリーの荷物を取りに来て以来、あの人には会っていなかったし、電話でドリーは無事にやっているかどうかたずねても、一切答えてくれなかった。ちょうどデイビッドが外での作業に出かけたところで、わたしはひとりで昼食を済ませつつ、なかなか根付かない苗をどう並べ替えるのがいいか、ずっと考えていた。そんなささやかなことをじっと考えることで湯船に浸かるような満足感に満たされていたから、まだその心地よさから抜け出す準備ができていなかった。バニーさんは入ってくると、そこに自分がいることに驚いたように、あるいは来るべき場所を間違えたかのように、あたりをきょろきょろと見まわした。わたしは何も言わず、サンドイッチをゆっくりと食べながらあの人を見ていたけど、あの温かい湯船が急激に冷えてしまったようで、途端に居心地が悪くなってしまった。

「サンデー、こんにちは」とバニーさんは車のエンジンを注意してかけるように、ゆっくりと慎重に言葉を発したけど、そのあとこれからたずねる質問をすぐに終わらせたいとばかりに、勢いよく話した。「最近、ドリーから何か連絡はあった？」

わたしは立ち上がっていた。

「どこにいるんですか？　バニーさんたちと一緒だと思っていました」とドリーが本や花瓶のように決まった場所に置かれているかのような言い方を迂闊にもしてしまった。まるでバニーさんとわたしは取り替えられる単純な持ち物の保管をめぐって争っているようだった。

「二日前にヴィータに会いに行くって言ってたの。ロンドンじゃなくて、あなたの家の隣の家で会うってね。ランチの約束をしてたみたい。そのあとわたしの行っている美容室に行く予定だったんだけど、行かなかったみたいなの。今どこにいるのかわからないの。あなたのところにいないの？」

「うちの鍵は持ってません」と答えながら、テーブルの上で光っていた同じふたつの鍵を思い浮かべた。

「ヴィータのところに二度も行ったけど、いなかったのよ。あの人たちの車、あなたの家の外に停まってなかった？」

どうだったか考えてみた。しばらくあの人たちの車を見かけていないけど、ずっと気にしていた。おたがいの生活時間帯が違うからあの人たちの車を見ないのだと思い込んでいた。

わたしは首を横に振った。「見てないです」

「友人がトムに電話したところ、ヴィータとそれからロールズはトムが貸していたあの家を二日前に出ていったらしい」バニーさんはヴィータの名前はただ吐き捨てるような言い方をしたけど、ロロのことは〝ロールズ〟とおだやかで好意的な呼び方をしたから、ヴィータだけを嫌っているとすぐにわかった。このキングのお母さんも、気さくなロロに惹かれつつも、同じ魅力を持つ女性のヴィータはよく思っていなかったのだ。「トムの家をもう出ていってロンドンに戻ったらしいわ。でも、ドリーはお別れの言葉もくれなかった」

バニーさんは少し間を置いてから、もう一度口を開いた。「あの子はわたしたちと一緒に住んだらいいいって、リチャードと話していたの。ロンドンには行かず、この農場で働いてくれたらよかったし、あの子もそうしてくれると思ってた。残るつもりだったと思ってたの。でも、どうしてこんなことになっちゃったのか……。それで……あなたの家にはあの子のものがたくたしと同じ立場に立たされていても、わたしの心が晴れることはなかった。
「それがあの子のさよならの言葉です」とわたしは言った。その時のバニーさんがかつてのわ
バニーさんは少し考えてから、「ええ、持っていったわ。でも……」と答えた。
ですか？　服もみんな？」
「本人が大切にしているものは何も残ってないです。そちらにあったものは全部持ってったん
さんあるの？」

次のバスに乗って家に戻り、三十分後には隣のヴィータの家の小道を歩いていたけど、わたしは何を探しているのか、何を期待しているのか、自分でもわからなかった。ドアをノックしたけど誰も出てこなかったので、開け放たれたままの脇のゲートを通って庭に入った。そこはふたたびトムの家に戻っていて、ヴィータとロロがいた形跡は何もなかった。フレンチドアや窓から中をのぞき込むと、大きな絵画はすべて取り外されていて、代わりにトムの小さな子どもたちが写真の中から希望に満ちた笑顔をこちらに向けていた。

家の近くの小さな物置から何か引っかくような音がかすかに聞こえた。猫が閉じ込められているんじゃないかと思って戸を開けると、ビーストがいた。美しかったあの毛並みは黄ばんだ灰色に変わり、少し痩せて見えた。物置の中に食べ物は見当たらなかったけど、大きなボウルに少し水が残っていた。この小犬は置き去りにされたのか、それとも行方知れずになっている

と思われているのか、判断がつかなかった。

かつてヴィータはビーストを家の中や庭で抱きかかえて、まるで小犬がそこにいるのを忘れてしまったかのように無造作に運んでいた。犬もヴィータの腕の中で幸せそうにしていて、あの人が歩くのにあわせて短い脚と丸い頭を揺らしていた。ヴィータがビーストをそっとわたしの腕に預けたことや、金曜日の夜に庭に出て、膝に乗せたビーストがじっと見つめるあの顔を楽しそうに眺めていたことを思い出した。あの人はテーブルにあった自分の食事の一部を少しずつ小犬に与えていたのに、わたしたちが同じことをすると怒り出した。あの夏、ヴィータがしたことでいちばん悪意を感じたのは、ビーストを明らかに置き去りにしたこの行為だ。わたしにはそれが単にあの人の自己中心的な行為からもたらされたことだとは思えない。今やビーストはわたしの犬だし、わたしは自分に言い聞かせているけど、あの人はこうなることを見越して、あの日ビーストを物置に入れてドアを閉めて出ていったんだ。


ヴィータとロロがまた別の新しい生活に何の苦もなく滑り込んでいくのが容易に想像できた。ふたりの生活は常に快適で華やかなものだろう。誰にももろい部分があるし、愛するものがあるから壊れやすくなる。でも、あのふたりにそれはない。ふたりの生活は安全かもしれないけど、わたしはうらやましいと思わない。

ロロについて思い出すのは、あの魅力的な笑顔や、すてきなスーツや、面白い話じゃない。

ドリーのために開かれたあのガーデンパーティの後、あの人たちの家のドライブウェイにたたずんでいたあの姿だ。汗をかいて、疲れはてて、リネンのジャケットとズボンは皺が寄ってくちゃくちゃになっていた。トムの家をもうすぐ出ることも、ドリーが自分たちと一緒に暮らし、二度とわたしのところには戻らないことも、あの人はわかっていたはずだ。ヴィータと取り引きして、ドリーを自分たちの生活に迎えて、あの子にお金をかけて世話をしてあげることで、常にヴィータに喜んでもらおうとした。ヴィータがアナベルの赤ちゃんを連れ去ったあと、ロンドンを離れなければならなくなった時も、ヴィータと同じような取引をしたはずだ。あるいはロロはこれまで幾度となくヴィータと自分の生活を新しくやりなおさなければならなかったのかもしれない。あの時の汗ばんで、失望した表情。窮屈そうに着飾ったあの姿。それがロロだ。

今も、黄色いドレスを着て、ロロの磨き上げた革靴の上に裸足で立ち、踊りながら笑うヴィータの姿が、日差しの中でベールのついた帽子をかぶり、赤い口紅をつけていたあの人の姿が思い浮かぶ。夏の夕暮れに両腕いっぱいにハロッズの箱を抱えて、顔を明るく輝かせて庭に入ってくるロロの姿も覚えている。ただ、ふたりはいつも笑顔だったけど、今思えば目が笑っていなかった。わたしはヴィータやロロとは違うし、愛は見世物で、観客に売りつけるものと考えるフォレスター家の人たちとも違う。キングとキングの奥さんの見せかけの愛を献身の証と信じるドリーとも違う。

ドリーが生まれてから、毎晩あの子の姿を思い浮かべながら眠りにつき、朝はいつも〝ドリー！〟とあの子のことを思って目覚める。これがあるからこそ、あの子がいなくなった今もわたしは生きていられる。わたしのあの子への愛は変わらないし、愛するペットを大切にして太らせてしまうのと同じかもしれないけど、いつも変わらずあの子のことを思い続けている。わたしのドリーへの愛は、見物人の気を引こうとして作り出される礼儀正しく心地よい嘘などでは決してない。

姉ドロレスは無謀で秘密を限りなく抱えていたけど、わたしのあの人に対する思いは決して揺らぐことなく、あの人がいなくなった今も、時計が時を刻むように何物にも頼らず動き続けている。ドロレスが亡くなった後も、母は湖から離れることができなかった。不安を抱え、どんどん距離を置きつつも、ずっと湖を見つめていた。母は何をもってしても、湖とのつながりを断ち切ることができなかった。父ウォルターは母を最大に愛していたけど、母は湖を何より愛した。父も母もそれぞれの愛の対象をひたむきに支え続け、決して見返りを求めることはなかった。わたしはそんなふたりの娘であると、昔思っていた以上に今ははっきり感じる。

鳥の小さな心臓の中で、炎がじっと静かに美しく燃え上がろうとしている、とわたしは知った。その火は光のように輝くけど、いつかは燃え上がる。水中でも、家の中でも、燃え続ける。毎年収穫後に畑を焼く炎とは違うけど、同じように強く人を引きつける。シチリアの農夫たちが熾《おこ》す大地を変えてしまうような〝大地を燃やす炎《ブルッチャ・ラ・テッラ》〟ではない。あなたが愛する、あなたの望まないものを望む人たちが熾す炎。その人たちが望むものを手に入れようとする時、その人たちの炎があなたを傷つけるかもしれない。常に意図的にあなたを傷つけようとするわけじゃないけど、あなたは意図的に傷つけられたように思わずにいられない。あの人たちの炎があなたの肌に焼きつくような痛みをもたらし、永遠に癒えない傷を残すからだ。

わたしはこの炎を忘れるのではなく、受け入れることにする。そうすれば、母があの湖を愛し続けたことで母が感じた恥にはとらわれずにすむ。そうすれば、今もあの人たちを愛し続けることができる。

エピローグ

一九九一年

ドリーからの手紙は短く、事実を述べただけのものだったけど、すぐにそれを取っておこうと思った。お願いみたいなことは書かれていないし、何かの招待状でもない。返事を書こうとしたけど、住所も電話番号も書かれていない。父キングの農場の近くの町ランカスターのカフェのブランチがおいしい、二週間後の土曜日にそこにいる、と知らせてきただけだった。必ずしも食事の誘いというわけではなく、特定の日の自分の予定をただ知らせるような書き方だ。ドリーの手紙を何度も読み返すと、わたしもそのカフェに行っていいようだ。

バニーさんやリチャードさんがドリーに会いに行ったことは教えてくれないから、わたしも農場でふたりに会っても、ドリーに手紙をもらったことは言わない。わたしたちは昔、キングがフォレスター家を不在にした時にキングについてあれこれ話して楽しんだけど、同じことをその娘にしている。バニーさんとリチャードさんがドリーに会った時は、言われなくてもわかる。戻ってくると笑顔が絶えないし、やさしさにあふれているし、わたしたちは誰も知らないことを知ってるのよ、とばかりにうれしそうにしているからだ。ドリーが元気でいることは、あの子のことを誰にも知らせずに大事に抱え込んでいるふたりを見ればわかる。ドリーに会ってくると、ふたりの顔が生き生きと輝いているからだ。あの子が何かに悩んでいれば、ふたりが心配そうな様子を見せたり、何やらひそひそつぶやきあったりするだろうけど、そんなそぶりも見せない。あの子はわたしの愛するドリーだ。わたしはバニーさんやリチャードさんと違って、ドリーがどれだけすごいことを成し遂げたかを知人に自慢する必要なんてない。ただあの子の顔を見れば、あの子が満ち足りた生活をしているかどうかわかる。あの子の顔を見れば、わかる。わたしは死ぬほどあの子に会いたいけど、あの子はわたしに会いたいわけじゃない。あの子はわたしのものじゃないけど、わたしは切ないほどあの子のものだ。

カフェの窓から、向かいの通りの少し先にあの子の姿が見える。その瞬間、無意識に両腕を上げてしまう。今のわたしは体の奥深くで幸福と興奮を感じている。だって、わたしは自分の衝動や癖を必死に抑え込むようなことはもうしないし、そんな衝動や癖を表現することで感情が形成されるからだ。もう両腕を好きなだけ上げるし、手を思う存分握ったり叩いたりする。

かつてわたしは自分の母や夫やイーディス・オギルヴィのような人たちに、そんなのを叩いたり触ったりしちゃいけない、そんな時に手を振ってはいけない、と言われてきたけど、今はそんなことをしたい衝動を抑えるつもりはないし、その衝動が何ものにも妨げられることなく自分の中を突き抜けていけばいいと思っている。叩いたり触ったり手を振ったりしたいと思う気持ちは、内に溜め込めば溜め込むほど増幅してしまうから、逆に受け止めてしまうことで、面白いことに以前よりおとなしくしていられるようになった気がする。

ドリーが傘を振っている。傘をくるくると巻き上げるあの子の姿にうっとりしてしまう。あの子が子どもだった頃、せわしなく、すごく楽しそうに、ただ空気だけをつかもうとしたあの小さなぷくぷくした手を見て驚いたけど、今のあの子は完全な大人の女性の手をしている。あの子はほんとにすごくすてきだ。あの子はまぶしい日差しを避けるように目を細めてこのカフェのほうを見てるけど、この日は実は曇り空で、とても疲れてしまっていてご機嫌斜めの幼い子が気まぐれを起こすように、時折雨が激しく降ってはすぐにやむ天気だ。

窓際の席にはほかの客が何人かいたから、その奥にいるわたしをあの子は見つけられないかもしれない。わたしは淡い色の目と淡い色の髪の女性で、グレーの服を着ている。わたしは大きく両腕を上げて振っているから、隣のテーブルの人たちはわかっているだろうけど、あの子にはやっぱり気づいてもらえないかもしれない。通りに立ち止まったまま、カフェのほうを見つめているドリーに向かって、わたしはあの金曜日の夜の夕食会でいつも礼儀正しく席から立ち上がっていたロロのように、まるで見えない糸に引かれるように立ち上がる。

ドリーは淡い鹿色のコートと薄い茶色のブーツとバッグを見事にコーディネートしている。艶やかな髪は肩の少し上で切りそろえられていて、穏やかな表情をしていて何ひとつ悩みなどなさそうだ。コートの襟元に、模様の入ったシルクスカーフを上手に巻いている。

そんなあの子はどんな家に住んでいるのだろう。よく考えられて、慎重に家具が設置されたアパートだ。落ち着いた色合いの壁のところどころに現代的な絵画や大きな装飾品がかけられ、よくコーヒーやワインをご馳走になる近所の人たちの家とは趣向が違って見えるように工夫されている。

きっとお付き合いしている男の人もいて、土曜の朝にはその人がベッドに朝食を運んできてくれる。あの子の選んだ男性だから、あの子のちょっと変わった癖も含めて、あの子のどんな趣味や行動にも驚くことなく、みんな大切に受け止めてくれる。その人はたとえ自分のお姉さんの誕生日会にあの子が出席できなかったり、あの子とずっと観たいと思っている新作映画を観るのが少し先になったりしても、あの子に、お友達と会ってきたらいいよ、と勧めてくれるし、自由参加だろうけど、将来の昇進につながるから職場の会合には出ておいたほうがいいよ、と言ってくれる。あの子が突拍子もないことを言ったり、おかしな考えを口にしたりしても、静かに耳を傾けて、あの子に好きなだけしゃべらせてくれる。あの子が場にそぐわないことを言っても、気にも留めない。テーブルの下のあの子の足の骨を脚でそっと突いて、自分がここにいると思い知らせるようなこともきっとしない。あの子を作り直そうとしないし、たとえそれができたとしても、そんなことは望まない。

　あの子が振り返り、カフェから離れて歩きだすけど、予定の時間に早く着いてしまって、ただ時間をつぶしているかのように、ゆっくりとした足取りで、焦る様子はまったくない。かつて通りをスキップして、周りにあるいろんなものに目を奪われていた、向かいのフレーザーさんの家のいちばん下の女の子みたいだ。でも、あの子は大人になって病気のお母さんを家で介護しているけど、ドリーはそうは決してならない。

　もしドリーが立ち止まったら、もし立ち止まって、ここで振り返れば、わたしのところに来てくれるだろう。あの子が歩道の上で振り返り、店の中に立っているわたしをまっすぐ見つめるその瞬間、わたしは息ができなくなる。最初からわたしがどこにいるかわかっていて、その前にただ日常的な用事を済ませてわたしのところに戻って来たかのように、あの子は穏やかな目をしていて、何の心配も抱えていないようだ。わたしたちは何年も離れていたんじゃなくて、ほんの数分離れていただけのように感じる。

　愛されるとはどういうことだろう。ドリーのようになることだろうか。あの子は常に感謝と愛をもって迎えられると自分でも確信している。そしてヴィータもそうだ。わたしのようにもはや傷ついた者には崇拝の目を持って受け止められなくても、あの人もただ無関心を装い、美しい笑顔を浮かべてその場を離れ、視線をしっかり前に向けて歩き続けるだろう。

あの夏、ヴィータとロロとともに過ごし、わたしは少しだけあの人たちの何かを手に入れた。だけど、自分でもわかってるけど、わたしが何か変わったとほかの人たちに気づいてもらえるかどうかわからない。ヴィータとロロのにぎやかな性格やユーモアと、ふたりの存在を感じさせるものが、わたしの中には残っている。でも、あの人たちの感情の浅薄さだけは身につけることができなかった。

わたしは感情が頑固に揺るがないことを今はうれしく思う。それによって一方的で見返りのないと思われる愛も消えずに残るからだ。これはあの人たちの計算された無関心の対極にあるもので、わたしにとっては喜びにほかならない。

ドリーに何か飲み物か食べ物はいらないかたずねたけど、いらないと言われ、がっかりする。単に飲み物や食べ物はいらないと言っているだけじゃなくて、もしかしたらここに長居するつもりがないということなのかもしれない。でも、少しすると、あの子はわたしの黄色いミルクセーキに手をのばし、つかんで自分のほうに引き寄せる。

ミルクセーキをストローで少し飲んで、ドリーはわたしを見上げる。

「おいしい」とあの子は言う。「これ、あたしも頼むね。それとチーズ・オン・トーストも。ここのすごくおいしいんだよ。何をどうやってるのかわからないけど、ほんと、最高」

カウンターに行って、同じ年くらいのウェイトレスと話しだすあの子から、わたしは目を逸らすことができない。ドリーはそのウェイトレスの子と何か話して笑っているけど、ウェイトレスの子は何かたずねるように眉を上げてわたしを指さす。

「うん、あそこのテーブル」とドリーは答える。ウェイトレスにまた何か聞かれて、あの子は答える。「そう、わたしのお母さんよ」

ウェイトレスの子がまた話しだすと、ドリーはそれを聞き、少し考え込むようにわたしをじっと見て、そして答える。「そうよ、似てるでしょ?」とゆっくりと言う。

「あの子、知ってるの?」とたずねると、ドリーは席に戻りながら答える。

「まあね。この近くに住んでるから、よく来るんだ」

ドリーは少し恥ずかしそうにあごを落として、わたしを見上げる。「今も料理はできない。ママが作るようなものも作れない」

それを聞いて、この子との生活の中で共有したいろんな失敗や思い出がふっとよみがえって、心がやわらぐ。その言葉で、わたしたちはお互いにとって何であったか、あの子にとってわたしは今も何であるか、ようやく受け止められるような気がする。

家を出てからこのカフェに来るまでの間に何があったか一秒残らずたずねたいけど、それだとすごくたくさん聞きすぎてしまうから、代わりにあの子の顔をじっと見つめる。

「温室はどう?」とドリーにたずねられる。「おばあちゃんが、ママは新しい……」とあの子はわたしが扱っている植物をどう言ったらいいか考えるように少し間を置いてから、「……ものを」と続ける。

「ええ、仕事は順調よ。それにデイビッドもまだいる。あの子、結婚するのよ、知ってた？」

ドリーは首を振る。「知らなかった。おばあちゃんから何も聞いてない」

「そうなの、次の週末に結婚式を挙げる。わたしはお花の準備をしていて、デイビッドは……」

ドリーはカウンターを見ると、あのウェイトレスの子がそこでトレイを準備している。「あれ、あたしたちが注文したやつかな？」とあの子は声に出す。それから注文の品がまだ来ないとわたしが気にしていると思ったのか、わたしに笑顔を向けて安心させる。「きっとあれよ。ここ、いつもすごく早く出してくれるから」

ウェイトレスの子がテーブルにやって来ると、「ほら、来たでしょ！」とドリーはうれしそうに声を上げる。ウェイトレスがトレイをテーブルに置くと、自分が注文したミルクセーキを取って、お皿を二枚、そっと並べる。水の入ったグラスも頼んでいたようで、あの子とわたしの前に一つずつ置く。

「ほらね！」とあの子はうれしそうに言う。「いい感じじゃない？」

「ええ」とわたしは言う。こんな簡単な食事を楽しんだり、普通のカフェでわたしと一緒に楽しそうにしてるなんて、ほんとにあの子らしくなくて、思わず笑ってしまう。

「何？」とドリーが笑顔でたずねる。

「あなたに驚いてる」とわたしは答える。「それにうれしい。あなたの顔が見られてほんとうれしい。こんなにすてきな顔を見せてくれるなんて」

ドリーはチーズ・オン・トーストを食べながら話し続けて、わたしの分もほとんど食べてしまう。それからまたカウンターに行って、わたしたち二人分のコーヒーを注文するけど、わたしがコーヒーを飲めないのを思い出して、すぐに戻って一つキャンセルする。

「あたし、コーヒー二杯も飲めないよ」とドリーは席に戻ると、ふたつ注文してとわたしが言ったみたいに、明るく笑いながら話す。

ドリーはアパートを借りていて、ボーイフレンドもいるそうで、どちらについてもさっきわたしが想像したような理想的なことをあの子の言葉で話してくれる。あの子は農場や不動産の売買を専門にする土地仲介業者として働いているそうだ。

「お客さんはみんな、あたしが農業のことをこんなに知っているとわかって驚くし、それがいい印象を与えるみたい。それにわからないことは全部パパに聞けるしね。あたし、販売も含めて、この仕事にほんとに向いてるの。ロールズもいつも、きみはこの仕事が天職だねって言ってくれてたし」

「きっとそうね。今のところにどのくらい勤めてるの?」とわたしはたずねる。「最近勤めだしたの?」

「一年半くらいかな」とドリーは言う。「家を出たあと……ロンドンに行ったの。最初はすごく楽しかったけど、そのあとヴィーとロールズが同じ通りに住んでた夫婦と親しくなった。あの人たちの何がそんなによかったのか、あたし、全然わからなかった。そしてそのあととんでもないことになっちゃったから、全部捨てて、この町に、このパパの農場に来たの。パパがその不動産仲介会社のオーナーを知ってたから、そこに雇ってもらって……」

「とんでもないことって？」とわたしはたずねる。

「あの人たちのこと、知りたい？」とドリーはわたしをじっと見つめて言う。「ママがあの人たちのこと知りたいかどうか、わからなかった。ヴィータに、あなたのママはあたしと話したくないって言ってるからって聞いた。パーティのあとも、電話した時も、そう言われたって」

「あのパーティのあと、ヴィータに会ってないし、電話ももらってない。わたし、あなたに起こったこと、全部知りたい」とわたしは答える。「どうしてあのふたりと別れたの？　何があったの？」

「そのケイティっていう女の人には年齢が近い小さな女の子が三人いた。双子のあと、すぐにもうひとり赤ちゃんが生まれた。ケイティはあたしより何歳か年上なだけだけど、子どもたちを連れてよくあたしたちの家に来てた。最初のうちはヴィーも赤ちゃんたちが周りにいて楽しそうにしていたけど、数カ月もすると我慢できなくなった。家が散らかるし、泣き声がうるさいし……現実そのものだから」

わたしたちふたりは教師で、問題児だけど悪意のない生徒たちのことを話し合ってるみたいに、ドリーは息を吐いて、意味ありげに頭をかしげる。

「ヴィーのこと、ママもわかるでしょ」これで話は終わりよ、とばかりにドリーはコーヒーをひと口飲んで、カップをソーサーの上にそっと置く。

「でも、どうしてそれであの人たちから離れたの？　そのケイティと娘たちがまだ来てたの？」

「ああ、ええと、違うの。あっ！」とわたしがふたりがそのあとどうなったか聞いてないことを思い出したのか、ドリーは少し驚いて声を上げる。「それでね、ヴィーがケイティに、そんなに頻繁には来ないでって、かなりきつく言ったの。でも、そのあともヴィータとあたしがどこかに出かけて家に戻ると、いつもケイティがロールズと一緒にいるの。そしてケイティにまた赤ちゃんができたの。もうひとりよ！」ドリーは眉を吊り上げて、仕方ないわねとばかりに笑みを浮かべる。「三つにもなってない子どもが三人いるのに、もうひとりよ。信じられる？彼女は何も考えずに……」

「でも、あなたはどうして家を出たの？」とわたしは質問を繰り返す。

「だって、新しく生まれる赤ちゃんがロールズの子だったからよ」とドリーはそれはみんな知っていることのように穏やかに答える。

「誰がロールズの子だったって？」

「その赤ちゃんよ。ロールズの赤ちゃんだったの。今言ったでしょ」

「ロロはヴィータを置いて出て行っちゃったの？」ロロもヴィータもおたがいなしには生きて

いけないだろう、とわたしはそこで思った。

「最初は残ろうとした。ロールズはほんとは出て行きたくなかったみたいだし、ヴィータも受け入れようとしたけど……だめだった。結局、ロールズはケイティと女の子たちと一緒に暮らすことになった」

「ヴィータがかわいそう」とわたしは言う。「ロロはヴィータと同じ街に住んでるの？　その赤ちゃんと一緒に？」ヴィータの氷のような優雅さをもってしても、その状況に十分対処できないだろうと思った。

「いいえ、すぐに出ていくことになった。ケイティの旦那が、もうすっごい怒りようだったの。激怒した！」とその旦那さんの怒り方に自分も腹を立てるように、ドリーは繰り返す。「その人、ケイティたちと住んでいた家をもらい、自分の子どもたちに最低限の養育費を払うことで離婚に同意した。そしてそれが受け入れられた。ロールズがどれだけ不愉快なこと《アンプリーザントネス》を嫌うか、ママも知ってるでしょ」ドリーは〝不愉快なこと《アンプリーザントネス》〟という遠回しな言い方を、嘲るようにゆっくりと発音する。その曖昧な表現はロールズの性格を象徴しているのであって、あたしの性格を表してるわけじゃない、と言いたいかのようだ。

「それでロールズはヴィータにふたりの家と、それ以外のものをほとんどすべて渡したの。ママが思っているほど多くはなかったけどね。でも、ロールズはそれでどうにかヴィータに償えると思ったんじゃないかな。もちろん、そんなわけにはいかなかったけど。それでロールズはケイティを連れて静かに出ていった。ヴィータは、ふたりがロンドンから遠く離れた、とてもちっちゃな《ティーニィ・タイニィ》家に引っ越したって言ってた」あの子は〝とてもちっちゃな《ティーニィ・タイニィ》〟の〝イー〟の音を強く伸ばして口元に一瞬笑みを浮かべる。「四人の子どもを連れてね」

ロロがヴィータではない女性と小さな子どもたちを連れてロンドンを離れ、かなり限られた生活費でやりくりしている様子を思い描いた。あの人が果てしなく繰り返される学校行事や毎週の子ども向けのパーティにいやいや出席している姿を想像する。新しい生活は抑えようのないにぎやかな音とけばけばしい色があふれていて、かつて味わった特権や喜びはすっかり失われている。

子の親として退屈な日常を過ごし、幼い娘たちはいつも汚くしてしまうから、普通の男性が着るような服を着ていて、美しいスーツや柔らかく磨かれた靴はもう無縁のものとなっている。かつてはそんなすてきなスーツや靴を毎日のように余裕と誇りをもって身に着けていたけど、徐々にどれも処分されて、あの人が謳歌した絵に描いたような美しい時代はもはや遠い記憶になっていく。

「でも、ヴィータはどうしてるの？」とわたしはたずねた。

「誰に聞くかによるね」ドリーは肩をすくめ、わたしの手から自分の手を離してカップを持ち上げる。「あの人、たぶん……」とあの子は言いかけて、コーヒーの最後の一口を飲み干し、カップを少し離れた場所に置く。

「あの人の離婚を担当した弁護士さんと付き合ってるみたい。少なくとも、わたしが知ってる限りでは。でも、スコットランドにリチャードおじいちゃんのすごくお金持ちのお友達がいるんだけど、去年のクリスマス、そのお友達がヴィータっていう人と結婚することになったっておじいちゃんに聞いたの。そのヴィータって人、ロンドン出身で、子どもがいなくて、離婚してるらしい。おじいちゃんはまだその女の人に会ったことがないみたいだけど、ヴィータって名前の人、そんなにいないよね？」

「ええ、そうでしょうね」わたしもあの子の言う通りだと思う。

ドリーが自分のアパートの電話番号と住所をていねいに書く。それをかわいい顔を少ししかめて真剣な表情をして声に出して読んで確認してから、わたしに手渡してくれる。わたしがその紙を折りたたんで財布に大事にしまい込む様子を、あの子はうれしそうに見ている。

あの子がカフェを後にしても、わたしはしばらくその場に残っている。それから広場に向かうと、家族連れやカップル、そしてわたしのようにひとりでいる人たちが、何かに魅了されたように一様に立ち尽くしている。そこにいるすべての人たちの視線が、金色の服をまとった小柄な女性のストリートパフォーマンスに釘付けになっている。

女性の服は体にぴったりフィットしていて、肌は服と同じ金属の色で塗られているから、どこまで衣服で覆われていて、どこが露出した肌なのか、区別がつかない。女性はバレエを踊るようにしなやかに舞い、小さな金色の顔に固まりついた笑顔を浮かべている。踊りながら見ている人たちに近づき、次の瞬間、さっと背を向けて離れていく。そんな女性ダンサーをもっと近くで見たくて、わたしは足を引きずって近づく。ほかの人たちも女性ダンサーに引き寄せられるように体を前に傾けるけど、女性がふたたび近づいてくると一歩後ずさりする。ここに集まっている人たちは、波が自然に水平に崩れるように、一斉に動く。

わたしがやっと人だかりのいちばん前にたどり着くと、女性ダンサーは金色の両手を掲げ、拳を固く握りしめて、わたしたち全員に向かって決然と突進してくる。次に何が起こるか予知できる能力を共有しているのか、ここにいる人たちはみんな振り付けをされているように無言で動き、一斉に後ろに下がる。でも、わたしだけがその場から動けず、釘付けになり、驚きのあまり、恥ずかしさすら感じず、ただひとり立ち尽くしている。

ヴィータが現れ、鳥の小さな心臓の本質が理解できてから、予期せぬ美しいものがついに目の前に現れても、それが必ずしも痛みをもたらすわけじゃないとわかっている。その美しいものは炎のように明るく輝き出すけど、燃え上がらないこともある。

女性ダンサーの腕が頭上で孤を描いて止まる。ダンサーは両手を広げるけど、その中にある無重力なものが見ている人たちに届くことはないし、その人たちは一斉に後ろに下がるから、ダンサーの手にあるはずのその無重力なものには触れることなく、汚れることも、傷つくこともない。ダンサーの両手いっぱいに詰まった秘密は、わたしだけに解き放たれる。雪のようにふんわり音もなく、わたしの服と肌にすべて降り注ぐ。秘密はきらめく光、わたしはゴールド。

謝辞

まず、ケント大学で指導を受けたエイミー・サックヴィル先生に深く感謝する。サックヴィル先生に知識と励ましを与えられ、小説執筆の指導も受けたことで、わたしも本を書くことができる、と初めて思えた。いつも支援の手を差し伸べてくれて、刺激的な指導もしてくれたパトリシア・デブニー先生にも厚くお礼を申し上げる。リティエンズ&ルービンシュタインの皆さん、特にわたしのエージェントのジェニー・ヒューソンさんの的確な見解とアドバイスに深く感謝する。ティンダー・プレスのメアリー＝アン・ハリントンさんとの編集作業は心から楽しめた。ハリントンさんのほか、出版チームの皆さん、とりわけエリー・フリードマンとアララ・デルフォスにも謝意を表する。

娘たちキティとベッツィー、息子たちにもありがとうと言いたい。もう小さくないけれど、今もみんな最高よ。そしてスティーブンには、ケント沖の海より深く、いつも感謝している。

訳者あとがき

ヴィクトリア・ロイド＝バーロウの『鳥の心臓の夏』の主人公サンデーは、自閉スペクトラム症（ASD〔Autism Spectrum Disorder〕）の特性が見られる人物で、人とのコミュニケーションが苦手なほか（どう答えていいかわからない時には〝はっ！〟と息を吐くような音を出し、相手の言いたいことは完璧に理解していると伝える）、人の発音を必要以上に気にしたり（心の中で相手の言い方をまねする）、食べ物に強いこだわりがあったりする（基本的に白いものしか食べない）。そして社会生活においてはイーディス・オギルヴィの『淑女の礼儀作法　社会活動のガイド』（おそらく架空の書籍だ）の指示にしたがい、南イタリアの伝統を心の支えにしている。

サンデーは自分のような問題は抱えていない娘のドリーとイギリスの湖水地方の町に暮らしている。農場の温室で働いているが、周りの人たちに理解してもらうのがむずかしいこともあり、ドリー以外の人と過ごすことはほとんどない。

そんなサンデーの前に、洗練された女性ヴィータが突然現れる。ロンドンから隣に越してきたヴィータとロロは、サンデーをやさしく受け止めてくれる。サンデーはヴィータとロロの自由な生き方に惹かれ、ふたりから今まで味わったことのない温かい扱いを受ける。娘のドリーもふたりに惹かれ、特にヴィータとすぐに親しくなる。サンデーとドリーは毎週金曜日、隣のヴィータとロロの家で開かれる夕食会に呼ばれるようになり、ドリーは自分の家を空けて、ヴィータと過ごす時間が長くなる。

だが、ヴィータは謎めいた人物で、この町に来る前に何かあったようだ。そしてこのヴィータがサンデーが愛してやまない娘で、サンデーの唯一の理解者でもあるドリーをどこかに連れて行こうとしている……。

舞台は一九八〇年代の湖水地方（イングランドとスコットランドの境界付近にある一帯。湖と緑が美しく、『ピーターラビット』の舞台でもある）。物語はサンデーがあるひと夏の出来事を振り返る形で進行する。

サンデーは人との交流がはかれないこと以外にも、実はいくつもの悲しい問題を抱えている。別れた夫〝キング〟とキングの両親（キングの両親はサンデーが働く農場を経営している）や自身の母との関係、さらにはひとつ違いの姉ドロレスの悲しい事実が徐々に明かされる。

今になって思うと、母もこんな変わったわたしを愛そうと思えば、愛することができたかもしれない。誰かに変なところがあるとわかっても、その人を愛することはできる。それを慰めにしたいけど、もはや慰めにならない。わたしはずっと自分におかしなところがあるから母に愛されなかったと思い込んできたからだ。ヴィータとロロがわたしのおかしなところを楽しそうに受け入れてくれて、わたしは思った。母はわたしが単にほかの人とは違うということだけじゃなくて、嫌悪感を抱かせる何かをわたしに見て取っていたんじゃないだろうか。（265ページ）

本作は比喩表現をふんだんに使った（比喩を導入する表現のひとつas ifが254カ所も使われている）詩的な文章を通して、自閉スペクトラム症（以下ASD）であるサンデー自身の生活に加えて、引用した部分から読み取れるような母と娘の関係などの問題が繰り返し描写される（ASDの人たちに時折見られる「人の発言を繰り返す」ことをサンデーがある悲しい場面でしてしまい、母との関係が決定的に壊れてしまう描写は実にリアルで痛々しい）。

誤解、無視、愚弄、拒絶、そして裏切り。

ASDの人たちに対する理解がほとんど期待できなかったあの時代、サンデーに過酷なまでに残酷な仕打ちがいくつも突きつけられるが（終わり近くの農場でのパーティの場面に、大きな衝撃を受けるだろう）、彼女は最後に自身の〝ニューロダイヴァーシティ〟（神経多様性）を、自分なりの形で受け止める……。

『鳥の心臓の夏』は「家族愛、友情、階級、偏見、トラウマといったテーマを、心理的洞察とウィットによって巧みに織り交ぜた詩的なデビュー作」とブッカー賞審査で評された。

ヴィクトリア・ロイド＝バーロウはケント大学でクリエイティブ・ライティングの博士号を取得し、二〇二三年発表のデビュー作である本作『鳥の心臓の夏』(*All the Little Bird-Hearts*)は、同年のブッカー賞のロングリスト入りを果たした。自身もASDであるロイド＝バーロウは、自閉スペクトラム症の作家で初めてブッカー賞候補者となった。現在は創作活動を続けながら、ASDと文学の関係について積極的に発言している(ハーバード大学でも講演した)。

このすばらしい作品の訳者に抜擢し、編集作業を精力的に進めながら、訳者を力強くサポートしてくださった朝日新聞出版書籍編集部の森鈴香さんに、深甚なる謝意を表する。校正刷りを念入りに確認してくださり、貴重なアドバイスをいくつも賜った上原昌弘さんと眞鍋恵子さんにも、心より感謝する。

インクルーシブの考え方(「包括的に」あらゆる人々を平等に受け入れて、個性を認め、個人として尊重する)が浸透しつつある現在において、本小説が書かれた意義は大きい。ASDの主人公が社会において経験することを、ほかでもなくASDの作家自身が繊細な文章で描き出した『鳥の心臓の夏』が、多くの方に読まれることを祈っている。そしてこれは著者ヴィクトリア・ロイド＝バーロウの願いでもあると思うが、本作品を通じてASDの人たちへの理解が進むことも願ってやまない。

二〇二五年一月

上杉隼人

ヴィクトリア・ロイド＝バーロウ　*Viktoria Lloyd-Barlow*

イギリスの作家。ケント大学でクリエイティブ・ライティングの博士号を取得。２０２３年発表のデビュー作である本作が、同年のブッカー賞のロングリスト入りを果たし、自閉スペクトラム症の作家として初のブッカー賞候補となる。現在は創作活動を続けながら、自閉スペクトラム症と文学の関係について積極的に発言している（ハーバード大学でも講演）。夫と子どもたちとケントの海岸地域で暮らしている。

上杉隼人　*Hayato Uesugi*

編集者、翻訳者（英日、日英）、英文ライター、通訳。早稲田大学教育学部英語英文学科卒業、同専攻科修了。訳書にマーク・トウェーン『ハックルベリー・フィンの冒険』（講談社青い鳥文庫）、ムスタファ・スレイマン『THE COMING WAVE　ＡＩを封じ込めよ　DeepMind創業者の警告』（日経ＢＰ／日本経済新聞出版）など多数。自閉スペクトラム症関係の本の訳書に、ジョリー・フレミング『「普通」ってなんなのかな　自閉症の僕が案内するこの世界の歩き方』（文藝春秋）がある。

装丁　ＡＰＲＯＮ（植草可純・前田歩来）
装画　ＰＯＯＬ
校閲・校正　上原昌弘／溝川 歩／眞鍋恵子
ＤＴＰ制作　田口かほる

鳥《とり》の心《しん》臓《ぞう》の夏《なつ》

２０２５年３月30日　第１刷発行

著　者　ヴィクトリア・ロイド＝バーロウ
訳　者　上杉隼人
発行者　宇都宮健太朗
発行所　朝日新聞出版
〒１０４-８０１１
東京都中央区築地５-３-２
電話　０３-５５４１-８８１４（編集）
０３-５５４０-７７９３（販売）

印刷所　大日本印刷株式会社

Published in Japan by Asahi Shimbun Publications Inc.
ISBN 978-4-02-332397-1